Heinz-Joachim Simon

Der Picassomörder

Huntinger und das Geheimnis des Bösen

Kriminalroman

Simon, Heinz-Joachim: Der Picassomörder. Huntinger und das Geheimnis des Bösen, Hamburg, ACABUS Verlag 2012

1. Auflage
ISBN: 978-3-86282-097-9

Dieses Buch ist auch als ebook erhältlich und kann über den Handel oder den Verlag bezogen werden.
PDF-ebook: ISBN 978-3-86282-098-6
ePub-ebook: ISBN 978-3-86282-099-3

Lektorat: Silke Meyer, ACABUS Verlag
Umschlaggestaltung: Gregor Middendorf, middendorf-movies

Bibliografische Information der Deutschen Nationalbibliothek:
Die Deutsche Nationalbibliothek verzeichnet diese Publikation in der Deutschen Nationalbibliografie; detaillierte bibliografische Daten sind im Internet über http://dnb.d-nb.de abrufbar.

Der ACABUS Verlag ist ein Imprint der Diplomica Verlag GmbH, Hermannstal 119k, 22119 Hamburg.

... denn ich, der Herr, dein Gott,
bin ein eifriger Gott,
der da heimsucht der Väter Missetat
an den Kindern
bis in das dritte und vierte Glied ...

Moses 2.20.5

Inhaltsverzeichnis

Berlin, 9. Mai 1945.

Sie kamen mit ihren „Uräh"-Rufen heran und stürmten auf das Schau-
spielhaus zu. Aber es beeindruckte ihn nicht. Es hatte ihn auch nicht in
Stalingrad beeindruckt, wo er kurz vor der Kapitulation noch ausgeflogen
worden war. Und es beeindruckte auch nicht seine Kameraden von der
Waffen-SS, die sich hier am Gendarmenmarkt im Schauspielhaus ver-
schanzt hatten. Sie würden noch einmal kämpfen. Er beugte sich tief über
das Sturmgewehr. Kommt nur, dachte er. Kommt nur. Wir sind Krieger.
Er hatte keine Angst. Nie Angst gehabt. Nun fiel ihm wieder der Vater ein.
Wie er drohend vor ihm stand, und dann kam die Faust. Ja, vor ihm hatte
er Angst gehabt. Aber es hatte ihn hart gemacht. Er drückte den Abzug
durch. Ein Deutscher hatte keine Angst. Auch das hatte der Vater gesagt.
Damals. Als er noch ein Junge war. Aber nun war er ein Krieger.

1.

Berlin, Juli 2010.

Kommissar Huntinger ermittelt in Berlin.

Ein seltsamer Ort für eine Leiche. Hauptkommissar Charles Huntinger stand etwas ratlos vor der Toten in der Neuen Nationalgalerie in Berlin. Die Picassoausstellung war das Kunstereignis des Jahres. Besucherrekord. Doch jetzt, am frühen Morgen, war die Galerie noch leer. Draußen drängten sich die Besucher bereits in einer endlosen Menschenschlange. Sie würden noch eine Weile warten müssen, ehe die Galerie aufmachte.

„Der Täter hat eines der besten Blätter von Picasso mitgenommen", stöhnte Schwiebel, der Museumsdirektor. Ein kleiner, übergewichtiger Mann mit Stirnglatze. Ängstliche Augen. Schweiß auf der Stirn.

„Wie lange ist sie schon tot?", fragte Huntinger den Pathologen Wurmser, mit dem er sich jeden Freitagabend zu einer Schachpartie in seiner Wohnung am Gendarmenmarkt zusammensetzte. Teuerste Lage in Berlin. Geerbt. Man musste nur die richtigen Großeltern haben.

Wurmser drehte die Tote, nachdem der Fotograf die Leiche aufgenommen hatte, vorsichtig um.

„Nach der Körpertemperatur zu urteilen, seit einer Stunde. Was für eine grässliche Wunde!", stöhnte Wurmser. Zerknautschtes Uhugesicht. Dicke Brillengläser, die die Augen vergrößerten.

„Hast du so etwas schon mal gesehen?" Er wies auf die große Wunde im Unterleib.

Um die Leiche hatte sich eine Blutlache gebildet, die bereits festtrocknete. Eine Wunde, so rot und rund wie die Farbkleckse auf den Gemälden von Miró. Scheißvergleich, dachte Huntinger. Dies hier war die Picassoausstellung. Nachdenklich holte er seine Pfeife heraus und steckte sie kalt in den Mund. Die Verletzung war zu groß, um von einem Messer zu stammen. Als hätte man ihr einen Pfahl in den Leib gerammt. Der Museumsdirektor räusperte sich unbeholfen.

„Hier ist rauchen …"

Huntinger winkte ab.

„Die Pfeife ist doch kalt."

„So etwas habe ich bisher nur bei Leichen nach einem Verkehrsunfall gesehen", erläuterte Wurmser kopfschüttelnd.

„Ein Auto ist hier wohl kaum durchgerast", erwiderte Mäusel in ihrer luschen Art. Huntingers Mitarbeiterin war trotz ihrer Jugend bereits Kommissarin. Rotzfrech, aber ein prima Kerl.

Huntinger saugte an seiner Pfeife und sah auf die leere Stelle, wo der Picasso gehangen hatte.

„Diese Frau war also Ihre Mitarbeiterin?", fragte er den Museumsdirektor.

„Ja. Frau Dennecke war meine Stellvertreterin. Sie war immer die Erste hier im Museum. Sehr tüchtig."

Ein Rubenstyp, dachte Huntinger. Sehr weibliche Ausstrahlung. Sie war eine attraktive Frau gewesen, obwohl sie die Vierzig bereits überschritten haben mochte.

„Sehen Sie hier", sagte die Mäusel und ging in die Knie.

Im Kommissariat nannte man sie nur „Maus". Sie war klein und stämmig. Auf einen etwas unförmigen Körper hatte der Herrgott ein Gesicht gesetzt, das er wohl einem Engel abgeguckt hatte. Durch ihren weiten Pullover wirkte ihr Körper noch unförmiger, als er war. Sie hatte schulterlanges blondes Haar, blaue Augen und einen breiten Mund. Das netteste Lächeln der Welt, wenn sie lächelte. Doch meistens lächelte sie nicht. Meist war sie mit sich und der Welt unzufrieden. Ihr T-Shirt mit der Aufschrift *Fuck you* gab darüber Auskunft. Andere T-Shirts trugen Aufschriften wie *Achtung. Bissiger Hund.* Huntinger hatte sich, wie die Kollegen, längst daran gewöhnt.

Mäusel wies auf seltsame Striche in der Blutlache neben dem Kopf der Leiche. „Sieht aus wie ein Ziegenbock."

„Hm", brummte Huntinger. „Was für ein Bild fehlt denn?"

Er sah hoch auf die Wand, an der endlos viele Zeichnungen von Picasso hingen. Alle zeigten einen Menschen mit Stierkopf, der über üppig proportionierte Frauen herfiel oder sie umarmte oder mit ihnen wollüstig das Lager teilte.

„Eines aus der Minotaurusserie. Ein besonders schönes Blatt. Es zeigt den Minotaurus mit einem Dolch. Eine Radierung aus dem Jahr 1933. Ein ähnliches Motiv hat er auch für die Zeitschrift *Minotaure* entworfen."

„Will der Mörder uns damit etwas sagen?", fragte Otto Pressel, auch er ein Kommissar aus Huntingers Abteilung. Ein dürrer Hagestolz, der in seiner nachlässigen Kleidung immer aussah, als würde er unter den Brücken von Berlin schlafen. Nicht verheiratet. Extrem zuverlässig. Ging nur lustlos in den Feierabend.

Huntinger zuckte mit den Achseln. „Schon möglich."

„Aber wenn er auf das Bild scharf war, warum diese grässliche Verstümmelung? Womit hat er die Frau getötet?"

„Mit einer Eisenstange", mutmaßte Wurmser und stand stöhnend auf. „Könnte eine spitze Eisenstange gewesen sein."

„Ach, Quatsch. Man geht doch nicht mit einer Eisenstange ins Museum", wehrte Mäusel unwirsch ab.

„Versuch' mehr herauszubekommen", brummte Huntinger seinem Freund Wurmser zu. „Dieser Saal bleibt heute gesperrt, damit die Spurensicherung ihre Arbeit tun kann."

Der Museumsdirektor zuckte zusammen.

„Das wird die Besucher gar nicht freuen. In diesem Saal hängen die schönsten Radierungen von Picasso. Besucher aus aller Welt kommen wegen der Ausstellung nach Berlin."

„Mord in der Picassoausstellung! Die Zahl Ihrer Besucher wird sich in den nächsten Tagen verdoppeln", warf die Mäusel ein und wies den Fotografen an, die seltsame Zeichnung im Blut der Toten aufzunehmen.

„Wieso?", fragte Schwiebel begriffsstutzig.

„Na, eine Tote vor einem Picassobild, das wird die Boulevardzeitungen zu Höchstleistungen anspornen. Die Besucher werden sich hier mit wohligem Schauer umsehen", sagte Mäusel und zwinkerte dem Fotografen zu.

Nachdenklich ging Huntinger die Bilderreihe entlang. Er verstand nicht viel von Kunst. Die kubistische Phase von Picasso mochte er nicht. Von den neuen Malerfürsten wie Baselitz und Pollock hatte er noch weniger Ahnung. Den Immendorff, den mochte er. *Café Deutschland* und Ähnliches. Auch diese Picassozeichnungen mit mythenhaften Szenen sprachen ihn an, erinnerten ihn an archaische Zeiten, als Griechenlands Götter noch unter den Menschen weilten und sich mit den Erdenweibern paarten. So eine Zeichnung hätte er gern gehabt, weil sie mit seinem Hobby, griechische Geschichte und Philosophie, in Einklang stand. Wie Albert Camus hätte er ausrufen können: Die Welt, in der ich mich am wohlsten fühle, ist der griechische Mythos.

Schwiebel war ihm gefolgt und erklärte die Bedeutung der Zeichnungen: „Sie drücken das Archaische im Mann aus. Picasso war außerdem ein großer Aficionado. Er besuchte alle Stierkämpfe in Arles und Nîmes. Ein Anhänger des Männlichkeitskults. Ein Macho natürlich, aber ein Genie, das den wahren Kern des Mannes auszudrücken verstand."

Huntinger schmunzelte. Der kleine glatzköpfige und übergewichtige Museumsdirektor war nun wirklich kein Ausbund von Männlichkeit.

„Auch den wahren Kern des Weiblichen?"

„Was meinen Sie?", fragte Schwiebel irritiert.

„Die Frauen sehen alle sehr zum Geschlechtsverkehr bereit aus. Die weiblichen Attribute sind überdimensioniert."

„So kann man es auch sehen", sagte Schwiebel. Der missbilligende Ton war kaum zu überhören.

Huntinger blieb vor einem Bild stehen, auf dem sich ein Stiermann mit gewalttätiger Gebärde über einen hingestreckten Frauenleib mit prallen Brüsten beugte.

„Ja. Picasso war ein Mann, der die Frauen liebte", sagte der Museumsdirektor.

„Danach sehen die Bilder aber nicht aus", widersprach Huntinger. „Ich würde sagen, er machte sie sich untertan."

„Sie mögen Picasso nicht?", fragte der Museumsdirektor; die Zunge wieselte über seine Lippen.

„Oh doch. Aber nicht jede Phase von ihm. Ich bin etwas altmodisch. Mein Kunstverständnis endet eigentlich mit den Impressionisten."

„Das ist schade. Ihnen entgeht …"

„Ich weiß."

Sie gingen zu ihren Leuten zurück, die noch immer um die Leiche herumstanden.

„Pressel, kümmern Sie sich mal um die Frau. Wohnung, etc. War sie verheiratet?", wandte sich Huntinger an den Museumsdirektor.

„Nein. Geschieden. Sie lebte allein", stotterte dieser verlegen.

Huntinger verstand.

„Sie kennen sie näher?"

„Wir haben seit drei Jahren zusammengearbeitet."

„Ich meine privat."

Der Museumsdirektor wurde noch röter. Unangenehm berührt zog er die Achseln hoch. „Nun gut. Wir waren einmal ein Paar. Aber das ist längst vorbei."

„Wer wurde Ihr Nachfolger?"

„Das weiß ich nicht. Keine Ahnung", stotterte Schwiebel. „Sie hat mir den Laufpass gegeben, schon bald, nachdem sie auf meine Fürsprache hin stellvertretende Direktorin geworden war", fügte er verbittert hinzu.

Armes Schwein, dachte Huntinger. Danach hat er keine Frau mehr gehabt.

„Wie konnte der Mörder eigentlich in die Galerie einbrechen? Wie ich hörte, wurde hier doch eine aufwendige Alarmanlage installiert. Aber es gab keinen Alarm."

„Die war ausgeschaltet. Habe ich schon gecheckt", rief Pressel herüber. „Und, Chef, nun kommt's! Die Tote hatte die Wachmannschaften unten in der Kantine zu einem kleinen Frühstück eingeladen. Eine Zeit lang war hier oben keiner vom Wachpersonal."

Dem Museumsdirektor fiel die Kinnlade herunter.

„Das kann ich mir nicht vorstellen", würgte er heraus.

„Stimmt aber", erwiderte Pressel grinsend. „Habe das Sicherheitspersonal schon in die Mangel genommen."

„Unsere Tote war also eine Komplizin? Interessant. Pressel, umso wichtiger ist es, die Nachbarn der Dennecke zu befragen. Vielleicht wissen die etwas von einem Freund."

„Wird gemacht, Chef."

„Soll ich nicht die Befragung der Nachbarn übernehmen? Um diese Zeit werden meist Frauen zu Hause sein", bot sich Mäusel an.

„Gut. Sie gehen mit Pressel", stimmte Huntinger zu, denn Pressel war in seiner nüchternen Art kein besonders einfühlsamer Befrager.

„Macht hier weiter. Wir sehen uns nachher im Präsidium", brummte Huntinger, nickte dem Museumsdirektor zu und verließ die Halle.

Vor der Nationalgalerie zündete er sich seine Pfeife an. Die Warteschlange war noch länger geworden. Nachdenklich sah er auf das große Plakat, das die Ausstellung anpries. Ein großes Selbstbildnis von Picasso. Was für unergründliche Augen, dachte Huntinger. Das Gesicht eines ägyptischen Amunpriesters. Ich hätte ihn gern kennengelernt, gestand er sich ein. Denn auch er, Huntinger, war vom alten Schlag und dem Maler obendrein in seiner Statur nicht unähnlich, wenn man ihn, den Fünfzigjährigen, auch nicht so gut aussehend nennen konnte. Mit seiner Größe und der Wucht seines Körpers füllte er jeden Raum.

Zurück im Präsidium empfing ihn die Kleinschmidt, seine Sekretärin, wie jeden Morgen mit einer Tasse *Earl Grey*. Er hatte die Kleinschmidt von seinem Vorgänger übernommen, der sie als Seele der Abteilung bezeichnet hatte. Huntinger war erst seit Kurzem in Berlin. Nach vielen Schwierigkeiten hatte er es geschafft, hierher versetzt zu werden. Noch einmal eine Herausforderung, hatte er sich gesagt.

„Ein interessanter Fall?", fragte sie und setzte sich zu ihm an den Schreibtisch.

Eine unschöne Frau, auf die Vierzig zugehend, groß, fast hager, aber mit besonders schönen langen Beinen. Wegen ihrer unvorteilhaften Kleidung strahlte sie nur wenig Weiblichkeit aus. Doch Huntinger mochte sie. Eine tüchtige Person. Loyal und mit einem großen Gerechtigkeitssinn. Sie ließ nichts auf Huntinger kommen und nahm seine Eigenheiten mit großer Nachsicht hin. Niemand durfte es wagen, in ihrer Gegenwart etwas Nachteiliges über Huntinger zu sagen. Ihre spitze Zunge war bei Untersuchungsrichtern und Staatsanwälten gefürchtet.

Er schilderte ihr kurz den Tatbestand. Sie rührte nachdenklich in ihrem Joghurt, nickte dazu, als habe sie genau dies erwartet.

Huntinger schüttelte den Kopf und seufzte nachdenklich.

„Sie scheint den Mörder reingelassen zu haben. Eine schöne rubensartige Frau in den besten Jahren."

„Der Mörder dürfte jünger gewesen sein, und sie hat noch einmal auf einen goldenen Spätsommer gehofft", mutmaßte die Kleinschmidt.

„Woraus schließen Sie das?", fragte Huntinger stirnrunzelnd.

„Sie hat für ihn alles riskiert. Liebeswahn. Torschlusspanik. Ein junger Mann lässt sie sich noch einmal jung fühlen. Sie war ihm verfallen", schloss sie bestimmt.

„Auf jeden Fall muss der Mörder ein Kunstbesessener sein", erwiderte Huntinger und wechselte so das Thema. Vielleicht hofft die Kleinschmidt auch noch einmal auf einen goldenen Spätsommer mit einem jungen Mann, dachte er.

„Er will das Bild für sich behalten", fuhr Huntinger fort. „Auf dem Kunstmarkt kann man so ein Bild nicht anbieten. Es ist zu bekannt. Der Mörder ist mit großer Kaltblütigkeit vorgegangen. Vielleicht haben Sie recht. Es könnte ein junger Mann sein. Ein alter Zossen geht nicht so ein Risiko ein. Ach, nichts als Spekulationen!", schloss er unzufrieden.

„Der Mord ist erst vor wenigen Stunden passiert", tröstete ihn die Kleinschmidt.

Huntinger riss ein Streichholz an und tauchte das auflodernde Feuer in den Pfeifenkopf seiner *Haggis*. Eine knubbelig aussehende Pfeife. Nach der Werbung zu urteilen, hatte sie den Namen von jenem seltsamen Mischwesen, Vogel und Säugetier zugleich, das angeblich in den schottischen Highlands lebte und das die Jäger vergeblich zu schießen versuchten, weswegen diese eifrig dem Scotch zusprachen. Eine seltsame, gut ausgedachte Legende eines Pfeifen- und Whiskyherstellers.

Das Telefon klingelte. Die Kleinschmidt nahm ab.

„Jawohl, Herr Polizeipräsident. Er ist bereits eingetroffen. Er kommt sofort zu Ihnen. Sofort. Ja."

Sie legte auf und griff wieder zum Joghurtbecher.

„Krassel kann es wieder einmal nicht erwarten. Der Untersuchungsrichter Dremmler und Staatsanwalt Strenger sind bereits bei ihm. Das *Trio Infernale* wittert einen Fall, der ihm Publizität einbringt."

Huntinger erhob sich stöhnend, steckte die Pfeife in den Mund und brummte: „Wenn Maus eintrifft, soll sie in den Computer schauen, ob Ähnliches schon einmal passiert ist. Mord im Museum oder in der Nähe einer Ausstellung. Ach ja, sie soll checken, ob bei Frauenmorden auffällige Wunden registriert wurden."

„Geht in Ordnung, Chef."

Er ging paffend die Treppe zum nächsten Stock hoch, wo die Räume des Allgewaltigen waren. Wie immer verschmähte er den Paternoster, dessen Enge er hasste. An dem Zerberus vorbei, der ihn von Anfang an nicht gemocht hatte, klopfte er kurz an der Tür und riss sie dann auf.

Das *Trio Infernale* unterbrach das Gespräch und sah ihm missmutig entgegen. Ohne die Aufforderung abzuwarten, warf sich Huntinger in den letzten freien Sessel vor dem Schreibtisch Krassels.

„Da sind Sie ja endlich! Also, wie ist der Status?", herrschte ihn der Polizeipräsident an.

Gelassen erzählte Huntinger, was er bisher wusste. Der Polizeichef mochte ihn ebenso wenig wie die beiden anderen. Er war ihnen zu alt, zu wenig eloquent und schien von den neuen forensischen Methoden wenig zu halten. Insgeheim machten sie sich über seine veralteten dunklen, von

Pfeifenaschenspuren geprägten Zweireiher lustig. Bei dem Allgewaltigen nahm Huntinger es hin. Er hatte schon in Bochum ständig Ärger mit seinen Vorgesetzten gehabt. Sie waren nun einmal allein auf ihre Karrieren bedacht, hatten Angst vor Fehlern und schlechter Presse. Hier in Berlin gab es genug Fallgruben, Intrigen und Machtstränge, die einem zum Verhängnis werden konnten. Aber all das ließ Huntinger kalt. Dremmler und Strenger waren ihm dagegen von Herzen unsympathisch, und er ließ sie dies spüren. Mit ihren engen, schwarzen Bossanzügen, ihren kalten, jungen Gesichtern und gegelten Haaren könnten sie geklonte Doppelgänger jener Typen in den Banken sein, die skrupellos und geldgeil die Finanzkrise ausgelöst hatten.

„Wir müssen davon ausgehen, dass Täter und Opfer sich kannten und die stellvertretende Museumsdirektorin dem Mörder geholfen hat."

„Der Fall wird ungeheuren Staub aufwirbeln", freute sich Dremmler.

„Ja. Der Fall muss schnellstens aufgeklärt werden", unterstützte ihn Strenger beflissen.

„Wir dürfen vor allem keine Fehler machen. Dieses Bild von Picasso ist ein entsetzlicher Verlust für die Kunstwelt", klagte Krassel.

„Der Regierende Bürgermeister hat mich bereits angerufen. Er drängt auf schnelle Aufklärung. Für Berlin ist es ein enormer Imageschaden!"

„Ja, ganz entsetzlich", echote Dremmler.

„Womit ist die Frau denn getötet worden?", fragte Strenger und starrte missbilligend auf die kalt gewordene Pfeife in Huntingers Hand. Es war ihm anzusehen, dass er es für einen Affront hielt, dass Huntinger so offensichtlich im Büro des Polizeipräsidenten zeigte, dass er gegen das Rauchverbot in öffentlichen Räumen verstieß.

Krassel sah mittlerweile darüber hinweg, da der Neue trotz seiner Respektlosigkeit und veralteten Methoden eine Erfolgsquote hatte, die ihn unangreifbar machte. Huntinger war sein bestes Pferd im Stall. Wenn sich Dremmler und Strenger über ihn beschwerten, wehrte er sie mit der Bemerkung ab: „Ich weiß. Ich weiß. Er ist unerträglich, aber er hat Erfolg. Seltsamerweise mag ihn sogar die Presse."

„Das wissen wir nicht", beantwortete Huntinger Strengers Frage. „Es muss ein großer Gegenstand gewesen sein, der sich wie ein Pfahl in ihre Brust gebohrt hat. Eine derartige Wunde habe ich noch nicht gesehen."

„Der Mörder wird wohl kaum mit einem Pfahl in die Nationalgalerie marschiert sein", höhnte Dremmler.

„Wohl kaum", stimmte Huntinger gelassen zu, zog sein Pfeifenbesteck aus der Tasche und bohrte in der Asche seiner Pfeife.

„Machen Sie jetzt nur nicht Ihren Stinkkolben an!", knurrte Dremmler. „Ich kann den Geruch nicht ertragen, und im Übrigen wissen Sie doch, dass ..."

„Ich weiß", unterbrach ihn Huntinger. „Sie ist doch auch gar nicht mehr an."

„Was werden Sie tun? Der Regierende verlangt eine schnelle Aufklärung", riss Krassel das Gespräch wieder an sich und klopfte herrisch mit seinem *Mont Blanc* auf die Schreibtischplatte.

„Das Übliche erst einmal. Die Nachbarschaft des Opfers befragen, die Wohnung durchsuchen. Nach Mordfällen forschen, die einen ähnlichen Charakter hatten."

„Was? Wie? Ein Wiederholungstäter?", fragte Dremmler ungläubig.

„Wäre möglich."

„Was ist denn das für ein Bild?"

„Es zeigt einen stierköpfigen Mann, der einen Dolch in der Hand hält."

„Ein Minotaurus?", fragte Strenger ehrfürchtig.

„Nun, dann will ich Sie nicht weiter in Ihren Pflichten aufhalten. Sie haben sicher viel zu tun", entließ ihn Krassel. „Wie gesagt, der Regierende erwartet ..."

„Wir tun unser Bestes", versprach Huntinger, ein „Wie bei jedem Fall" konnte er sich dann doch nicht verkneifen.

Er schlug sich auf die Knie und ging hinaus. Er wollte gerade die Tür hinter sich schließen, als er Strenger zischen hörte: „Unverschämt wie immer!"

Huntinger machte die Tür wieder auf, steckte seinen Kopf ins Amtszimmer und sagte grinsend: „So, wie es reinschallt, schallt es auch heraus! Meine Herren, ich wünsche einen guten Tag."

Er schloss die Tür, und der Zerberus sah ihn unwillig an.

„Ihre Insubordination wird Ihnen noch einmal das Genick brechen", keifte die Rothaarige.

„Schon möglich", gab Huntinger zu. „Aber eher brechen Sie sich die Finger an diesem Ding da."

Er nickte in Richtung Computer, steckte sich die Pfeife an und ging aus dem Vorzimmer.

„Na, war's schlimm?", fragte die Kleinschmidt neugierig wie immer, denn sie war jedes Mal höchst besorgt, wenn sich Huntinger zum Allmächtigen begab, da sie nur zu gut wusste, dass ihr Chef wenig Respekt vor diesem zeigte und auch seine Verachtung vor den übereifrigen Justizvollstreckern nicht verbergen konnte.

„Das Übliche", knurrte Huntinger und ging zu Mäusel und Pressel, die auf ihre Computer einhackten.

„Wieder zurück? Was hat es gebracht?", fragte er.

„War eine elegante Wohnung. Stilmöbel und so. Goldgerahmte Bilder. Perserteppich. Alles vom Feinsten", antwortete Pressel. „Im Badezimmer lag Rasierzeug. Sie hat also einen Kerl gehabt."

„Und Sie, Maus? Was haben Sie erfahren?"

Eigentlich passte der Spitzname nicht zu ihr. Magdalena Mäusel konnte so kriegerisch sein, dass selbst eine Elefantenherde Angst bekommen hätte.

„Eigentlich nüschts. Nur eine der Nachbarinnen hat sie einmal mit einem Mann gesehen. Einem jungen Mann. Sie konnte ihn aber nicht beschreiben."

„Ich habe es doch gesagt. Ein junger Mann hat ihr den Kopf verdreht. Sie war ihm …", rief die Kleinschmidt herüber.

„Wir sind jetzt dabei die unaufgeklärten Fälle abzuchecken", unterbrach die Mäusel mit einem unwilligen Blick zur Sekretärin.

„Na, dann macht mal weiter", knurrte Huntinger und ging in sein Büro, öffnete das Fenster und sah hinaus auf die Stadt, die er lieben gelernt hatte. Er mochte ihre Ungebärdigkeit, ihren schnellen Takt und die Geräusche der Großstadt, die so ganz anders klangen als im geruhsamen Bochum. Anfangs hatte er sich nicht vorstellen können, hier heimisch zu werden, aber Berlin war mit Sicherheit die aufregendste Stadt Deutschlands. Selbst in der Nacht hörte das Pulsieren, der Herzschlag der Stadt, nicht auf. Er ging gern durch das nächtliche Berlin, besonders durch Berlin-Mitte, und genoss das Singen der Autoreifen, die Geräusche der Busse und S-Bahnen und die Musik aus den Bars in den Sommernächten, wenn die Türen überall offen standen.

Das Telefon lärmte. Er nahm ab. Wie abgesprochen meldete sich Wurmser.

„Also, über die Tatwaffe kann ich dir immer noch nichts sagen. Ich habe sogar in der Literatur geblättert. Ergebnislos. Sie ist um sieben Uhr, plus/minus eine halbe Stunde, gestorben und hatte vorher Geschlechtsverkehr. DNA bekommst du noch."

„Ist nicht viel."

„Nein. Kommst du heute Abend?"

„Weiß noch nicht. Kommt darauf an, wie sich das hier noch entwickelt."

Sie trafen sich jeden Freitag zum Schachspiel und leerten dabei eine gute Flasche Maltwhisky, wenn Huntinger nicht seinen geliebten Calvados mitbrachte. Manchmal stieß die Nachbarin hinzu, ein Callgirl, dem Wurmser einen Teil seiner riesengroßen Wohnung vermietet hatte und das sich gern mit ihnen unterhielt, da die beiden Männer in ihr nur eine schöne und intelligente Frau sahen und nichts anderes von ihr erwarteten. Huntinger war gern mit den beiden zusammen. Auch deswegen, weil ihn der Blick aus Wurmsers Penthouse über den Gendarmenmarkt begeisterte.

„Glaubst du, dass sie mit ihrem Mörder geschlafen hat?", fragte Wurmser.

„Möglich. Er hat sie gebumst und dann umgebracht. Eine naheliegende Hypothese. Darüber würde ich mich gern einmal mit deiner Nachbarin unterhalten."

„Ein interessantes Gesprächsthema für unseren nächsten Schachabend!", erwiderte Wurmser lachend. „Also bis dann."

Huntinger hatte kaum aufgelegt, als die Mäusel mit triumphierendem Gesicht in sein Büro kam und mit einigen Blättern wedelte.

„Ich habe eben mit einem Kommissar Schneckenberger in der Nähe von Dachau gesprochen. Dort ist voriges Jahr eine Frau ermordet worden, die eine ähnliche Wunde wie unser Opfer hatte. Er hat mir sofort gemailt und bereits Fotos geschickt. Scheint sehr tüchtig zu sein. Allerdings hat er einen fürchterlichen Dialekt. Der Mann ist kaum zu verstehen. Sehen Sie sich das mal an."

Sie legte die Blätter auf den Schreibtisch. Auch dieses Opfer war eine gut aussehende Frau in den besten Jahren. Auch sie ein Rubenstyp. Die Wunde war genau so groß und schrecklich wie die der Dennecke.

„Die gleiche Handschrift", stimmte Huntinger zu. „Wer ist die Frau?"

„Nun kommt's! Sie hat eine bekannte Galerie in München gehabt. Sie wurde in Dachau, in der Nähe des ehemaligen Konzentrationslagers, gefunden, genau neben dem Tor mit der berüchtigten Aufschrift *Arbeit macht frei*."

„Seltsam. Was für Bilder hat sie denn verkauft?"

„So neumodisches Zeug. Warhol, Polke und Konsorten. Aber auch Bilder von Picasso und Braque. Was das für Bilder waren, wusste er nicht mehr. Aber dass sie Bilder von Picasso hatte, war ihm noch in Erinnerung. Es ist ja auch eine Weile her."

„Sonst noch ähnliche Morde?"

„Nein. Und dieser Fall wurde nie aufgeklärt."

„Gut. Ich muss ohnehin nach München. Ich werde mir in Dachau mal diesen Kommissar vornehmen. Vielleicht kann ich noch mehr aus ihm rausbekommen."

„Kann ich mitkommen, Chef?"

„Nein. Ich habe außerdem noch in München zu tun. Etwas Privates."

Huntinger wurde rot. Seit einem Jahr hatte er ein Verhältnis mit einer bekannten Schauspielerin, die im gleichen Alter wie er war und als Charakterschauspielerin und Filmkommissarin gute Einschaltquoten hatte. Bis jetzt war es ihnen gelungen, ihre Beziehung vor der Presse geheim zu halten.

„Chef, ich kann ja nach Dachau fahren und schon mal die Lage sondieren. Ich habe ohnehin noch eine Menge Urlaub gut. Außerdem täte mir ein kurzer Tapetenwechsel nicht schlecht."

„Na schön, wenn Sie Ihren Urlaub dafür opfern wollen."

„Mach ich doch gern, Chef", sagte sie und lief schnell wieder aus seinem Büro.

Kopfschüttelnd sah ihr Huntinger nach.

Die Kleinschmidt kam herein und brachte ihm eine frisch gebrühte Tasse *Earl Grey*.

„Womit haben Sie denn die Maus so glücklich gemacht? Sie strahlte wie ein Honigkuchenpferd, als sie aus Ihrem Zimmer kam."

„Ach, nichts weiter. Ich habe ihr nur erlaubt, nach Dachau zu fahren."

„Aha. Und Sie fahren auch nach Dachau?"

„Ja. Aber erst muss ich nach München."

„So?", fragte sie gedehnt.

„Schauen Sie mal."

Huntinger zeigte ihr die Bilder der Münchener Toten, und sie schüttelte erschrocken den Kopf.

„Das ist ja grauenhaft."

„Wir haben es also mit einem Serientäter zu tun. Die Wunde ist eindeutig von der gleichen Art wie die unseres Opfers. Und obendrein verkaufte die Frau auch Picassos. Jetzt haben wir einen Faden, an dem wir zupfen können."

Belsen kam rein und wedelte mit zwei Eintrittskarten.

„Chef, ich habe für heute Abend zwei Karten für Hertha gegen Frankfurt geschenkt bekommen. Wollen Sie mitkommen?"

Manfred Belsen gehörte auch zu seinem Team. Er war ein rundgesichtiger, glatzköpfiger kleiner Mann, der ganz für seine Freizeitvergnügen lebte. Er war nicht der Klügste, aber ein zuverlässiger Arbeiter. Huntinger akzeptierte, dass nicht jeder sein Leben nach dem Beruf ausrichtete. Er mochte den kleinen Kerl, obwohl er ihm manchmal mit seinen Einladungen zum Kegeln und Skat oder mit seiner Hertha-Leidenschaft auf die Nerven ging.

„Nein. Ich muss Koffer packen. Frau Kleinschmidt, sehen Sie mal zu, dass ich morgen früh einen Zug nach München bekomme."

„Geht's um den Mord in der Nationalgalerie?", fragte Belsen mit enttäuschtem Gesicht.

„Ja. Und Sie können mal bei Interpol anfragen, wie es europaweit mit ähnlichen Morden aussieht."

„Sie glauben, dass …"

„Ich glaube gar nichts. Aber wir wollen auf Nummer sicher gehen. Picasso hat in Spanien und in Frankreich gelebt. Unser Mörder hat irgendetwas mit Picasso zu tun. Also, schauen Sie mal, wie es aussieht. Könnte ja sein, dass er dort auch sein Unwesen getrieben hat."

„Mach ich, Chef. Aber das Spiel ist heute Abend. Ich muss beizeiten los. Gleich morgen kümmere ich mich darum. Wollen Sie nicht doch mitkommen? Sie fahren ja erst morgen. Vielleicht gewinnt Hertha ja mal wieder."

„Nein, danke. Vielleicht ein andermal. Hertha spielt ja nicht zum letzten Mal."

„Aber wenn die so weitermachen, dann wohl nicht mehr lange in der Bundesliga."

„Nicht den Mut verlieren", verabschiedete Huntinger den enttäuschten Kommissar.

„Wann werden Sie wieder zurück sein, Chef?", fragte die Kleinschmidt.

„Spätestens Freitag, schätze ich."

„Und wenn Krassel anruft, was soll ich dem sagen?"

„Erzählen Sie ihm von einem ähnlichen Mord in Dachau."

„Und für die Dachaugeschichte brauchen Sie wirklich die Mäusel dort?", fragte sie unwillig.

„Ist doch schön, wenn man eifrige Mitarbeiter hat."

„Seit Sie hier sind, ist Maus in der Tat sehr eifrig geworden!", sagte die Kleinschmidt spitz und rauschte aus dem Büro.

Huntinger war mit seinen Gedanken längst wieder beim Fall. Es entwickelt sich, dachte er. Ich muss mir ein Buch über Picasso kaufen, damit ich den Kerl besser verstehe. Was interessiert den Mörder an diesem Maler? Ihm fiel ein, wann er das erste Mal von Picasso gehört hatte. Er war noch ein Junge gewesen, Lehrer Köpke hatte ihnen im Zeichenunterricht Bilder von berühmten Malern gezeigt. Van Gogh, Rembrandt, Monet und Cézanne, aber eben auch Picasso, deren kubistische Bilder er damals grauenhaft gefunden hatte. Mittlerweile wusste er, dass der Maler ein Jahrhundertgenie gewesen war. Aber die kubistischen Bilder hätte er sich immer noch nicht in seine Wohnung gehängt.

Die Kleinschmidt kam mit einem Packen Papier rein.

„Hier. Ich habe aus dem Internet mal einiges über Picasso ausdrucken lassen. Es gibt noch viel mehr."

„Sie haben wohl meine Gedanken erraten. Sie sind eine großartige Frau!", lobte Huntinger.

Die Kleinschmidt strahlte und ging glücklich wieder hinaus.

Huntinger blätterte die Papiere durch. Was für ein faszinierender Fall!, dachte er zufrieden. Wenn er allerdings gewusst hätte, dass dieser Fall einer der schwierigsten seiner Laufbahn werden würde, hätte sich seine Zufriedenheit spürbar in Grenzen gehalten.

2.

In der Haut des Minotaurus.

Er war mit sich zufrieden. Es war ganz leicht gewesen und vor allem besser als in den anderen Fällen. Die dumme Kuh hatte sich gewehrt. Das hatte den Spaß erhöht. Er stellte sich vor, was in ihr vorgegangen sein mochte. Er kicherte. Am Morgen hatten sie noch einmal miteinander geschlafen. Er hatte es ihr tüchtig besorgt. Sie war glücklich gewesen. Wie geil sie gequietscht hatte. Und später war sie nicht einmal überrascht gewesen, als er den Wunsch äußerte, ihn mit den Picassos einen Augenblick allein zu lassen. Er wolle einmal, ein einziges Mal in seinem Leben einen dieser wunderbaren Picassos in den Händen halten, hatte er ihr gesagt. Die Schickse hatte ihm geglaubt, die Wächter nach unten zum Frühstück geschickt und die Alarmanlage ausgeschaltet.

„Da hast du einen Saal von Picassos ganz für dich allein", hatte sie gesagt, stolz darauf, ihm dies zu ermöglichen. Als er ihr dann die Waffe in den Bauch stieß, hatte sie kräftig gefurzt und ihn angesehen, wie sie ihn immer beim Orgasmus angesehen hatte, dann hatte sie geflüstert: „Warum? Warum nur? Ich tue doch, was du …" Sie hatte noch die Kraft gehabt auf ihn einzuschlagen, und er hatte ihr das spitze Ding noch stärker in den Leib gedrückt. Dann war es vorbei gewesen. Und nun war das Bild in seinem Besitz, und er saß im Zug und wartete darauf, dass dieser endlich den Bahnhof verließ. Zufrieden klopfte er auf die Aktentasche neben sich.

Er, der sich zu Ehren des Meisters selbst Minotaurus nannte, lehnte sich glücklich zurück und schloss die Augen. Dies war nun schon das dritte Original, das er von Picasso hatte. Schade, dass er nicht genug Zeit gehabt hatte, um noch mehr Bilder mitzunehmen. Aber eines Tages würde er alle Bilder der Minotaurusserie besitzen. Eine Unmutsfalte erschien auf seiner Stirn. Er dachte an zu Hause und was ihn dort erwarten würde. Niemand von ihnen wusste, wer er wirklich war. Sie kannten ihn nicht.

Oh ja, sie würden ihn fürchten. Alle würden ihn fürchten. Die Museumsdirektoren, die Mäzene, die Professoren, die ganze Kunstbande. Versager waren sie alle. Durchschnitt. Und diese Kretins hatten ihn durch die Aufnahmeprüfung fallen lassen, hatten nicht erkannt, dass er, genauso

wie der Meister, eine Welt erschaffen konnte. Zu ungelenk, ‚Architektur-
zeichnerei‘ hatten sie ihm bescheinigt. ‚Versuchen Sie es mit einem anderen Studium‘, hatten sie ihm empfohlen. Ihn, den Minotaurus, hatten sie
abgewiesen. Er ballte unwillkürlich die Hände. Dann öffnete er die Augen
und sah aus dem Fenster. Der Zug hatte die Stadt verlassen. Die Landschaft draußen flog vorbei. Wald. Immer nur Wald. Er hasste den Wald.
Schweiß trat ihm auf die Stirn. Sein Atem ging heftiger. Was hatte er alles
ertragen müssen. Den Hohn des Vaters, die mitleidigen Blicke der ganzen
Familie.

„Nicht einmal zur brotlosen Kunst taugst du! Nun kannst du dich aufs
Geschäft konzentrieren“, hatte der Vater gefordert.

Doch am schlimmsten war der Alte gewesen, der Großvater. Verächtlich hatte er abgewunken und ‚Versager!‘ geraunzt.

Er versuchte an etwas anderes zu denken. An die Frauen, über die er
sich gebeugt hatte, über die er hergefallen war wie der Minotaurus. Macht
hatte er über sie gehabt. Sie hatten vor Lust geschrien. Ja, das war schon
besser. Es tat gut daran zu denken. Er war der Minotaurus. Er klopfte
zärtlich auf die Aktentasche. Das war der Beweis. Er bekam eine Erektion.
Er hätte jetzt liebend gern gewichst. Aber im Abteil saßen noch drei andere Fahrgäste. Spießer! Ein ältliches Ehepaar und ein distinguiert aussehender, dunkel gekleideter Mann, der den Börsenteil der *FAZ* las. Offensichtlich ein Geschäftsmann.

Wenn die drei wüssten, mit wem sie reisten. Wenn die wüssten, was er
am Morgen getan hatte, was er schon zweimal zuvor getan hatte … und
niemand war auf ihn gekommen. Jetzt hatte er einen Steifen, und sie
wussten es nicht. Würden es nie erfahren.

Er musste dreimal umsteigen, ehe er zu Hause war; eine Kleinstadt mit
einem schönen, rot angestrichenen Rathaus im Renaissancestil. Man lebte
vom Tourismus. Deutsche Kleinstadtidylle. Man grüßte sich achtungsvoll.
Aber sie wussten nicht, wen sie grüßten. Wenn sie das wüssten, dachte er
lustvoll.

Er betrat das rosafarbene Haus gegenüber dem *Bräustüberl*. Ging
durch die große Wohnhalle in den Salon. Die Familie war beim Abendessen.

„Schön, dass du uns wieder mal die Ehre gibst“, sagte der Vater.

„Wie war die Ausstellung?“, fragte die Mutter.

„Ganz ausgezeichnet", sagte er und setzte sich an den Tisch. „Die Ausstellung zeigt das ganze Spektrum der Kunst des Picasso."

„Hast du wieder mit entarteter Kunst deine Zeit verplempert?", grollte der Großvater und dann, zum Vater gewandt: „Er sollte zur Bundeswehr gehen. Ist zwar eine lahme Truppe und nicht zu vergleichen mit uns von der Waffen-SS, aber immerhin: Militär bleibt Militär. Vielleicht machen sie einen Mann aus ihm."

Er musste an sich halten, um nicht herauszulachen. Er war mehr Mann als sie alle zusammen. Nun ja, einst war der Großvater ein deutscher Held gewesen. Aber nun war er alt und ein wenig senil. Wie seinen unendlichen Tiraden zu entnehmen war, hatte er unter SS-General Hermann Fegelein irgendwo im Osten Juden in die Pribjet-Sümpfe gejagt. Bis zum Schluss hatte Großväterchen gekämpft, selbst als die Generäle bereits kapituliert hatten. Der alte Geißbock konnte nicht wissen, dass er, der Minotaurus, vom gleichen Schlag war.

„Er hat mehr Dresche bekommen als ich, und es hat nichts genützt", klagte der Vater. „Er verlässt sich darauf, dass er erbt."

Er kannte dies zur Genüge. Manchmal hatte er den Eindruck, dass ihn der Vater hasste.

„So sind die Jungen. Verweichlicht, faul und ohne Courage. Früher haben wir in den Führerschulen aus Bengeln Männer gemacht!", hetzte der Alte.

„Du hast ihn zu sehr verwöhnt", brummte der Vater und sah zu seiner Frau hinüber, die zweite bereits, die sich immer noch so kleidete, als sei sie knapp über zwanzig. Mit ihrer schlanken Figur und dem langen blonden Haar konnte sie, von hinten gesehen, immer noch Männer auf dumme Gedanken bringen. In ihrem faltenlosen Gesicht spannte sich die Haut und gab ihr ein maskenhaftes Aussehen. Sie lächelte selten. Der Chirurg war gut und teuer gewesen, aber nicht so gut, die Zeit aufhalten zu können.

„Ach, Schatz, was du immer hast", hauchte sie und verdrehte die Augen. „Kannst du den Jungen nicht in Ruhe lassen. Auf den Internaten ging es lange nicht so lax zu, wie du immer glaubst. Ich weiß dies schließlich ganz genau. Du hast den Jungen ja nie besucht."

„Unfug!", donnerte der Großvater und schlug mit der Faust auf den Tisch. „Der Führer hat einmal gesagt, dass die Lehrer alle nichts taugen. Nur eine strenge Zucht, wie bei den Spartanern, bringt eine Jugend hervor, die für unser Volk Ehre einlegt. Strenge, Zucht, Disziplin, jawoll. Was man liebt, das züchtigt man. Es hat meinem Jungen nicht geschadet, dass ich ihm mit der neunschwänzigen Katze das Fell gegerbt habe."

Der Vater nickte selbstgefällig und grinste: „Jawoll. Mit einer neunschwänzigen Peitsche hat er mich verdroschen. Ohne Zucht wächst kein gerader Halm. Und auf den Napolas, den Führerschulen, haben sich die Lehrer auch keinen Zwang angetan. Es wurde jeden Tag tüchtig geprügelt."

„Ihr kennt nur ein Thema, Gewalt und Prügel, und nennt das Zucht und Ordnung", wehrte er sich, der nun bereits drei Picassobilder in seinen Besitz gebracht hatte.

„Der Junge hat recht", stellte sich die Stiefmutter auf seine Seite. „Können wir nicht einmal über etwas anderes reden?"

„Eure Brut ist verweichlicht", keuchte der Großvater. „Verkorkst. Verdorben. Als Deutschland kapituliert hatte und der Führer nach heroischem Kampf auf den Stufen der Reichskanzlei gefallen war, habe ich noch mit meinen Kameraden am Gendarmenmarkt gekämpft. Wir waren Männer."

„Jawohl, Herr Sturmbannführer", sagte der Vater missmutig. „Wir wissen um deine Meriten im Kampf um Berlin."

„Auf den Stufen der Reichskanzlei, das ist doch Blödsinn", warf der ein, der sich als Minotaurus fühlte. „Wir wissen doch alle, dass er sich feige selbst umgebracht hat."

Wenn ihr wüsstet, dachte er lustvoll.

„Siegerpropaganda!", geiferte der Alte. „Lügen! Und so etwas wird in diesem Hause nachgeplappert."

„Es wird Zeit, dass die Herumgammelei ein Ende hat", schrie der Vater und schlug mit der flachen Hand auf den Tisch. „Lange sehe ich mir das nicht mehr an. Spätestens in vier Wochen will ich wissen, was du aus deinem Leben machen willst. Du wirst in der Firma mit einem Praktikum beginnen."

„Ich werde mir erst einmal eine Auszeit nehmen", trotzte er, den stolz erhobenen Kopf des Minotaurus' vor Augen. Nur fort. Weg von hier, dachte er.

„Auszeit?", krächzte der Großvater. „Was'n das?"

„Ich gehe nach Frankreich und verbessere mein Französisch. Wenigstens ein halbes Jahr."

„Ja, verplempere deine Zeit. In deinem Alter war ich schon in Dachau und habe dort für Ordnung gesorgt. Dann hat mich Fegelein geholt. Das war ein Kerl. Schneidig. Die Frauen sind dem nur so hinterhergelaufen. Übrigens wurde er später sogar Hitlers Schwager."

„Ich habe gelesen, dass Hitler ihn wegen Fahnenflucht erschießen ließ", widersetzte er sich dem Großvater. „So doll kann es mit deinem Fegelein nicht gewesen sein."

„Lügen!", kreischte der Alte. Der Speichel lief ihm über das Kinn. „Alles Lügen! Bestimmt war es eine Intrige von dem hinterhältigen Bormann. Die Amis haben unsere Jugend verdorben. Das Volk bekam eine Gehirnwäsche und aus den Deutschen wurden Jammerlappen. Genusssüchtige Weicheier. Aus einem Soldatenvolk wurden Krämer. Überall sieht man heute Schieber, Türken, Neger und Itaker auf den Straßen. Und die Kinder drängeln sich in diesen amerikanischen *McDonald's*-Läden und fressen schwammige Boulettenbrötchen."

„... und trinken *Coca Cola*", warf die Mutter mit unbewegtem Gesicht ein. Es blieb unklar, ob sie zustimmte oder dies ironisch meinte. Manchmal bekam sie kurze Anfälle von Widerspruchsgeist.

„Die Zeiten haben sich geändert", versuchte der Vater den Alten zu beruhigen. „Auch wir machen Geschäfte mit den Amerikanern. Gute Geschäfte."

„Es ist enervierend", klagte die Mutter. „Großvater redet nur über die glorreichen Zeiten und du, mein Lieber, mäkelst dauernd an dem Jungen herum und hast nur deine Geschäfte im Sinn. Tag für Tag böse Worte. Ich kann den Jungen verstehen, dass er eine Auszeit haben will. Ich könnte auch eine Auszeit gebrauchen."

„Kommt nicht infrage! Du bleibst hier. Auszeit? Wenn ich so etwas Schlappes schon höre. Niemand nimmt hier eine Auszeit."

„Egal, was du denkst. Ich gehe nach Frankreich", erwiderte er, der sich als Minotaurus fühlte, und sprang auf, warf die Serviette auf den Tisch und ging in sein Zimmer.

Dort öffnete er die Aktentasche, nahm die herrliche Zeichnung heraus, betrachtete sie lustvoll und heftete sie mit Stecknadeln an die Wand, an der zahlreiche Bilder aus der Minotaurusserie hingen. Von der wassergefleckten Tapete war kaum etwas zu sehen. Er hatte es durchgesetzt, dass in seinem Reich nicht neu tapeziert wurde. Alles sollte beim Alten bleiben. Deswegen hing auch noch das Modellflugzeug, der Doppeldecker des ‚Roten Barons‘, über seinem Schreibtisch. Das war ein Kerl, dachte er. *Pour le Mérite*-Träger. Bis auf drei Bilder waren alles nur Drucke. Im Hause erkannte niemand, dass hier auch Originale hingen, die Hunderttausende wert sein mochten. Vater hatte sein Reich seit Jahren nicht mehr betreten. Damals hatte er über das Plakat an der Tür gewettert, das er aus Spanien mitgebracht hatte und einen Stierkampf mit *El Cordobes* ankündigte. Nie hatte er ihm etwas recht machen können. Zufrieden sah er die Bilder an. Eines Tages würden alle Bilder Originale sein. Er ging zu dem schweren Schreibtisch, den ihm der Großvater vererbt hatte, und setzte sich, verschränkte die Arme hinter dem Kopf und sah auf die beiden gekreuzten Stierkampfdegen und die rote Capa über seinem Bett. Auch darüber hatte der Vater damals geschimpft. „Tierquälerei“, hatte er geschrien. „Ein Deutscher liebt die Tiere.“

Er dachte an Frankreich. Es war ein spontaner Einfall gewesen, aber auch jetzt fand er ihn noch gut. Er würde dorthin gehen, wo der große Meister gelebt hatte. Wollte weg aus dem muffigen Kaff, aus der Enge, vor allem weg von Vaters Schikanen. Er war ein Künstler. Eines Tages würde er wieder malen. Dazu brauchte er kein Studium. Dem Vater würde gar nichts anderes übrig bleiben, als ihn zu unterstützen. Er würde eine kleine Gemäldegalerie in München aufmachen. Ja, das würde es sein. So eine, wie sie die Elisabeth hatte. Sie war die zweite gewesen, für die er zum Minotaurus geworden war. Von ihr hatte er die wunderbare Zeichnung, auf der der Minotaurus die Frau überwältigt. Vor dem Konzentrationslager hatte er Elisabeth umgebracht. Warum wollte sie sich auch unbedingt am frühen Morgen ein Konzentrationslager ansehen? Er hatte sie gegenüber dem Tor auf einem mit Buschwerk bewachsenen Hügel gefickt und ihr danach das spitze Ding in den Bauch gestoßen. Genauso wie der blöden Kuh in Berlin. Wie dumm doch die Weiber waren. Alle fielen auf ihn herein. Ja, das mit der Galerie war eine gute Idee. Geld genug hatte der Vater ja. Mehr Geld, als sie je würden ausgeben können. Sollte der Alte ruhig meckern.

Sein Blick fiel auf das Bild, auf dem der Minotaurus von einem blinden Mädchen geführt wurde. Ein billiger Druck. Plötzlich gefiel ihm die Zeichnung nicht mehr. Der Minotaurus sah so hilflos aus. Er sprang auf, nahm das Blatt ab, zerknüllte es und warf es in den Papierkorb. Niemals durfte ein Minotaurus Schwäche zeigen. Zufrieden betrachtete er einen anderen Druck: Der Minotaurus bei einem nackten Weib, so selbstsicher und kraftvoll. Er fühlte, dass ihm der Schweiß auf die Stirn trat. Er musste an die frische Luft. Als er die Treppe hinuntergegangen war, traf er in der Halle auf den Vater.

„Was ist? Wo willst du jetzt noch hin? Es ist zehn Uhr."

„Ich will noch frische Luft schnappen."

„Kommt gar nicht infrage, dass du dich um diese Uhrzeit noch herumtreibst. Du bleibst hier! Bist gerade erst nach Hause gekommen und willst schon wieder losziehen? Wahrscheinlich wieder in die *City-Bar*.

„Ich bin volljährig und kann tun und lassen, was ich will", sagte er, fühlte die Wut des Minotaurus' in sich hochsteigen. Er wollte weitergehen, doch der Vater hielt ihn fest.

„Du bleibst hier. Bist du taub? Solange du die Füße unter meinen Tisch stellst, tust du, was ich sage."

„Lass mich los, sonst …"

„Was sonst? Du gehorchst, du Nichtsnutz!", schrie der Vater, und der Schlag ließ ihn taumeln.

„Hör auf! Ich warne dich."

Der Vater packte ihn am Kragen und schlug auf ihn ein. Wieder und wieder.

„Du bleibst hier! Du gehorchst … mir!", wiederholte er bei jedem neuen Schlag. Ein Boxhieb traf seine Nase, und der Schmerz trieb ihm die Tränen in die Augen.

Er holte aus und traf den Vater am Kinn. Dieser ging zu Boden und rutschte über die Marmorfliesen. Fassungslos starrte er den Sohn an.

„Du hast die Hand gegen deinen Vater erhoben? Du hast den geschlagen, dem du das Leben verdankst?", heulte er.

Der Großvater kam herbeigehumpelt, alarmiert durch den Lärm, und schwenkte seinen silberknaufigen Spazierstock.

„Den Vater geschlagen", schrie der Großvater und fuchtelte mit dem Stock. „Sodom und Gomorrha. Das kommt dabei heraus, wenn die Kinder keine Zucht kennen, wenn sie nicht in Furcht vor dem Vater aufwachsen."

Nun stürzte auch die Stiefmutter herbei. „Was ist geschehen?"

„Er hat mich geschlagen", sagte der Vater und deutete mit ausgestrecktem Arm auf den Sohn.

„Du sollst deinen Vater und deine Mutter ehren", keifte die Frau.

„Nun hör aber auf mit dem jüdischen Gejammer", wies der Großvater sie zurecht. „Was der braucht, ist eine harte Hand."

Der Großvater hob seinen Stock und schlug auf ihn ein. Es tat nicht so weh wie früher. Der Alte hatte keine Kraft mehr. Es schmerzte nur, dass er so behandelt wurde.

„Ihr werdet eines Tages noch vor mir zittern!", brüllte er wütend, entriss dem Großvater den Stock und warf ihn in die Ecke. „Eines Tages werdet ihr … vor mir zittern!", wiederholte er kalt und ging hinaus.

„Brauchst gar nicht mehr zurückkommen!", schrie ihm der Vater hinterher.

Vor der Tür atmete er aus. Dann ging er zu den Garagen und stieg in seinen Porsche, den er als Belohnung für den Abiturabschluss bekommen hatte. Einen Porsche Boxster. Er hätte lieber einen 911er gehabt. Alter Geizhals, schimpfte er auf den Vater und startete den Motor. Als er vor der *City-Bar* hielt, blieb er einen Augenblick im Wagen sitzen. Was für eine Heimkehr. Aber diesmal hatte er sich nicht alles gefallen lassen. Das mit dem „Nicht wieder zurückkommen" nahm er nicht ernst. Die Alten würden sich schon wieder beruhigen. Die Hand schmerzte ihn noch von dem Schlag gegen den Vater.

Er stieg aus und ging zur Tür, über der die schadhafte Leuchtreklame in gleichmäßigem Takt aus- und anging und den Namen verkündete. Rotes Licht empfing ihn. Ein Mädchen quälte sich nackt an einer Stange. Silvia, die Schnepfe. Er kannte alle Mädchen hier, hatte sie besprungen, wie er zu sich sagte. Die Bar war fast leer. Nur ein einziger Gast saß an der Theke und starrte in sein Whiskyglas. Elvira, die Bardame, strahlte ihn an.

„Wieder einmal im Lande? Bist weg gewesen?"

Er schwang sich auf den Hocker und bestellte einen *Chivas*. „Aber einen doppelten."

„Haste Ärger gehabt?"

„Hör auf! Die Alten haben mal wieder verrückt gespielt."

„Ich sage immer, man sollte die Alten ab einem gewissen Alter …"

„Hast ja recht."

Nun erkannte er den anderen Gast. Sie waren in der gleichen Abiturklasse gewesen. Aber er suchte nicht dessen Gesellschaft. Die Familien mochten sich nicht. Schon seit Jahrzehnten stritten sich die Familien, wer in der Stadt das Sagen hatte. Der ehemalige Klassenkamerad sah hoch und nickte ihm zu. Auch er schien keine Lust zu haben, mit ihm zu sprechen. Er legte Geld auf den Tisch und ging grußlos hinaus.

„Eingebildeter Fatzke!", knurrte er ihm hinterher.

„Aber er ist großzügig", sagte Elvira, eine große Blondine mit schulterlangem Haar und einem fröhlichen Gesicht. Er kannte sie eigentlich nur guter Laune. Sie tanzte zwar nicht auf der Bühne, war aber kein Kind von Traurigkeit. Wenn man mit Geld nachhalf, machte sie alles mit. Er hatte schon einige Male mit ihr geschlafen, und er wusste, dass sie ihn mochte.

„Darf ich auch was trinken?", fragte sie direkt. „Champagner?", schob sie nach.

„Nimm dir gleich eine große Flasche, du gibst ja sonst keine Ruhe."

„Ich muss schließlich Umsatz machen", entschuldigte sie sich, griff zum Kühlschrank und holte die Flasche heraus, öffnete sie geschickt und wollte zwei Gläser vollgießen.

„Für mich nicht. Ich bleibe beim Whisky."

„Ist auch nicht für dich. Ich dachte, dass wir Helga dazu bitten. Sie sitzt dort hinten so einsam. Heute ist aber auch nichts los."

Er nickte und überlegte, warum er noch nie bei ihr den Minotaurus hatte spielen wollen. Es ging ihm, stellte er fest, vor allem um die Bilder. Er war kein gewöhnlicher Mörder. Elvira winkte dem anderen Mädchen zu. Lasziv die Hüften schwenkend, kam sie heran und setzte sich zu ihnen an die Bar.

„Schön, dich einmal wiederzusehen. Warst lange weg."

Dabei war er erst vor einer Woche hier gewesen. Er hatte bereits mehrmals mit ihr geschlafen. Schlimm, wenn die Huren zu alten Bekannten wurden.

„War in Berlin", antwortete er einsilbig.

„Warste auch im *Borchardt*, wo die ganzen Promis immer rumhängen?"

Sie war eine hübsche Brünette mit fleischigen Armen und einem tonnenschweren Schlafzimmerblick.

„War ich", gestand er.

„Noch bevor du reinkamst, wusste ich, dass der Abend gerettet ist", hauchte Helga und drückte sich an ihn.

„Kannste hellsehen?"

„Der Motor. Ich höre jeden Porsche heraus."

„Ist nur ein Scheißboxster", sagte er unzufrieden.

„Immerhin. Es ist ein Porsche."

„Ein Sozialporsche. Mein alter Herr war der Meinung, dass es Gerede gibt, wenn er mir zum Abschluss einen richtigen Porsche schenkt. Von wegen Sozialneid und so."

„Ich hätte auch gern einen Vater, der mir einen Boxster schenkt. Aber meiner lebt von Hartz IV, und das wenige, das er hat, versäuft er noch."

Genussvoll tranken die Mädchen den Champagner.

„Ist ein *Taittinger*", erläuterte Elvira. „Was ordentliches, und nicht die Himbeerbrause, die wir sonst den Kerlen andrehen. Was machen wir mit dem angebrochenen Abend? Ich könnte Marianne bitten, dass sie die Bar übernimmt, und wir könnten es uns im Separee gemütlich machen."

Er war unschlüssig. Er wusste, was ihn bei Elvira erwartete. Sie merkte sein Zögern und gurrte weiter.

„Wir nehmen noch eine Flasche Champagner mit und für dich den *Chivas*, und ab geht die Post. Zu dritt können wir eine Menge Spaß haben."

Ein Dreier? Das war etwas anderes. Daran hätte auch der Minotaurus seinen Spaß gehabt.

Er nickte. Daraufhin gingen sie durch einen dunklen Flur und dann eine Treppe hoch in das kleine Separee, das er nur zu gut kannte. Das Mobiliar bestand aus einem herzförmigen Bett, einem rot bezogenen Sessel und einem kleinen Tisch. Elvira stellte den Sektkübel ab, goss die Gläser wieder voll und reichte ihm das Glas *Chivas*.

„Auf einen netten Abend", hauchte sie und griff hinter sich. Ihr Kleid fiel ab. Auch Helga entblätterte sich schnell und zog ihn auf das Bett. Er mochte ihre Fülligkeit. Sie nahm sein Glied in die Hand, er dachte an den Minotaurus, wie er sich über die Weiber stürzte, und bekam einen Steifen.

„Er steht dir prächtig", sagte Elvira.

Die beiden Frauen hantierten nun voller Eifer an seinem Glied. Er rollte sich zu Elvira hinüber und drang in sie ein.

„Du bist stark wie ein Stier!", hauchte sie.

Das gab den Ausschlag. Jawohl, er war der Minotaurus, der Stiermensch.

„Sei mein Stier!", stöhnte Elvira und schrie geil.

Er dachte nicht darüber nach, ob dies vorgetäuscht war, sondern starrte zu Helga hinüber, die sich mit der Rechten selbst befriedigte und mit der anderen Hand in Elviras Hintern stocherte. Er sah nun rot gefärbte Täler und Berge vor sich. Blutiger Schnee. Jawohl, er war der Minotaurus, und sie hier waren seine Kühe. Seine Hand umklammerte Elviras Hals, bis diese anfing zu röcheln und zu schreien: „Was machst du? Lass mich los! So lass mich doch los!"

Er verkrallte sich in ihrem Hals, und sie strampelte mit den Beinen, sodass er aus ihr herausrutschte.

„Bist du verrückt geworden?", schrie Elvira. Sie schlug auf ihn ein und traf seine empfindliche Nase. Er schlug zurück und Helga sprang ihn von hinten an, trommelte auf seinen Rücken.

„Mieses Schwein! Du mieses Schwein!", kreischte sie.

Er riss beide zu Boden. Er war nicht verrückt. Er war der Stiermensch. Entschlossen wandte er sich Helga zu, zwang ihre Beine auseinander und drang in sie ein. Elvira trommelte nun auf seinen Rücken. Das ist eine Nacht, die dem Minotaurus gefallen hätte, dachte er und merkte nun, dass die Frau unter ihm feucht wurde. Scheint ihr zu gefallen, dachte er.

„Du Saumensch!", kreischte Elvira.

Nein, er war kein Saumensch. Ein Tiermensch, das wohl, dachte er. Er war ihr Herr, und diese verdammten Nutten hatten zu parieren.

„Hör endlich auf! Du fickst sie ja noch zu Tode", hörte er Elvira rufen.

Die würde er sich auch gleich wieder vornehmen. Er zerrte an Helgas Brüsten, quetschte sie. Diese Üppigkeit, diese Fülle. Das war gut. Das würde er nun öfter machen. Schlagen, die Macht zeigen. Die beiden Weiber würden sich schon beruhigen, wenn er ihnen nachher einige Scheine zusteckte.

„Du bist ein Tier!", hörte er Helga kreischen.

Ja. Das bin ich, dachte er. Ein Tiermensch. Vor mir werden sie noch alle zittern. Die Verwandlung hält an. Ich weiß jetzt, wer ich bin. Endlich. Und ich werde über sie kommen. Und man wird Angst vor mir haben.

3.

Ein Ort, der die Hölle war.

Huntinger wartete. Er saß in der Lobby des *Vier Jahreszeiten* in München und wartete auf Esther. Mit ihrer Beziehung stand es in letzter Zeit nicht zum Besten, was hauptsächlich daran lag, dass sie in München und er in Berlin lebte. Wenn ihre Rolle als Kriminalkommissarin sie auch oft in die Studios nach Babelsberg führte, so sahen sie sich doch viel zu selten.

Er beobachtete die Menschen, die hier, wie er, in der Lobby warteten, auf den Geschäftspartner, Freund, Ehemann oder auf ein unvergleichliches Ereignis. Hier, wo sich die Reichen und Schönen versammelten, war es nicht anders als in jeder Bahnhofshalle. Zwar saß er vor einer gut gebrühten Tasse *Earl Grey* und die Stimmen um ihn herum waren gedämpft, aber trotz aller Blasiertheit des Publikums war doch auch die Erwartung zu spüren, die Hoffnung, dass etwas passierte, was sie aus ihrer Starre erlösen und zu Erlebnissen führen würde, die dem Reichtum dieses Luxushotels entsprachen. Die Lobby war ein Wartesaal des Übergangs, wo man sich aus der Passivität hinaus ins Leben begab.

Das Einzige, was ihm zu seiner Zufriedenheit fehlte, war seine Pfeife, seine geliebte *Haggis*, die er nicht anstecken durfte, weil die Oberschlauen im Parlament, getragen von ihrem Gutmenschentum, beschlossen hatten, das Rauchen in öffentlichen Gebäuden zu verbieten. Und es war schon abzusehen, dass sie noch anderes verbieten würden. Dabei wusste man doch, wie die Prohibition ausgegangen war. Nun hatte das Rauchverbot dazu geführt, dass die Verkäuferinnen zitternd in der Kälte vor den Geschäften standen und hastig ihre Glimmstängel pafften und mit leeren Gesichtern in die Welt starrten.

Dass sie da war, merkte er an dem veränderten Geräuschpegel. Er sah hoch. Sie hatte die Lobby betreten. Alle Blicke wandten sich ihr zu. Man steckte die Köpfe zusammen, und es war unschwer zu erraten, was sie wisperten. Tatsächlich, es ist die Esther Clausen aus der Krimiserie und vielen anderen Filmen, die nun schon seit fast einer Generation einen schönen Anblick bot, die selbst jetzt, mit um die Fünfzig, zu faszinieren

36

verstand und deren Erscheinung immer noch die Titelseitenmädchen in den Schatten stellte.

Sie hatte ihn erspäht und kam mit schnellen Schritten auf ihn zu. Beugte sich über ihn und gab ihm einen warmen Kuss auf die Lippen, setzte sich und seufzte: „Da bin ich. Puh, das war vielleicht ein Verkehr." Sie sah ihn liebevoll an, strich ihm über die Hände und sagte: „Schön, dass du wieder bei mir bist. Wie kommt es, dass du außerhalb unseres Besuchsrhythmus' nach München kommst?"

Sie hatten miteinander verabredet, sich wenigstens alle vierzehn Tage, entweder in Berlin oder in München, zu treffen, was anfangs ihrer Beziehung guttat, weil jedes Wiedersehen den Zauber des Anfangs erneuerte und bestätigte, aber nun doch etwas eingeschliffen war, wie sie beide mit Sorge beobachteten. Sie hatte ihn gerade vor einer Woche in Berlin besucht und ihn deswegen erst in der nächsten Woche erwartet. Huntinger erzählte ihr von dem aktuellen Fall, und sie schüttelte sich.

„Das ist ja grauenhaft."

„Ja. Es sieht so aus, als wenn in Dachau das Gleiche passiert ist. Scheinbar war wieder ein Picassobild der Auslöser, und da dachte ich, dass ich die Möglichkeit nutzen sollte dich wiederzusehen."

„Lieb von dir", erwiderte sie und strich weiter über seine mit Altersflecken übersäte Hand.

„Meine Kollegin ist bereits in Dachau, und ich werde mich morgen mit ihr treffen."

„Die kleine Maus?", fragte sie stirnrunzelnd und schürzte die Lippen. Sie wusste von Huntinger, dass die Mäusel das Sorgenkind des Hauptkommissars war, er sie aber wegen ihrer Intelligenz schätzte. Sie jedoch sah in ihr, der viel Jüngeren, eine mögliche Konkurrenz, was sie sich zwar nicht eingestand, was auch bisher keine Vorwürfe ausgelöst hatte, doch ihr nun zusätzlich Sorgen bereitete. Er nickte.

„Es ergab sich so", erwiderte Huntinger gelassen. „Maus hat eine gute Kombinationsgabe. Pressel ist zwar tüchtig, aber er verbeißt sich zu leicht in die erstbeste Option und vergisst dann, andere zu prüfen."

„Ach ja", stimmte sie hastig zu. „Die Kleine ist sicher bei einem so komplizierten Fall genau die Richtige."

„Sie hat außerdem mehr Ahnung von Malerei als ich ..."

„Seltsam, dass jemand für Picassobilder mordet."

„Beide Frauen waren der Schlüssel, um an einen Picasso heranzukommen. Und jedes Mal holt er sich ein Bild aus der Minotaurusserie. In beiden Fällen wurden die Frauen mit großer Gewalt erstochen. Selbst die Art der Waffe konnten wir bisher nicht identifizieren. Es ist jedenfalls kein Dolch."

Huntinger hatte vor ihr keine Geheimnisse. Sie war eine kluge Frau und er schätzte ihr Urteil.

„Hauptsache, du bist hier. Das ist das Wichtigste", sagte sie, dabei erneut seine Hand tätschelnd.

Der Kellner kam, und sie bestellte einen Bellini. Huntinger gönnte sich einen Calvados.

„So geht es nicht weiter, Charles", sagte sie, nachdem der Kellner die Getränke gebracht und sie sich zugeprostet hatten.

„Was geht so nicht weiter?", fragte er erstaunt.

„Wir sollten zusammenziehen. Diese sporadischen Wochenenden sind auf Dauer keine Lösung."

„Tja, was sollen wir tun? Du bist in der hiesigen Filmszene vernetzt, und ich habe nur mit Mühe erreicht, dass ich von Bochum nach Berlin versetzt wurde. Ich kann mich jetzt nicht nach München versetzen lassen. Man würde es mir rundweg abschlagen."

„Du kannst es doch versuchen."

„Es würde nicht klappen", schloss er dies rigoros und ein wenig verärgert aus. „Warum ziehst du nicht nach Berlin? Du bist doch eine feste Größe im Filmgeschäft. Du drehst oft genug in Babelsberg. Ein Umzug nach Berlin wird dich nicht aus dem Filmgeschäft werfen. Im Gegenteil. Wie ich gehört habe, wird Berlin als Filmstadt immer wichtiger. Und wenn du ein wenig weniger filmen würdest, hättest du mehr Zeit für dich. Wäre doch auch nicht so verkehrt."

„Ich soll also nach Berlin ziehen?", fragte sie unzufrieden.

„Tja, das wäre eine Option."

„Ich wohne seit dreißig Jahren in München und fühle mich hier wohl. Außerdem möchte ich nicht weniger filmen. Ich habe immer gearbeitet, und es war schwer genug, sich ganz nach oben zu boxen. Ich kenne hier die Drehbuchschreiber, die Regisseure und die wichtigsten Produzenten. Ich verhandle gerade über eine Hauptrolle in einer Serie über die Münchener Schickeria und die Rolle der Medien."

„Gab es das nicht schon einmal?"

„Ach ja? Das weißt du?", fragte sie spöttisch, da es sie immer etwas ärgerte, dass er vorgab nicht viel fernzusehen, und sie darin auch eine Missachtung ihres Berufsstandes sah.

„Doch. Doch! Ich kann mich gut daran erinnern. Aber es ist schon lange her."

„Eben. *Kir Royal.* Mit dem gnadenlos guten Kroetz und der Berger. Die Serie war hammermäßig. Besonders die Episode, in der Mario Adorf den Industriellen spielte und sich den Skandaljournalisten Schimmerlos kauft."

„Hammermäßig", erwiderte er ironisch.

„Ich weiß. Ich weiß. Man gewöhnt sich den Jargon halt an. Tut mir leid. Du brauchst nicht gleich auf mir herumzuhacken. Ich muss die Rolle haben, und da kann ich mich nicht auch noch mit Umzugsproblemen herumquälen."

„Und nach dieser neuen Serie, was kommt dann?"

„Du tust gar nichts zur Lösung unseres Problems", warf sie ihm unzufrieden vor.

Er schwieg. Was sollte er darauf antworten? Sie liebte ihren Beruf und er seinen. Es lief wohl darauf hinaus, dass er früher oder später diese wunderbare Frau verlieren würde.

„Ich habe uns für heute Abend Karten für ein Musical besorgt", fuhr sie nach einem Seufzer fort. „Ich muss dahin, weil ich mich dort mit Wolke verabredet habe, der mit mir die neue Serie *Champagner bitte* durchgehen will. Wir wollen danach zum Italiener gehen."

„Muss das sein?", fragte er stirnrunzelnd, da er sich auf einen Abend zu zweit gefreut hatte.

„Ja, leider. Ich konnte doch nicht wissen, dass du plötzlich nach München kommst, als ich die Verabredung traf."

„Na schön", gab er nach.

Der Hoteldirektor rauschte heran und begrüßte die Clausen überschwänglich. Diese tat ebenfalls hocherfreut, und es folgten die üblichen Wangenküsse. Huntinger verstand durchaus, dass diese Herzlichkeit angebracht war, schließlich profitierten beide davon. Die Clausen als Gast war eine gute Referenz für die Exklusivität des Hotels, und dafür bekamen Huntinger und sie die Suite stets zu einem Vorzugspreis.

„Esther, ich habe gehört, dass du für *Champagner bitte* vorgesehen bist."

„Klopfe sofort auf Holz! Noch ist gar nichts sicher", wehrte die Clausen stirnrunzelnd ab.

„Wolke hat mir erzählt, dass er dich unbedingt will. Du wärst die ideale Besetzung."

„Freut mich, dass er dies sagt. Aber da hat der Produzent auch noch einiges mitzureden, und der steht nun einmal auf die Schwarzberg. Du weißt ja, wie das in unserem Geschäft ist. Nichts ist sicher, bis die Verträge unterschrieben sind, und selbst dann kann immer noch etwas mit der Finanzierung schieflaufen."

„Ich bin sicher, dass es klappen wird."

Es wurden noch einige Bekannte durchgehechelt, die alle der hiesigen High Society angehörten. Schließlich verabschiedete sich der Hoteldirektor mit einem nachdenklichen Blick auf Huntinger. Er fragte sich wohl, was die glamouröse Clausen an diesem Klotz von einem Mann fand.

„Das Gerücht ist also schon rum", sagte die Clausen zufrieden, nachdem der Direktor abgerauscht war. „Bestimmt werden in den nächsten Wochen noch andere Angebote eintrudeln. So ist das immer. Wenn man an einer großen Sache dran ist, erinnern sich andere Produzenten wieder an einen und wollen die Publizität nutzen."

Es war eine Welt, die meilenweit von Huntingers entfernt war, und er wünschte sich wieder einmal, Esther wäre nichts anderes als eine kleine Boutiquenbesitzerin oder Sekretärin, aber nicht der gefeierte Filmstar.

„Was ist denn das für ein Musical?", fragte er unwirsch.

„*Die Schöne und das Biest*. Es war in Hamburg und Stuttgart ein Riesenerfolg."

Huntinger zuckte mit den Achseln. Er kannte das Stück nicht. War auch noch nie in einem Musical gewesen. Also würde er sich dreinschicken müssen.

Vorher lernte er im Foyer des Theaters noch Wolke kennen. Esther begrüßte ihn, als würde sie einen alten Liebhaber wiedertreffen, und so war es vielleicht ja auch. Sie umgurrten einander, als sei das Treffen das glücklichste Ereignis ihres Lebens. Nur widerwillig konnten sie sich voneinander trennen, obwohl man doch nachher zu einem leichten Abendessen verabredet war. Das Musical riss Huntinger, einen alten Rock'n'Roller, nun auch nicht zu Begeisterungsstürmen hin. Soweit er es mitbekam, gab es in dem Musical ein Biest, ein katzenhaftes Wesen, das schwer verliebt war, und darüber schlief er dann ein, sodass Esther ihm einige Male den Ellenbogen in die Seite stieß, was ihn aber nicht lange wach hielt. Er schrak beim Schlussapplaus hoch, und Esther klärte ihn auf, dass es eine sensationelle Vorstellung gewesen sei.

„Es hat dir nicht gefallen?", fragte sie traurig.

„Na ja. Es war ganz nett. Aber hast du eine Melodie im Kopf, die du nachsummen könntest?"

Esthers Verstimmung legte sich erst, als man beim Nobelitaliener zusammensaß und Wolke ihr mitteilte, dass der Produzent nun einverstanden sei, ihr die Rolle zu geben.

„Du musst die Babs mit Ironie spielen, verstehst du?", gab Wolke die ersten Anweisungen. „Die nimmt das ganze Schickeriagetue nicht mehr ernst und hat die Hohlheit dieser Gesellschaft längst durchschaut. Sie bedauert, dass ihr Geliebter sein Talent für das Schreiben über die Society vergeudet, und deswegen gibt es einen ständigen Kleinkrieg. Langsam beginnt sie ihn zu motivieren, sich auch mal mit sozialkritischen Themen zu beschäftigen, was ihm natürlich nur unter einem Pseudonym gelingt. Sie erfindet also ihren Geliebten neu. Aber das passiert selbstredend erst in der letzten Folge. Vorher gibt es eine Menge Schwierigkeiten, weil er seinen Beruf als Klatschreporter vernachlässigt, sodass die Auflage sinkt. Er wird rausgeschmissen und kommt ziemlich herunter. Die Babs bringt ihn dann auf die Erfolgsspur zurück."

„Eine tolle Rolle", freute sich Esther.

„Und was sagen Sie dazu, Herr Huntinger?", wandte sich der große Regisseur an den Kommissar.

Mit seinen dunklen Haaren, dem verwegenen Lächeln und sorgfältig ausrasiertem Bart sah der Regisseur wie ein Pirat oder, um im Filmmilieu zu bleiben, wie eine ältliche Kopie des Errol Flynn aus. Seine blonde Begleiterin war selbstverständlich wesentlich jünger und nickte bei jedem Wort Wolkes begeistert.

„Ich verstehe davon zu wenig", wich Huntinger aus.

„Ich habe gehört, dass Sie Hauptkommissar in Berlin sind?"

„Stimmt", warf Esther ein. „Und ein sehr erfolgreicher", fügte sie stolz hinzu. „Er arbeitet gerade an einem sensationellen Fall."

„Darf man erfahren …?"

„Ach, wir arbeiten an vielen Fällen. Berlin ist natürlich ein Schmelztiegel, in dem vieles hochkocht", versuchte Huntinger auszuweichen.

„Ach, Charles, sei nicht so zurückhaltend. Erzähl doch von dem Picassomörder!"

„Picassomörder?", fragte Wolke elektrisiert. „Erzählen Sie!"

Und so musste Huntinger noch einmal die Geschehnisse in Berlin und Dachau rekapitulieren, wobei er sich auf das allernötigste beschränkte.

„Was für ein Stoff", staunte der große Regisseur. „Und die zweite Tote wurde tatsächlich vor dem Konzentrationslager gefunden?"

Huntinger nickte.

„Daraus könnte man etwas machen", sagte Wolke nachdenklich. „Sie müssen mich unbedingt auf dem Laufenden halten. Werden Sie den Mörder schnappen?"

„Jedenfalls geben wir uns einige Mühe."

„Toll. Wenn der Stoff sich so sensationell weiterentwickelt, werde ich einen der besten Drehbuchschreiber darauf ansetzen."

„Und du vergisst nicht, mir darin eine gute Rolle zu geben", sagte Esther eifrig.

„Natürlich. Wenn der Herr Hauptkommissar mich weiter auf dem Laufenden hält ...", sagte er mit einem Augenzwinkern, was nichts anderes hieß, als dass Esther sich anstrengen sollte, dass der Hauptkommissar ihn weiterhin über den Kriminalfall informierte.

Huntinger fühlte sich benutzt, und seine Stimmung wurde nicht besser, als sich andere Schauspieler, TV-Sternchen und Groupies an den Tisch drängten. Er war froh, als das begeisterte Gekreische und das Gerede über Titanen und Genies ein Ende fand und sie zum *Vier Jahreszeiten* zurückfahren konnten.

„Du hast ein Gesicht gemacht, als hättest du am liebsten alle verhaftet", warf sie ihm vor.

„Es ist nicht meine Welt", brummte Huntinger, verkniff sich aber die Bemerkung über die Oberflächlichkeit und den magelnden Tiefgang der Unterhaltung, was auch nicht Esther anzurechnen war, sondern einer Gesellschaft, die sich der Unterhaltung hingab und in der man mit Schlagzeilensätzen und Anglizismen seine Professionalität auswies. Doch in der Nacht fanden sie wieder zueinander. Der Sex zwischen ihnen war unverändert leidenschaftlich und endete mit liebevollen Zärtlichkeiten. Die trüben Gedanken waren einstweilen gebannt.

Als er am nächsten Tag in Dachau eintraf, wurde er von der Mäusel am Bahnhof abgeholt.

„Hatten Sie einen schönen Abend in München?", fragte sie mit spitzbübischem Lächeln. Von der Kleinschmidt hatte sie gehört, dass der Chef wohl etwas in München „laufen" habe.

„München ist eine interessante Stadt, aber nicht so aufregend wie Berlin", wich er aus.

„München gab in der alten Bundesrepublik den Takt vor. Gegen das neue Berlin kommt es nicht an. Übrigens – ich habe bereits mit Kommissar Schneckenberger Kontakt aufgenommen. Er erwartet uns."

„Wie ist er?"

„Gemütlich. So wie die Kommissare in *Die Rosenheim-Cops*. Er macht durchaus einen professionellen Eindruck."

Huntinger fand Schneckenberger dann auch sehr Rosenheim-mäßig, aber auf eine äußerst sympathische Art. Er empfing sie mit einem herzlichen „Grüß Gott", ließ Kaffee und Weißwürste kommen und verwöhnte sie mit einer sehr altertümlichen und besorgten Herzlichkeit. Er war in Huntingers Alter, hatte einen Spitzbart, und sein mächtiger Bauch und das rote Gesicht zeugten davon, dass er den Genüssen des Lebens nicht abgeneigt war.

„Es war seit Jahren der erste Mord hier bei uns, und dann noch so ein bestialischer", klagte er und wies auf die Akten und die Bilder von der Toten auf dem Schreibtisch.

„Er ist vor einem Jahr passiert und wurde bisher nicht aufgeklärt?", fragte Huntinger, während er die Akten durchblätterte.

„So ist es. Wie schmecken die Weißwürste?"

„Hervorragend", lobte Huntinger. „Hatten Sie denn gar keine Verdachtsmomente?"

„Keine, die Hand und Fuß hatten. Außer der Annahme, dass es sich um einen jungen Mann handeln könnte, haben wir nichts."

„Die Tote hat nicht in Dachau, sondern in Steinberg gewohnt?"

„Richtig. Sie hatte sich dort im besten Hotel, im *Ziegelbräu*, einquartiert. Für zwei Tage. Aber gefunden hat man die Tote ausgerechnet bei uns vor dem Konzentrationslager. Als wenn wir in Dachau damit nicht schon genug zu tragen hätten." Er seufzte. „Soll ich noch ein gutes Weißbier kommen lassen?"

„Nein. Danke. Vielleicht später", wehrte Huntinger ab. „Wir könnten also davon ausgehen, dass sie sich in Steinberg mit ihrem Mörder getroffen hat?"

„Das haben wir auch angenommen. Zumal wir von ihrer Angestellten erfahren haben, dass sie von einem jungen Mann schwärmte, den sie bei einer Vernissage getroffen hatte. Sie sei schwer verliebt gewesen. Aber leider hat die Angestellte den jungen Mann nie gesehen."

„Das ist doch schon etwas", brummte Huntinger. Er holte die Pfeife heraus und sah Schneckenberger fragend an, dieser grinste, nickte mit dem Kopf und holte sich eine Zigarre aus der Brusttasche.

„Zum Teufel mit den Vorschriften."

Sie pafften eine Weile nachdenklich, und die Mäusel wurde gehörig von Rauchschwaden umwabert, was diese aber gleichmütig hinnahm, da sie sich an Huntingers Pfeife gewöhnt hatte.

„Was ist dieses Steinberg für ein Ort?", fragte sie neugierig.

„Zwölftausend Einwohner. Zwei Fabriken geben dem Ort Arbeit. Die Gruber stellen Landmaschinen her. Die Pelzinger sind Fleischfabrikanten, beliefern ganz Europa und exportieren sogar bis nach Amerika. Diese Weißwürste sind aus ihrer Fabrik. Die beiden Familien bestimmen, was im Ort läuft. Sind einander übrigens spinnefeind. Im Moment stellt Pelzinger den Bürgermeister. Vorher war es Gruber. Beides alteingesessene Familien. Sehr vermögend. Viel Landbesitz. Waren schon vor dem Krieg sehr einflussreich. Beide sind in der CSU und mit den Honoratioren in München bestens vernetzt. Ansonsten ist Steinberg eine gemütliche Kleinstadt, in der kaum etwas passiert. Klar, es gibt hin und wieder mal eine Bierhausschlägerei, aber ansonsten ist es eine richtig gemütliche deutsche Biedermeierstadt. Als würde die Zeit stillstehen. Ich bin gern in Steinberg."

„Nachdem wir uns den Tatort angesehen haben, würde ich mir gern ein Bild von dem Ort machen."

„Das trifft sich gut. Heute ist in Steinberg ein Heimatfest, das von den dortigen Brauhäusern initiiert wird. Jeder aus Steinberg wird dabei sein. Ich begleite Sie gern. Ich glaube zwar nicht, dass Sie dort irgendwelche Erkenntnisse gewinnen werden, aber Sie bekommen ein Bild von der Stadt und ihren Bewohnern. Außerdem gibt es dort ein sehr gutes Bier. In dem Hotel neben dem Rathaus habe ich übrigens Zimmer für Sie reserviert."

„Das ist das Hotel, in dem das Opfer übernachtet hat. Ich habe es mir bereits angesehen. Sehr gemütlich dort", flocht die Mäusel ein.

„Gut. Dann sehen wir uns jetzt mal den Tatort an."

„Ich begleite Sie", sagte Schneckenberger.

Als sie vor dem Tor mit der Aufschrift *Arbeit macht frei* standen und dahinter die Barackenzeile sahen, lief Huntinger ein Schauer über den Rücken. Es war ein großer, weiter Platz mit exakt ausgerichteten Baracken, die durch eine Pappelallee getrennt waren. Auf den ersten Blick sah es wie eine der Siedlungen aus, wie man sie nach dem Krieg in jeder Stadt gesehen hatte. Es wirkte nun recht friedlich. Nur das Wissen darum, was hier einst geschehen war, machte den Ort unheimlich.

„Sie müssen sich vorstellen, dass hinter diesen Baracken viele weitere standen", erklärte Schneckenberger.

„Wo hat man die Tote gefunden?"

„Hier, neben dem Julhaus, in dem Würmkanal. Getötet aber wurde sie gegenüber, auf dem Hügel vor der ehemaligen Kommandantur."

„Warum hat der Mörder sie hierher geschleppt?"

„Tja, warum? Keine Ahnung."

Als sie über den Platz zu den Baracken gingen und Schneckenberger ihnen die Räume mit den Betten zeigte, schien es Huntinger, als würde er das Stöhnen und die heiseren Schreie der Menschen hören, die hier einmal zusammengepfercht gefangen gehalten worden waren. Schneckenberger erklärte ihnen, wie man die Insassen hier gequält hatte. Mäusel schnupfte mitgenommen in ihr Taschentuch.

Huntinger hatte in seinem Beruf viel Leid gesehen, entsetzliche Morde, aber das Schweigen an diesem Platz und die Vorstellung, was hier einst passiert war, erschütterten ihn mehr als die Toten, die er bisher gesehen hatte.

Die drei gingen durch das Museum, lasen die Inschriften auf den Tafeln und starrten schweigend auf die Zeichnungen der Häftlinge, die das Leid und die Qualen festgehalten hatten.

„In diesem Konzentrationslager geschah Entsetzliches. Unsere Stadt ist nur ein paar Steinwürfe entfernt. Im ganzen Umkreis, müssen Sie wissen, gab es Außenlager, wo sich die Menschen zu Tode schufteten."

„Und niemand hat dagegen Einspruch erhoben? Niemand hat gesagt, dass Unrecht geschieht?", flüsterte Huntinger beklommen.

„Doch. Es gab schon einige, aber zu wenige, und das hängt uns immer noch an."

„Warum hat man den Ort nicht umbenannt?", fragte die Mäusel. „‚Ich bin aus Dachau', sagen zu müssen, ist bestimmt fürchterlich."

„Was hätte es genützt? In der Welt kennt man unsere Stadt. Es hätte doch sehr nach ‚unter den Teppich kehren' ausgesehen. Nein, wir müssen damit leben."

Sie traten aus dem Museum und verließen fast fluchtartig diese Stätte deutscher Verbrechen.

„Und das alles geschah auf Befehl einer Regierung von Verbrechern, und die Menschen in Dachau haben weggesehen", sagte die Mäusel, als sie durch das Tor des Julhauses hinausgingen.

„Es geschah vor zwei Generationen", stellte Schneckenberger richtig. „Heute bemüht sich unser Bürgermeister um eine Städtepartnerschaft in Israel."

„Da kann er sicher lange warten!", erwiderte die Mäusel.

„Es ist unsere Hoffnung, dass es doch noch klappt. Übrigens, hier lag die Tote mit ausgebreiteten Armen im Wasser, als wollte sie den Mörder noch einmal umarmen." Schneckenberger wies zum Würmkanal hin. „Ihr Gesicht, wie sie es auf den Fotos sehen konnten, zeigte so etwas, wie soll ich es ausdrücken, wie Hingabe. Ja. Das trifft es. Wie Hingabe. Sie wurde um neun Uhr gefunden. Die Gedenkstätte war bereits geöffnet. Warum ermordete der Täter sie gegenüber dem Lager? Warum nur? Er riskierte doch eine Entdeckung."

Huntinger steckte sich seine Pfeife an und brummte nachdenklich: „Habt ihr gecheckt, ob ihre Eltern irgendetwas mit den Nazis zu tun hatten? War sie vielleicht die Tochter oder die Enkelin eines Naziverbrechers?"

Die Mäusel machte sich Notizen in ihrem Blackberry.

„Werden wir abklären, Chef."

„Könnte ein Ansatz sein", gab Schneckenberger zu.

„Es ist zumindest eine interessante Arbeitshypothese", erwiderte Huntinger.

„Mir kommt das alles etwas verrückt vor", widersprach die Mäusel.

„Dieser Fall ist verrückt", knurrte Huntinger.

Ein kalter Wind kam ihnen entgegen, und Huntinger schlug den Kragen seines Mantels hoch.

„Ein verfluchter Platz!", brummte er.

„Ich bin auch jedes Mal froh, wenn ich hier weg bin", gestand Schneckenberger.

„Man sollte jeden Deutschen zu diesem Platz führen, als Warnung, was passieren kann, wenn man die Regierung Verbrechern überlässt", erwiderte die Mäusel und sah den Bayern an, als habe dieser in irgendeiner Form mit dem zu tun, was in Dachau einst geschehen war. „Und in Steinberg ist sonst nie etwas Kriminelles passiert?", setzte sie misstrauisch hinzu.

„Nein. Nur vor zwei Tagen gab es einen Vorfall in einer Bar, der einzigen in Steinberg, bei dem zwei Mädchen fürchterlich zugerichtet wurden. Der Besitzer der Bar hat es selbst gemeldet, aber aus den Mädchen war nichts Verwertbares herauszubekommen. Es sei ein Kunde von auswärts gewesen. Sie wären mit ihm ins Separee gegangen und er sei plötzlich, ohne jeden Grund, durchgedreht. Später habe er sich entschuldigt und ihnen Geld gegeben. Viel Geld. Ihre Angaben waren so ungenau, dass ich glaube, sie wollten ihn schützen. Es war nichts mit ihren Aussagen anzufangen."

„War es ein junger Mann?", fragte Huntinger.

„Nein. Sie sprachen von einem Mann im mittleren Alter. Ein Geschäftsmann, seinem Aussehen nach zu urteilen. Sie mutmaßten, dass es sich vielleicht um einen Handelsvertreter handelt."

„Was waren ihre Verletzungen?"

„Blaue Flecken im Gesicht. Würgemale am Hals. Quetschungen an der Brust. Wie ein Tier muss er über sie hergefallen sein."

„Wie ein Tier?", echote Huntinger und zog an seiner Pfeife.

Ein Handy klingelte. Die Mäusel bekam einen roten Kopf und zog es aus ihrem Mantel.

„Ja, Belsen, was ist? Was? Das ist ja ein Ding. Ich werde es gleich dem Chef sagen. Mensch, wir werden wohl den Picassomörder nicht mehr los. Ja doch. Ich sage es ihm gleich. Er steht neben mir. Fordere die Unterlagen von Interpol an. Ich sag's ja nur. Brauchst nicht gleich beleidigt zu sein."

Huntinger sah die Mäusel fragend an.

„Chef, Belsen ist bei der Internetrecherche fündig geworden. Vor zwei Jahren gab es in Antibes in Südfrankreich einen ähnlichen Fall. Auch ein Mord an einer Frau. Die gleichen Verletzungen."

„Antibes?"

„Ja. Nun kommt's. In Antibes gibt es ein Picassomuseum", erwiderte die Mäusel, und Huntinger nickte anerkennend.

„Also wieder Picasso. Wer war die Frau?"

„Keine Ahnung. Belsen mailt bereits nach den Unterlagen."

„Maus, wenn wir zurück sind, eruieren Sie einmal, wo überall Picassoausstellungen sind. Wir brauchen eine Liste, an welchen Orten Arbeiten von ihm ausgestellt werden."

„Das wird nicht leicht werden. Ich weiß von Museen in Madrid, Barcelona, Paris, und dann gibt es noch die Wanderausstellungen. Es gibt fast kein Museum auf der Welt, das nicht ein paar Picassos hat."

„Egal. Wir müssen wissen, ob wir noch woanders auf Opfer des Picassomörders treffen."

„Der Fall wird immer unheimlicher", stellte Schneckenberger fest und zerrte an seinem Kinnbart.

„Er ist so unheimlich wie dieser Ort."

Was hat der Picassomörder mit den Naziverbrechern zu tun, fragte sich Huntinger.

„Ich glaube, wir haben noch eine Menge Arbeit vor uns."

„Glauben Sie, dass der Picassomörder weiter morden wird?"

„Gut möglich. Sogar wahrscheinlich. Wir haben es mit dem Bösen zu tun."

4.

Eine ganz normale Kleinstadt.

Die Blaskapelle spielte das Kufsteinlied. Das Festzelt war bis auf den letzten Platz gefüllt. Huntinger, Mäusel und Schneckenberger saßen hinter den Honoratioren. Der bayerische Kollege wurde von überall her herzlich gegrüßt. Ein geachteter Mann. Die großen Maßkrüge auf den Tischen hatten dafür gesorgt, dass die Stimmung ausgelassen war. Das Bier hatte die Firma Pelzinger gespendet. Das Fest war seit dem frühen Morgen in Gange. Der Lärm nahm solche Formen an, dass man manchmal sein eigenes Wort nicht verstehen konnte. Trunkene Laute und immer wieder die Nationalhymne der Gemütlichkeit: Eins – zwei – gsuffa. Am Ausgang kam es zu kleinen Rangeleien. Die muskelbepackten Ordner klärten dies schnell. So etwas regte hier niemanden auf. Deutsches Schlagergut wurde gespielt: Marmor, Stein und Eisen bricht, … Natürlich hatte der Bayerische Defiliermarsch nicht gefehlt, als der Bürgermeister das Zelt betrat. Es gab die üblichen Festtagsreden über Tradition, bayerisches Brauchtum, Familie, Eintracht und christliche Lebensart. Einige wetterten gegen die Obrigkeit in Berlin. Auch Brüssel wurde nicht verschont.

Nachdem dies die Stimmung vorgeheizt hatte, trat Bürgermeister Pelzinger ans Mikrofon. Auch er bediente zuerst das ‚gesunde Volksempfinden‘. Steuern runter. Weg mit dem Sozialismus. Hartz IV gehört abgeschafft. Danach wurde es interessanter. Man würde ein neues Altenheim bauen. Die Straße nach Dachau würde erneuert werden. Die deutschen Bauern brauchen mehr Subventionen.

Alles klatschte wie wild. Er konnte gut reden, der Herr Bürgermeister. Ein Gesicht wie ein Bauer. Rotwangig, großköpfig, stiernackig. Natürlich im grünen Janker. Spannte ein wenig. Listig funkelnde Augen. Mäusel flüsterte Huntinger zu, dass er wie eine Mettwurst aussah.

„Das ist die eine Seite der Medaille in Steinberg", sagte Schneckenberger.

Die Rede des Bürgermeisters endete zünftig mit „Ein Prosit auf unsere schöne Stadt!" Danach Tusch und das übliche „Ein Prosit der Gemütlichkeit!".

Die Mäusel machte ein Gesicht, als habe sie auf einen Kirschkern gebissen. Was war hier gemütlich, schien sie sich zu fragen.

„Die beiden jungen Männer in der ersten Reihe sind die Söhne des Bürgermeisters. Der Ältere mit dem finsteren Gesicht hat ständig Krach mit seinem Vater. Ist stadtbekannt. Der jüngere Bruder mimt den Playboy von Steinberg. Völlig harmlos. Angebertyp. Die Platinblonde hinter ihm ist die Frau Pelzinger, die in Sachen Mode hier in Steinberg die ungekrönte Königin ist."

Der ältere Sohn des Pelzinger hatte ein angenehmes Gesicht, fein geschnittene Gesichtszüge und blonde Haare. Auch er trug einen grünen Janker, aber sein Gesicht verriet, dass er hier nur ungern saß. Der Jüngere zeigte zwar auch eine gelangweilte Miene, aber sein Kopf war ständig in Bewegung. Er taxierte unaufhörlich die weiblichen Gäste.

„Was macht der Ältere?", fragte Huntinger und zog an seiner Pfeife. Er war froh, dass man bei Volksfesten das Rauchverbot aufgehoben hatte. Bayerische Politiker wussten, wie weit sie gehen durften.

„Hat in München Fotografie studiert. Arbeitet bei einer Filmgesellschaft. Ich nehme an, dass ihn der Alte trotzdem eines Tages in die Firma zurückholen wird. Er ist schließlich der Erbe. Der Jüngere taugt nicht zur Firmenführung."

„Ist über den Älteren etwas bekannt?"

„Sie meinen, ob er straffällig geworden ist? Nein. Hermann ist ein intelligenter Junge. Ich kenne ihn ganz gut. Bin im Steinberger Gemeinderat und deswegen öfter in der Pelzingervilla."

„Ich dachte, Sie sind aus Dachau."

„Ja. Natürlich. Aber ich wohne hier. Ich kenne den Ort wie meine Westentasche. Es lebt sich gut hier."

„Ein schönes Städtchen", stimmte Huntinger zu.

Vorher hatte er mit Schneckenberger den Ort abgefahren. Hier war die Bausubstanz aus der Zeit vor den Weltkriegen erhalten geblieben. Schöne alte Bürgerhäuser aus den Tagen, als man noch dem bayerischen König zujubelte. Nicht dem Kaiser. Das hier war Bayernland. Hier geisterte der Ludwig, der Neuschwanstein bauen ließ, immer noch auf seinem Schlitten durch die Winternächte. Natürlich hatte auch der Schriftsteller Ludwig Thoma kurzzeitig in Steinberg gelebt. Es gab etliche Braustuben und eine prächtige Zwiebelturmkirche. Über dem Ort thronte ein Barockschloss, das von der Stadtverwaltung genutzt wurde. Vor dem rot gestrichenen Rathaus stand ein Denkmal für die Toten der Weltkriege. Zweimal in der Woche gab es Markt, und die Bauern aus der Umgebung boten frisches Gemüse an. Da kamen selbst Lidl und Edeka nicht mit, wie Schneckenberger betonte.

„Jetzt kommt die Gegenpartei", flüsterte nun der Kollege.

Gruber betrat die Tribüne und griff selbstbewusst zum Mikrofon. Ein ganz anderer Typ. Hochgewachsen, mit grauen Schläfen, energischen Gesichtszügen, scharfer spitzer Nase. Natürlich auch er in grüner Kluft. Er wiederholte die Litanei von der heilen Welt: Tradition, Brauchtum, Heimat und Familie und dann … Arbeitsplätze, sprach vom Erfolg deutscher Wertarbeit und sicherte zu, dass er zwanzig neue Arbeitsplätze schaffen würde. Beifall folgte. Dann steigerte er sich, schimpfte auf die Regierung, die Deutschland dem Sozialismus ausliefern würde. Er steigerte die Tonlage und ‚gab dem Affen Zucker'.

„Wir wollen in Steinberg keine Leute, die nicht richtig deutsch sprechen. Wir wollen keine Fremden, die sich nicht integrieren, die sich auf unsere Kosten vollfressen. Wir wollen kein Multikulti. Wir wollen keine Veränderung. Wir sind und bleiben Bayern! Himmelherrgottsakrament nochmal!"

So ging es weiter, und die Menge im Zelt stimmte ihm johlend zu. Kellnerinnen im feschen Dirndl erschienen und stellten Haxen und Hähnchen auf die Tische. Das war sein Beitrag zum Heimatfest. Wirkungsvolles Sponsoring. Man rief „Hoch soll er leben!". Gruber hatte die Festgemeinde im Griff. Nun erzählte er von der Gewalt in den Großstädten, von den veränderten Stadtbildern.

„Wenn ich durch München gehe, erkenne ich meine Heimat nicht mehr wieder. Ich bin kein Rassist, natürlich nicht, aber ich sehe dunkle, fremdartige Gesichter, höre allen möglichen Kauderwelsch, aber kein Deutsch. Es läuft etwas schief in Deutschland. Aber wir in Steinberg lassen uns unsere Heimat nicht kaputt machen! Steinberg wird niemals Antalya. Wir reden bayerisch und nicht wie die Kümmeltürken! Himmelherrgottsakrament nochmal!"

Er spielte also den Scharfmacher, und jedes Mal, wenn er auf die Fremden, auf die Ausländer schimpfte, honorierte die Kapelle dies mit einem Tusch.

„Was der redet, klingt ziemlich weit rechts!", entrüstete sich die Mäusel.

„Ach, man darf das alles nicht so ernst nehmen. Er redet nur so, weil er glaubt, dass die Leute ihn so reden hören wollen. Er will halt wieder Bürgermeister werden."

„Populist! Widerlich!", zischte die Mäusel.

„Beim Bier sind die Leute bei uns alle Maulhelden. Aber die NPD hat hier keine Chance."

„Ist mir schon klar!", fauchte die Kommissarin. „Mehr rechts könnten die auch nicht sein!"

„Allerdings spielen auch die Sozis keine Rolle", fuhr der bayerische Kollege ungerührt fort. „Die Linken gibt es bei uns nicht. Ich weiß, dass sich dies für Sie aus der Großstadt alles ein bisschen … provinziell anhört. Aber wir sind hier auf dem Land. Da ändert sich so schnell nichts und in einer Volkspartei gibt es eben sone und solche."

„Und wer ist die elegante Frau mit den beiden jungen Männern und dem hübschen Mädchen, die Gruber so begeistert zujubeln?"

„Seine Frau und seine Kinder. Auch zwei Buben, mit denen der Vater nicht so glücklich zu sein scheint. Oliver, der Blonde dort, arbeitet in einer Werbeagentur in München. Hat scheinbar noch keine Lust ins Geschäft einzusteigen. Nun ja, der Vater ist ja noch rüstig. Torsten, der jüngere Gruber, hat gerade mit seinem Studium angefangen."

„Und das hübsche Mädchen?"

„Unsere Stadtschönheit. Das Nesthäkchen der Familie Gruber. Lebt die meiste Zeit in München."

„Verlobt? Verheiratet?"

„Nein. Obwohl sich halb München um sie reißt, von Steinberg ganz zu schweigen. Sie studiert Kunstgeschichte und Archäologie. Was Mädchen aus reichem Hause halt so studieren."

Pelzinger und Gruber, das also waren die Herren dieser gemütlichen kleinen Stadt, ohne die nichts lief, die sich lustvoll bekämpften, aber letztendlich wohl am gleichen Strang zogen. Huntinger stopfte seine Pfeife neu. Man stellte ihm ungefragt eine neue Maß auf den Tisch.

„Wir haben also zwei mächtige Familien, die je zwei Söhne haben, die im weitesten Sinne im künstlerischen Bereich tätig sind, wenn man Werbegrafik und Film als Kunst bezeichnen will", fasste Mäusel das Gehörte zusammen.

Schneckenberger bekam große Augen. Fast erschrocken fragte er: „Um Gottes willen, Sie sehen eine Verbindung zu den Picassomorden? Nein, da sind Sie auf der falschen Fährte. Es sind ehrbare Familien. Die Jungen sind nirgendwo irgendwie aufgefallen. Jedenfalls ist mir nichts bekannt. Was sie natürlich in München treiben, entzieht sich meiner Kenntnis."

„Auch keine Jugendstreiche?", fragte Huntinger stirnrunzelnd und zog an seiner *Haggis*.

„Ja, da war mal was. Aber harmlos. Und schon lange her. Hermann Pelzinger hat mal so etwas wie die *Hell's Angels* in Steinberg aufziehen wollen. Sind mit *Harley Davidsons* durch den Ort geknattert. Hat ihm der Vater aber bald ausgetrieben."

„Das ist doch sicher nicht alles?", stieß Huntinger nach und stocherte spitzbübisch lächelnd in seiner Pfeife. Schneckenberger wand sich ein wenig und räusperte sich.

„Nun ja. Schon. Es wurde eine Frau überfahren. Gott sei dank nichts Ernstes. Fahrerflucht. Sie gab an, dass es jemand auf so einem ulkigen Motorrad gewesen war. Man hatte natürlich sofort die *Harley-Davidson*-Fahrer in Verdacht. Haben sich immer beim *Easy Rider* getroffen, einer kleinen Motorradhandlung im Ort. Ein Alt-Achtundsechziger. Aber harmlos. Motorradfreak. Die Untersuchung hat man bald eingestellt. Sie hatten zur Tatzeit alle ein Alibi."

„Hat der Herr Bürgermeister …?"

„Nein. Pelzinger hat nicht nachgeholfen. Ich habe die Untersuchung zwar nicht geführt, kenne aber den Kollegen. Nein. Da ist nichts. Streichen Sie den Jungen, wenn Sie ihn auf Ihrer Liste haben. Hermann ist in Ordnung. Übrigens, heute Abend gibt es einen kleinen Empfang im Rathaus. Alte Tradition am Ende des Heimatabends. Es treffen sich dort alle, die bei uns wichtig sind. Die Apotheker, die drei Ärzte, die Anwälte, der Kaplan, die Brauhausbesitzer, die Restaurantbesitzer und Ladeninhaber. Auch die Grubers werden da sein. Einfach alle, die in Steinberg wichtig sind. Ich nehme Sie gern mit. Sie können sich dann vielleicht ein noch besseres Bild machen. Die Veranstaltung im Zelt ist um zweiundzwanzig Uhr zu Ende. Dann trifft sich alles noch einmal zu einem kleinen Nachtmahl im Rathaus."

„Aus welchem Grund? Sie sitzen doch hier schon den ganzen Tag zusammen?", wunderte sich Mäusel.

„Ach, das gehört zum Gesellschaftsleben in einer Kleinstadt. Da sind wir, sagen wir mal so, unter uns."

„Die High Society von Steinberg!", höhnte Mäusel. „Der hier herrschende Klüngel. Arbeiter und Verkäuferinnen sind sicher nicht dabei."

„Ist schon gut, Maus", mahnte Huntinger.

„Wir leben hier nach den alten Maßstäben. Bei uns gibt es noch oben und unten. Bei uns ist der Polizist noch kein Bulle, sondern wird geachtet. Außerdem bin ich im Gemeinderat", verteidigte sich Schneckenberger etwas beleidigt.

„Können Sie uns denn so einfach mitbringen?", fragte Mäusel mit funkelnden Augen. „Ich gehöre doch auch zu denen da unten."

„Ich stelle Sie als das vor, was Sie sind. Man wird Sie mit großer Achtung empfangen. Bei uns gilt die Obrigkeit noch etwas. Es ist eine andere Welt als euer Berlin."

„Wir in Berlin sind alle furchtbar dekadent. Bei uns herrschen spätrömische Zustände. Alles wird infrage gestellt. Familie, Kirche, Staat", übertrieb die Kommissarin lustvoll und bekam dafür einen erschrockenen Blick von Schneckenberger.

„Wir kommen gern mit", beendete Huntinger den Disput. „Das Bier ist übrigens wirklich ausgezeichnet."

Schneckenbergers Miene lockerte sich, und er wollte sofort eine weitere Maß für Huntinger bestellen.

„Nein, lieber Kollege, lassen Sie es gut sein. Wir Preußen sind an so viel Bier nicht gewöhnt."

Huntingers Handy summte. Er nahm es aus der Jackentasche und sah auf das Display. „Berlin", sagte er lapidar.

„Pressel?", fragte Mäusel.

Huntinger nickte und nahm ab.

„Nein, nichts Neues. Wir kommen erst morgen zurück", sagte er zu seinem Gesprächsteilnehmer. „Der Tatort geht mir nicht aus dem Kopf. Es muss etwas zu bedeuten haben, dass der Mord vor dem Konzentrationslager geschah. Wir klopfen hier noch ein wenig das Umfeld ab. Ja, tschüss. Bis dann."

Später, im Rathaus, war bereits die Hautevolee versammelt. Die Stimmung war auch hier heiter, aber lange nicht so trunken und ungezügelt wie im Festzelt. Man stand in einem schönen Saal, mit Fresken aus groß-bayerischer Zeit, plaudernd zusammen. Es gab Schnittchen mit Lachs, Krabben und allen möglichen Wurstsorten, und wer wollte, konnte eine kräftige Gulaschsuppe essen.

„Ich stelle Sie dem Herrn Bürgermeister vor", sagte Schneckenberger eifrig.

„Maus, Sie nehmen sich mal die Grubers vor, die beiden jungen Män-ner. Ich werde den Pelzingers auf den Zahn fühlen."

„Sie glauben immer noch, dass die jungen Leute etwas mit unserem Fall zu tun haben könnten?", fragte Schneckenberger bestürzt.

„Kollege, Sie wissen doch ... reine Routine. Wir möchten nur aus-schließen, dass ... Und im Übrigen, der einzige Anhaltspunkt, den wir ha-ben, ist doch, dass unsere Galeriebesitzerin einen jungen Freund hatte."

„Natürlich. Verstehe", erwiderte der Kollege mit rotem Kopf.

Er nahm Huntinger beim Arm und bugsierte ihn durch die Menge zu einer Gruppe, in der Pelzinger das große Wort führte.

„Wir haben gute Aussichten, dass die *Wellness-Group* ein Hotel mit Golfplatz in Steinberg baut. Das würde uns noch mehr Touristen bringen und zusätzliche Arbeitsplätze. Wir müssen uns aus dem Schatten Dachaus lösen."

Er sprach weiter über die Möglichkeiten, die dadurch für den Ort ent-stehen würden, was einige bestritten, da sich diese Gäste doch hauptsäch-lich auf dem Golfplatz und im Hotel aufhalten würden.

„Auf jeden Fall bedeutet es Arbeitsplätze, und das erhöht die Kaufkraft bei uns!", entgegnete Pelzinger ärgerlich. Widerspruch schien er schlecht zu vertragen.

Es ging noch eine Weile hin und her. Als das Gespräch versandete, stellte Schneckenberger den Kollegen aus Berlin vor.

„So, so? Sie sind aus der Hauptstadt? Und was machen Sie in unserem schönen Steinberg?", fragte Pelzinger, auf den Zehenspitzen auf- und abwippend.

„Herr Huntinger sieht eine Verbindung zwischen einem Mord in Berlin und einer alten Sache in Dachau."

„Ach so? Ich erinnere mich. Dieser seltsame Mord vor dem ehemali-gen Konzentrationslager. Verstehe. Und was machen Sie bei uns?", setzte er misstrauisch hinzu.

„Die Tote hatte doch bei uns im *Ziegelbräu* übernachtet", sagte Hermann, der ältere Sohn.

„Soll eine scharfe Puppe gewesen sein. Vielleicht hatte sie hier ein Date", warf der kleine Möchtegernplayboy grinsend ein.

„Aber bei uns ist doch nichts passiert", widersprach Pelzinger mit ärgerlichem Blick auf seinen Jüngsten.

„Nein, das nicht. Aber warum hat sie nicht in Dachau übernachtet, sondern hier in Steinberg? Das versuchen wir herauszubekommen", erklärte Huntinger ruhig.

„Na ja, was sein muss, muss sein. Schnecki, halte mich auf dem Laufenden. Hermann, du kümmerst dich um unseren Gast aus Berlin. Ich muss mich jetzt noch mit dem Gruber Georg über den Hotelkomplex unterhalten."

Er zog Schneckenberger mit, führte ihn beiseite und redete energisch auf ihn ein.

„Sie sind in der Filmwirtschaft tätig?", fragte Huntinger an Hermann gewandt, dabei aber Schneckenberger im Auge behaltend.

„Ja. Ich bin Regieassistent bei der *Bavaria-Film*."

„Sie drehen gerade?"

„Ja. Einen Kriminalfilm mit Esther Clausen."

„Ach ja", sagte Huntinger mit unbewegter Miene.

„Nichts dolles. Fürs Fernsehen", fügte der junge Pelzinger hinzu. Er war mit seinem offenen, gut geschnittenen Gesicht und den wachen Augen so recht das Bild eines jungen Mannes, den sich jede Frau als Schwiegersohn wünscht. Er war der Robert Redford-Typ, strahlte Selbstsicherheit und Sportlichkeit aus. Wahrscheinlich würde er sein ganzes Leben lang jugendlich wirken.

„Und was sagt Ihr Vater dazu?"

„Bingo. Sie haben den Nagel auf den Kopf getroffen. Der war überhaupt nicht begeistert", prustete der jüngere der Brüder. Es schien ihn mächtig zu amüsieren. „Hermann ist nun mal kein *business man*."

Sein Bruder stöhnte. „Hör auf, Siggi, du etwa?"

„Nö. Mit Zahlen hab ich es auch nicht so."

„Ich habe mich schon immer für Kunst interessiert", fuhr Hermann Pelzinger ernst fort. „Da ich sonst keine künstlerischen Fähigkeiten habe, boten sich Fotografie und Film an. Die Firma kann später auch ein angestellter Manager führen. Es hat natürlich gedauert, bis mein Vater dies akzeptierte. Eigentlich hofft er immer noch, dass ich … Für ihn ist die Wurstfabrik natürlich sein Leben, abgesehen vom Bürgermeisteramt."

„Und, planen Sie auch mal bei einem eigenen Film Regie zu führen?"

„Oh ja!", erwiderte der junge Mann begeistert und offensichtlich froh, von seinen Plänen erzählen zu können. „Ich habe da eine Idee, für die ich einen Mitproduzenten suche. Dann könnte ich endlich meine Vorstellungen von einem guten Film verwirklichen."

„Was ist das für eine Idee?"

„Kennen Sie Cocteaus *La Belle et la Bête*?"

„Nein."

„Ein Scheißfilm!", fiel der jüngere Bruder ein. „Stinklangweilig. Null Action!"

„Rede nicht über Dinge, von denen du nichts verstehst!", fuhr Hermann seinen Bruder an. „Es ist ein interessanter Film, wie alle Arbeiten von Cocteau. Ich stelle mir eine moderne, nicht so mit Mythologie überfrachtete Version vor. Ein Mädchen kommt in ein großbürgerliches Haus zu Besuch. Sie erfährt, dass vor Jahren hier ein Mord passiert ist, der nie aufgeklärt wurde. Auf einer Abendgesellschaft ihr zu Ehren lernt sie den Sohn des Hauses kennen und verliebt sich sofort in ihn. Seine guten Manieren und sein Charme verzaubern sie. Doch bald muss sie erkennen, dass er eine gespaltene Persönlichkeit hat. In einer Nacht, als sie durch ein Geräusch aufwacht, erkennt sie in ihm das Biest, ein katzenhaftes Wesen, das rastlos durch das Haus wandert. Ihre Liebe besänftigt das Biest, und es gesteht ihr unglücklich den Jahre zurückliegenden Mord. Hinter der Maske des schönen Jünglings verbirgt sich also ein fremdes Wesen, die Schattenseite seines Charakters. Er ist gut und böse zugleich. Als sie erkennt, dass das Biest wieder zu töten bereit ist, schwankt sie, ob sie den Jüngling anzeigen soll. Es bleibt offen, ob sie ihn der Polizei verrät. – Das ist die Grundidee. Sie muss natürlich noch ausgebaut werden. Ich habe da einen jungen, interessanten Drehbuchschreiber an der Hand, der diese Idee weiterentwickeln wird."

„Haben Sie schon einmal so einen Schwachsinn gehört?", prustete Siegfried Pelzinger.

„Ich finde die Idee interessant. Ich habe gerade in München *Die Schöne und das Biest* gesehen. Irgendwie ähnelt das Ihrer Grundidee."

„Ach das. Nein", erwiderte der junge Pelzinger leidenschaftlich. „Das Musical beruht auf einem französischen Roman aus dem 19. Jahrhundert.

Mein Biest ist ein moderner Mensch, der das Gute will, doch immer wieder dem Bösen verfällt. Haben wir nicht alle mehr oder weniger das Biest in uns? Es soll ein Film werden, wie ihn auch Chabrol machen würde. Eine Kritik an der bürgerlichen Gesellschaft. Er soll an die Untiefen erinnern, die unter der Firnis der Wohlanständigkeit liegen."

„Mögen Sie die bürgerliche Gesellschaft nicht?"

„Mögen? Sehen Sie sich doch die Leute an, die hier sind. Kann man diese Leute mögen?", fragte er mit geringschätzigem Lachen.

„Er hasst diese Leute", sagte der Bruder grinsend. „Brüderchen hatte nur zwei Möglichkeiten. Er konnte Kommunist werden oder Künstler. Mit diesen Filmideen kann er seinen Hass abreagieren und braucht nicht die rote Fahne zu schwingen."

„Du redest Schwachsinn, Siggi. Wie immer. Denk lieber mal darüber nach, ob dich Vater ewig den Kleinstadtplayboy spielen lässt."

„Ihm wird gar nichts anderes übrig bleiben", erwiderte dieser kichernd und zog, mit den Händen wedelnd, ab.

„Entschuldigen Sie. Mein Bruder ist ein Kindskopf", sagte Hermann Pelzinger.

„Haben Sie Ihrem Vater von dieser Filmidee erzählt?"

„Leider. Er hält sie natürlich für spinnert und will mir nicht das Geld für die Verwirklichung geben. Dabei verdienen wir mit der Wurstfabrik wahrlich genug. Selbst bei *Harrods* in London oder auf der Park Avenue in New York bekommen Sie Wurstwaren unserer Firma. Doch ich werde Vater schon noch weichklopfen. Aber, mich interessiert Ihre Arbeit. Haben Sie denn schon etwas gefunden, was auf den Täter im Dachauer Mordfall schließen lässt?"

„Ach, wir verfolgen da auch so eine Idee!", übertrieb Huntinger, denn er hatte ja nichts anderes, als dass der Täter ein Serienmörder war und ein junger Mann sein könnte, der von Picassobildern besessen war. „Über den Stand der Ermittlungen darf ich leider nichts sagen. Es ist alles noch sehr vage."

Hermann zuckte mit den Achseln. „Da kann man nichts machen. Aber Sie haben einen interessanten Beruf."

„Sehen Sie, und ich finde Ihren Beruf faszinierend."

Schneckenberger kam zurück und nahm Huntinger, nach einem freundlichen Kopfnicken zu dem jungen Mann, beim Arm.

„Ich möchte Ihnen auf jeden Fall noch Georg Gruber vorstellen." Schneckenberger zog den Hauptkommissar weiter, der mit einem Achselzucken zum jungen Pelzinger andeutete, dass es ihm leid täte, das Gespräch nicht weiterführen zu können.

„War der Bürgermeister unzufrieden mit Ihnen?", fragte Huntinger den Kollegen schmunzelnd.

„Na ja, er ist natürlich nicht gerade glücklich, dass Sie in Steinberg recherchieren. Er wollte nur, dass ich ihn informiere, sobald Sie etwas herausfinden. So läuft das bei uns. Ich würde ihm natürlich keine Dienstgeheimnisse verraten oder gar Ihre Vermutungen weitergeben", setzte er schnell hinzu.

„Natürlich nicht", bestätigte Huntinger. Das Zucken um seine Mundwinkel sah Schneckenberger nicht.

Georg Gruber stand breitbeinig neben dem Buffet und wetterte über die politischen Zustände.

„Man stelle sich das vor! Die in Dachau entblöden sich nicht, sogar eine Städtepartnerschaft mit einem israelischen Kaff anzustreben. Ausgerechnet die Dachauer. Kotau vor den Juden. So weit sind wir gekommen."

„Georg, ereifere dich doch nicht so!", versuchte ihn seine Frau zu beruhigen. „Ist doch noch gar nicht sicher, dass die Juden mitspielen."

„Und wie die mitspielen werden, und die Berliner werden ‚Hosianna' rufen und Geld hinterherschmeißen. Nicht, dass ich was gegen Juden habe, aber dass wir uns so anbiedern, geht mir gegen die Hutschnur. Es ist peinlich!"

Nachdem er genügend Dampf abgelassen hatte, schob Schneckenberger Huntinger vor.

„Darf ich Ihnen Hauptkommissar Huntinger aus Berlin vorstellen."

„Ein Hauptkommissar aus Berlin?", fragte der Inhaber der Landmaschinenfabrik erstaunt.

Schneckenberger erzählte ihm den Grund und Gruber nickte bestürzt.

„Ich erinnere mich. Eine fürchterliche Geschichte. Es ist eine Schande, dass der Mord noch nicht aufgeklärt ist", bekam Schneckenberger sofort eine Rüge verpasst. „Ich hoffe, Sie werden den Fall bald lösen", wandte er sich an Huntinger.

„Wir geben uns Mühe", antwortete dieser. Er sah zur Mäusel hinüber, die sich angeregt mit den drei jungen Grubers unterhielt.

„Ich glaube nicht, dass es jemand aus unserer Stadt war. Bestimmt irgendein Penner, der den Dachauern eins auswischen wollte!", sagte Georg Gruber bestimmt. „Wir aus einer Kleinstadt, wo jeder jeden kennt, sind alle ganz normale Leute. Wenn bei uns einer auffällig wäre, wüsste es die ganze Stadt und selbst die Polizei."

Seine Zähne bleckten den armen Schneckenberger an.

„Da mögen Sie sicher recht haben", gab Huntinger zu.

„Sie können jedenfalls mit unserer Unterstützung rechnen, nicht wahr, Schnecki? Das wird Ihnen auch sicher unser bombastischer Bürgermeister gesagt haben." Er warf einen unwilligen Blick zu dem Konkurrenten und Parteifreund hinüber. „Es ist ja auch eine unheimliche Vorstellung, dass so ein Verrückter noch frei herumläuft."

Als sie später das Rathaus verließen, lud Huntinger den Kollegen noch zu einem Absacker ins Hotel ein, welches gleich neben dem Rathaus lag. Im *Bräustübl,* einer gemütliche Gaststube mit Bildern von Ludwig Thoma, Karl Valentin und Liesl Karstadt, bestellte Huntinger nach kurzer Nachfrage drei Dunkelbier.

„Nun, hat es Ihnen etwas gebracht?", fragte Schneckenberger.

„Sie halten den jungen Hermann Pelzinger für völlig harmlos?"

„Absolut. Ich kenne den Jungen von Kindesbeinen an. Sind Sie etwa zu anderen Erkenntnissen gekommen?"

„Hm", brummte Huntinger. „Seltsame Ideen hat er schon." Er erzählte von Cocteau und dem Filmprojekt, und Schneckenberger lachte.

„Ach das. Mir hat er auch davon erzählt", winkte Schneckenberger ab. „Die Filmleute sind alle ein bisschen überspannt."

Huntinger dachte an Esthers großen Regisseur und musste Schneckenberger insgeheim recht geben.

„Wussten Sie, dass Cocteau ein Freund von Picasso war?", fragte die Mäusel eifrig. „Sie waren ziemlich dicke, wobei es Cocteau war, der Picassos Freundschaft suchte. Während der Nazibesetzung ging die Freundschaft in die Brüche, weil Cocteau wohl etwas zu sehr mit den Nazis geflirtet hat, jedenfalls war er mit Breker dicke. Nach dem Krieg haben sie sich wieder versöhnt. Beide sind oft in Arles und Nîmes zum Stierkampf gegangen."

„Donnerwetter. Sehr gut, Maus", lobte Huntinger, und die Mäusel bekam vor Freude einen roten Kopf.

„Nee, geben Sie nichts auf die Cocteaugeschichte. Der Junge ist ein gerader Halm", verteidigte Schneckenberger den jungen Pelzinger. „Die Filmleute sind doch alle durchgeknallt."

Huntinger musste schmunzeln. Was würde Esther wohl zu dieser Bemerkung sagen? Er würde sie auf jeden Fall über den Regieassistenten ausfragen. Sie mussten sich ja gut kennen. Nach einer Runde Himbeergeist verabschiedeten sich die Polizisten voneinander.

„Sehe ich Sie morgen wieder?", fragte Schneckenberger.

„Nein. Wir befragen morgen noch einmal hier das Hotelpersonal. Das war es dann wohl. Sollten wir weiterkommen, halte ich Sie auf dem Laufenden."

„Ja. Bitte. Nicht nur wegen Pelzinger", fügte er schnell hinzu, weil Huntinger schmunzelte. „Ich werde ihn damit beruhigen, dass der Dachaumord nichts mit Steinberg zu tun hat."

„Es ist noch viel zu früh, um irgendwelche Schlüsse zu ziehen."

Nachdem Schneckenberger sich verabschiedet hatte, sagte die Mäusel: „Ich kenne Sie, Chef. Die Gespräche heute haben doch etwas gebracht."

„Nicht viel, Maus. Wer ist dieser Cocteau?"

„Ein französischer Künstler. Maler, Dichter, Bühnengestalter, Filmproduzent. Machte alles Mögliche."

„Besorgen Sie mir doch einmal Material über ihn. Der junge Pelzinger hatte da ziemliche krause Ideen. Und wie war es bei Ihnen?"

„Sie sagen mir nicht alles!", schmollte die Mäusel.

„Ach, es hat höchst wahrscheinlich nicht viel zu sagen. Ich will nur unter jedem Stein nachschauen. Was war nun mit den jungen Grubers?"

„Nichts. Ganz normale Kinder reicher Eltern. Keiner von ihnen scheint große Lust zu haben, die Firma zu übernehmen. Es ist das gleiche wie bei den Pelzingers. Die Väter haben etwas aufgebaut, und die Kinder wollen nichts davon wissen. Das Mädchen ist eine Zicke, oberflächlich und eingebildet. Verwöhnte Göre. Der Ältere hat Grafik studiert. Er kennt sich auch in Kunst gut aus. Wir haben über Baselitz, Polke und die Leipziger Schule gesprochen. Aber wenn man jeden, der sich mit moderner Kunst auskennt, verdächtigen würde … Ein Picassofan ist er jedenfalls nicht. Allerdings liebt er Anselm Kiefer, der sich ja auch mit den Schrecken des Nationalsozialismus' auseinandergesetzt hat. Und da die Tote vor dem KZ gefunden wurde, könnte man …"

„Sie wissen wirklich gut Bescheid", lobte Huntinger. „Was würde ich in diesem Fall bloß ohne Sie tun?"

Die Mäusel glühte vor Stolz. „Manchmal ist eine gute Halbbildung nicht zu verachten. Haben wir es dann ...?"

„Gehen Sie ruhig schon hoch. Ich werde noch einen Spaziergang machen."

„Einen Spaziergang? Sie haben doch noch etwas vor?"

Die Mäusel kräuselte unwillig die Stirn.

„Nein. Ich kann beim Gehen besser denken. Außerdem haben wir heute so viel getrunken, da tut mir die frische Luft gut."

Nach einem skeptischen Blick erhob sich die Mäusel und ging.

Huntinger betrat die Straße und atmete tief die frische Luft ein. Er schlenderte gemächlich unterhalb des Schlosses die Straße nach München hinunter. Als er mit Schneckenberger den Ort abgefahren war, hatte er am Ortsausgang eine Bar entdeckt. Der Name *City-Bar* war nicht besonders originell und für diese Kleinstadt auch etwas großsprecherisch, zumal sie nicht einmal in der City lag. Die Neonreklame zeigte eine Windmühle, welche wohl auf Montmartre hinweisen sollte. Er ging hinein und setzte sich an die Theke, wo ihm eine etwas ramponiert aussehende Blondine erfreut entgegenlachte und ihn nach seinen Wünschen fragte. In den Nischen gegenüber dem Tresen saßen mehrere Pärchen. An einer Stange bemühte sich ein Mädchen verführerisch auszusehen. Huntinger bestellte einen Calvados.

„So etwas trinkt man bei uns nicht", sagte die Blonde, die eine Schürfwunde an der Stirn hatte. Ihren Hals hatte sie mit einem Tuch bedeckt.

„Aber ich habe einen guten *Johnny Walker Black Label*. Sie sind zum ersten Mal bei uns?", fragte die Blondine und stellte ihm das Getränk hin, nachdem Huntinger zustimmend genickt hatte.

„Stimmt."

„Sind Sie Handelsvertreter?"

Huntinger schüttelte den Kopf. „Nein. Aber es stimmt schon. Ich bin geschäftlich hier."

Die Blondine überlegte, als müsse sie eine schwierige Aufgabe lösen und sagte schließlich: „Sie sind sicher einer der Fleischgroßhändler und waren beim Pelzinger."

„Ich war mit Pelzinger zusammen, ja", gab Huntinger zu.

„Ich wusste es", freute sich die Blondine. „Ich habe einen Blick dafür, was die Menschen sind." Sie beugte sich vor, zeigte ihm ihre beträchtliche Büste und flötete: „Darf ich auch etwas trinken? Vielleicht ein Piccolöchen?"

„Was kostet das?"

„Dreißig Euro. In München müssten Sie mehr zahlen. Hundertfünfzig die große Flasche. Für echten Champagner löhnen Sie 300 Euro!"

„Damit unsere Unterhaltung nicht so schnell unterbrochen wird, öffnen Sie eine große Flasche ... aber deutschen Sekt."

„Au, fein. Sie sind ein Kavalier", kiekste die Bardame. Sie holte aus dem Kühlschrank eine Flasche der Nobelmarke *Haussekt*, öffnete sie routiniert und stellte zwei Gläser auf den Tresen.

„Ich bleibe beim Whisky."

„Darf meine Kollegin da hinten auch mittrinken? Sie hatte heute noch keinen Gast."

„Meinetwegen", sagte Huntinger und machte eine einladende Handbewegung.

„Ich heiße Elvira", hauchte die Blonde und winkte ihrer Kollegin zu. Diese kam hüftschwenkend heran und setzte sich zu Huntinger.

„Ich heiße Helga."

Auch sie hatte Spuren von Verletzungen, die sie nur notdürftig mit einem Schal verdeckte.

„Seid ihr alle erkältet?", fragte Huntinger und wies auf den Schal.

„Nein. Das war ein Unfall. Wir hatten beide einen Unfall", erwiderte die Blondine schnell und goss die Gläser voll. „Der Herr ist ein Fleischgroßhändler. War beim Pelzinger", sagte sie zu ihrer Kollegin. Sie prosteten ihm zu.

„So ganz stimmt das nicht", entgegnete Huntinger und zog seinen Dienstausweis. „Ich komme gerade von Pelzinger. Aber ich bin von der Kripo."

Die Mädchen erstarrten, als hätten sie das Biest aus dem Musical gesehen.

„Was wollen Sie von uns? Wir haben bereits ausgesagt", hauchte Helga.

„Aber Sie haben nicht alles gesagt. Und das, meine Damen, wird Ihnen eine Menge Ärger einbringen. Behinderung der Justiz, vielleicht sogar

Beihilfe bei der Verschleierung eines Mordes. Der, der Ihnen das angetan hat, könnte nämlich ein Mörder sein."

„Ein Mörder?", hauchte Helga.

„Ein Mörder! Sie können froh sein, dass er Sie nicht umgebracht hat."

„Wir haben alles gesagt", fauchte die Blondine und verschränkte die Arme vor der Brust.

„Beschreiben Sie den Mann nochmal."

„Nun, er war so um die Vierzig. Trug einen Anzug. Ein richtiger Herr. Alles war normal. Wir gingen ins Separee und plötzlich drehte er durch und schlug und würgte uns."

Die Bardame knetete bei dieser Aussage nervös die Hände und warf ihrer Kollegin einen warnenden Blick zu. Also doch, sagte sich Huntinger.

„Der Hergang mag ja stimmen. Aber es war kein älterer Mann, sondern ein junger, nicht wahr?"

„Nein. Bestimmt nicht", sagte die Blonde schnell. Viel zu schnell.

„Er hat Ihnen Geld gegeben?"

„Ein paar Hunderter. Nachdem wir ihn angeschrien haben, ist er plötzlich zur Besinnung gekommen. Es tat ihm leid, er gab uns Geld und verschwand."

„Seid ihr registriert?"

„Nein. Wir sind doch keine Huren", empörte sich Helga.

„Nun, ich könnte den Laden hier schließen lassen. Ruft doch mal den Geschäftsführer!", bluffte Huntinger.

„Nein. Bitte nicht. Wir sind beide Rumäniendeutsche. Wir sind froh, dass wir diese Arbeit haben."

„Dann heraus damit! Wer war der Mann?"

„Wir kennen ihn nicht", wiederholte die Blondine. „Wirklich nicht."

„Es war ein junger Mann?"

„Vielleicht war er doch etwas jünger. Ich kann das so schlecht schätzen", gestand Helga, die Huntinger auch nicht so abgebrüht erschien wie die Blondine.

„Du kannst ja noch nicht mal einen Achtzehnjährigen von einem Achtzigjährigen unterscheiden! Sie ist noch nicht lange im Geschäft", warf die Blondine ein.

„Jetzt reicht's mir aber! Ruft den Geschäftsführer."

„Na gut", gab die Blondine nach. „Er war wohl etwas jünger."

„Wie jung?"

„Na, so … Vielleicht so …" Die Blondine zog einen Flunsch, krauste die Stirn und sagte schließlich in fragendem Ton, als sei sie sich nicht sicher: „Vielleicht so um die Fünfunddreißig?"

„Wohl eher um die Fünfundzwanzig?", entgegnete Huntinger.

„Möglich. Auch das ist möglich", gab die Blondine zu. „In der Bar ist es ja auch so dunkel. Da kann man sich ganz schön täuschen."

„Und Sie kannten ihn?"

„Nein. Bestimmt nicht", erwiderten sie im Chor.

„Er hat Sie geschlagen, gewürgt?"

„Ja. Wie ein Tier ist er über uns hergefallen."

„Wie ein Tier?" Huntinger stutzte. „Was für ein Tier?"

„Na, wie ein Tier."

„Löwe, Tiger, Stier?"

Die Frauen sahen sich verwundert an.

„Ja, wie ein Stier", erwiderte Elvira achselzuckend.

Huntinger lächelte zufrieden. „Wem gehört die Bar?"

„Warum? Wir haben Ihnen doch alles gesagt."

„Heraus mit der Sprache. Sonst muss ich …!"

„Der Geschäftsführer ist Herr Bullrich. Aber ihm gehört sie nicht. Es soll ein reicher Geschäftsmann in Stuttgart sein."

„Ich lade euch für morgen vor, wenn ihr mir jetzt nicht sagt, wer der junge Mann war, der euch so zugerichtet hat!", drohte Huntinger.

„Wir wissen es wirklich nicht", beteuerte die Blondine.

Die Mädchen hatten Angst, das war offensichtlich. Sie hatten mehr Angst vor dem, der sie geschlagen hatte, als vor der Polizei.

Huntinger trank den Whisky aus. Er war mit dem Ergebnis nicht unzufrieden. Die Investition für Whisky und Sekt war kein schlecht angelegtes Geld gewesen. An die Schläfe tippend verließ er die Bar. Immerhin sind wir ein Stück weitergekommen, dachte er zufrieden. Ihre Angst ließ die Hypothese zu, dass sie den Täter kannten und er von hier war.

Der Mond hing über der Kleinstadt wie ein Lampion. Es könnte hier wirklich schön sein, dachte Huntinger. Aber irgendwo in dieser ganz normalen Kleinstadt mochte der Minotaurus leben. Hatte ihm Hermann Pelzinger mit den Erzählungen über sein Filmprojekt einen versteckten Hinweis geben wollen? Drängte es ihn unbewusst entlarvt zu werden?

Huntinger entlockte seiner Pfeife ein paar kräftige Rauchwolken und ging am Hotel vorbei bis zur Kirche. Die Kirchturmuhr schlug die dritte Stunde. Er blieb stehen und sah hoch. Schlief der Minotaurus bereits oder brütete er darüber, wie er das nächste Picassobild in die Hände bekam? Plante er in dieser Nacht einen neuen Mord? Huntinger fröstelte und vergrub die Hände tief in den Taschen. Langsam ging er zum Hotel zurück. Seine Schritte hallten in den menschenleeren Straßen der ganz normalen Kleinstadt.

5.

Huntinger erhält einen Vortrag in Psychologie.

In dieser Nacht träumte er wild. Er sah sich mit einer hünenhaften Katze in einem festlich geschmückten Saal unter Kronleuchtern tanzen. Manchmal war das Tier so anschmiegsam wie seine Pulcinella, die Katze, die ihm zugelaufen war. Doch plötzlich fletschte sie die Zähne wie ein Löwenweibchen. Und um sie herum klatschten die Pelzingers und Grubers, und dann ging es in einen Garten, in dem Fackeln an den Bäumen brannten. Die Katze fauchte ihn an. Ihr Gebiss war ein wenig bedrohlicher als das seiner Pulcinella.

Schweißgebadet wachte Huntinger auf. Er sah auf die Uhr und brummte missvergnügt. Es war Zeit aufzustehen. Er rasierte sich sorgfältig, wie immer zweimal. Die kalte Dusche brachte seinen Kreislauf in Schwung. Als er sich angezogen hatte, sah er wieder auf die Uhr. Er lag gut in der Zeit. Esther musste jetzt auch aufgestanden sein. Sie war gleich am Telefon.

„Wie hast du geschlafen, Lieber?", fragte sie.

„Nicht sehr gut. Ein Albtraum. Passiert mir selten. Meistens sind meine Träume angenehmer Natur."

„Dann träumst du hoffentlich von mir."

„Natürlich", log er. Er träumte nie von den Frauen, mit denen er gerade zusammen war.

„Wie kommst du mit deinem Fall voran?"

„Na ja. Wir sind schon schneller vorangekommen. Sag mal, kennst du einen Hermann Pelzinger?"

„Hermännchen? Aber ja. Ein netter junger Mann. Er ist seit mehr als einem Jahr bei uns Regieassistent. Wie kommst du denn auf den?"

„Ich habe ihn gestern kennengelernt. Was hältst du von ihm?"

„Die Welt ist doch klein. Er ist ein lieber, hochbegabter Junge. Noch nicht ganz ausgebacken und manchmal ein bisschen spinnert. Aber jeder mag ihn. Hat er irgendetwas mit dem Fall zu tun?"

„Das will ich ja gerade herausbekommen."

„Falls du ihn verdächtigst, schlag es dir aus dem Kopf. Der Junge ist viel zu sensibel, um irgendetwas Unrechtes zu tun. Er wird seinen Weg gehen. Er hat ganz interessante Ideen."

„Meinst du eine moderne Version von *La Belle et la Bête*?"

„Ach, du weißt davon? Er ist ganz besessen von der Idee. Er ist mit einem Enthusiasmus dabei, der mich an meine eigene Jugend erinnert. Ich bin überzeugt, eines Tages wird er diesen Film machen."

„Sensibel, energisch und ausdauernd. Passt das zusammen?"

„Oh ja. Es ist die Voraussetzung, um ein ganz Großer zu werden."

„Hat er dir gegenüber mal etwas über Picasso erzählt?"

„Nein. Dafür aber umso mehr über Cocteau. Du hältst ihn doch nicht für den Picassomörder?"

„Nein. Ich interessiere mich im Moment für jeden jungen Mann, der ein leidenschaftliches Interesse für Kunst hat."

„Dann könntest du auch mich verdächtigen. Dein Pech, dass ich kein junger Mann bin."

„Gott sei Dank!", erwiderte er lachend. „Und wer zum Teufel ist dieser Cocteau?"

„Was? Du kennst Cocteau nicht?"

„Man hat mich schon aufgeklärt. Maler, Literat, Filmemacher und was weiß ich sonst noch alles."

„Er hat Filme von poetischer und zarter Schönheit geschaffen wie *Le sang d'un poète* oder *Le testament d'Orphée*. Ein begnadeter, vielseitiger Künstler. In den vierziger und fünfziger Jahren des vergangenen Jahrhunderts war er der Mittelpunkt des künstlerischen Frankreichs. Solche universalen Menschen gibt es heute nicht mehr."

„Also ein Jahrhundertgenie wie Picasso."

„Richtig. Aber eine Klasse darunter. Da sieht man wieder, wie arm unsere Zeit ist. Na, wenigstens haben wir Baselitz, Pollock und Lüpertz."

„Lüpertz? Nie gehört. Da muss ich mal Maus fragen, die weiß sehr gut Bescheid."

„Ja, frag deine Maus", erwiderte sie schnippisch. „Wie gut, dass du eine solche Koryphäe an deiner Seite hast."

„Was soll das? Sie ist meine Mitarbeiterin, nicht mehr und nicht weniger. Punkt."

„Ja, Punkt. Glaub nur nicht, dass ich eifersüchtig bin!", erwiderte sie. Aber ihr Lachen klang nicht fröhlich. Als sie auflegte, blieb etwas Ungutes zurück.

Verärgert ging Huntinger hinunter in den Frühstücksraum. Die Mäusel saß bereits am Tisch und sah aus dem Fenster.

Er brummte: „Guten Morgen", und sie sagte: „Schön wär's. Es regnet."

Die Bedienung fragte, ob Kaffee oder Tee gewünscht würde, und Huntinger verlangte *Earl Grey*, den man nicht hatte. Man könne mit normalem schwarzen Tee dienen. Huntinger nickte zustimmend. Die Mäusel sah ihn über den Rand ihrer Kaffeetasse besorgt an.

„Nicht gut drauf, Chef?"

„Hm", brummte Huntinger und machte eine wegwerfende Handbewegung.

„War ihr Abendspaziergang gestern nicht erfreulich?"

Huntinger erhob sich, ohne zu antworten, ging zum Buffet und nahm sich zwei Brötchen sowie Mett- und Leberwurst. Manchmal liebte er es deftig. Sicher alles Produkte von Pelzinger, dachte er. Dazu legte er sich einen Brie auf den Teller, der fast am Zerlaufen war. Er ging zum Frühstückstisch zurück, beschmierte sich die Brötchen und biss herzhaft hinein. Schweigend widmeten sie sich dem guten Essen. Nachdem sie es beendet hatten, räusperte Huntinger sich und berichtete vom Besuch in der Bar.

„Also, die beiden misshandelten Damen haben gestanden, dass es sich nicht um einen Mann mittleren Alters, sondern um einen jungen Mann handelte. Aber wer es ist, wollten sie nicht sagen. Vielleicht aus Angst?"

„Ich wusste doch, dass Sie etwas vorhaben. Und Sie haben mich abgeschoben."

„In so eine Bar geht man nicht in Damenbegleitung."

„Und was bringt uns die Erkenntnis? Ich meine, die Aussage der Bardamen?"

„Tja, rekapitulieren wir einmal. In Berlin wird die stellvertretende Direktorin der Nationalgalerie tot in einer Ausstellung mit einer fürchterlichen Wunde aufgefunden. Sie hatte offensichtlich einen jungen Freund. Es fehlt ein Bild aus der Minotaurusserie von Picasso. In das Blut ist der Schädel einer Ziege gemalt oder was immer es darstellen soll. In Dachau wurde vor einem Jahr vor dem Konzentrationslager eine Tote gefunden, die Inhaberin einer Münchner Galerie. Auch sie hat eine fürchterliche Wunde. Die Tote hat in diesem Hotel hier zwei Tage übernachtet. In ihrer Galerie hing ein Picasso aus der Minotaurusserie. Das Bild ist verschwunden. Wir haben es mit einem Täter zu tun, der eine krankhafte Leidenschaft für Picasso hat, um es ganz allgemein auszudrücken. Auch die Dame aus München hatte ein Verhältnis mit einem jungen Mann.

Und nun wurden hier zwei Bardamen von einem jungen Mann misshandelt. Sie haben offensichtlich Angst, seinen Namen zu nennen. In diesem Ort gibt es zwei reiche Familien, die in Steinberg wie Renaissancefürsten herrschen. Beide Familien haben zwei Söhne.

Die Pelzingers haben einen Sohn, der im Filmgeschäft tätig ist und ein Remake von Cocteaus *La Belle et la Bête* drehen will. Ein junger Mann, der alle für sich einnimmt und dem man eine große Zukunft voraussagt. In seiner Jugend wurde er einmal mit einer Fahrerflucht in Verbindung gebracht, aber die Untersuchungen verliefen im Sande. Seitdem ist er nicht auffällig geworden. Der zweite Sohn spielt den Kleinstadtplayboy. Dessen Leidenschaft sind Frauen, aber keine Bilder von Picasso.

Die andere Familie, die Grubers, haben ebenfalls zwei Söhne. Oliver, der Sohn aus erster Ehe, arbeitet in einer Werbeagentur. Man könnte bei ihm ein gewisses Kunstverständnis annehmen. Der Sohn aus zweiter Ehe ist ein unbeschriebenes Blatt, hat ein sehr gutes Abitur gemacht. Er studiert noch in München."

„Und beide sind sich nicht besonders grün", warf die Mäusel ein.

„Wie kommen Sie darauf?"

„Ach, nichts bestimmtes. Wie sie sich ansehen, wie sie bei Kommentaren des anderen das Gesicht verziehen."

„Kain und Abel?"

„So hoch würde ich es nicht aufhängen. Aber sie mögen sich nicht. Beide bewundern ihre Schwester, die schöne Sybille."

„Ach ja, das verwöhnte Mädchen. Na gut, auf die brauchen wir uns nicht zu konzentrieren. Wir suchen einen Mann. Die Tat wurde mit großer Kraft und Brutalität durchgeführt. Und nun, wenn sich Belsens Nachricht bestätigt, gab es auch in Südfrankreich, in Antibes, wo Picasso ein Atelier hatte, einen seltsamen Mord an einer Frau, der bis heute nicht aufgeklärt ist."

„Chef, warum versteifen Sie sich denn auf einen Täter aus Steinberg? Weil das zweite Opfer in diesem Hotel gewohnt hat und weil zwei Jungen unterschiedlicher Familien beruflich im weitesten Sinn etwas mit Kunst zu tun haben? Ein bisschen dünn, nicht wahr?"

„Tja, eine dünne Brühe", gab Huntinger seufzend zu. „Aber da gab es noch eine Aussage dieser Barfrauen. Wie ein Stier sei der Mann über sie hergefallen. Die Mädchen haben große Angst. Sie kennen den Mann. Man kann also spekulieren, dass er von hier ist."

„Ach so. Sie bringen den Vorfall in der Bar mit unserem Mordfall in Verbindung. Aber das sind doch noch keine Beweise."

„Nur Mosaiksteine. Aber vielleicht entscheidende. Hoffentlich bringt uns die Antibes-Geschichte weiter. Übrigens, haben Sie mit dem Hotelpersonal gesprochen?"

„Ja. Hat aber nicht viel gebracht. Die meisten hatten keine Erinnerung mehr an den Gast. Einzig der Hotelpage hat was Interessantes gesagt. Er konnte sich erinnern, dass die Frau eine große Papprolle im Gepäck hatte. Sie war ihm unter dem Arm weggerutscht und im Foyer über den Boden gerollt, und die Frau habe ihn wüst beschimpft. Er sagte dazu, was immer in der Rolle drin war, es konnte doch nicht beschädigt werden, und trotzdem habe sie sich aufgeführt, als habe er Meißener Porzellan fallen lassen."

„Interessant. Vielleicht war das Bild aus der Minotaurusserie in der Rolle? Auch dies ein Indiz, das auf einen Täter in Steinberg hinweisen könnte."

„Gehen wir noch einmal zu Schnecki?"

„Nein. Ich will so schnell wie möglich nach Berlin. Der Schneckenberger hat uns alles gesagt, was er weiß."

Als er am späten Abend des gleichen Tages mit Mäusel die Büros im Präsidium betrat, waren diese bereits leer. Nur Belsen saß an seinem Schreibtisch. Erleichtert sprang der Kollege auf und schaltete den Computer aus.

„Na, Pornos angesehen?", spottete die Mäusel, und Belsen bekam einen roten Kopf.

„Quatsch! Chef, ich habe auf Sie gewartet. Die Unterlagen von den französischen Kollegen liegen bereits auf Ihrem Schreibtisch."

Huntinger nickte und winkte Belsen ihm zu folgen, woraufhin sie in sein Büro gingen. Stöhnend warf er sich in den Sessel, klemmte sich die

Pfeife zwischen die Zähne und senkte erst einmal Feuer in den Pfeifen-kopf.

„Wie ist denn der Kollege in Antibes?", fragte er, als er die Akte auf-schlug.

„Der Kollege ist eine Kollegin, und wir haben Glück. Sie ist eine Straßburgerin und spricht perfekt Deutsch."

„Na, das sind doch gute Aussichten für eine reibungslose Zusammen-arbeit."

„Geben Sie mir die Unterlagen aus Antibes. Mein Französisch ist ganz passabel", bot sich Mäusel an.

Aus den Akten erfuhr Huntinger nicht viel Neues. Die tödliche Wunde war identisch mit denen der Frauen in Berlin und Dachau. Diesmal war es keine stellvertretende Direktorin oder Galeriebesitzerin, sondern eine Aufsichtsbeamtin im Museum des Grimaldi-Schlosses. Sie war in ihrem Haus in Vallauris umgebracht worden. Neben der Leiche hatte der Mör-der im Blut einen Stierkopf gezeichnet. Aber in dem Museum fehlte kein Picasso.

„Warum hat er sie dann umgebracht?", brummte Huntinger unzufrie-den und sah Mäusel an, die mit den Achseln zuckte.

„Ach ja, Chef. Ich habe deswegen mit Françoise gesprochen, ich meine, Mademoiselle Halbeisen. Die in Antibes haben gar kein Bild aus der Minotaurusserie", warf Belsen ein.

„Vielleicht hat er dann aus Enttäuschung gemordet", mutmaßte die Mäusel, die Huntinger jedes Blatt aus der Akte sorgfältig übersetzt hatte. „Es ist unser Täter. Was wir für einen Ziegenkopf hielten, ist also ein Stierkopf."

„Möglich. Schon möglich", stimmte Huntinger zu.

„Wäre es das, Chef? Heute Abend haben wir unsere Skatrunde und …"

„Schon gut. Danke, Belsen. Sie können gehen."

„Und was machen wir nun damit?", fragte die Mäusel. „Weiter bringt uns das auch nicht."

„Schlafen wir erst einmal eine Nacht drüber", erwiderte Huntinger. „Was haben wir heute?"

„Freitag, Chef!"

Huntinger nickte zufrieden. Freitag war er immer zum Schachabend verabredet. Er beschloss, den Freund und Leiter der Pathologie trotz der späten Stunde noch aufzusuchen.

„Dann bis morgen, Maus!", brummte er und stand auf.

„Ich gehe noch einmal alle Akten durch", sagte die Mäusel. „Vielleicht habe ich was übersehen."

„Schreiben Sie die Essenz an die Tafel", sagte Huntinger und wies auf die große grüne Tafel in seinem Büro, auf der er die Fakten, Beziehungen und Verflechtungen in einem Mordfall festzuhalten pflegte. „Wenn wir alles einmal komprimiert vor Augen haben, fällt uns vielleicht noch etwas auf."

„In den Akten aus Antibes steht gar nicht, ob die Frau vorher Geschlechtsverkehr hatte", staunte die Mäusel und blätterte ratlos in den Papieren. „Nein. Steht nicht drin."

„Stimmt", entfuhr es Huntinger. „Sie sind ein kluges Mädchen. Ich meine, eine verdammt kluge Frau."

Die Mäusel strahlte, als habe sie einen Heiratsantrag bekommen.

„Fragen Sie mal gleich morgen früh diese Halbeisen, ob dies nur vergessen wurde, in die Akten einzutragen."

„Mach ich, Chef. Nun gehen Sie ruhig zu Ihrem Schach-Cognac-Abend mit Wurmser."

Diese Vorliebe der beiden war kein Geheimnis in der Abteilung und gab oft Anlass zu den wildesten Spekulationen, seit sie gehört hatten, dass in der Nachbarwohnung ein Callgirl wohnte.

Nachdem sich Huntinger wieder einmal vor dem Schauspielhaus an der Harmonie des Gendarmenmarktes erfreut hatte, wurde er oben im Penthouse von Wurmser mit ausgebreiteten Armen empfangen.

„Schön, dass du doch noch kommst. Komm herein. Ich habe gar nicht mehr mit dir gerechnet."

Huntinger folgte ihm in das Wohnzimmer zu dem Marmortisch, auf dem das Schachbrett schon bereitstand.

„Ein Freitag ohne ein Schachmatch mit dir ist ein verlorener Freitag."

„Ich komme gerade aus dem Büro. Leider habe ich diesmal keinen Calvados dabei."

„Macht nichts. Ich habe einen sehr guten spanischen Brandy, einen *Mendoza*, der wird dich auch nicht enttäuschen."

Sie setzten sich. Wurmser schenkte den Cognac ein. Sie prosteten sich zu. Huntinger gewann die Farbwahl und eröffnete mit Weiß.

„Endlich mal Glück gehabt", kommentierte er.

„War ein schlechter Tag, was?"

„Ja und nein."

Nach dem ersten Zug erzählte Huntinger vom Ermittlungsstand. Danach spielten sie eine Weile schweigend. Nach einer Stunde war Huntinger matt.

„Bist heute nicht in Form", stellte Wurmser fest.

„Ja. Das mit dem Picassomörder geht mir nicht aus dem Kopf. Was haben die Morde mit diesem verdammten Picasso zu tun?"

Von der Nachbarterrasse wehte Musik herüber. *Stranger in the night* von Frank Sinatra.

„Sie wird bald auftauchen", sagte Wurmser schmunzelnd, und tatsächlich klingelte es, als sie die Figuren zum zweiten Spiel zusammenstellten. Wurmser ging zur Tür, und Veronika Fiedler rauschte herein. Da Wurmser sich damals bei dem Handel mit dem Baulöwen die ganze obere Etage ausbedungen hatte und diese für ihn allein viel zu groß war, hatte er die Nachbarwohnung an das Callgirl vermietet. Er entschuldigte dies immer damit, dass niemand ihrem Charme widerstehen könne. Veronika betrieb ihr Geschäft sehr diskret. Man konnte sie mit Recht als einen Star unter den Berliner Callgirls bezeichnen. Sie war Mitte Dreißig und hatte die schöne Füllligkeit, die an italienische Kurtisanen der Renaissance erinnerte. Schon bei so manchem Fall war sie ihnen durch ihre Intelligenz und mit dem Wissen um die geheimen Skandale der Republik zur Hilfe gekommen. Zu ihren Kunden zählten hohe Regierungsbeamte, Bänker, Industrielle und so mancher Botschaftsangehörige.

„Na, was habt ihr denn für ein altes Mädchen zu trinken?", fragte sie, warf sich in einen der großen *Mies van der Rohe*-Sessel und schlug die schönen langen Beine übereinander, die sie stets gern und freigebig zeigte, was manchmal den Ohren der beiden Zausel, wie sie sich selbst nannten, eine beträchtliche Färbung verlieh.

„Wir trinken einen herrlichen alten *Mendoza*, der einen von Granada und Cordoba träumen lässt. Aber ich könnte dir auch einen Bellini anbieten."

„Ach nö. Habt ihr nicht einen Martini Cocktail?"

„Auch das kannst du haben. Ich mixe dir einen."

„Aber mit Wodka bitte."

„Versteht sich. Aber ich habe keine Oliven."

„Ich werde es überstehen. Wie geht euer Schachspiel?"

„Huntinger ist nicht bei der Sache", brummte Wurmser vorwurfsvoll. Er ging an den verspiegelten Schrank und begann den Cocktail zu mixen. „In einer Stunde war er matt. Keine einzige Raffinesse hat er gebracht. Einfach nur runtergespielt."

Vorsichtig stellte er das Cocktailglas vor Veronika auf den Tisch.

„Woran liegt's?", fragte die Schöne und warf ihr kastanienrotes Haar zurück.

„Ein vertrackter Fall", brummte Huntinger.

„Kann man wohl sagen", ergänzte Wurmser lachend. „Ein fantastischer, mörderischer Fall."

Die Fiedler legte Huntinger die gepflegte Hand auf den Arm und sagte neugierig: „Erzähl. Ich liebe fantastische, mörderische Fälle."

Huntinger seufzte und wiederholte noch einmal, was er nun bereits öfter rekapituliert hatte. „Er ist ein Serientäter. Offensichtlich ein junger Mann. Er kennt sich mit Picasso aus. Aber was zum Teufel ist die Verbindung zwischen den Minotaurusbildern und den Mordfällen?", schloss er.

„Ich kenne die Minotaurusbilder. Ich mag sie nicht", sagte Veronika nachdenklich. „Dagegen liebe ich seine Zeichnungen, in denen er aus der antiken Mythologie schöpft. Die Minotaurusbilder sind oft Machofantasien. Die Frauen werden von einem Stiermenschen überwältigt. Eine Inbesitznahme ihres Körpers. Vielleicht identifiziert er sich mit dem Minotaurus?"

„Kluges Mädchen", lobte Wurmser. „Es ist eine Übertragung. Indem er die Frauen tötet, fühlt er sich als Herr über die Frauen, als Übermensch."

„Hm", brummte Huntinger, der solcher Küchenpsychologie seit jeher skeptisch gegenüberstand. Damit wurden selbst die schlimmsten Taten plötzlich … menschlich. Das Böse als Teil des Menschlichen, was dann immer gleich dazu führt, den Mörder als Opfer zu sehen und das Opfer des Mörders zu vergessen.

„Die Faszination des Bösen", murmelte er unzufrieden.

„Damit will ich den Picassomörder nicht freisprechen!", verteidigte sich Wurmser. „Er ist zweifellos ein Ungeheuer."

„Das will er auch sein. Ein Ungeheuer, das gefürchtet wird. Vielleicht hat er selbst viel Gewalt erfahren und gibt diese Gewalt nun weiter. Er hat sich einst gefürchtet und will nun selbst Furcht verbreiten", versuchte sich Veronika an einer Erklärung.

„Und tötet nur Frauen, die im Besitz und in der Nähe von Minotaurus-bildern sind?"

„Ja. Damit belohnt er sich. Es ist wie eine Droge, die ihm Befriedigung verschafft und deren Wirkung er auffrischen muss."

„Er wird also weiter töten?", fragte Wurmser.

„Darauf kannst du wetten!", bestätigte Veronika. „Mix mir doch noch einen Cocktail. Er war sehr gut. Euer Mörder ist der Minotaurus, der das Böse in sich mit Gewalt herauslassen muss, der sich auf die Frauen stürzt und dabei Lust erfährt. Die Bilder zeigen die Leidenschaften, die dunklen Seiten, die in Picasso schlummerten. Die dunklen Seiten der Männer", wiederholte Veronika bestimmt.

„Hm. Er wird also niemals Männer, sondern immer nur Frauen töten?", fragte Huntinger und holte seine Pfeife aus der Jackentasche.

„Ja. Er sieht sie als Beute. Er will nicht ihre Liebe, er will sie überwältigen, sie schreien hören. Ihn kümmern ihre Gefühle nicht."

„Eine Menge Interpretation. Psychologiekram", brummte Huntinger, obwohl er sich mit Veronikas Mutmaßungen anzufreunden begann. Ja, das passte alles zusammen.

„Und er weiß nicht, dass er Böses, Verwerfliches tut?", fragte Wurmser.

„Das will ich nicht sagen. Auf manchen Bildern von Picasso sieht der Minotaurus gefährlich und drohend aus, auf anderen eher melancholisch. Auf einigen lässt er sich von Marie-Thérèse, Picassos Geliebter, als blinder Minotaurus durch die Welt führen. Aber Picasso war ein Mensch, der das Böse in sich erkannte, damit spielte und es zu bändigen wusste. Der Mörder sieht in den Bildern nur das Gewalttätige. Er sieht nur das, was in ihm ist. Das Gute in ihm ist zerstört. Er ist nicht fähig die Gewalt zu beherrschen und sie bricht aus ihm heraus. Immer wieder."

Als Huntinger die beiden verließ, hatte er Veronikas Erklärungen weitgehend akzeptiert. Darauf konnte er aufbauen. Zufrieden war er darüber nicht. Instinktiv misstraute er solch laienhaften psychologischen Erklärungen. Aber andere Motive hatte er nicht.

Am nächsten Tag, als er sein Büro betrat, saß Mäusel an seinem Platz und telefonierte lachend weiter.

„Sie haben also den Fall damals nicht bearbeitet? Verstehe. Gut, ich gebe das an Herrn Hauptkommissar Huntinger weiter. Sie werden noch einmal mit dem Arzt sprechen? Sehr gut. Wir bleiben in Verbindung." Sie legte auf. „Das war Antibes, Kommissarin Halbeisen", sagte sie überflüssigerweise und sprang auf. „Sie will sich noch einmal mit dem damaligen Arzt in Verbindung setzen. Die Frau stammt aus Algerien."

„Ich denke, sie ist Elsässerin", brummte Huntinger und setzte sich in seinen Sessel.

„Nein. Ich meine doch das Opfer."

„War sie schön?"

„Das habe ich nicht gefragt. Auf so eine Frage kann nur ein Mann kommen. Warum?"

„Auf den Bildern ist ihr Gesicht schlimm zugerichtet, und es ist nicht zu erkennen, wie sie vorher aussah. Die beiden Opfer in Berlin und Dachau waren sehr schöne Frauen."

„Sie meinen, dass er schöne Frauen hasst?"

„Er begehrt schöne Frauen, wie der Minotaurus, aber er muss sie töten."

„Was Männer so alles denken", sagte die Mäusel spitz.

Die Kleinschmidt kam herein.

„Die Regierung will Sie sprechen", sagte sie respektlos. „Krassel hat gerade angerufen."

„Gut. Ich gehe gleich hoch. Ich hatte gestern bei Wurmser eine interessante Unterhaltung", fuhr er fort und erzählte von Veronikas Überlegungen.

„Der Mörder versteht sich als Minotaurus?", fragte die Mäusel skeptisch.

„Ja. Er hat in der Jugend Gewalt erfahren, die er nun weitergibt. Die Bilder sind seine Droge, seine Bestätigung, deswegen wird er weiter morden."

„Kommt mir alles sehr … kraus vor!"

„Lassen Sie Krassel nicht zu lange warten", mahnte die Kleinschmidt.

Huntinger nickte ihr zu und ging hinaus. Die Aussicht auf ein Gespräch mit dem Polizeipräsidenten hatte seine Laune beträchtlich getrübt.

Der Allgewaltige sah ihm unwillig entgegen. Dessen Stimmung war auch nicht besser. Sie verbargen nicht voreinander, dass sie sich nicht mochten.

„Nun, wie sieht es aus?", fragte Krassel und wies auf den Sessel.

Huntinger setzte sich und spulte die Fakten herunter. Von Veronikas Mutmaßungen sagte er nichts.

„Das ist dünn. Wir haben außer ein paar vagen Vermutungen, dass einer der Sprösslinge der beiden besten Familien des Ortes der Täter sein könnte, nichts in der Hand."

„So sieht es aus. Aber man könnte auch den Schluss ziehen, dass es ein erster Ansatz ist, den man weiterverfolgen sollte", antwortete Huntinger gelassen.

„Gut. Gut. Was schlagen Sie vor?"

„Ich werde nach Südfrankreich fahren und mich mit der Kommissarin dort zusammensetzen. Vielleicht bringt uns das weiter."

„Das kommt gar nicht infrage. Das ist zu teuer."

„Aus Deutschland sind immerhin zwei Picasso-Originale verschwunden, die einen beträchtlichen Wert darstellen. Und es besteht die Gefahr, dass weitere Morde passieren werden. Außerdem ist der Täter ein Deutscher. Wäre dann gut, wenn wir den Fall aufklären und nicht …"

„Schon gut. Sie sind mir ja ein ganz gerissener …", knurrte Krassel.

„Sagen Sie es nur. Ein ganz gerissener Hund", ergänzte Huntinger und schwenkte die Pfeife, die zwar kalt war, die aber doch die Drohung enthielt, dass er sie anzünden konnte.

„Sagen Sie mal, ich habe Sie noch nie ohne diese seltsame Pfeife gesehen. Was ist denn das für ein komischer Kolben?"

„Komische Pfeife? Das ist eine *Haggis*", tat Huntinger beleidigt und erzählte von jenem seltsamen Mischwesen in den Highlands und von den Jägern, die sich nach ergebnisloser Jagd mit Whisky trösten mussten. Der Polizeipräsident, der mit offenem Mund zugehört hatte, schüttelte fassungslos den Kopf.

„Was ist denn das wieder für eine Geschichte? Und mit so was beschäftigt sich der Leiter meines Mordkommissariats!"

„Ich liebe nun mal eine gute Geschichte."

„Na schön. Und Sie können nach Frankreich fliegen. Aber halten Sie die Spesen im Zaum. Außerdem ohne Mannschaft."

„Natürlich", stimmte Huntinger blinzelnd zu, obwohl er Pressel oder die Mäusel gern dabeigehabt hätte. Na, wenigstens habe ich den Spaß gehabt, Krassel ein wenig nach Luft schnappen zu sehen, dachte er zufrieden.

„Übrigens, Dremmler erwartet unverzüglich einen Bericht von Ihnen", versuchte Krassel eine Retourkutsche.

„Hm. Da wären mir zu viele Mutmaßungen drin. Lassen Sie uns damit bis nach Antibes warten."

„Zu viele Mutmaßungen? Sagte ich doch. Nichts Konkretes. Wie lange, glauben Sie, werden Sie in Antibes bleiben?"

Huntinger zuckte mit den Achseln. „Drei, vier Tage. Vielleicht eine Woche?"

Krassel lief wieder rot an. „Was? Kommt gar nicht infrage. So etwas lässt sich doch in zwei Tagen erledigen."

„Ich will es versuchen. Aber versprechen kann ich nichts. Picasso hat übrigens in seiner letzten Lebensphase an der Côte d'Azur gelebt. In Antibes hängen meines Wissens eine Menge Bilder des großen Meisters. Deswegen … vielleicht kommen wir dort weiter."

„Es bleibt dabei. Zwei Tage. Meinetwegen auch drei", blieb Krassel stur.

Krassel beugte sich über seine Akten, so andeutend, dass das Gespräch zu Ende war. Huntinger verließ vergnügt das Büro des Allgewaltigen.

„Na, wie war es?", fragte die Kleinschmidt und stocherte dabei in ihrem Joghurtbecher herum.

Huntinger nickte ihr zufrieden zu und sagte: „Buchen Sie mir einen Flug nach Nizza. Ich fliege an die Côte d'Azur."

„Toll, Chef! Côte d'Azur, das klingt nach Reichtum, Sonne und Champagner."

Die Mäusel, die das Gespräch von ihrem Schreibtisch aus mitverfolgt hatte, hüpfte von ihrem Sessel.

„Sie wollen sich dort mit Mademoiselle Halbeisen treffen? Verstehe. Kann ich mitkommen?"

„Nein, Maus. Der Chef verlangt kleine Besetzung. Die Kosten."

„Oh, Scheiße!"

„Sie sagen es."

Am Abend telefonierte er mit Esther und informierte sie über die bevorstehende Reise.

„Das trifft sich gut", jubelte diese. „Ich habe eine Woche drehfrei. Lass mich nur machen. Ich bestelle uns eine schöne Suite in Cannes. Von dort kannst du bequem nach Antibes und Vallauris fahren, wo Picasso lange Zeit gewohnt hat. Wir können eine paar schöne Tage dort verbringen. Ich sehe zu, dass wir im *Carlton* ein Zimmer bekommen."

„Klingt recht teuer. Ich kann so ein Hotel nicht abrechnen."

„Sollst du auch nicht. Warum willst du dich von mir nicht einmal einladen lassen?"

„Du, wir haben ausgemacht …"

„Ja. Ich weiß. Du willst dich auf keinen Fall dem Verdacht ausliefern, dass du ausgehalten wirst. Jeder zahlt für sich. Und so läuft es ja auch zwischen uns. Aber mir wäre es eine Freude, wenn wir in Cannes …"

Mit schlechtem Gewissen gab er schließlich nach. Es war nicht so einfach mit einer Frau, die es gewohnt war, dass ihr die Männer zu Füßen lagen.

Nach dem Gespräch wandte er sich wieder dem Katalog über die Picasso-Ausstellung zu, den ihm die Kleinschmidt besorgt hatte. Aber er konnte sich nicht darauf konzentrieren. Immer wieder kamen ihm Veronikas Mutmaßungen in den Sinn. Dann fiel ihm ein, was er Wurmser am Tag zuvor hatte fragen wollen. Er rief den Freund an.

„Über Veronikas interessante Thesen habe ich vergessen zu fragen, ob du die DNA der Berlinerin sichern konntest."

„Ja. Sie hatte genug Sperma in der Vagina."

„Hast du sie mit der DNA aus Dachau verglichen?"

„Natürlich. Wir sind doch keine Dilettanten. Es ist die Gleiche. Wir haben es mit einem Serientäter zu tun."

„Bin gespannt, ob die in Frankreich auch DNA-Spuren sichern konnten."

„Haben sie sicher. Die Franzmänner sollen mir die Daten durchgeben. Übrigens, wir haben auch Schuppenpartikel auf der Kleidung der Berlinerin gesichert, die die DNA bestätigen. Die Sache ist bombensicher."

„Na prima. Übrigens, unsere Veronika ist doch eine verdammt kluge Frau."

„Das ist sie. Der Abend hat dich also weitergebracht?"

„Durchaus. Davon abgesehen ist jeder Abend bei dir ein Gewinn."

„Melde dich, wenn du aus Frankreich zurück bist."

„Logisch", brummte Huntinger, legte auf und blätterte weiter in dem Ausstellungskatalog.

Nachdenklich las er, was Brassai über Picasso schrieb:

Für den Maler von Guernica stand das alte Fabeltier, halb Mensch, halb Stier, dem Toro des spanischen Stierkampfs nahe, der mit geheimnisvollen vulkanischen Kräften ausgestattet ist. Picasso hat diese dunklen Kräfte in sich selbst gespürt und sie vermenschlicht. Sein Minotaurus personifiziert das sardonische Ungeheuer, mit dampfenden, vor Erregung geweiteten Nüstern ... der das nackte schlafende Mädchen umkreist und sich wild auf ihren herausfordernd wehrlosen Körper stürzt.

Er ist das Tier, dachte Huntinger erschrocken. Er ist unberechenbar in seiner Wut, in seinem Übermenschentum. Doch sein Hochmut macht ihn verletzlich. Ich werde ihn stellen. Ich muss ihn stellen.

6.

Zärtlich ist das Licht der Côte d'Azur.

Als er in Nizza die Flughalle betrat, sah er Esther winkend am Eingang stehen. Mit trippelnden Schritten kam sie auf ihn zu. Niemals verzichtete sie auf ihre hohen Pumps, die ihre geringe Größe kompensierten und sie ganz zierlich und zerbrechlich erscheinen ließen. Aber er wusste, dass dieser Eindruck trog und sie, im Gegenteil, sehr zäh und widerstandsfähig war und wie eine Löwin kämpfen konnte. Es war verabredet, dass sie ihn abholen würde, und für eine Künstlerin – Schauspielerin zumal –, mit manchmal chaotischen Neigungen, war sie bei ihm erstaunlich zuverlässig. Er hatte immer das Gefühl, dass er sich auf sie verlassen konnte.

Sie umarmte ihn stürmisch, und ihm wurde warm ums Herz. Es war schön so geliebt zu werden, und er spürte die bewundernden und teilweise amüsierten Blicke der wartenden Fluggäste vor den Schaltern.

„Wie war dein Flug?", fragte sie mit ihrer tiefen, warmen Stimme, die auf ihn wie ein Aphrodisiakum oder wie ein zwanzig Jahre alter Calvados wirkte, der alle Sorgen verscheuchte. Er wusste, dass sie ihn liebte, und er hoffte, dass sie die Schwierigkeiten, die sie in der letzten Zeit gehabt hatten, überwinden würden.

Als sie aus der Flughalle in das Licht eines provenzalischen Morgen traten, blieb Huntinger erst einmal stehen und atmete tief ein.

„Was für ein Himmel!"

Er war so azurblau, wie es die Werbeprospekte versprachen. Das Licht war von einer Helligkeit, wie er es schon lange nicht mehr gesehen hatte. Mit einer *Ente*, diesem seltsamen Gefährt der Studenten aus den Siebzigern – etwas anderes hatte er sich als Kriminalassistent nicht leisten können – war er mit seiner damaligen Freundin in die Provence gefahren. Natürlich hatten sie auch Nizza und Cannes besucht. Aber die längste Zeit waren sie in Arles gewesen, in Aigues-Mortes und Saintes Maries de la Mer. Puschkin war mit seiner Freundin dabei gewesen. Man nannte Rolf im Freundeskreis wegen seiner Vorliebe für die Russen so. Ein kleiner Mann mit einem Ho-Chi-Minh-Bart, tiefen dunklen Augen und einer romantischen Seele. Er war ein tief zerrissener Mensch mit großem Talent, welches sich in düsteren Bildern äußerte, die manchmal ein wenig an van Gogh erinnerten, aber auch die Zartheit und Poesie eines Chagall haben konnten. Leider hatte Puschkin kein großes Vertrauen zu sich und seiner Kunst. Wenn Huntinger an die Provence dachte, fielen ihm immer Puschkin und seine Frau Elke ein, die den Freund mit ihrem praktischen Sinn vor Abstürzen bewahrte. Wie oft hatten sie in Arles auf dem Place du Forum unter den Platanen gesessen, Pastis getrunken und darüber diskutiert, wie man die Welt verbessern konnte. Wie man an der Welt sehen konnte, hatte dies nicht viel genützt. So war es in der Jugend. Mit Träumen marschierten wir der Morgenröte entgegen.

„So tief in Gedanken?"

„Alte Erinnerungen. Dieses Licht! Wie konnte ich so lange darauf verzichten?"

Er blieb stehen, setzte den Koffer ab und wandte das Gesicht der Sonne zu, sah in das Blau, das bis ins All zu reichen schien.

„Ich glaube, meinen nächsten Urlaub werde ich wieder einmal in der Provence machen."

„Ich hoffe, du nimmst mich mit", sagte Esther mit amüsiertem nachsichtigen Lächeln.

„Das hoffe ich auch, meine große Schauspielerin."

Die Fahrt nach Cannes währte kaum länger als eine halbe Stunde. Wie in fast jeder französischen Stadt war die Einfahrt trostlos. Barackenähnliche, verwahrloste Häuser, Kleinindustrie, Bauunternehmen und Autowerkstätten. Schließlich kalte Glaspaläste. Versicherungen mit blau getönten Scheiben. Dann waren sie auf der Corniche, und das Meer war da und vermählte sich mit dem Himmel, im gleichen unendlichen Blau. Die Palmen bewegten sich leicht im Wind des Morgens. Auf den ersten Blick machte die Stadt der Filmfestspiele nicht viel her. Der im Fernsehen oft gezeigte Filmpalast war eine architektonische Scheußlichkeit. Den alten Häusern gegenüber dem Strand waren Boutiquen vorgesetzt worden, die die Nobelmarken, den Luxus der Welt, anboten. *Cartier*, *Dior*, *Chanel* und *Rolex*. Das Taxi hielt vor einem schlossähnlichen weißen Gebäude mit einem kuppelartigen Eckturm.

„Das ist doch ein Palast! Hier sollen wir wohnen?", fragte er erschrocken.

„Noblesse oblige", sagte sie und stieg aus.

Er folgte ihr die Marmortreppen hoch zu dem baldachingeschmückten Portal mit dem goldenen Schriftzug *CARLTON* und betrat schüchtern die prächtige, mit Säulen gesäumte Halle. Esther holte den Schlüssel, und Huntinger sah an den eifrigen Bewegungen des Personals, dass sie auch hier keine Unbekannte war.

Sie fuhren in den vierten Stock, und Esther sagte vor einer Tür mit der Aufschrift *Yves Montand*: „Voilà. Wir sind zu Hause."

Ihre Suite hatte einen prächtigen Salon mit antiken Möbeln sowie ein großes Schlafzimmer mit türkisfarbener Bettwäsche und ein marmorgefliestes Bad mit vergoldeten Wasserhähnen.

„Uff!", schnaufte Huntinger. Er setzte sich in den Sessel und zündete sich kopfschüttelnd die Pfeife an.

„Ich hoffe, dass man in diesem Schloss rauchen darf."

„Auf dem Zimmer auf jeden Fall. Doch schau mal."

Sie ging zu der Fensterreihe und zog die Vorhänge beiseite, öffnete die Flügel, und die Corniche lag vor ihnen, dahinter der weiße Strand und das Meer. Zwei riesige Kreuzfahrtschiffe dümpelten vor Cannes.

„Ist das nicht ein Ausblick? Unbezahlbar", sagte Esther.

„Hm", brummte Huntinger. „Das hier wird auch unbezahlbar sein."

„Nun freu dich doch!", mahnte sie.

Er schlug sich auf die Knie und trat zu ihr ans Fenster.

„Ja. Wunderschön", gab er mit rauer Stimme zu. Er hatte einen Kloß im Hals, fühlte sich ungemütlich. Er war hier in einer fremden Welt. Dieser grenzenlose Luxus machte ihm Angst. Der Ausblick war einfach zu schön, das Hotel zu exklusiv für einen kleinen Beamten. Er fühlte sich wie ein Scharlatan.

„Nun mach dich frisch", sagte Esther mit energiegeladener Stimme. „Ich werde dir Cannes zeigen."

Sie schien sich hier heimisch zu fühlen. Natürlich, wenn man ein Filmstar ist, hat man sich an so etwas gewöhnt, dachte er grimmig. Insgeheim machte er ihr Vorwürfe, dass sie ihn in diese Welt entführt hatte. Dann schalt er sich einen Dummkopf. Sei nicht undankbar, dachte er. Sie ist glücklich und will dir etwas Gutes tun, und schön ist es ja wirklich. Sei nicht so ein verdammt miesepetriger Klotz.

„Diese Suite hat Yves Montand immer bewohnt, wenn er in Cannes war", klärte sie ihn über den Namen auf.

Er erinnerte sich nun, dass er damals, als er mit Puschkin in der Provence gewesen war, in St. Paul de Vence den großen Schauspieler und Sänger in dem Bistro hinter dem Bouleplatz gegenüber dem berühmten Restaurant *La Colombe d'Or* gesehen hatte. Montand war wohl ein wenig angetrunken gewesen. Er war mit ein paar Bauern in das Bistro gekommen, und sie hatten an der langen Theke Pastis getrunken. Dann hatte er einen pantomimeähnlichen Tanz aufgeführt, war Pierrot gewesen in einer Commedia dell'Arte, und die Bauern, die sicher noch nie ein Theater von innen gesehen hatten, verfolgten seinen Tanz, als sei Montand ein aus den Weinbergen entstiegener Dyonisos.

„Was ist? Kennst du Montand?", fragte Esther erstaunt, als sie seinen grübelnden Gesichtsausdruck bemerkte.

„Ja. Ich habe ihn vor vielen Jahren kennengelernt. Gesehen", verbesserte er sich. „Es ist lange her." Er erzählte ihr, wie es damals gewesen war.

„Da hast du mir etwas voraus. Ich hätte ihn so gern einmal kennengelernt und mit ihm gefilmt."

„Er hat mich nicht einmal bemerkt. Aber die Pantomime verriet, was für ein großer Schauspieler er war. Ich glaube, ich habe damals alle Filme mit ihm gesehen."

In der Halle unten war ein geschäftiges Treiben. Wichtig dreinblickende Männer mit ihren Golftaschen gestikulierten und redeten aufeinander ein. Die Angestellten beeindruckte dies wenig. Mit gleichmütigen Mienen nahmen sie die Wünsche der Gäste entgegen. Sie waren ganz andere Prominenz gewohnt. Mit Sicherheit bist du der Ärmste, der je in diesem Hotel übernachtet hat, dachte Huntinger. Als sie aus dem Hotel heraus waren, fühlte er sich wie befreit.

Sie gingen die Corniche hoch bis zum Yachthafen. Als sie am Festspielhaus vorbeikamen, erzählte ihm Esther, was in Cannes während der Festspiele los war.

„Du bekommst dann im ganzen Umkreis von Cannes bis nach Monte Carlo hin kein Zimmer. Alle sind sie hier. Die wichtigen und die großen Stars."

„Warst du auch schon hier?"

„Aber ja. Aber einen Preis habe ich nie gewonnen", antwortete sie lachend. „Heute musst du nicht mehr arbeiten, nicht wahr?", fragte sie besorgt.

„Nein. Die Kommissarin hat erst morgen Zeit für mich. Und im Übrigen: Je länger ich hierbleiben kann, desto schlechter wird die Laune des Polizeipräsidenten", erwiderte er vergnügt wie ein Lausbub.

Die viele Meter langen Yachten machten deutlich, wie viele Menschen es doch gab, die in grenzenlosem Reichtum lebten. Gelangweilt saßen sie mit Champagnerkübeln vor sich auf ihren Booten und ließen sich bewundern.

Die Altstadt gefiel Huntinger dann schon besser. Durch die Gassen drängten sich die Passagiere der Kreuzfahrtschiffe. Doch selbst die Altstadt, so schön sie mit ihren roten und gelben Häusern auch war, erschien ihm verdorben. Restaurant reihte sich an Restaurant, nur unterbrochen von Juweliergeschäften und Boutiquen.

„Hier ist nichts ursprünglich mehr", bemerkte er und kaute lustlos auf seinem Pfeifenstil herum.

„Um etwas Ursprüngliches an der Côte sehen zu können, hättest du mit den Engländern Ende des 19. Jahrhunderts herkommen müssen. Dies hier ist die Küste der Reichen und Schönen. Aber gestehe, sie hat immer noch ihren Zauber."

„Ja. Dieses Blau!", stimmte er zu.

Am Abend saßen sie auf der Terrasse des *Carlton* und sahen zu, wie das Licht als rotgelber Streifen langsam im Meer versickerte. Es war eine gedämpfte Atmosphäre auf der Terrasse, und die Kellner bewegten sich mit einer Würde, als wären sie am Hof der großen Könige. Und so war es wohl auch. Hier auf der Terrasse des *Carlton* saßen die neuen Könige der Welt mit ihren Gefährtinnen. Von einigen Ausnahmen abgesehen, waren sie jung und groß und sehr blond. Aber selbst das gönnerhafte Benehmen der Reichen vermochte dem Abend nicht den Zauber zu nehmen. Dafür sorgte eine gute Flasche *Puilly Fumé*, der die richtige Temperatur hatte und der klar und rein und belebend wirkte, was sich noch in der Nacht auswirkte, die so berauschend und zärtlich war wie das Licht auf dem Meer, in dem sich der Mond spiegelte.

Am nächsten Tag stand Huntinger pünktlich vor dem Bürgermeisteramt in Antibes. Er war an einer schönen Markthalle vorbei durch die Stadt geschlendert, die ihm schon besser gefiel als das mondäne Cannes; besser, weil er hier Menschen sah, die authentisch waren, die Sorgen hatten, die arbeiten mussten und herzhaft lachen konnten. Die Kirchturmuhr hinter dem Rathaus schlug zwölf, als aus der Gasse eine schöne, hochgewachsene Frau auf ihn zukam. Als sie ihn erblickte, lachte sie und winkte ihm zu, und er winkte zurück.

„Sie müssen Herr Huntinger sein", sagte sie in dem singenden Tonfall der Elsässer.

„Woran haben Sie mich erkannt, Frau Halbeisen?"

„Sie sehen so herrlich deutsch aus", erwiderte sie lachend.

Die Kommissarin mochte um die Vierzig sein, hatte brünettes Haar und ein schmales Gesicht mit dunkelbraunen Augen. Eine sympathische Erscheinung, dachte er. Er mochte sie sofort.

„Trinken wir erst einmal einen Espresso, ehe wir zum Schloss Grimaldi hochgehen und ich Ihnen die Galerie zeige. Die Bilder dort hat Picasso Antibes vermacht, weil ihm die Stadt das Schloss als Atelier zur Verfügung gestellt hatte."

Sie hakte sich burschikos bei ihm ein und zog ihn in die Gasse zurück zu einem kleinen Platz mit einem Brunnen. Auf dem von Platanen umsäumten Marktplatz wurden gerade die Blumenstände abgebaut. Sie fanden noch einen kleinen Tisch mit zwei freien Plätzen vor einem typischen französischen Bistro. Der Kellner eilte herbei, und Halbeisen bestellte, nach einem fragenden Blick zu Huntinger, zwei Espresso.

„Wie gefällt es Ihnen hier, bei uns an der Côte?"

„Es ist sehr schön hier. Besonders Antibes gefällt mir."

„Es gefällt Ihnen? Schön. Wo wohnen Sie?"

„In Cannes." Er sagte nicht, wo. Es war ihm peinlich zu gestehen, dass er im *Carlton* wohnte.

„Cannes ist teuer. Hätte Ihr Herr Belsen etwas gesagt, hätte ich Ihnen hier in Antibes etwas Preisgünstiges besorgt." Sie strich sich das schulterlange Haar in einer mädchenhaften Art zurück.

„Was hat eine Elsässerin hierher verschlagen?"

„Die Liebe", erwiderte sie offen, und ein Schatten flog über ihr Gesicht. „Aber es hat nicht geklappt. Dafür bin ich in dem schönsten Landstrich Frankreichs hängengeblieben ... nach dem Elsass natürlich", fügte sie schmunzelnd hinzu. Sie hatte einen breiten Mund und herrlich weiße Zähne, die sie gern zeigte.

„Ich bin aus Ribeauvillé. Eine Stadt mit lauter Puppenhäusern aus dem Mittelalter."

Die Sonne schien ihnen ins Gesicht, sodass Huntinger schläfrig wurde und noch einen zweiten Espresso bestellte. Die Halbeisen orderte einen Pastis.

„Haben Sie hinsichtlich der DNA der ermordeten Frau etwas erfahren können?"

„Ja. Ich habe mit dem Arzt, der sie damals obduziert hat, gesprochen. Sie hatte Geschlechtsverkehr. Aber die DNA ist … verschlampt worden. Tut mir leid."

Huntinger erzählte ihr von dem Stand der Ermittlungen in Deutschland, und die Halbeisen hörte aufmerksam zu.

„Wir haben eine brauchbare Hypothese, aber wir stehen noch ganz am Anfang", schloss er seine Ausführungen.

„Sie glauben, dass er weiter töten wird?"

„Ja. Er kann gar nicht anders. Er fühlt sich als Minotaurus, als wäre er aus den Bildern Picassos entstiegen."

„Mein Gott, wie furchtbar. Sie glauben, dass er dort wieder zuschlagen wird, wo in einer Picassoausstellung Minotaurusbilder ausgestellt werden?"

„Ja. Das ist unsere Arbeitshypothese."

„Ich habe mit dem damals ermittelnden Beamten gesprochen. Er erinnert sich noch an eine Aussage, die nicht in den Papieren steht, weil man sie damals für unerheblich hielt. Die Frau, die dies aussagte, war nicht nüchtern gewesen. Die algerische Schlampe, so sagte sie, habe mit einem jungen Kerl herumgemacht, der sie mit einem Rolls Royce abgeholt habe."

„Rolls Royce?", staunte Huntinger. Das sprach nicht für einen der Pelzinger- oder Gruber-Jungen. Sowohl der Fleischfabrikant als auch der Landmaschinenhersteller konnten sich zwar einen Rolls Royce leisten, aber so etwas fuhr man nicht in einer Kleinstadt. War er doch auf einer falschen Fährte? Die Mäusel musste einmal recherchieren, welche Autos die beiden Familien fuhren.

„Aber es war ein junger Mann?"

„Ja. Aber davon gibt es leider eine Menge."

„Wie alt war das Opfer?"

„So um die fünfunddreißig. Eine Algerierin aus Marseille. Keine Ausbildung, sprach allerdings fließend Französisch. War wohl froh hier den Job als Aufpasserin im Museum bekommen zu haben."

„War sie schön?"

„Oh ja. Der damalige Untersuchungsbeamte bezeichnete sie als sehr schöne Frau, wenn man den fülligen Typ mag."

Also doch, dachte Huntinger. Sie war sein Typ. Eine etwas ältere, aber doch attraktive Frau.

„Gehen wir zur Grimaldiburg hoch, ehe sie schließen?", fragte die Halbeisen.

Huntinger nickte und wollte zahlen.

„Oh nein. Lassen Sie das. Das geht auf meine Rechnung. Sie sind selbstverständlich mein Gast."

Huntinger verbeugte sich etwas gravitätisch und bedankte sich.

Sie mussten viele Treppen steigen und Huntinger trat der Schweiß auf die Stirn. Die Kommissarin drängte sich an der wartenden Besucherschlange vorbei, zeigte ihren Ausweis, woraufhin eine gouvernantenhaft aussehende Frau herbeieilte und sehr wichtig tat, doch die Halbeisen ließ sich davon nicht beeindrucken. Nach einem kurzen Disput durften sie passieren. Huntinger fand die Ausstellung zwar interessant, aber nicht so bedeutend wie die in Berlin. Als sie vor dem Bildnis einer jungen Frau standen, bemerkte Huntinger die Ähnlichkeit mit Françoise Halbeisen, und er wies sie darauf hin.

„Finden Sie?", fragte die Halbeisen und beugte den Kopf vor. „Das muss die Jacqueline sein. Seine letzte Frau. Ich mag sie eigentlich nicht besonders. Sie hat sich an ihn herangeschmissen, als ihn die Gilot verlassen hatte."

„Picasso war bestimmt kein Opfer."

„Nein. Er war ein Ungeheuer!", stimmte sie streng zu. „Die einzige, die er nicht zerstört hat, war die Gilot, die ihm rechtzeitig entkam. Dafür hasste er sie für den Rest seines Lebens."

„Er war wohl so etwas wie ein Minotaurus."

„Ja. Dieses Tier in sich hat er ja oft genug gemalt. Aber Sie sehen, ein Bild des Minotaurus' war und ist nicht in der Ausstellung. Warum hat der Mörder sie dann getötet?"

„Vielleicht war es diesmal die Enttäuschung. Weil sie ihm nicht das hatte bringen können, was er erwartete."

„Könnte sein. Man hat in ihrer Wohnung ein Bild gefunden. Es war eine Zeichnung von Trompeten spielenden Zentauren, sehr abstrakt gehaltene Figuren. Sehr reduziert. Es waren wohl Vorstufen zu dem großen Bild dort. Aber es war kein Original, sondern eine billige Kopie."

Sie führte ihn zu einem großen Gemälde, das Flöten spielende Ziegenmenschen neben einer knapp skizzierten Frau zeigte. Eigentlich ein sehr fröhliches Bild.

„Nein. Mit dieser Lebensfreude wird unser Minotaurus nichts zu tun haben wollen", sagte Huntinger nachdenklich. „Man müsste mehr über die Beweggründe wissen, die Picasso dazu trieben, diese gewalttätigen Bilder vom Minotaurus zu malen."

„In Vallauris gibt es einen alten Freund Picassos, einen ehemaligen Spanienkämpfer, seinen Friseur. Vielleicht kann er uns etwas darüber erzählen. Oh, mein Gott!", sagte sie und legte die Hand vor den Mund.

„Was ist?"

„Er hat seinen Friseurladen zu einem kleinen Museum zu Ehren des Freundes umgewandelt. Ich glaube mich zu erinnern, dass er auch eine kleine Zeichnung von dem Minotaurus hat. Vielleicht ist er in Gefahr?"

„Nein! Das glaube ich nicht", beruhigte er die Kommissarin. „Bei einem alten Mann kann er nicht den Minotaurus spielen. Trotzdem werde ich ihn besuchen."

„Ich begleite Sie", schlug sie vor, und er nahm das Angebot dankbar an.

„Es ist Mittagszeit. Das Museum schließt gleich. Ich weiß ein kleines Restaurant direkt am Meer mit einer wunderschönen Aussicht. Man kann dort gut essen."

„Einverstanden", erwiderte Huntinger. „Aber diesmal bezahle ich."

Sie gingen aus dem Museum und an einer uralten Platane vorbei zu der schmalen Promenade, einem Wehrgang, der am Meer entlang zu einem kleinen Restaurant mit einer schönen Terrasse führte. Von dort hatte man einen herrlichen Blick auf die Bucht. Der Restaurantbesitzer eilte herbei und begrüßte die Halbeisen herzlich. Sie tauschten Wangenküsse, und die Kommissarin stellte Huntinger vor. Der Restaurantbesitzer begrüßte ihn mit der gleichen Herzlichkeit und sagte etwas, das Huntinger nicht verstand.

„Meine Freunde sind auch seine Freunde", übersetzte die Halbeisen errötend.

Dann sprach sie auf ihn ein, und der Restaurantbesitzer, der sehr elegant und mit seinem scharf ausrasierten, dunklen Gesicht und den langen Koteletten sehr spanisch aussah, führte die Finger an den gespitzten Mund.

„Fisch oder Fleisch?", fragte die Halbeisen. „Er hat ein vorzügliches Lamm, aber er kann uns auch einen frischen Loup de Mer anbieten."

„Was nehmen Sie?"

„Loup de Mer."

„Dann nehme ich das Gleiche."

„Vorweg ein paar Austern?"

„Gut. Ich verlasse mich ganz auf Sie."

Die Halbeisen sprach wieder auf den Restaurantbesitzer ein, und dieser deutete mit dem Kopf auf Huntinger, woraufhin es zu einem heftigen Wortwechsel kam. Die Halbeisen sagte mehrmals „Mon dieu" und schlug die Hände zusammen.

„Pierre erzählt mir gerade, dass es in Avignon im Palais des Papes eine große Ausstellung von Picasso gibt."

„Weiß er, was für Bilder?"

Sie sprach wieder mit dem Restaurantbesitzer und mehrmals fiel das Wort ,Minotauro'. Erregt wandte sie sich wieder Huntinger zu.

„Ja. Er hat die Ausstellung schon mal gesehen. Pierre ist ein großer Picassoverehrer. Er ist schließlich auch Spanier. Ja, auch Bilder aus der Minotaurusserie."

„Die werde ich mir auf jeden Fall gleich ansehen."

„Glauben Sie, dass er dort …?"

„Möglich. Wenn er ein weibliches Opfer findet, bestimmt. Seit wann läuft die Ausstellung?"

Wieder sprach Halbeisen mit Pierre und dieser antwortete im schnellen Stakkato.

„Seit zwei Wochen."

„Noch nicht sehr lange. Er wird Zeit brauchen, um eine entsprechende Beziehung zu einer Frau aufzubauen. Vor zwei Tagen war der junge Pelzinger noch in Deutschland. Wenn er unser Minotaurus ist, glaube ich nicht, dass eine unmittelbare Gefahr besteht. Trotzdem werden wir uns das Personal dort einmal ansehen."

„Ich begleite Sie natürlich. Wann wollen wir fahren?"

„Vielleicht übermorgen? Ja, übermorgen." Huntinger verkniff sich ein Schmunzeln. Nun hatte er einen triftigen Grund seinen Aufenthalt hier zu verlängern. Dagegen konnte selbst Krassel nichts einwenden.

„Werden Sie denn die Zeit für mich erübrigen können?", fragte er die Kollegin. „Sie haben doch sicher noch ganz andere Fälle zu bearbeiten."

„Aber selbstverständlich. Immerhin besteht Lebensgefahr für eine französische Staatsbürgerin, und er hat hier schon einmal getötet und außerdem … sind die Bilder von Picasso ungeheuer wertvoll. Und im Übrigen … helfe ich Ihnen gern", schloss sie mit einer leichten Röte. „Ah ja. Da kommen unsere Austern", fügte sie hastig hinzu, um ihre Verlegenheit zu überbrücken.

Es war ein exzellentes Essen, das dem im *Carlton* in nichts nachstand und obendrein erschwinglich war. Als Dreingabe gab es noch die Aussicht auf das Meer, wo Segelboote einem unbekannten Ziel entgegenstrebten. Huntinger rührten immer die im Wind liegenden bunten Segel.

„Ich hole Sie übermorgen ab. In welchem Hotel sind Sie abgestiegen?"

„Im *Carlton*", gestand er verlegen.

„Mon dieu! Das ist das teuerste Hotel in Cannes. Sie müssen in Deutschland ein großes Tier sein, wenn Sie sich das leisten können. Entschuldigen Sie", fügte sie hastig hinzu.

„Nein. Ein kleiner Staatsbeamter kann sich das Hotel natürlich nicht leisten. Ich bin eingeladen worden", ergänzte er.

„Es muss ein Erlebnis sein, in einem solchen Hotel absteigen zu können."

„Ach, ich fühle mich da etwas deplatziert. Es ist, als wenn man bei reichen Verwandten zu Besuch ist."

„Verstehe. Das verstehe ich nur zu gut. Mein Freund war durch seine Familie auch sehr wohlhabend. Sie hatten ein schlossähnliches Anwesen in der Nähe von Cannes. Ich habe mich dort nie wohlgefühlt. Ich hatte immer den Eindruck Aschenputtel zu sein, obwohl sie mir gegenüber sehr freundlich taten. Die Reichen sind anders."

„Ja. Reicher", erwiderte Huntinger und dachte schmunzelnd, dass dies ein Zitat von Hemingway war, der es etwas herablassend in Bezug auf Fitzgeralds Faszination gegenüber den Reichen gesagt hatte.

„Ich habe nichts gegen die Reichen. Aber wenn der Reichtum ein bisschen gerechter verteilt wäre, wäre die Welt schöner," sagte Halbeisen nachdenklich.

Huntinger fand sie immer sympathischer. Als er zahlen wollte, hielt sie seine Hand fest.

„Nein. Wir brauchen nicht zu zahlen. Pierre ist ein Freund. Wir sind natürlich seine Gäste. Er würde böse sein, wenn wir darauf bestehen würden. Er ist Spanier und dazu noch Zigeuner. Es sind sehr stolze Leute."

Als sie sich von dem Restaurantbesitzer verabschiedeten, sagte dieser etwas zu Françoise, sah dabei den Hauptkommissar beschwörend an und legte ihm die Hand auf den Arm.

„Er wünscht sich, dass wir verhindern können, dass in Avignon ein Bild verschwindet. Die Bilder seines Landsmannes gehören der ganzen Welt."

Als sie zur Stadt hinunterstiegen, schlug die Kommissarin vor, ihm noch Antibes zu zeigen. Huntinger ging gern darauf ein. Schließlich konnte es hilfreich sein, die Umgebung kennenzulernen, wo der Mörder bereits einmal zugeschlagen hatte. Sie bummelten noch lange durch die Straßen, gingen zum Bootshafen und sahen den Fischern zu, die ihre Netze flickten. Es waren meist alte Leute.

„Es lohnt sich kaum hinauszufahren. Die Jungen wenden sich anderen Berufen im Touristengewerbe zu, sind Kellner oder machen kleine Geschäfte auf. Nur noch die Alten halten daran fest. Es verändert sich alles viel zu schnell!"

Sie gingen zu dem Platz zurück, an dem sie ihren Espresso getrunken hatten. Die Stände waren nun verschwunden und hatten den Platz für die Boulespieler geräumt. Auch hier waren es überwiegend alte Männer, die mit diesem einfachen Spiel zufrieden waren. Es waren dunkle, wettergegerbte Gesichter und zu den scharfen Linien darin mochten nicht nur Wind und Regen geführt haben, sondern auch die Sorgen um das Auskommen nach einem schlechten Fang.

„Spielen denn keine jungen Männer mehr Boule?", fragte er.

„Oh doch. Aber nicht mehr so viele. Die jungen Leute haben heute andere Abwechslungen."

Dann geschah es. Ein scharfer Knall. Glas zersplitterte hinter ihnen. Schon als er den ersten Schuss hörte, wusste Huntinger, dass es sich um eine *Remington* handelte, einen Revolver, der in den dreißiger Jahren unter Gangstern beliebt gewesen war. Die Waffe war längst von anderen Revolvern abgelöst worden, die leichter und zielgenauer waren. Ein zweiter Schuss. Wieder ging eine Fensterscheibe zu Bruch. Kein Zweifel, die Schüsse galten ihnen. Huntinger warf sich auf die Halbeisen und zog sie zu Boden. Ein dritter Schuss ließ den Kaffeehaustisch splittern. Huntinger spähte zum Bouleplatz hinüber. Nun sah er jemanden davonlaufen. Er lief sehr schnell und verschwand in einer Seitenstraße. Er war zu weit weg gewesen, um ihn erkennen zu können. Eine Verfolgung war sinnlos. Es waren zu viele Touristen in den Gassen.

Bei Huntinger keimte sofort ein Verdacht auf. Es war ein junger Mann gewesen. So schnell, wie dieser gelaufen war, konnte es nur ein junger Mann gewesen sein.

„Was sollte denn das?", keuchte die Halbeisen.

„Es galt nicht Ihnen", sagte Huntinger gelassen und zündete sich seine Pfeife an. „Nun wissen wir, dass er hier ist."

„Sie glauben …?"

„Ja. Das wäre möglich. Ich habe hier keine Feinde. Oder sind Sie an einem Fall dran, der so brisant ist, dass man einen Killer auf Sie ansetzt?"

„Nein. Ich arbeite an keinem Fall, der einen Mordanschlag auslösen könnte."

„Wenn es der Minotaurus war, dann sind wir ein gutes Stück weitergekommen. Die Tat ist untypisch für ihn. Aber er ist nervös geworden. Der Minotaurus macht Fehler."

7.

Huntinger im Labyrinth.

Das Blau des Himmels hatte sich auch an diesem Morgen nicht verändert. In der Nacht hatten sie schlecht geschlafen. Esther hatte sich unruhig hin- und hergeworfen und war mehrmals aufgewacht. Immer wieder musste er ihr beteuern, dass die Gefahr nicht so groß gewesen war, da die Schüsse aus zu großer Entfernung abgefeuert worden waren.

„Es war eine Dummheit von ihm. Nun wissen wir, dass wir auf der richtigen Spur sind", hatte er versucht sie zu beruhigen, womit er natürlich nicht viel erreichte.

„Ich habe Angst dich zu verlieren."

„Vielleicht war alles gar nicht so ernst gemeint. Er muss gewusst haben, dass er mich mit einem Remingtonrevolver aus der Entfernung nicht treffen kann. Vielleicht wollte er mich nur herausfordern oder es war eine unbewusste Aufforderung ihn zu erlösen."

„Das verstehe ich nicht."

„Vielleicht ist er es leid den Minotaurus zu spielen und will ein Ende herbeiführen. Vielleicht aber ist alles für ihn ein Spiel, in dem er uns zeigen will, dass er uns überlegen ist, ein Übermensch wie der Minotaurus."

„Es ist jedenfalls gefährlich!"

„Deswegen wäre es mir lieber, du würdest nach Deutschland zurückfliegen."

„Ich denke gar nicht daran."

Sie schmollte ein wenig mit ihm. Doch beim Frühstück hatten sie sich wieder versöhnt.

Als sie die Hotelhalle betraten, erwartete sie in der Lobby bereits Françoise Halbeisen. Huntinger stellte die Frauen einander vor, und diese musterten sich und zeigten sich von ihrer freundlichsten Seite. Plötzlich merkte die Halbeisen auf, und ihr Gesicht zeigte Überraschung und Verunsicherung.

„Sind Sie vielleicht die Clausen, die Fernsehkommissarin?"

Esther nickte und lächelte erfreut. „Ich glaube nicht, dass die Serie bisher in Frankreich gesendet wurde."

„Nein. Das nicht. Aber ich bin aus dem Elsass und wir sehen oft das deutsche Fernsehen. Es ist mir eine Ehre, Sie kennenzulernen."

„Ganz meinerseits. Ich freue mich, dass Charles hier so eine angenehme Kollegin zur Unterstützung hat."

Sie umtanzten einander wie zwei Igel mit eingezogenen Stacheln.

„Ich wäre gern nach Vallauris mitgekommen. Aber ich habe mich wohl gestern am Strand ein wenig verkühlt. Der Wind kann ja gegen Abend recht frisch sein. Doch vielleicht begleite ich Sie morgen nach Avignon."

„Schön. Dann freue ich mich auf morgen und wünsche Ihnen gute Besserung."

Ehe Huntinger mit Françoise Halbeisen das Hotel verlassen konnte, nahm ihn Esther noch einmal in die Arme und küsste ihn herzhaft auf den Mund.

„Mach's gut, mein Schatz", verabschiedete sie ihn laut.

Etwas verlegen folgte Huntinger der Kommissarin über die Croisette auf die andere Straßenseite, wo sie ihren Wagen, einen alten Käfer, geparkt hatte.

„Ein tolles Auto!", lobte Huntinger. „Ich hatte auch einmal einen 1200er Käfer. Ich habe den Wagen geliebt."

„Mein Charlemagne ist unverwüstlich. Ich bin mit ihm schon bis Portugal gefahren."

„Charlemagne?", fragte Huntinger.

„Ja. So habe ich ihn getauft. Er hat mich noch nie im Stich gelassen."

Schmunzelnd stieg er zu ihr in den Käfer. Auf der Fahrt am Meer entlang durch Juan-les-Pins war es eine Weile still zwischen ihnen. Schließlich brach Françoise das Schweigen.

„Wie ist das so – mit einem Filmstar verheiratet zu sein? Entschuldigen Sie meine Neugier, aber ich habe die Clausen immer gemocht."

„Wir sind nicht verheiratet. Ach, wir sprechen nicht so viel über ihre Filmarbeit. Es hat ja auch nicht viel mit der Wirklichkeit zu tun!"

„Ja, was sich die Drehbuchschreiber so manchmal ausdenken …"

„Es geht beim Fernsehen nur um Quote. Das bringt ja selbst unser öffentlich rechtliches Fernsehen langsam auf den Hund."

„Das ist überall so. Auch hier in Frankreich, von Italien ganz zu schweigen."

Vallauris unterschied sich von Antibes und Cannes dadurch, dass weniger Touristen die Straßen bevölkerten, obwohl auch hier die Läden mit Töpferwaren und kurzlebiger Ramschmode lockten.

„Picasso hat Vallauris ins Leben geküsst", sagte die Halbeisen. „Seit er hier mit der Töpferei anfing, kommen viele Touristen nach Vallauris. Wie die Pilze schossen die Töpfereien aus dem Boden. Die meisten haben nicht überlebt. Aber Picassos Nimbus ist ungebrochen, und Vallauris profitiert heute noch davon. Doch das meiste, was sie an Vasen, Aschenbechern, tönernen Hennen und Fröschen sehen, ist Fabrikware. Es gibt ein kleines Museum, das auch einige Arbeiten von Picasso zeigt. Aber es ist im Moment geschlossen. Dort drüben ist der Friseurladen von Picassos Freund."

Sie stiegen aus und gingen über die Straße. Der Laden war geschlossen. Eine Frau, die vorbeikam, blieb stehen und rief der Kommissarin etwas zu.

„Er macht erst um zehn Uhr sein kleines Museum auf", übersetzte die Halbeisen. „Wir können dort drüben im Bistro noch einen Kaffee trinken."

Er folgte ihr zu dem gegenüberliegenden Restaurant, an dessen langer Theke Männer im Blaumann standen und Kaffee mit Croissants zu sich nahmen. Sie setzten sich vor dem Lokal an einen kleinen Tisch, und die Kommissarin bestellte Café au lait und ein Schinkenbaguette. Huntinger nahm einen doppelten Espresso.

„Ich kann erst ab zehn Uhr etwas zu mir nehmen", erklärte sie kauend. „Glauben Sie, dass der Mörder in Avignon noch einmal zuschlagen wird?"

„Gut möglich. In seinen Allmachtsfantasien hält er sich für unüberwindbar."

Die Morgensonne ließ ihr Haar glänzen und ihr Profil war so jung und schön und klar, dass er seinen Blick nicht abwenden konnte. Françoise ähnelt tatsächlich ein wenig der Jacqueline, allerdings ist ihr Haar nicht so dunkel, dachte er. Sie hatte seinen Blick bemerkt und wandte sich ihm zu. In ihren braunen Augen leuchteten goldene Funken.

„Darf ich Ihnen sagen, dass ich Sie mag", flüsterte sie plötzlich.

Er erschrak darüber und wusste erst nichts zu antworten.

„Ich mag Sie auch", antwortete er schließlich.

„Sie wirken so beruhigend. Wie ein … Turm. Es muss schön sein, Sie zum Freund zu haben."

„Das Kompliment gebe ich gern zurück", erwiderte er, verlegen lachend. „Obwohl ich Sie natürlich nicht mit einem Turm vergleichen würde."

„Mit was dann?", fragte sie neugierig und sah ihn über den Rand der Kaffeetasse mit großen Augen an.

„Eher wie eine langstielige Blume, mit einer Margerite."

„Das ist schön. Das wäre ich gern", sagte sie.

Sie sahen nun auf der anderen Straßenseite einen alten Mann den Friseursalon aufschließen.

„Das ist er. Warten wir noch ein wenig", sagte sie. „Ich habe über den Friseur noch einiges in Erfahrung gebracht, was für das Gespräch nachher vielleicht ganz hilfreich ist. Er ist ein alter Spanienkämpfer, den es nach der Niederlage der Republikaner hierher verschlagen hat. Es gibt an der Côte viele Einwohner spanischer Herkunft. Picasso hatte immer eine besondere Beziehung zu ihnen. Sie waren ein Stück Heimat in der Fremde. Wussten Sie, dass er sich geschworen hatte, erst nach Francos Tod nach Spanien zurückzukehren? Er hat sich daran gehalten und kehrte nie in die Heimat zurück."

„Ein integrer Mann!"

„Ja. Aber auch schwierig im Umgang und in seiner Direktheit oft verletzend. Ihm war sehr bewusst, dass er ein Genie war. Doch gehen wir hinüber."

Huntinger war froh, dass das Gespräch nicht noch persönlicher geworden war. Sie hatten fast eine Grenze überschritten.

Sie gingen zu dem kleinen Laden gegenüber. Eine Glocke schlug an, als sie eintraten. Ein alter Mann schlurfte auf sie zu. Ein sehr alter Mann. Das hagere Gesicht war von scharfen Falten durchzogen. Die Kommissarin redete auf ihn ein und seine Gesichtszüge verklärten sich zu einem freundlichen Lächeln. Er sagte etwas in einem harten, abgehackten Französisch und führte sie durch das kleine Museum, das einst ein Friseursalon gewesen war. Es befanden sich Plakate von Ausstellungen an den Wänden, die eine Würdigung an Picasso enthielten, aber auch viele Fotos, die den großen Künstler in den Stierkampfarenen von Arles, Nîmes und Collioure zeigten. Und dann wies er auf ein besonderes, fast anrührendes

Bild hin: Der Minotaurus schnupperte am Gesicht einer schlafenden Nymphe. Mit rollenden Augen erklärte der alte Mann das Bild und Françoise übersetzte: „Der Minotaurus beobachtet die Frau, versucht ihre Gedanken zu erraten, zu ergründen, ob sie ihn liebt, obwohl er ein Ungeheuer ist. Frauen sind kurios genug, um dazu fähig zu sein", setzte sie seufzend hinzu.

„Ein fast zärtliches Bild. Damit wird unser Minotaurus nichts anfangen können", kommentierte Huntinger.

Es gab viele kleine Vitrinen, die, wie Devotionalien eines Heiligen, Haare von Picasso enthielten, einen von ihm bemalten Teller, eine angeschlagene Kaffeetasse sowie Bierdeckel mit kleinen Skizzen. Der Alte wies auf ein Bild neben dem Friseurstuhl und redete eifrig auf Françoise ein. Es war aus der Minotaurusserie und zeigte das Untier mit einem kleinen Mädchen; es zeigte keine Furcht.

„Ist das Bild ein Original?"

Françoise übersetzte die Frage.

„Nein. Er hat die Originale weggeschlossen. Es ist zu gefährlich geworden."

Schweigend betrachteten sie das Bild.

„Als würde man den Menschen in seinem Urzustand erblicken", sagte Huntinger nachdenklich.

Der Alte merkte auf, sodass Françoise übersetzte und der Spanier nickte eifrig.

„Ja. Auch er ist dieser Meinung", bestätigte Françoise. „Picasso wusste, dass beides in uns liegt: Das Gute und das Böse. Jeder von uns kann entscheiden, was in uns siegt."

„Manche seiner Bilder haben etwas Unheimliches, etwas Rätselhaftes, als blicke uns jemand vom Anfang der Zeit an."

Nachdem sich Françoise eine Weile mit dem Alten unterhalten hatte, erklärte sie dessen langatmige Ausführungen.

„Er meint, dass alle Welt die Malerei verstehen will, doch wir müssen sie mit dem Herzen begreifen. Ein Gemälde, hat ihm Picasso gesagt, kommt von weither. Wie kann jemand in meine Träume, in meine Instinkte, in meine Sehnsüchte, in meine Gedanken dringen, habe er gesagt, die so lange gebraucht haben, um zu reifen und sich einen Weg nach draußen zu bahnen, um das begreifen zu können, was ich, vielleicht meinem Willen zum Trotz, hineingegeben habe?"

Das leuchtete Huntinger ein und ließ ihn nun vieles, was er bei Picassos Werken unverständlich, hässlich oder gar abstoßend fand, in einem anderen Licht sehen. Bisher hatte er nur seine Bilder der blauen, der rosa Periode oder seiner neoklassizistischen Phase gemocht, die Frauen, die einem griechischen Fries entstiegen zu sein schienen, nun nicht als Göttinnen, sondern als Frauen am Brunnen, gesund, sinnlich und fruchtbar zugleich.

Ein Mensch vom Anfang der Zeit, dachte Huntinger, geworfen in ein Jahrhundert, das der Barbarei huldigte und ihm das Bild von Guernica entriss. Kein Wunder, dass Picasso uns so geheimnisvoll, faszinierend und unverständlich erscheint. Seine Malerei schöpfte aus uralten Kulturen und war nicht durch christliche Wertbegriffe gebändigt. Und all dies hatte den Mörder, der sich als Minotaurus sah, durcheinandergebracht. Es hatte ihn in den Abgrund des Menschen blicken lassen, und er hatte nur gesehen, was er sehen wollte, nur aus einem Brunnen geschöpft und die anderen Wasser vernachlässigt.

Nachdem sie sich von dem Alten verabschiedet hatten, nicht ohne sich mit einem tüchtigen Trinkgeld bedankt zu haben, fragte die Halbeisen: „Nun, hat es Ihnen etwas gebracht?"

„Wir haben es bei Picasso mit einem archaischen Menschen zu tun, befreit von allen Fesseln, die uns die christliche Religion und deren Erziehung auferlegt haben, und doch ist sein Werk unendlich human. Unser Minotaurus hat davon nichts verstanden. Er ist ein emotionaler Idiot!"

„Ein mörderischer Idiot!", ergänzte sie.

„Was er gestern wieder bewiesen hat."

Sie gingen die Straße hinunter bis zum Ausgang des ursprünglichen Stadtkerns, und Françoise wies auf eine Galerie, über der *Jean Marais* stand.

„Wollen wir dort einmal reinschauen? Vielleicht interessiert es Sie ja. Ihr Verdächtiger hat doch davon gesprochen, dass er *La Belle et la Bête* verfilmen will."

„Unser möglicher Verdächtiger", stellte er richtig.

Die Galerie bestand aus nur zwei Räumen und zeigte viele Fotos aus Filmen mit Jean Marais, aber auch Ölbilder des Schauspielers im surrealistischen Stil, die jedoch an Dalís Bilder nicht herankamen und nach Huntingers Geschmack etwas Süßliches hatten. Die Töpfereien und Skulpturen hingegen hatten eine beachtliche Qualität. In einer Ecke wurde ein Film gezeigt mit Ausschnitten aus *La Belle et la Bête*. Als Huntinger das Tierwesen sah, hinter dem sich Jean Marais verbarg, traf es ihn wie ein Schlag. Es war furchterregend und von animalischer Kraft. Obwohl sich das Biest im Laufe der Handlung als Prinz herausstellte, verfestigte sich in Huntinger die Erkenntnis, dass er mit seiner Theorie auf der richtigen Spur war. Er war sich dessen nun ganz sicher. Wurmser hatte recht gehabt. Es war eine Übertragung. Der Mörder glaubte der Minotaurus zu sein.

Sie fuhren nach Cannes zurück. In einer Lichtung bei Juan-les-Pins hielt die Halbeisen an.

„Ich will Ihnen meine Lieblingsbucht zeigen."

Sie stieg schnell aus dem Wagen, sodass ihm nichts anderes übrig blieb, als ihr zu folgen. Lachend nahm sie seine Hand und lief mit ihm in einen Pinienwald hinein. Er kam sich etwas seltsam vor. Er, der sich nur gemächlichen Schrittes zu bewegen pflegte, lief mit der Frau, die auch keine zwanzig mehr war, wie ein Teenager durch den würzig duftenden Wald. Sie kamen zu einem Abbruch, unter dem, in einer schneeweißen Bucht, die Wellen gemächlich an den Strand rollten. Françoise setzte sich ins Gras und sah zu ihm hoch.

„Setzen Sie sich doch. Wir wollen diesen Anblick genießen."

Von unten hörten sie das Meer rauschen. Stöhnend ließ er sich auf dem Boden nieder, und sie lehnte den Kopf an seine Schulter.

„Halten Sie mich einen Augenblick fest. Nur einen Augenblick", sagte sie.

Befangen und auch überrascht über die Situation und unsicher, wie er darauf reagieren sollte, folgte er ihrer Aufforderung. So saßen sie eine Weile still nebeneinander und lauschten dem Meer. Hinter ihnen ließ der Wind die Pinien rauschen. Sie wandte sich ihm zu und in ihren Augen tanzten wieder goldene Funken. Ihr Mund näherte sich seinem und sie küsste ihn, erst zärtlich, als wenn ein Vogel nach ihm pickte, dann drängender und schließlich lag ihr Mund auf seinem; sie küsste ihn leidenschaftlich und er küsste zurück und … erschrak. Sanft löste er sich von ihr. Sie verstand und die Funken in ihren Augen verschwanden. Sie senkte den Kopf.

„Entschuldigung", flüsterte sie.

„Da gibt es nichts zu entschuldigen."

„Ich mochte Sie vom ersten Augenblick an."

„Ja. Auch Sie waren mir sofort sympathisch."

„Wir sind uns zu spät begegnet?"

„Ja. Oder zu früh. Wer weiß."

Verlegen klopfte er seine Manteltasche ab, nahm die Pfeife heraus, stopfte sie sorgfältig, entzündete sie und paffte schweigend.

„Ich bin ein altmodischer Mann", gestand er schließlich.

„Ja. Ich weiß", sagte sie und legte den Kopf wieder an seine Schulter.

„Ich fordere nichts. Ich gehöre nicht zu den Menschen, die Besitzansprüche stellen."

„Ich kann dir nichts versprechen. Esther und ich …"

„Du brauchst nichts zu versprechen. Versteh doch. Niemand gehört einem anderen", unterbrach sie ihn schnell.

Er war verwirrt über den Kuss, aber mehr noch über ihre Worte. Aus Frauen wirst du dein Leben lang nicht mehr klug werden, sagte er sich. Sie bemerkte seine Verwirrung und sah ihn lächelnd, mit geneigtem Kopf, an.

„Sehr selbstbewusst bist du nicht, obwohl du so wirkst."

„Hm, was Frauen betrifft, bin ich nicht sehr erfahren oder weltgewandt. Stimmt schon."

„Es tut mir leid, wenn ich dich in Verlegenheit gebracht habe."

„Nein. Das braucht dir nicht leid zu tun. Es war ein wunderschönes Kompliment. Aber wie kam es dazu? Du kennst mich doch gar nicht."

„Es gibt Männer, die braucht man nicht lange zu kennen. Du bist stark und wirkst so entschieden und … unerschütterlich. Du bist der Depardieu-Typ. Von der Sorte gibt es nicht so viele."

„Ich bin ein Fossil."

„Ja. Etwas Seltenes. Ich fühle mich in deiner Nähe wohl und so ruhig wie schon lange nicht mehr. Du bist wie ein …"

„… wie ein Turm", ergänzte er. „Und du bist das Mädchen auf einem langen Margeritenstängel."

„Du weißt, wie ich über dich denke. Überlassen wir es der Zeit, dem Schicksal oder den Göttern, was daraus entsteht. Dies hier ist griechisches Land."

„Griechisches Land?"

„Ja. Hier siedelten einst die Griechen."

Sie nahm seine Hand und zog ihn hoch. Schweigend gingen sie durch den Pinienwald zum Auto zurück.

„Du bist eine seltsame Frau", sagte er, als sie den Motor anließ.

„Vor allem eine Frau. Und du bist emotional ein Jüngling", antwortete sie.

Na bravo, sagte er sich. Aber sie hatte recht. Ein Verführer war er wirklich nicht. Immer waren es die Frauen gewesen, von denen die Initiative ausging.

Als sie vor dem *Carlton* hielt, nahm Françoise seine Hand.

„Sehen wir uns morgen?", fragte sie. In ihren Augen waren die goldenen Funken verschwunden.

„Natürlich. Wir müssen doch nach Avignon."

„Und deine Schauspielerin wird mitkommen?"

„Ja. Sie wollte unbedingt dabei sein."

Wie sich ja nun herausgestellt hatte, war ihr Beweggrund, unbedingt dabei zu sein, sehr hellsichtig gewesen.

„Schade. Aber das ändert nichts. Nein, keine Angst. Ich werde die brave französische Kommissarin sein, die den Kollegen aus Deutschland sympathisch findet und mehr nicht. Doch vielleicht, eines Tages …" Sie lächelte sanft und ihre Augen funkelten wieder.

„Wie kann etwas so schnell passieren?", fragte er ratlos.

„Wie man sich so schnell verlieben kann? Man sieht jemanden und weiß es. Es ist ganz einfach, obwohl es ein Mysterium ist." Sie beugte sich zu ihm und küsste ihn sanft auf den Mund.

Stöhnend stieg er aus und ging die Treppe zum Portal des *Carlton* hoch. Als er sich noch einmal umdrehte, sah er, dass der Wagen immer noch am Straßenrand stand. Sie winkte ihm zu. Erst dann fuhr sie mit kreischenden Reifen die Croisette hoch.

Als Huntinger die Suite betrat, fand er Esther im Schlafzimmer. Sie lag im Bett und schlief. Auf ihrer Stirn glänzte Schweiß. Auf dem Nachttisch lagen Tabletten und andere Medikamente. Wie friedlich und schön sie aussieht, dachte er. Und beinahe hättest du sie … Aber es war nichts passiert. Nicht wirklich. Es war verwirrend, dabei erforderte dieser Fall mit dem Picassomörder seine volle Konzentration. Er musste aufpassen, dass er sich nicht wie der Minotaurus in seinem Labyrinth verirrte. Er stöhnte und Esther wachte auf. Sie sah ihn an und lächelte sanft: „Schön, dass du da bist. Schon lange?"

„Nein. Ich bin eben erst hereingekommen. Wie geht es dir?"

„Schlecht. Ich habe Fieber. Ich habe den Arzt kommen lassen. Eine fiebrige Erkältung. Ich soll ein paar Tage im Bett bleiben. Hat eure Fahrt nach Vallauris etwas gebracht?"

„Es verdichtet sich. Unsere Hypothese wird immer wahrscheinlicher. Ich will jetzt gleich mal mit Berlin telefonieren, ob sich dort etwas ergeben hat."

„Tu das. Und dann komm zu mir ins Bett. Du musst meine Hand halten. Ich brauche dich."

Er nickte, ging in den Salon und sah auf die Uhr. Wenn er Glück hatte, war die Kleinschmidt noch im Büro. Er wählte die Nummer und hatte gleich die frische und energiegeladene Stimme seiner Sekretärin am Ohr.

„Na endlich, Chef! Der Krassel hat schon mehrmals angerufen, ob Sie sich gemeldet haben. Sie sollen ihn unbedingt zurückrufen."

„Sie können mich nachher mit ihm verbinden. Geben Sie mir die Mäusel oder Belsen, wenn die noch da sind."

„Ja, Chef?", tönte kurz darauf die Mäusel an sein Ohr.

„Gibt es etwas Neues?"

„Und ob, Chef! Die Vögel sind alle ausgeflogen."

„Was heißt das? Drücken Sie sich deutlicher aus, Maus!"

„Der Film-Pelzinger ist an der Côte d'Azur, ganz in der Nähe von Ihnen, in Beaulieu-sur-Mer. Ich habe schon gecheckt, dass er im *Metropole* abgestiegen ist. Er soll auf Locationsuche für seinen Film sein."

„Interessant. Und was ist mit den Grubers?"

„Sind auch ausgeflogen. Aber Schneckenberger hat noch nicht herausbekommen, wohin. Sind Sie denn weitergekommen?"

„Ja. Im Moment wird es immer wahrscheinlicher, dass es auf den Pelzinger hinausläuft. Im Übrigen, der Minotaurus macht Fehler. Er hat auf mich geschossen."

„Nein!", sagte sie entsetzt. „Und was ist Ihnen …?"

„Nein. Mir ist nichts passiert."

„Dann sind wir ihm auf der Spur."

„Ja. Stellen Sie mal fest, was für Autos die Pelzingers und Grubers fahren."

„Warum?"

„Nun. Die Aufseherin im Grimaldischloss wurde von einem jungen Mann im Rolls Royce abgeholt."

„Vornehm! Check ich. Wann kommen Sie zurück?"

„Jedenfalls noch nicht morgen oder übermorgen. Wir fahren morgen nach Avignon. Dort gibt es eine Picassoausstellung."

„Wie ist die Kollegin?"

„Sehr kooperativ", sagte er mit belegter Stimme.

„Ach ja? Dann ist sie also sehr hübsch?"

„Maus, ist das ein Kriterium?", brummte er und ließ sich wieder mit der Kleinschmidt verbinden.

„Ich bleibe hier noch ein paar Tage. Geben Sie mir Krassel."

„Mach ich. Weiterhin schöne Tage, Chef! Und lassen Sie sich nicht vom Allgewaltigen beeindrucken! Aber das tun Sie ja ohnehin nicht", erwiderte sie in unerschütterlicher Solidarität.

Dann hatte er Krassel am Apparat.

„Na. Endlich zurück? Hat es was gebracht?"

„Ja. Aber ich bin noch in Frankreich und, wie es aussieht, werde ich hier noch ein paar Tage bleiben."

„Das kann doch nicht wahr sein!", schnaufte Krassel. „Ich habe doch gesagt, allerhöchstens drei Tage."

„Man hat auf mich geschossen. Der junge Pelzinger ist hier an der Côte d'Azur. Außerdem ist in Avignon eine Picassoausstellung. Wir befürchten, dass er dort wieder zuschlagen wird."

„Mein Gott. Ist Ihnen etwas passiert?"

„Nein. Er hat aus viel zu großer Entfernung geschossen. Ihm sind wohl die Nerven durchgegangen."

„Haben Sie ihn erkannt?"

„Nein. Sonst hätten wir den Pelzinger schon zur Fahndung ausgeschrieben."

„Es fehlen also immer noch handfeste Beweise?"

„So kann man es sehen. Aber es verdichtet sich."

„Was das kostet!", stöhnte Krassel.

„Wird halb so schlimm werden. Meine Hotelkosten braucht der arme Vater Staat ohnehin nicht zu bezahlen."

„Wieso?"

„Ich erledige das privat."

„Ach so. Mir soll es recht sein. Wenn Sie so viel Geld haben ... Wo wohnen Sie denn?"

„Im *Carlton* in Cannes!", erwiderte Huntinger schmunzelnd. Das Vergnügen Krassel zu schocken, wollte er sich nun doch nicht entgehen lassen. Er hörte, wie der Allgewaltige nach Luft schnappte.

„Haben Sie reich geerbt?"

„Nein. Leider nicht, und Nebeneinkünfte, um dies gleich vorwegzunehmen, habe ich auch nicht. Ich bin eingeladen worden."

„Na, mir egal, wie Sie das finanzieren. Aber in spätestens vier Tagen erwarte ich Sie zurück. Wir haben schließlich noch andere Fälle hereinbekommen."

„Pressel ist ein zuverlässiger Mitarbeiter. Der schafft das schon."

Krassel grunzte und legte auf.

Huntinger nahm sich den *Baedecker* vor. Beaulieu lag zwischen Nizza und Monaco. Der Beschreibung nach musste es eine sehr schöne kleine Stadt sein. Sicher würde ihm Françoise mehr über den Ort sagen können. Was für eine schöne Gegend, und hier lief jemand mit dem Drang zu töten herum. Er hörte, dass Esther nach ihm rief. Wie hilflos und zart ihre Stimme klang. Schnell ging er zu ihr hinüber.

8.

Das Rendezvous mit dem Schicksal.

Auch am nächsten Morgen ging es Esther nicht besser. Verschwitzt und mit großen, fiebrigen Augen lag sie in den Kissen.

„Ich werde dich vor den Angriffen der französischen Sirene nicht schützen können", sagte sie matt.

„Ich kann die Fahrt nach Avignon auch auf den Nachmittag verschieben", antwortete er. Nachdem, was am Vortag passiert war, ging er lieber nicht auf ihre Bemerkung ein.

„Nein. Geh nur. Der Arzt wird gleich vorbeischauen. Kommst du heute Abend zurück?"

„Natürlich. Mach dir keine Gedanken."

„Mach ich mir aber. Sie ist genau dieser mädchenhafte Typ mit dem Klosterschülerinnengetue, der starke Männer anhimmelt."

„Nun hör bitte auf. Werde gesund, damit wir beide noch ein paar schöne Tage in Cannes haben", erwiderte er, mit dem Bild vom Pinienwald vor Augen. Von wegen Klosterschülerin, dachte er grimmig.

„Du weißt ja, wie es bei einer Grippe heißt: Drei Tage kommt sie, drei Tage bleibt sie, drei Tage geht sie. Nein, diesen kleinen Urlaub habe ich uns verbockt."

Es tat ihm leid, sie so elend, schwach und hilflos zu sehen. Er beugte sich zu ihr und wollte sie auf den Mund küssen.

„Nein", sagte sie und wandte den Kopf ab. „Du steckst dich sonst an."

„Wäre doch auch nicht schlecht. Dann könnten wir beide den ganzen Tag im Bett liegen."

„Wäre nicht schlecht", bestätigte sie lächelnd. „Und wer macht deine Arbeit?"

„Du bist zwar eine Bayerin, aber in dir steckt eine Preußin", erwiderte er und küsste sie auf die Stirn.

Es war noch sehr früh. Ein diffuses Licht lag über dem Meer. In der Halle erwartete ihn wie am Vortag bereits Françoise. Diesmal trug sie ein strenges schwarzes Kostüm. Sie hatte ihre Haare hinten zusammengesteckt, was ihr klassisches Profil noch eindrucksvoller zur Geltung brachte. Sie sah aus wie auf einer antiken Gemme, wie eine Phädra, Antigone oder Iphigenie. Selbstbewusst küsste sie ihn auf die Wange und hakte sich bei ihm unter.

„Du siehst müde aus. Hast du Ärger bekommen?", fragte sie.

„Aber nein."

„Kommt sie noch herunter?"

„Sie ist krank und muss im Bett bleiben."

„Das tut mir … leid. Nein. Stimmt nicht."

„Sei nicht so erbarmungslos."

„Liebe ist wie Krieg. Da ist alles erlaubt."

„Du bist nicht im Krieg."

„Hast du eine Ahnung."

Sie stiegen in Halbeisens Käfer. Huntinger schnallte sich an und tastete dann nach seiner Pfeife.

„Du kannst ruhig rauchen. Ich liebe Pfeifengeruch."

Erleichtert stopfte er Tabak in den Pfeifenkopf. Sie lenkte den Wagen auf die Croisette und fuhr in Richtung Yachthafen.

„Wollen wir die Autobahn nehmen oder möchtest du ein wenig Côte d'Azur genießen? In dem Fall fahren wir die Küstenstraße entlang. Es wird dann etwas länger dauern. Aber wir sind erst um 15.00 Uhr mit dem Direktor verabredet. Wir haben alle Zeit der Welt."

„Dann nehmen wir die Küstenstraße."

Er erzählte ihr, was er aus Berlin erfahren hatte.

„Es kommt ein Steinchen zum anderen, nicht wahr?", sagte sie nachdenklich. „Das mit dem Pelzinger wird also immer wahrscheinlicher."

„Sieht ganz so aus. Aber noch sind es nur passende Mosaiksteinchen. Uns fehlen gerichtsverwertbare Beweise."

Ihm fiel ein, dass er Esther gar nicht erzählt hatte, wie sehr sich der junge Regieassistent mit seiner Reise an die Côte d'Azur verdächtig gemacht hatte.

Die Sonne hing als glühender Ball über dem Meer. Sie nahmen die Straße in Richtung St. Raphaël. Hinter Miramar trat das Estérelgebirge fast bis an die Küstenstraße heran. Die roten Felsen leuchteten wie in Flammen.

„Ein wunderschönes Land", sagte er, beeindruckt von dem Farbspiel. Links von ihnen lag das Meer, blau wie der Himmel. Auf der anderen Seite loderte das Gebirge in den Farben der Hibiskusblüten.

„Hier sollte man immer leben."

„Keine schlechte Idee. Nur weiter so", kommentierte sie lächelnd.

„Ja, aber wovon sollte ich leben?"

„Du könntest gegenüber der Kommandantur in Nizza ein Bistro aufmachen. Ich würde schon dafür sorgen, dass sämtliche Polizisten Nizzas bei dir ihren kleinen Weißen trinken. Ich kann sehr überzeugend sein."

„Das glaube ich dir gern."

Als ein Parkplatz auftauchte, fuhr sie den Wagen in den Schatten einer riesigen Pinie.

„Was ist?", fragte er.

Françoise beugte sich zu ihm und nahm ihm die Pfeife aus dem Mund. Sie küsste ihn und streichelte dabei seinen Unterleib.

„Das ist", flüsterte sie.

„Nein, Françoise. Mach es nicht noch schlimmer, als es für uns beide jetzt schon ist", flüsterte er rau und nahm ihr Gesicht in beide Hände. „Es geht nicht. Begreife doch. Ich mag dich. Ich mag dich sogar sehr. Aber Esther und ich sind ein Paar."

„Noch", sagte sie und entwand sich seinen Händen, schlug den Blendschutz herunter, sah in den Spiegel und richtete sich das Haar. „Sie ist eine Schauspielerin. Der Halbzeitwert von Schauspielerehen ist nicht sehr hoch. Sie wird dich verlassen. Und ich werde auf dich warten, du dummer Klotz."

Sie schniefte und startete den Motor.

„Du bist eine seltsame Frau."

„Warum? Weil ich mich in einen Deutschen verliebt habe? Pech, würden viele meiner Freunde sagen. Die Deutschen sind viel zu ernst für die Liebe."

„Nein. Weil du so … spontan bist."

Er gestand sich ein, dass sie ihn mit ihrer Liebe, ihrer Direktheit verunsicherte. Da hast du dir ja ein schönes Problem auf den Buckel geladen, dachte er sarkastisch.

„Hör auf, ein schlechtes Gewissen zu haben", sagte sie und wischte sich eine Träne ab. „Du wirst mich schon noch lieben. Du wirst sehen, es kommt so, wie ich es vorausgesagt habe", fügte sie trotzig hinzu.

Gegen Mittag erreichten sie Avignon. Sie parkten den Wagen in einer Tiefgarage gegenüber dem Papstpalast. Als sie die Treppen des Parkhauses hochgestiegen waren, standen sie direkt vor dem Palast aus dem 14.

Jahrhundert, der eher der Festung eines kriegerischen Kondottiere glich, gleichwohl aber davon zeugte, dass die Päpste in der sogenannten ‚babylonischen Gefangenschaft‘ über hundert Jahre in Avignon residierten und den französischen Königen willfährige Werkzeuge waren.

„Wir haben noch Zeit", sagte Françoise. „Setzen wir uns auf die Place de l'Horloge."

Der Platz war von vielen Bistros umsäumt. Vor den Häusern luden kleine Terrassen unter roten Markisen zum Essen und Trinken ein. Die meisten Plätze waren nun, um die Mittagszeit, besetzt. Am Ende des Platzes fanden sie noch einen kleinen Tisch, und Françoise bestellte zwei Espresso und, nach einem fragenden Blick zu Huntinger, zwei kleine Weiße.

„Die haben hier einen ganz passablen Landwein."

„Du bist öfter hier?"

„Nicht mehr so oft. Hier wohnt ein Freund von mir. Alteingesessene Avignoner Familie. Man könnte glauben, sie stammen direkt von den Päpsten ab. Schrecklich auf Etikette bedacht."

„Und?"

„Er konnte seinen Hosenstall nie zulassen. Ich habe ihn mit meiner damaligen Freundin erwischt."

„Ach ja", erwiderte er hilflos.

Der Wein kam, und er war kühl und rein und fruchtig. Françoise verstand etwas von Wein. Welches Mädchen von der elsässischen Weinstraße kannte sich nicht damit aus?

Es war schön, auf der Place de l'Horloge in der Sonne zu sitzen, den kühlen Wein zu trinken und den Menschen auf dem Platz zuzuschauen. Händler aus Nigeria oder von sonst wo verkauften kleine Spielzeugclowns, die sich trommelnd über den Platz bewegten, Feuerschlucker ließen Kinder begeistert aufschreien, Verkäufer von bunten Luftballons gaben der Atmosphäre etwas Traumhaftes. Ein kleines Karussell drehte sich mit der Musik eines Musettewalzers. Es fehlten eigentlich nur noch die Gaukler der Commedia dell'Arte, die hier sicher zu Zeiten der Päpste die Zuschauer gefesselt hatten.

„Schade. Ich habe diesen Platz so geliebt."

„Und wegen der Geschichte mit deinem Freund liebst du ihn nicht mehr?", fragte er mitfühlend.

„Genau. Ich habe mich auf diesem Platz von ihm getrennt." Sie wechselte schnell das Thema. „Wollen wir noch etwas essen gehen? Ich kenne den Besitzer vom *Hotel d'Europe* sehr gut. Er hat für uns bestimmt noch einen Tisch frei."

„Nein. Lass uns erst mit dem Ausstellungsleiter sprechen. Hier nehmen wir nur ein kleines Sandwich und heute Abend lade ich dich …"

„Einverstanden. Dann zeige ich dir jetzt die berühmte Brücke St. Bénézet aus dem Lied *Sur le pont* …"

Durch verwinkelte Gassen ging es daraufhin hinunter an die Rhône, die träge dahinfloss, zu der Brücke, die das andere Ufer nicht erreichte.

„Sie hatte einst zweiundzwanzig Bogen. Durch das Hochwasser von 1688 stehen nur noch vier. Aber gerade ihre Unvollkommenheit macht sie so poetisch. Es ist sicher die berühmteste zerstörte Brücke der Welt, wozu das Lied beigetragen hat, dass die Kinder auf der Brücke tanzen. Wollen wir hochgehen?"

Huntinger sah auf die Uhr und nickte.

„Mach dir keine Sorgen. Wir sind in Südfrankreich. Französische Polizisten müssen nicht pünktlich sein."

Sie mussten Karten für den Eintritt zur Brücke lösen, einige Treppen steigen und befanden sich dann mitten auf der Rhône. „Willst du mit mir tanzen?", fragte Françoise und machte einen Knicks.

„Nein, Frau Kommissarin, dazu bin ich zu alt und zu schwer."

„Ihr Deutschen könnt einfach nicht locker sein!", klagte sie in komischer Verzweiflung.

Plötzlich stutzte Huntinger. Er sah jemanden herankommen, der ihm bekannt vorkam.

„Zum Teufel!", brummte er.

Françoise sah ihn fragend an. Der Mann kam näher. Es gab keinen Zweifel. Es war Oliver Gruber. Huntinger umarmte Françoise und verdeckte sein Gesicht an ihrem Haar. Der Mann wandte sich der Treppe zu, die zu der kleinen Kapelle unter der Brücke führte. Er schien den Hauptkommissar nicht gesehen zu haben. Huntinger überlegte, ob er ihn ansprechen sollte, verwarf dies aber und sagte hastig: „Gehen wir. Schnell. Gehen wir!"

„Warum? Was ist los?"

„Später."

Er zog sie mit und sie verließen die Brücke. Als sie durch die Porte du Rhône wieder in die Stadt eintauchten, blieb er stehen und paffte große Wolken.

„Was ist denn?", drängte sie.

„Ich habe einen der Gruber-Söhne gesehen. Nun wissen wir, wohin der Werbefritze abgetaucht ist."

„Ach, das ist doch der Sohn jener anderen Familie in Steinberg. Den hattest du bisher aber nicht auf der Rechnung, oder?"

„Nein. Vielleicht ist es nur ein Zufall." Er griff zum Handy und bekam Pressel an den Apparat. „Wie läuft es bei dir?"

„Gut, Chef. Eine Menge Arbeit. Bin froh, wenn Sie wieder zurück sind."

„Wird hier noch ein paar Tage dauern. Ist Belsen da?"

„Nö. Im Moment nicht. ‚Feierabend' ist mit der *BILD* auf dem Klo. Das dauert. Hat eine Stinklaune. Blauweiß hat verloren."

‚Feierabend' war Belsens Spitzname, weil er die Angewohnheit hatte, das Kommissariat nach Dienstschluss mit einem donnernden „Feierabend!" zu verlassen, begierig, seinen vielen Freizeitaktivitäten nachkommen zu können.

„Ich kann Ihnen Maus geben, die schaut schon ganz hungrig zu mir herüber."

Die Mäusel meldete sich mit einem atemlosen: „Ja, Chef? Übrigens, Fehlanzeige. Weder die Pelzingers noch die Grubers haben einen Royce."

„Wäre auch zu schön gewesen! Was anderes: Ich habe hier eben den Oliver Gruber gesehen."

„Wo, Chef?"

„Ich bin in Avignon. Schneckenberger soll herauskriegen, ob Grubers hier ein Zweigwerk haben oder gar ein Haus. Versuchen Sie auch herauszubekommen, ob seine Anwesenheit mit seiner Agenturarbeit zu tun hat."

„Mach ich. Es geht also voran."

„Eher nicht. Im Moment verdunkelt sich wieder alles."

„So geht es doch anfangs immer", antwortete sie lachend.

Ein Zitat, das er, Huntinger, immer zu sagen pflegte, wenn seine Mitarbeiter ungeduldig wurden.

„Bis dann, Chef. Ich melde mich, sowie ich Neues weiß."

Und mein Vorgänger wollte eine so tüchtige Kraft entlassen, dachte Huntinger. Dabei ist sie genau so wertvoll wie Pressel.

„Kann ich helfen?", bot sich Françoise an. „Ich lasse mal durch den Computer laufen, ob deine Grubers hier an der Côte ein Haus oder gar ein Zweigwerk haben. Kein Problem."

Sie nahm ihr Handy aus der Tasche und telefonierte lachend und scherzend mit irgendeiner Dienststelle.

„Haben wir vielleicht schon heute Abend", sagte sie, als sie das Handy einsteckte. „Glaubst du, dass dieser Gruber … Ich denke, wir konzentrieren uns auf den großen Filmregisseur."

„Tja, eigentlich schon. Es kann natürlich ein Zufall sein, dass der Gruber-Junge in Avignon ist. Andererseits gibt es hier eine Picasso-Retrospektive. Wir müssen jeder Möglichkeit nachgehen."

Sie gingen über den großen Platz zum Palais des Papes, die Treppe hoch und an den wartenden Besuchern vorbei zum Eingang. Als die Kommissarin mit dem Ausweis wedelte, wurden sie sofort eingelassen und in das Büro des Ausstellungsleiters geführt. Der Kurator Dupont war ein schmaler, mittelgroßer Mann mit nervösen Bewegungen und einem unruhigen Mienenspiel. Galant begrüßte er Françoise mit einem angedeuteten Handkuss. Als diese Huntinger vorstellte, sagte Dupont in tadellosem Deutsch, dass er sich freue ihn kennenzulernen, obwohl ihn die Andeutungen der Kommissarin in helle Aufregung versetzt hätten.

„Sie glauben wirklich, dass er bei uns …?"

„Er hat sich in Deutschland, in Berlin und bei einer Münchner Galeriebesitzerin, bereits zwei Bilder aus der Minotaurusserie angeeignet. Jedes Mal starben dabei Frauen. Auch vor zwei Jahren in Antibes. Aber dort hat er Pech gehabt. In der Ausstellung befand sich kein Minotaurusbild. Wie ich hörte, haben Sie einige Blätter aus der Serie in der Ausstellung."

„Ja. Wir zeigen einen Querschnitt durch alle Schaffensperioden von Picasso. Aus der Minotaurusserie zeigen wir den Minotaurus mit der toten Stute vor einem Mädchen und die *Umklammerung* durch den Minotaurus. Zwei sehr reizvolle Blätter. Aber hier bei uns hat der Mörder keine Chance. Wir haben einen sehr professionellen Wachdienst."

„Das war in Berlin auch der Fall. Zeigen Sie uns einmal die Ausstellungsräume."

„Sehr gern", erwiderte der Kurator und lief ihnen voran. „Wir haben für die Ausstellung einen der Türme reserviert. Im übrigen Teil des Palastes gehen ja die Besichtigungen weiter. Wer die Picassoausstellung besuchen will, muss unten in der Eingangshalle eine Karte kaufen. Jeder Besucher muss dann durch eine automatische Schleuse. Seine Karte wird ein zweites Mal im Turmsaal überprüft. Hier entlang, bitte."

Sie überquerten den Hof, mussten einige Treppen steigen und kamen schließlich zu einem Saal, vor dem, wie Huntinger registrierte, die Karten tatsächlich noch einmal kontrolliert wurden. Dunkel gekleidetes Wachpersonal taxierte die Besucher mit wachen Augen.

„Glauben Sie jetzt noch, dass ein Diebstahl bei uns möglich ist?"

„Wir haben es nicht mit einem gewöhnlichen Kunsträuber zu tun. Er hat bereits drei Frauen umgebracht", klärte ihn die Halbeisen auf.

Nervös fuhr sich Dupont durchs Haar. „Schon. Aber ich wüsste nicht, wie er hier unbemerkt herauskommen kann. Jedes Bild ist mit der Alarmanlage verbunden, die sowohl in unserer Wachstube als auch bei der Polizei Alarm auslöst, sollte eines der Bilder nur berührt werden. Die Ausgänge werden dann sofort automatisch geschlossen."

Es waren vier Säle, die durch Stellwände geteilt waren, um die verschiedenen Schaffensstufen Picassos abzugrenzen. Entgegen Huntingers Erwartungen waren nur wenige Besucher in der Ausstellung.

„Wir haben ja erst vor einer Woche eröffnet", verteidigte sich Dupont auf dessen Bemerkung hin.

„Das ist natürlich unser Schatz!" Selbstzufrieden wies er auf ein Bild, das in kubistischer Manier abstrakte nackte Frauen zeigte, deren Gesichter an afrikanische Masken erinnerten. „*Les Demoiselles d'Avignon*", hauchte er mit beseligtem Gesicht. „Ein Jahrhundertwerk, das eine Revolution auslöste. Ich bin so glücklich, dass wir uns dieses Bild vom Museum of Modern Art in New York ausleihen konnten. Es ist unbezahlbar. Deswegen haben wir auch die beste Securitymannschaft eingekauft. Dieses Bild gehört eigentlich nach Avignon, ist aber leider nicht zu bezahlen. Doch nun führe ich die Herrschaften zu den Minotaurusbildern."

Vor dem Bild *Umklammerung* blieb Huntinger erschrocken stehen. Ja, das war ein Bild, das dem Minotaurus gefallen würde. Ein Bild voll brutaler Kraft und urwüchsiger Gewalt.

„Was ist?", fragte Dupont, der Huntingers Betroffenheit bemerkt hatte.

„Das ist genau das Bild, das der Täter bevorzugen wird."

Das andere Bild war weniger gewalttätig. Es zeigte den Minotaurus auf einer Liege neben seiner Geliebten, zufrieden und lässig, mit einem

Champagnerglas in der Hand. So mochte sich der Minotaurus in einem entspannten Augenblick fühlen. Aber ihr Minotaurus war wohl kaum entspannt. Von Wildheit und Gewalttätigkeit war in diesem Bild nichts zu sehen. Ein Bild, das Huntinger gefiel.

„So sieht sich der Minotaurus nicht."

Dupont sah ihn ratlos an.

„Herr Huntinger meint den Mörder. Wir nennen ihn aufgrund seiner Besessenheit ‚Minotaurus'", klärte ihn Françoise auf. „Wie viele Frauen haben Sie als Personal in den Ausstellungsräumen?"

„Vierundzwanzig Frauen. Wir haben zwei Schichten."

Huntinger hatte bereits auf das meist weibliche Wachpersonal einen Blick geworfen, das zusätzlich zu der professionellen Securitymannschaft die Bilder bewachte. Meist waren es ältere Frauen.

„Haben Sie Lichtbilder von sämtlichen Frauen?"

„Ja. Wir haben ihnen ja einen Ausweis mit Lichtbild ausgestellt. Duplikate habe ich bei mir im Büro."

„Gut. Die würde ich mir gern einmal ansehen."

Sie gingen zurück in sein Büro, das mit seinen nüchternen Steinwänden etwas Archaisches hatte, welches der Druck von Picassos *Les Demoiselles d'Avignon* und ein Foto von Doisneau, das Picasso an einem Fenster zeigte, auch nicht wohnlicher machten.

Dupont zog eine Schublade des Schreibtisches auf, holte eine dicke Akte heraus und schlug sie auf.

„Hier, sehen Sie: Name, Anschrift, Empfehlungsperson. Zahl der Einsätze. Wir greifen fast ausschließlich auf Frauen zurück, die schon öfter für uns gearbeitet haben. Es sind alles vertrauenswürdige Personen."

„Das glaube ich gern", erwiderte Huntinger. Blatt für Blatt sah er die Personalbogen durch. Wenn die Frau älter oder äußerlich unattraktiv war, blätterte er schnell weiter.

„Sind die Aufnahmen aktuell?"

„Ja. Sie wurden für diese Ausstellung ganz neu aufgenommen. Extra für den Ausweis."

„Da haben wir sie. Die könnte sein nächstes Opfer sein!", sagte Huntinger und pochte auf ein Blatt, das eine dunkelhaarige Frau in mittleren Jahren zeigte, die attraktiv aussah und vom Typ her der Galeriebesitzerin aus München ähnelte.

„Was ist mit ihr?", fragte Dupont erschrocken.

„Ist sie hier?"

„Warten Sie mal." Er holte den Einsatzplan heraus. „Maria Marmounia? Nein. Sie hatte die Frühschicht und ist erst morgen wieder hier."

Huntinger blätterte weiter. Aber die anderen Frauen kamen wohl kaum für den Minotaurus infrage. Sie waren zu alt oder zu unattraktiv. Er blätterte zurück. Maria Marmounia war eine dunkle, füllige Frau mit einem schweren Gesicht und großen Augen. Sie erinnerte Huntinger an die Bilder aus der neoklassischen Phase Picassos.

„Wo wohnt sie? Ach ja. Hier steht es. In der Rue de la Tour."

„Sie ist über jeden Zweifel erhaben. Wir setzen sie bereits seit vielen Jahren ein. Sie ist maghrebinischer Abstammung. Aber seit ihrer Kindheit in Frankreich. Längst eingebürgert. Eine absolut zuverlässige Frau. Ich kenne sie persönlich. Eine ehrliche Frau."

„Das glaube ich Ihnen gern."

„Der Kommissar verdächtigt auch nicht Madame Marmounia, sondern sieht sie als mögliches Opfer", kam Françoise dem Hauptkommissar zu Hilfe.

„Verstehe. Ich werde das gesamte Personal zusammenrufen und es zu äußerster Wachsamkeit ermahnen."

„Sie melden jedes verdächtige Ereignis an mich", sagte Françoise. „Ich werde mich mit der hiesigen Polizei in Verbindung setzen, sodass auch diese informiert ist, dass wir aus Nizza in diesem Fall zuständig sind."

Dupont nickte mitgenommen. Schweiß lag auf seiner Stirn. „Nicht auszudenken, dass dieser Minotaurus uns ein Bild entwenden könnte! Nicht auszudenken."

„Es ist doch sicher alles versichert."

„Natürlich. Aber denken Sie an den Verlust für die Kunstwelt. Außerdem würden die Versicherungsprämien für zukünftige Ausstellungen ganz bestimmt steigen."

Als sie vor dem Papstpalast standen, sah Huntinger sinnend zu den Türmen hoch.

„Wahrhaft eine wehrhafte Festung. Und doch wird sie ihn nicht abhalten. Na, dann wollen wir uns mal die Dame ansehen."

Sie umgingen den Papstpalast und erreichten über die Rue Infirmières schon bald die Rue de la Tour. Die Häuser in diesen Straßen wirkten zwar pittoresk, doch ein wenig baufällig. Man merkte, dass die Besitzer schon lange nicht mehr in sie investiert hatten.

Maria Marmounia wohnte im zweiten Stock eines winkligen Fachwerkhauses. Als die beiden Ermittler klingelten, hörten sie Kindergeschrei. Schon wurde die Tür aufgerissen. Eine große Frau mit fleischigen Oberarmen und einem dunklen Madonnengesicht sah sie stirnrunzelnd an. Huntinger freute sich, dass er sie nach dem Bild richtig eingeschätzt hatte. Sie war der Frauentyp, der auch Picasso gefallen hätte. Sie hatte das dicke schwarze Haar zu einem Zopf zusammengebunden. Ihr Gesicht war schwer, aber ihr breiter Mund, die lange Nase und die dunklen Augen ließen sie durchaus attraktiv erscheinen.

Françoise redete auf sie ein, woraufhin die Frau erschrocken nickte und hinter sich deutete. Sie folgten ihr in eine kleine Stube, in der sich zwei Fünfjährige, die sich sehr ähnlich sahen, auf einem Diwan rekelten. Ein Fernsehapparat lief. Die Wohnung war sauber, aber kärglich eingerichtet. Die Frau deutete auf die Stühle vor einem großen Tisch, auf dem noch Teller mit Essensresten standen. Es roch nach Couscous. Die Frau antwortete Françoise mit ängstlichen Blicken auf Huntinger. Schließlich übersetzte die Kommissarin: „Also. Sie ist verheiratet gewesen. Ihr Mann ist bei einem Verkehrsunfall ums Leben gekommen. Sie hat danach das Zwillingspärchen geboren. Sie schlägt sich mit Hausputz und anderen Gelegenheitsarbeiten durch, wie jetzt im Museum. Die Frau hat es ganz sicher nicht leicht."

„Frag sie, ob sie in den letzten Tagen jemanden kennengelernt hat, den sie vorher nicht kannte."

Das Ergebnis war energisches Kopfschütteln der Marmounia.

„Frag sie trotzdem, ob sie in letzter Zeit einen jungen Mann kennengelernt hat."

Wieder ein energisches Kopfschütteln.

„Gut. Vielleicht hat er sie noch nicht kontaktiert. Kläre sie auf, dass sie in Gefahr ist, wenn ein junger Mann sie anspricht, den sie bisher nicht kannte."

Wieder übersetzte Françoise, und Maria Marmounia schüttelte diesmal lächelnd den Kopf und antwortete.

„Sie sagte, sie sei zu unbedeutend und zu alt für einen jungen Kerl. Zwei Kinder würden sie nicht gerade attraktiv für Männer machen."

„Erzähl ihr, worum es geht, erzähl von den Minotaurusbildern und wie der Mörder bisher vorgegangen ist."

„Sie beteuert noch einmal, dass sie niemand angesprochen habe und sie sich auch nicht vorstellen könne, dass man gerade auf sie kommen würde."

Nach einem weiteren Wortwechsel zwischen der Kommissarin und der Marmounia nickte diese schließlich.

„Sie wird uns sofort informieren, falls sie ein Fremder anspricht."

„Na schön. Mehr können wir im Moment nicht tun."

Als sie durch den Flur hinausgingen, warf Huntinger einen Blick in die Küche. Was er sah, ließ ihn kurz stocken, und er täuschte einen heftigen Hustenanfall vor, sodass ihm die Halbeisen den Rücken klopfte.

„Geht schon", keuchte Huntinger.

Auf der Straße war von dem Hustenanfall nichts mehr zu merken.

„Sie lügt", sagte Huntinger spitzbübisch grinsend.

„Den Eindruck hatte ich nicht", erwiderte die Halbeisen erstaunt.

„In der Küche stand eine sündhaft teure Espressomaschine. Auf dem Küchentisch lag ein iPhone. Wie kann sich eine Frau in diesen ärmlichen Verhältnissen so luxuriöse Dinge leisten? Der Minotaurus ist bereits an sie herangetreten und hat sie eingewickelt. Sie wird ihn über unseren Besuch informieren."

„Du verrennst dich in etwas. Sowohl Pelzinger als auch Gruber hast du vor Kurzem noch in Steinberg gesprochen. In so kurzer Zeit kann der Minotaurus nicht ein solches Vertrauensverhältnis aufgebaut haben."

„Er muss sie ja nicht gestern oder vorgestern kennengelernt haben. Der Minotaurus hat sicher schon vor vielen Monaten gewusst, dass hier die Picassoausstellung herkommt. Bei einer Gesamtschau des Werkes konnte er sich denken, dass auch die Minotaurusblätter dabei sind. Schade, dass es keine Grenzkontrollen mehr gibt. So können wir nicht prüfen, ob Pelzinger oder Gruber in den letzten zwölf Monaten in Frankreich waren."

„Aber wie soll der Minotaurus gerade auf sie gekommen sein, gewusst haben, dass sie in der Picassoausstellung zum Wachpersonal gehören wird?"

„Vielleicht, weil er sie dort bei anderen Ausstellungen gesehen hat. Ganz systematisch kann er ihr Vertrauen erschlichen haben. Unser Minotaurus ist nicht unintelligent. Er bereitet seine Morde sorgfältig vor. Sie hat vielleicht nicht einmal gelogen, dass sie in letzter Zeit keinen jungen

Mann kennengelernt hat. Sie kennt ihn vielleicht schon seit einem Jahr, und er hält sie aus. Sie vertraut ihm und wird auch nach unserem Besuch nicht glauben, dass er ein Mörder ist."

„Soll ich sie beschatten lassen?"

„Darum wollte ich dich gerade bitten. Es wird zwar nicht viel bringen, aber ich fühle mich dann besser. Sie verkehren über das iPhone miteinander."

„Ich rede mit den Beamten hier. Auf dem Weg zum Polizeirevier kann ich dir noch einige Sehenswürdigkeiten von Avignon präsentieren."

Voller Enthusiasmus zeigte sie ihm die Kathedrale Notre Dame de Domes, das Musée du Petit Palais mit seinen Renaissancebildern und natürlich auch das Museum Angladon. Am meisten gefielen Huntinger die schönen Bürgerhäuser um die Place St. Didier.

Nach einem Besuch der Polizeistation, wo man die Halbeisen mit großem Respekt empfing und ihr bedingungslose Unterstützung zusagte, führte sie ihn zum *Hotel d'Europe*. Selbstverständlich bekamen sie noch einen Platz in dem getäfelten Restaurant, in dem silberne mehrstrahlige Leuchter auf den Tischen standen.

„Man scheint dich hier zu schätzen."

„Früher war ich oft hier", erwiderte sie kurz.

Huntinger konnte sich denken mit wem. Es störte ihn nicht. Er war sich über seine Gefühle zu ihr im Unklaren. Ihn rührte ihre Unbedingtheit und die Art, wie sie ihn manchmal ansah. Wie konnte er ihr klarmachen, dass sie keine Zukunft hatten? Er wollte sie nicht verletzen. Er mochte sie zu sehr.

„So in Gedanken?", fragte sie.

„Ja. Dieser Gruber geht mir nicht aus dem Kopf. Sollte ich mich so geirrt haben", erwiderte er schnell.

„Seltsam ist es schon, dass er ausgerechnet jetzt in Avignon auftaucht."

Der Ober kam, um ihre Bestellung entgegenzunehmen. Auch er kannte Françoise und begrüßte sie mit großer Herzlichkeit. Auf seine Empfehlung hin nahmen sie einen Fisch in Salzkruste. Als Vorspeise wählten sie eine Leberpastete mit Pflaumen. Der Wein konnte natürlich nur ein *Chateauneuf du Pape* sein.

Halbeisens Handy klingelte und sie griff errötend zur Handtasche.

„Wie ungehörig von mir, das Handy nicht abzustellen." Sie stand schnell auf und ging hinaus. Nach einer Weile kam sie strahlend wieder. „Bingo!", sagte sie. „Die Grubers haben in der teuersten Ecke Frankreichs eine Villa. Die müssen Geld wie Heu haben."

„Ja. Ihre Landmaschinenfabrik war bereits vor dem Krieg sehr erfolgreich. Altes Geld, wie man bei uns in Deutschland sagt."

„Heute würden sie sich eine Villa dort kaum leisten können. Wie man mir sagte, haben sie das Anwesen seit den fünfziger Jahren, als die Immobilien hier noch einigermaßen erschwinglich waren."

Das Essen war so köstlich, wie er es erwartet hatte. Als Digestif trank Huntinger noch einen alten Calvados. Françoise begnügte sich mit einem Espresso.

„Es ist spät geworden. Wir könnten hier auch übernachten", sagte sie mit zaghaftem Lächeln.

„Nein. Ich muss zurück."

„Bitte."

„Es geht nicht. Esther ist krank."

„Na gut. Du bist noch nicht soweit. Aber eines Tages …"

„Woher nimmst du die Gewissheit?", fragte er kopfschüttelnd.

„Ich weiß, dass du ähnlich fühlst. Ich spüre es. Du hast bloß zu viel Skrupel."

„Du bist die größte Versuchung, der ich je begegnet bin. Vielleicht klappt es mit uns in einem anderen Leben", versuchte er einen Scherz. Aber sie lächelte nicht.

„Ich glaube, du hast auch Angst vor dem, was auf dich zukommt, wenn du mit mir … Männer sind so schwach."

„Mag sein. Doch nun lass uns gehen."

Er winkte nach dem Ober und zahlte, ohne sich eine Quittung geben zu lassen. Die Abrechnungsstelle hätte ohnehin nicht geglaubt, dass man so viel für ein Essen ausgeben kann.

Sie gingen hinaus und durch den Vorgarten, in dem der Wind die Bäume rauschen ließ.

„Ich wäre so gern noch geblieben", sagte sie seufzend. „Die Zimmer sind klein, aber mit den Baldachinbetten wunderschön altmodisch."

„Kann ich mir denken", brummte er unwirsch. „Wirst du fahren können?", setzte er besorgt hinzu.

„Aber ja. Ich habe nur zwei Gläser Wein getrunken."

Auf der Rückfahrt sprachen sie lange Zeit kein Wort. Schließlich fragte Françoise fast schüchtern: „Sehen wir uns morgen, Monsieur le commissaire?"

„Vielleicht übermorgen?", fragte er. „Ich würde mir gern diese Villa der Grubers ansehen."

„Warum nicht morgen?", wollte sie unzufrieden wissen.

„Weil ich erst einmal sehen will, wie es Esther geht. Ich kann sie morgen nicht schon wieder allein lassen."

„Ich denke, du bist hier, um einen Mörder zu fassen", sagte sie spitz.

„Ja. Deswegen werde ich auch länger hierbleiben."

„Na, wenigstens etwas!", seufzte sie.

Er schwieg dazu, und sie telefonierte mit der Polizeistation in Avignon. „Es steht von nun an Tag und Nacht ein Auto mit zwei Beamten vor Frau Marmounias Tür."

Weit nach Mitternacht kamen sie in Cannes an. Das Hotel war hell erleuchtet und funkelte wie ein Christbaum. Auch auf der Terrasse brannten noch Lichter. Es schien dort immer noch hoch herzugehen. Françoise hielt seine Hand fest, als Huntinger nach einem kurzen Kuss auf die Wange aussteigen wollte.

„Von fernen Sternen sind wir einander zugefallen. Verpass das Rendezvous mit deinem Glück nicht!", sagte sie mit einem beschwörenden Blick.

„Eine Französin, die Nietzsche kennt", staunte Huntinger.

„Ich habe ein paar Semester Philosophie studiert."

„Du bist die erstaunlichste Frau, der ich je begegnet bin", erwiderte Huntinger und löste sich sanft von ihrer Hand.

„Hast du das Gefühl, dass du lebst?", fragte sie.

„Was soll das?", brummte er und stieg schnell aus.

Er schlug die Tür zu und ging die Treppe zum *Carlton* hoch. Auf der Terrasse sang man russische Lieder. Sie hat ja recht, dachte er. Ich mag sie nicht nur. Es ist mehr. Was sagen die Franzosen dazu? Richtig, eine Amour fou. Françoises Frage dröhnte in seinem Kopf. Verpasste er das Leben? Er gestand sich ein, dass sie ihn tief verunsichert hatte.

Esther schlief, als er das Schlafzimmer betrat.

9.

Der Minotaurus in seinem Wahn.

Am nächsten Tag in einem magentafarbenen Haus an der Côte d'Azur. Er, der sich als Minotaurus fühlte, streckte glücklich die Arme hoch. Endlich war er wieder zu Hause. Jawohl, dies war seine Heimat. Hier, wo die Griechen eine Heimstatt gefunden hatten, wo der Meister sich der Vergangenheit erinnerte und die Wahrheit des Minotaurus' auf seine Bilder gebannt hatte, hier war er dem Geist nahe, der ihn zu dem gemacht hatte, der er nun war. Ein Minotaurus, Mensch und Tier und … Gott.

Er wirbelte tanzend durch die Räume, nackt wie ein griechischer Gott. Das obere Stockwerk war sein Reich. Es war fast ohne Möbel, nur ein Schrank, ein Bett, eine *Bang & Olufsen*-Anlage. Sämtliche Kunstbücher über Picasso, die in Europa zu bekommen waren, standen aneinandergereiht an der Wand. Weiße Gazeschleier teilten die riesigen Räume. Er umtanzte den Totenschädel einer Ziege, tanzte in den nächsten Saal, der von Stellwänden mit riesigen, ja, meterhohen Fotos vollgestellt war. Fotos von den Bildern, die er besaß und noch besitzen würde. Er hielt im Tanzen inne. Von der *Bang & Olufsen*-Anlage dröhnte die Fuge von Bach, in Kaskaden stieg die Musik hoch, fiel dann zusammen und stieg wieder. Nackt betrachtete er die Bilder. Ja, so wie der Minotaurus war er über die Weiber hergefallen, und sie hatten geschrien. Er erinnerte sich gern daran, und bald würde wieder eine schreien. Das Feld war vorbereitet.

Er nahm den Tanz wieder auf, verbeugte sich vor der Nietzschebüste auf dem Kaminsims, unter dem ein Feuer brannte, obwohl die Jahreszeit dies nicht mehr verlangte. Wieder hielt er inne, starrte das Bild darüber an, das den Meister mit nacktem Oberkörper zeigte, sich das Gesicht des Minotaurus' aus Korbgeflecht vor den Kopf haltend. Ein Foto, das er liebte und sich hatte vergrößern lassen, sodass es die ganze Stirnwand bedeckte. Er kannte und liebte jede Einzelheit des Bildes, besonders die Eule aus Ton, die auf dem Heizungskörper stand. Ein heiliger Vogel, nicht umsonst hatten ihn sich die Athener zum Wappentier genommen.

„Du allein kennst die Wahrheit. Du weißt, wer er war und wer ich bin", sagte er zu dem Vogel. „Schau nur, ich bin zurückgekehrt. Ich, der Minotaurus."

Neben der Eule, entrückt von dem Meister, ein Gesicht, stumm und leer, verwundert in die Welt starrend. Er nahm das Glas Rotwein vom Kaminsims, prostete dem Meister zu und trank.

Ich werde es wieder tun, sagte er sich. Schon heute. Oh ja, sie war eine treue Dienerin und hatte ihm gemailt, dass die Verfolger die halbe Wahrheit kannten und auf der Spur des Minotaurus' waren. Aber sie kannten nur die Hälfte, wussten nicht, wer sich hinter dem Stierkopf verbarg.

Er teilte die Gazeschleier und tanzte weiter zu der Truhe neben der Staffelei mit dem Bild des Minotaurus'. Der Stiermensch mit einem Dolch. Er hatte die Originale aus Deutschland mitgebracht. Musste seine Ikonen bei sich haben. Er öffnete die Truhe und nahm die Waffe heraus, die schon drei Frauen getötet hatte. Mit zitternden Händen strich er über die Spitze. Er sah zu dem Bild hoch. Was wussten diese Kretins schon, die sich in den Ausstellungen des Göttlichen drängten? Achtlos und ohne Andacht flogen ihre Augen über die Bilder, ahnten nicht, was diese wirklich zeigten. Blinde waren sie, des Lebens unwürdig. Zorn schüttelte ihn. Die Orgelmusik fuhr wieder hoch. Er sah sich nun in einer Arena, und man schickte ihm die Menschen, und er jagte auf sie zu und seine Hörner fuhren in ihr Fleisch.

Er hörte einen Ruf. Ariadne. Sie war zu ihm gekommen. Er legte die Waffe zurück und lief durch das Labyrinth aus weißen Schleiern, durch sein Reich, von ihm selbst geschaffen, lief die Treppe hinunter in den ersten Stock und da stand sie, nackt wie er und schön wie eine Göttin. Ihr weißes Fleisch leuchtete ihm entgegen.

„Na, spielst du wieder den Minotaurus?", fragte sie mit ironischem Lächeln.

Einer anderen hätte er nun die Waffe ins Gedärm gestoßen, aber sie war Ariadne, das Weib, das ihm der Meister gegeben hatte. „Ich spiele ihn nicht nur. Ich bin es."

„Du bist verrückt", sagte sie lachend. „Komplett verrückt. Komm, lass uns in den Pool springen."

„Er ruft mich."

„Wer? Was hast du dir nun wieder ausgedacht? Willst du wieder ferkelige Spielchen mit mir machen?"

„Du wirst dich mir hingeben, und dann werde ich in die Welt gehen und mein Feld bestellen, die Leiber pflügen und mich mit einem Bild des Meisters belohnen."

„Du bist total durchgeknallt. Nun komm!"

Sie nahm seine Hand, und sie gingen hinaus in die Sonne, in den kleinen Park, in dessen Mitte ein blauer Pool wie ein Amethyst leuchtete.

Sie sprang ins Wasser und er sah ihr mit geneigtem Kopf, friedlich lächelnd zu. Er genoss es, wie ihr weißer Leib das Wasser teilte.

„Komm doch herein", forderte sie ihn auf.

Er zögerte. Das Reich des Poseidon war ihm suspekt. Ariadne lockte weiter, war Sirene, Nymphe und Circe. Nein, die Anspannung wurde nun zu groß. Er brauchte Entspannung. Er lief ins Haus zurück, zur Stereoanlage und legte eine neue CD auf. Die Lautsprecher im Garten knackten. Er rannte jauchzend zurück. Um den Pool brandete nun die Ouvertüre aus *Tristan und Isolde* auf, schwellte an und ab und weckte seine Lust. Nun sprang er ins Wasser, umarmte Ariadne, drang machtvoll von hinten in sie ein, und sie keuchte: „Ja. Mach es! Stärker. Schneller. Schneller."

Oh ja, er war der Minotaurus, die Inkarnation des Meisters, und sie Ariadne, das Weib. Sie war von seinem Fleisch. Sie brauchte er nicht zu töten. Wie lustvoll sie doch schrie.

„Ja. Tu es. Fick mich, du Schwein."

Er tat, was sie wollte. Sie gehört mir, dachte er. Mir allein. Er würde sie töten müssen, sollte es je anders sein.

Plötzlich schrie sie: „Nun hör auf. Hör auf, du Tier. Ich bin fertig! Schluss! Ich habe genug."

Sie befreite sich von ihm. Ihr ließ er es durchgehen. Sie schwamm an den Rand des Beckens.

„Ich kann immer noch", protestierte er.

„Ich weiß", erwiderte sie seufzend. „Ich kann dir nachher noch einen blasen."

„Nachher muss ich zur Arbeit."

„Arbeit? Was meinst du damit?"

„Ach. Das geht dich nichts an."

„Komm. Lass uns die Gäste vom Hotel gegenüber antörnen!", rief sie lachend und nahm ihn bei der Hand.

Das war eines der Spielchen von ihnen. Sie liefen zum Strand hinunter, zu den Felsen, die der Hotelterrasse gegenüberlagen, wo sich die Gäste in ihren Liegestühlen sonnten, mit Blick auf das magentafarbene Haus. Nackt liefen sie zur äußersten Spitze des Grundstücks, das wie ein Schiffsbug in die Bucht ragte. Sie legten sich auf die vom Personal bereitgestellte weiße Liege, und sie spielte an seinem Glied. Die Terrasse des Hotels drüben bevölkerte sich. Jeder Gast in diesem Hotel war reich und doch konnte keiner ein solches Grundstück besitzen, nicht wegen des fehlenden Geldes, sondern weil solche Grundstücke nicht mehr zu haben waren. Und dort lagen zwei junge Menschen, die es miteinander trieben. Sie neideten es den beiden, lebten diese doch in einem paradiesischen Garten und hatten keine Scham sich zu entblößen, als wären sie Adam und Eva.

Ariadne tat ihre Pflicht, kniete vor ihm nieder und nahm die heilige Handlung vor, bediente ihn mit dem Mund. Auf der Hotelterrasse, die nachts sicher Ähnliches erlebte, wo in den Zimmern schamloseres getrieben wurde, wo einst die Dietrich den jungen Kennedy verführt hatte, schrie man empört. Als er, der Minotaurus, seine Geilheit herausgespritzt und die Fontänen ihr Gesicht besudelt hatten, nahm sie lachend seine Hand. Sie winkten beide den Gästen auf der anderen Seite zu und liefen Hand in Hand ins Haus zurück.

„Die haben wir angetörnt!", kreischte sie glücklich.

„Ich muss meine Arbeit tun", sagte er, und sie winkte spöttisch ab. Er lief nach oben und zog sich an.

In schwarzem Hemd und schwarzer Hose, den weißen Pullover lässig über die Schultern geworfen, erschien er wieder unten im Salon, und ihre Augen glühten auf.

„Du siehst aus wie ein griechischer Gott", hauchte sie bewundernd.

Er hatte sein Haar kunstvoll geföhnt, sodass es wie eine Löwenmähne sein Gesicht umrahmte. Er nahm dies als Bestätigung. Er hörte sie gern so reden.

„Ariadne", flüsterte er und strich ihr über die Wange. „Solltest du mir je untreu werden, so werde ich dir der Minotaurus sein."

„Spinner!", sagte sie und schlug die Hand weg.

Er lachte und lief hinaus. Sprang in den Jeep und jagte aus dem Hof, hinunter auf die Uferstraße in Richtung Cannes. Dort bog er auf die Autobahn. Er kümmerte sich nicht um Verkehrsbeschränkungen. Nach zwei Stunden war er in Avignon und fuhr in die Rue de la Tour. Er sah den Wagen gegenüber dem Haus der Maria Marmounia. Was für Stümper. Sie ahnten etwas, aber wussten nichts. Hier in Frankreich war er unangreifbar. Zu Hause in Deutschland war das anders. Wütend dachte er an das, was ihm das Leben verdorben hatte, bevor er sich selbst erkannte. Er fuhr weiter, aus der Stadt hinaus, und hielt dicht an der Mauer gegenüber der Pont St. Bénézet. Aus dem Dunkel schälte sich ein Schatten.

„Bist du bereit?", rief er und sprang aus dem Jeep.

„Natürlich, mein Geliebter."

„Vor dem Haus steht die Polizei. Konntest du unbemerkt hinaus?"

„Ach, die dösen vor sich hin. Ich bin durch den Hinterausgang."

„Du weißt, was du zu tun hast?"

„Aber ja, wir sind es tausendmal durchgegangen. Mir gefällt es trotzdem nicht."

Er biss sich auf die Lippen. Er musste das Bild haben. Das Bild und sie. Sie kannte nicht die ganze Wahrheit. Sie akzeptierte seine Leidenschaft. Sie sah in ihm einen Künstler und die waren manchmal etwas seltsam. Sie war ihm verfallen, sah in ihm die Fahrkarte in ein anderes Leben.

„Was gefällt dir nicht?", fragte er unwillig.

„Ich werde mich ihm hingeben müssen."

„Es muss sein. Es hat nichts zu bedeuten. Nada."

„Wir werden nach Marrakesch gehen? Du, ich und die Kinder?"

„Natürlich. Nächste Woche fliegen wir nach Marrakesch. Wir werden in einem Riad leben, in dessen Innenhof, von Arkaden umsäumt, die Fontänen aus den Becken hochspringen. Die Kinder werden wie Prinzen aufwachsen. Doch ich brauche dazu das Bild. Das Geld, das ich dafür bekomme, macht uns frei. Es ist die Fahrkarte in ein anderes Leben."

Das ist deiner nicht würdig, dachte er. Der Minotaurus sollte nicht lügen müssen. Er hatte keinen Riad, keinen Palast in Marrakesch. Aber sie hatte ihm von der Stadt vorgeschwärmt und so hatte er ihr vorgegaukelt, dass sie dorthin fliehen würden. Niemand würde sie dort vermuten, hatte er ihr versprochen.

„Na gut", sagte sie stöhnend. „Es geht wohl nicht anders."

„Nein. Das ist der Weg zu uns beiden."

„Ich werde nichts dabei empfinden."

„Ich weiß. Komm schnell zurück zu mir. Komm zur Porte du Rocher. Gleich daneben, vor der Mauer unter den Platanen, warte ich im Wagen auf dich."

„Ich werde kommen. Aber es kann dauern."

„Du kommst, so schnell es geht!", knurrte er drohend.

Was maßte sich dieses Weib an? Er spürte den Zorn in sich und versuchte ihn zu beherrschen. Es war gut, dass er zornig war. Er würde ein Tier sein. Aber noch musste er sich bezähmen.

„Du liebst mich doch?", fragte sie ängstlich.

„Natürlich. Nun geh schon. Und kommt mit dem Bild zurück. Geh!"

Sie umarmte ihn, und er klopfte ihr beruhigend den Rücken. Nur zögernd ließ sie von ihm ab und verschwand im Dunkel. Gefühlsduselei, dachte er angeekelt und zündete sich eine *Gitanes* an. Bald würde er das Bild haben und dann … Er sah hinüber zu dem Schatten der Pont St. Bénézet. Ihm fiel nichts dazu ein, schon gar nicht das Kinderlied. *Sur le pont …*

Gierig zog er den Rauch ein. Nachher würde er sich noch eine Spritze geben. Er hatte das Besteck in der Seitentasche des Fahrersitzes. Er freute sich darauf den Kick zu spüren.

Es war eine klare Nacht und nun empfindlich kühl. Er griff in den Wagen, holte einen Pullover heraus und zog ihn über. Zwei Schatten kamen durch das Stadttor heran. Polizei. War irgendetwas schiefgelaufen? Hatte Maria ihn verraten?

„Was machen Sie hier?", fragte der größere der Polizisten. Sein Gesicht lag im Halbdunkel. Nur die silbernen Schnüre an seiner Schulter schimmerten im Mondlicht.

„Ihre Papiere", sagte der andere. Seine Hand lag auf der Pistolentasche.

Er atmete tief ein. Ganz ruhig. Ich bin der Minotaurus, sagte er sich. Sie können mir gar nichts. Scheinbar gelassen reichte er ihnen den Ausweis.

„Ich warte auf mein Mädchen. Ihr Chef lässt sie wohl nicht so schnell fort."

„Wo arbeitet denn Ihre Freundin?"

„Im *Hotel L'Europe*."

„Ach so. Ein gutes Haus", stimmte der Polizist zu.

Eine Taschenlampe blinkte auf. Der kleinere der beiden betrachtete aufmerksam den Ausweis. „Sie sind Deutscher?"

„Ja. Im Urlaub", sagte er kurz.

„Wo übernachten Sie?"

„Im Hotel, in Nizza, im *Negresco*." Ihm war nichts Besseres eingefallen. Die Polizisten waren beeindruckt. Immerhin war es eines der besten Hotels an der Côte d'Azur.

„Ihr Wagen?", fragte der Größere und wies auf den riesigen Jeep.

„Ja. Ein Jeep *Cherokee*."

„Tolles Auto. Na, dann gute Nacht. Hoffentlich müssen Sie nicht mehr so lange auf Ihr Mädchen warten", sagte der Größere. Sie gingen weiter.

Was für Idioten, dachte der Minotaurus. Sie sind mir alle unterlegen.

Nach dem Schrecken brauchte er es. Er ging zum Wagen, setzte sich hinein und holte die Spritze aus der kleinen Ledertasche, band sich den Arm ab und stach die Nadel ins Fleisch. Ah, es würde gleich wirken. Er lehnte sich zurück und genoss den Augenblick. Er spürte den Schlag hinter seinen Augen. Nun war es gut. So gut. Er fühlte sich leicht und stark und sah sich als Minotaurus in einem Atrium liegen. Mädchen in durchsichtigen weißen Kleidern umtanzten ihn. Sein Stierkopf trug einen Lorbeerkranz. Ein Traumgesicht. Es löste sich auf. Es war vorbei. Er würde dies später weiterträumen. Er packte die Spritze wieder in die Ledertasche und verstaute sie sorgfältig hinter dem Vordersitz. Ja, nun war er bereit. Aber noch musste er Geduld haben. Er stellte sich vor, wie es sein würde, wenn alle Minotaurusbilder in seinem Besitz waren.

Er erwachte, weil er fror. Missmutig sah er auf die Uhr. Bereits drei Stunden waren vergangen. Das Miststück musste es hinter sich gebracht haben. Während er auf den Schatten der Brücke sah, mit dem kitschigen Mond darüber, fiel ihm ein Gedicht von Cocteau ein, auch er ein Begnadeter, ein Erleuchteter und Freund des Meisters.

Meine Nacht ist nicht eure Nacht.
Wenn es um mich Nacht wird,
ist es für euch heller Tag ...

Er griff nach hinten und holte die Waffe heraus, die schon den anderen Weibern seine Macht gezeigt hatte. Es war Zeit. Er startete den Wagen und fuhr zur Porte du Rocher. Nein, sie war noch nicht da. Er stellte den Motor aus. Er musste warten. Er hasste warten. Es ging wider sein Naturell. Wann kam die Schickse endlich? Hatte es nicht geklappt? Oh doch. Er hatte es sich fein ausgedacht und sie war gut dressiert. Sie würde tun, was er ihr befohlen hatte. Nun hörte er Schritte. Aus dem Dunkel schälte sich ihre hohe Gestalt heraus. Sie kam zu ihm in den Wagen und überschüttete ihn mit Küssen.

„Hast du es?"

„Natürlich, Liebster." Sie zeigte ihm eine Papprolle. Er nahm sie und holte das Bild heraus.

„Mach mal Licht. Neben dir ist eine Taschenlampe."

Sie knipste sie an. Ja, das war das Bild, das er haben wollte. Wie machtvoll sich der Minotaurus über sein Opfer beugte.

„Ich muss dich ficken", krächzte er.

„Aber doch nicht hier?", erwiderte sie erschrocken.

„Nein. Wir fahren nach Villeneuve rüber."

Er startete den Wagen und lenkte ihn auf die Straße.

„Wie ist es gelaufen?"

„So, wie du es geplant hast. Ich bin zum Palais des Papes gegangen und habe Hugo, dem Aufseher, gesagt, dass ich etwas vergessen hätte. Er war ja schon die ganze Zeit scharf auf mich. Er hat mich sofort eingelassen. Dafür wollte Hugo, du weißt schon. Ich habe es für dich getan. Als er fertig war und auf die Toilette gegangen ist, habe ich die Alarmanlage ausgeschaltet und bin in den Saal, habe das Bild abgenommen, durch den Druck ersetzt und das Original hinten in den Rock gesteckt. Ich hatte gerade die Alarmanlage wieder angeschaltet, da kam er zurück, er wollte noch einmal, und ich musste ihm …"

„… den Schwanz lutschen, was?"

„Sei nicht so vulgär."

„Na, bis morgen haben wir Ruhe."

„Ja. Sie werden nicht sogleich merken, dass es ein Duplikat ist."

Er fuhr den Wagen in den Schatten der Festung St. André.

„So, hier sind wir ungestört."

„Im Wagen ist es so unbequem!", erwiderte sie unzufrieden.

Nun ziert sich das Zicklein auch noch, dachte er grimmig.

„Komm. Dort hinten an der Mauerwand wird es gehen. Ich brauche dich jetzt."

Sie seufzte und stieg mit ihm aus, ergriff vertrauensvoll seine Hand und folgte ihm. Sie hatte nicht bemerkt, dass er die Waffe aus dem Spalt zwischen den Sitzen herausgeholt und sich hinten in die Hose gesteckt hatte. Er zog ihr Kleid hoch. Sie trug einen Schlüpfer. Er zerrte ihn fluchend herunter.

„Nicht so grob!", flüsterte sie. „Du bekommst doch, was du willst."

Er knöpfte sich die Hose auf, holte sein Glied heraus und legte es in ihre Hand. „Tu es!"

Sie wusste, was er verlangte. Nun fühlte er sich stark genug. Er dehnte ihre Scheide und drang in sie ein. Das war gut. Oh, war das gut. Er sah rote Schleier. Er war mächtig. Er war der Minotaurus. Er biss ihr in den Hals. Sie gurrte. Oh, sie wurde geil. Er stieß immer kräftiger zu und sie bockte zurück. Das war noch besser als mit den anderen drei Weibern. Sie stöhnte immer lauter und stieß schließlich kleine unterdrückte Schreie aus. Sie biss sich in die eigene Hand. Mann, war das Weib geil. Nun würde er gleich kommen. Jetzt musste es passieren. Als er sich entlud, stieß er ihr die Waffe mit aller Gewalt in den Bauch.

„So. Nun hast du es!", keuchte er.

Sie sah ihn mit großen erschrockenen Augen an, und er stieß noch einmal zu.

„Warum tust du …?"

Sie brach ab und sackte an der Wand herunter. Er beugte sich über sie. Sie hatte einen verdammt schönen Tod gehabt. War mitten im Fick gestorben. Mehr konnte sie nicht verlangen.

Er wischte die Waffe an ihrem Kleid ab, steckte sie in den Hosenbund und knöpfte sich die Hose zu. Etwas steif ging er zu seinem Wagen zurück. Er sah hinüber nach Avignon. Die ganze Stadt sah von hier wie ein einziger funkelnder Palast aus. Er startete den Wagen, um über die Pont Eduard Daladier wieder nach Avignon zu fahren. Nun hörte er Sirenen. Blaulicht. Hatte die Polizei schon die Leiche entdeckt? Nein, das war unmöglich. Er gab Gas. Die Sirenen kamen näher. Er hatte die andere Seite der Rhône noch nicht erreicht, da überholte ihn die Polizei. Nun war es passiert. Sie würden sich gleich querstellen. Er überlegte fieberhaft, was er tun sollte. Aber nein, sie fuhren weiter. Sie waren nicht hinter ihm her. Er wischte sich den Schweiß von der Stirn, griff zur Rolle hinüber und lachte befreit. Wieder war ein Bild der Minotaurusserie in seinem Besitz.

Als er von der Uferstraße abbog, um die Richtung zur Autobahn einzuschlagen, sah er vor sich ein Blaulichtgewitter. Er fuhr langsamer. Kein Zweifel. Eine Straßensperre. Was war hier los? Es galt nicht ihm. Da war er sich ganz sicher. Aber er durfte nicht anhalten. Sie würden seinen Namen in einen Computer eingeben und wer weiß, wer dann später richtig kombinierte. Er gab Gas. Mit einem Triumphgeheul durchbrach er die Straßensperre. Sah im Rückspiegel Polizisten nach ihren Wagen rennen. Er griff zum Handschuhfach und holte die Pistole heraus. Die würde ihm gegen die Verfolger nicht groß helfen. Aber das kalte Eisen beruhigte. Er brauchte jetzt einen klaren Kopf. Er musste den Wagen loswerden, verschwinden lassen. Er fuhr ihn an das Rhôneufer, gab Gas und rollte sich aus dem Wagen. Der Jeep versank gurgelnd im Wasser. Der erste Blick galt der Rolle. Nein, sie war nicht beschädigt. Er sah zur Straße zurück. Die Polizeiautos jagten an ihm vorbei. Er grinste. Sie würden ihn nicht bekommen. Den Jeep würden sie vielleicht in ein paar Tagen, vielleicht erst nach Wochen finden, vielleicht auch gar nicht. Er war zu klug für sie.

Mühsam stakste er den Abhang hoch und blickte noch einmal zurück. Nein, es war nichts mehr zu sehen. Sie hatten vier Autos in der Villa *La Californie*, wie er sie nach dem Haus Picassos getauft hatte. Gut, dass er keinen der Wagen genommen, sondern den Jeep in Cannes unter falschem Namen geleast hatte. Er würde dort angeben, dass ihm der Wagen gestohlen worden war. Aber nun brauchte er ein neues Auto. Er ging auf eine Tankstelle zu. Sie leuchtete vor ihm wie der Stern des Sirius'. Er beobachtete die Autos. Ein großer schwarzer Citroën fuhr an eine Zapfsäule. Er sah eine Frau aussteigen und grinste. Die würde es sein.

Als die Frau zum Zahlen in die Tankstelle ging, lief er schnell hinüber. Er drehte sich um, doch niemand beobachtete ihn. Alle waren viel zu sehr mit dem Tanken beschäftigt. Er kletterte hinten in den Wagen und rollte sich zusammen. Die Frau kam wieder, stieg ein und startete den Wagen. Er roch ihr Parfüm. *Chanel No. 5.* Fiel den Weibern kein anderes Parfüm mehr ein? Jedes Konzert stank danach. Wohin fuhr das Weibsstück? Verdammt, sie wollte nach Avignon zurück. In ein paar Minuten würde sie auf die Straßenabsperrung stoßen. Er erhob sich und drückte ihr die Pistole an die Stirn. Die Frau schrie auf.

„Mädchen, ganz ruhig! Ich tue dir nichts. Lenk den Wagen in der nächsten Kurve Richtung St. Raphaël. Ja, dort in die Straße hinein."

Sie folgte ihm aufs Wort. Braves Kind. Alle Weiber folgten ihm, von Ariadne abgesehen, aber die war ein Teil von ihm.

„Was wollen Sie von mir?", fragte sie mit flatternder Stimme.

„Nichts. Rein gar nichts, wenn du tust, was ich dir sage."

Er spürte, wie sie zitterte. Ja, sollte sie ruhig Angst haben. Er war der Minotaurus. Sie lenkte den Wagen auf die Fernstraße.

„So ist es gut, Schätzchen. Fahr ruhig weiter. Immer weiter."

„Wollen sie Geld? Ich gebe Ihnen alles."

„Nein. Ich will kein Geld", erwiderte er lachend.

Sie beobachtete ihn im Rückspiegel. Sie würde ihn beschreiben können. Warum ist sie auch so neugierig? Er musste sie töten. Warum gab es in Frankreich so wenige Rastplätze? Ungeduldig wartete er ab. Endlich, da war einer.

„Fahren Sie dort auf den Parkplatz."

„Was wollen Sie tun?"

„Nichts", sagte er und deklamierte Hemingway, wie er ihn aus einer Short Story noch im Kopf hatte: „... *es war alles* nada y pues nada y pues nada. Nada *unser, der Du bist im* nada, nada *sei Dein Name, Dein Reich* nada, *Dein Wille* nada, *wie im* nada *als auch auf* nada. *Unser täglich* nada *gib uns* nada, *und* nada *uns unsere* nada, *wie wir* nadan *unsern* nadan. Nada *uns nicht in* nada, *sondern erlöse uns von dem* nada; *pues* nada. *Heil dem Nichts, voll von Nichts. Nichts ist mit dir.*"

„Sie sind verrückt!", keuchte die Frau. Sie war nun überzeugt, einem Wahnsinnigen in die Hände gefallen zu sein.

„Tun Sie mir nichts", wimmerte sie. „Ich mache alles, was Sie wollen. Aber tun Sie mir nichts."

„Steig aus!", herrschte er sie an.

Sie öffnete die Wagentür. Er stieg hinter ihr aus. Gut. Es war niemand auf dem Parkplatz. Er sah sie nun im Scheinwerferlicht genauer an. Die Frau war ja schön.

„Komm, Mädchen, du sollst ein wenig Spaß haben."

Er deutete mit der Pistole hinter sich zum Fond des Wagens.

„Was wollen Sie tun?"

„Was wohl?" Er grinste wölfisch.

Er würde das tun, was des Minotaurus' ist. Oh ja, sein Spaß war noch nicht zu Ende, würde niemals ein Ende haben. Was er tat, hatte nichts zu bedeuten. Es war *nada*. Alles war *nada*.

10.

Eine überraschende Entdeckung.

Es klingelte. Der schrille Ton passte nicht zu seinem Traum. Huntinger brauchte eine Weile, ehe er sich aus ihm befreite. Das Klingeln hörte nicht auf. Schlaftrunken tastete er nach dem Telefon auf dem Nachttisch. Es war Françoise.

„Tut mir leid, dass ich dich wecken muss. Der Minotaurus hat sich die Marmounia geholt."

Er richtete sich auf. „Ist sie tot?"

„Ja. Er hat sie erstochen und wie einen Haufen Abfall in Villeneuve liegen gelassen."

„Ist ein Bild verschwunden?"

„Das prüfen wir noch. Von den Wachmannschaften kam jedenfalls kein Alarm."

„Wie spät ist es denn?" Er spähte nach Esthers Reisewecker.

„Gleich fünf. Mich haben sie bereits um zwei Uhr aus dem Bett geklingelt. Kannst du kommen?"

„Ich denke, ich werde um neun bei dir sein."

„Ich lasse alles so, wie es ist, damit du dir …"

„Ja. Gut."

Er legte auf und blickte sich nach Esther um. Sie war wach und sah ihn aufmerksam an.

„Tut mir leid, dass du geweckt wurdest", sagte er mit entschuldigender Geste.

„Was ist passiert?"

„Der Minotaurus hat wieder zugeschlagen."

„Mein Gott! Wieder eine Frau?"

„Die vierte nun. Die Morde kommen in immer kürzeren Abständen."

„Und du musst los?"

„Ja. Deswegen bin ich schließlich hier", erwiderte er und schlurfte ins Badezimmer. Er blieb sehr lange unter der Dusche. Dann rasierte er sich und begutachtete unzufrieden sein Gesicht. „Erholt siehst du wirklich nicht aus", brummte er sein Spiegelbild an. Er zog sich an, und Esther sah ihm dabei zu.

„Wie geht es dir heute?", fragte er.

„Besser. Wesentlich besser. Ich denke, ich werde nachher aufstehen."

„Übernimm dich nicht."

„Es geht mir wirklich besser."

„Schön", sagte er, beugte sich zu ihr und küsste ihren Kopf.

„Ich möchte heute etwas mit dir unternehmen. Wird das gehen?"

Er sah ihre Unsicherheit, die Frage in ihrem Blick. Sie sucht eine Antwort, sagte er sich. Nicht, ob es gehen würde, sondern ob er sie noch liebte, ob das Bestand hatte, was zwischen ihnen war. Sie hat etwas gemerkt, dachte er bestürzt. Verdammt, sie wusste oder ahnte es zumindest. Er musste eine Entscheidung treffen.

„Ich bin spätestens um drei zurück. Spätestens", versprach er eilig. Er wusste nicht, ob er dies einhalten konnte. Aber er hätte ihr jetzt alles Mögliche versprochen. Dann band er sich die Krawatte um und zog die Jacke über.

„Willst du nicht frühstücken?"

„Nein. Ich muss los. Außerdem ist es für ein Frühstück noch viel zu früh."

„Komm bald wieder."

„Natürlich", erwiderte er und strich ihr über das Haar. „Ich freue mich, dass es dir besser geht."

„Bayerinnen verkraften schon etwas."

Er tippte sich mit zwei Fingern an die Schläfe, ging hinaus und fuhr hinunter in die Halle, die zu der Zeit noch leer war. Der Angestellte an der Rezeption schrak hoch und sah ihn erstaunt an. Huntinger nickte ihm zu und ging zum Doorman, der ihm mit verschlafenem Gesicht unwillig entgegensah.

„My car", brummte Huntinger.

Man brachte ihm den Wagen, einen kleinen Peugeot, den Esther für ihn geleast hatte.

Auf der Fahrt nach Avignon hatte er diesmal keinen Blick für die Schönheit des in der Morgensonne rot aufflammenden Estérelgebirges. Die ganze Zeit überlegte er, wie es weitergehen sollte. Nicht in dem Fall, sondern zwischen ihm und Esther und Françoise. Er wollte niemanden verletzen. Nicht Françoise und schon gar nicht Esther. Auch wenn es in letzter Zeit nicht so gut zwischen ihnen lief, liebte er sie. Eine verlässliche, ruhige Liebe. Françoise war ein genauso wertvoller Mensch. Aber er gestand sich ein, dass ihn ihre Hartnäckigkeit sowohl beeindruckte, als ihm auch Angst machte. Wie konnte sie sich so schnell und so bedingungslos in ihn verlieben? Eine Amour fou, die keine Zukunft hatte. Er durfte nur nicht zulassen, dass sie daraus verbittert hervorging.

Als er am Tatort ankam, war dieser wie erwartet abgesperrt. Ein Krankenwagen und drei Polizeiautos mit Blaulicht standen an der Mauer vor der Festung St. André. Steif von der Fahrt in dem für ihn viel zu kleinen Auto stapfte er zur Mauer, wo Françoise mit einigen Gendarmen stand. Sie hob den Kopf, lächelte erfreut und kam ihm entgegen, gab ihm einen Kuss auf die Wange.

„Ein schrecklicher Anblick, Charles!"

Sie führte ihn zur Leiche. Die Marmounia hatte die gleiche furchtbare Wunde wie die Frauen in Berlin und Dachau.

„Sie hat uns nicht vertraut!", sagte sie traurig.

Er hockte sich neben der Leiche nieder.

„Todeszeitpunkt?"

„So um elf Uhr, plus minus eine halbe Stunde, meint der Arzt."

„Zeugen?"

„Nein. Aber sie ist nicht die einzige Tote. Vorhin wurde ein weiteres Opfer gemeldet."

Erstaunt sah Huntinger hoch. Sie erzählte ihm von der Polizeisperre, der missglückten Verfolgungsjagd und dass man auf einem Parkplatz vor St. Tropez eine weitere Leiche gefunden habe.

„Die Polizeisperre galt nicht ihm, sondern einem Amokläufer, der sich in der Innenstadt den Weg freigeschossen hatte. Ob die Tote ein Opfer des Minotaurus' ist, können wir noch nicht sagen. Die Frau dort ist erschossen worden."

„Ein Sexualmord?"

„Die Frau wird noch obduziert."

„Aber mit ihr hier hat er vorher Sex gehabt?" Er deutete auf die Leiche und dachte dabei an die Kinder, die nun ohne Mutter aufwachsen würden. „Dieser Scheißkerl!", fluchte er verbittert. „Wir kriegen dich!"

„Ja. Er hat mit ihr Sex gehabt. Auch ohne Obduktion ist dies ziemlich deutlich. Es muss hoch hergegangen sein. Ihre Schamlippen sind stark gerötet."

Huntinger erhob sich, klopfte sich die Hose ab und zündete sich seine Pfeife an. „Er hat also einen weiteren Picasso?", fragte er mit zusammengekniffenen Augen.

„Ja. Wurde vorhin durchgegeben. Man hat erst gar nicht bemerkt, dass ein wertloser Druck des gleichen Motivs im Bilderrahmen hing. Die Marmounia hat ihm also geholfen. Wir werden noch herausbekommen wie."

„Schnee von gestern", brummte Huntinger und stocherte im Pfeifenkopf. Seine Augen waren zu einem Schlitz zusammengekniffen, und Françoise lächelte.

„Du bist schon weiter, nicht wahr? Du fragst dich, wo noch Bilder vom Minotaurus hängen."

„Und? Weißt du es?"

„Habe ich bereits gestern recherchieren lassen. Die Bilder der Minotaurusserie sind weltweit verstreut: Im Picassomuseum in Paris sowie in Madrid, Barcelona und New York. Ach ja, da gibt es noch einen bedeutenden Sammler in Dresden. Da der Minotaurus allerdings in Frankreich ist, könnte sein nächster Tatort Paris sein."

„Also Paris", brummte Huntinger und kraulte sich den Nacken. „Ich muss erst einmal zurück nach Berlin. Wenn du es einrichten kannst, geh nach Paris. Wenn es dort am Museum Frauen gibt, die seinem Beuteschema entsprechen, komme ich sofort nach. Ich überprüfe den Sammler in Dresden."

„Du kommst bestimmt nach Paris?", insistierte sie.

„Sicher. Vorausgesetzt, es gibt dort Minotaurusbilder."

„Habe ich gecheckt. Dann treffen wir uns in Paris", freute sie sich.

„Es ist wie bei einer Schnitzeljagd. Antibes – Dachau – Berlin – Avignon und nun Paris und Dresden. Übersee können wir uns abschminken. Daran glaube ich nicht."

„Wie hat sie nur das Bild entwenden können?", fragte Françoise.

„Wie wohl? Sie war eine schöne Frau."

Er sah auf die Leiche hinunter, die man nun mit einer Decke zugedeckt hatte.

„Sie könnte jemanden von der Wachmannschaft bezirzt haben", stimmte sie zu. „Wir werden das noch ermitteln. Gehen wir einen Kaffee trinken."

„Gut. Aber dann muss ich zurück nach Cannes."

„Warum?", fragte sie unwillig.

„Esther geht es besser. Ich habe ihr versprochen, spätestens am Nachmittag zurück zu sein."

„Sie hat dich im Griff!", erwiderte sie bitter auflachend. „Ich bin bereit zu akzeptieren, dass es Esther gibt", setzte sie entschlossen hinzu und hakte sich bei ihm ein.

Er glaubte nicht richtig gehört zu haben. „Eine Ménage-à-trois?", fragte er verblüfft.

„Na und? Das kommt öfter vor, als du glaubst."

„Ich weiß nicht, ob ich das aushalten könnte. Ich bin mir sicher, dass Esther dabei nicht mitmachen würde. Nein, schlag dir das aus dem Kopf."

„Sie liebt dich nicht so, wie ich dich liebe", sagte sie bestimmt.

Er antwortete nicht darauf.

Dann saßen sie in der Morgensonne auf der Place d'Horloge. Tauben flogen über den Platz und pickten die Krümel rund um die Tische auf. Huntinger blinzelte in die Sonne und dachte laut: „Er weiß durch die Marmounia, dass wir hinter ihm her sind. Trotzdem hat er weitergemacht. Sein erster Fehler war, auf mich zu schießen. Sein zweiter, unbeeindruckt weiterzumachen. Der Minotaurus hält sich uns turmhoch überlegen. Sein Hochmut wird ihn zu Fall bringen. Er wird weitere Fehler machen. Jeder dieser beiden Familienclans aus Steinberg stellt einen Verdächtigen. Obwohl ich immer noch auf den Regieassistenten tippe, dürfen wir den Werbefritzen nicht aus den Augen verlieren."

„Und wenn er keine weiteren Fehler macht?", unterbrach Françoise seine Überlegungen und sah ihn mit einem sehnsuchtsvollen Blick an. Mein Gott, wie sehr sie dich liebt, dachte er. Wie soll ich ihr nur beibringen, dass ...? Aber wollte er das überhaupt? Worauf hoffte er? Auf die Einmischung der Götter, wie in griechischen Tragödien?

„Dann wird er weitermorden, bis er alle Minotaurusbilder in seinem Besitz hat", antwortete er mechanisch auf ihre Frage.

„Vielleicht sucht er sich danach andere Bilder, die mit seinem Machismo in Einklang stehen?"

„Auch das ist eine Möglichkeit. Aber wir werden ihn vorher stellen." Er winkte nach dem Kellner, um zu zahlen.

„Musst du wirklich los?", fragte sie und legte ihre Hand auf seine.

„Wir könnten nach Nizza fahren. Meine Wohnung liegt in der Altstadt, in der Nähe der Cours Saleya, dem Blumenmarkt. Nizza ist viel ursprünglicher und urbaner als Cannes. Trotzdem hat es sehr viel Charme. Nizza wird dir gefallen."

„Glaube ich dir gern. Aber ich muss zurück."

„Du bist ein sturer ... Boche."

„Auch darin hast du recht."

„Was hat sie, was ich nicht habe? Ist es, weil sie eine berühmte Schauspielerin ist?"

„Nein. Das ist vielleicht sogar das Problem, das wir miteinander haben."

„Ich wusste, dass ihr Probleme habt", sagte sie eifrig.

„Der Philosoph Karl Popper sagt: alles Leben ist Problemlösen."

„Ich hasse dich", sagte Françoise schmollend. Sie lehnte sich zurück und sah ihn feindselig an.

„Kann ich gut verstehen."

„Mit dir kann man sich nicht streiten."

„Das haben mir schon viele Frauen gesagt."

„Danke", erwiderte sie scharf.

Er stand auf. „Ich muss jetzt ..."

„Warte. Da fällt mir noch etwas ein", sagte sie schnell und zog ihn auf den Stuhl zurück. „Die Polizei hat gestern Abend einen Mann vor der Porte de la Ligne kontrolliert, der in einem Jeep wartete. Sie haben ihn als jungen Mann beschrieben. Leider können sie sich nicht mehr an den Namen erinnern. Aber dass es ein Deutscher war und neben einem Jeep auf sein Mädchen wartete, wissen sie ganz genau."

„Können sie ihn beschreiben? Lass ein Phantombild anfertigen."

„Werden wir. Aber ich glaube nicht, dass dabei viel herauskommen wird. Es war dunkel."

„Der Wagen, den man verfolgt hat, war das ein Jeep?"

„Auf jeden Fall ein großer Geländewagen."

„Er war es. Es war unser Minotaurus. Er macht Fehler."

„Die Polizisten sagen, dass der junge Mann vor der Porte La Ligne gut aussah und einen weißen Pullover trug. So ein Leonardo-di-Caprio-Typ."

„Das hilft uns nicht viel weiter. Sowohl der Pelzinger als auch der Gruber sind gut aussehende junge Männer. Versuch es trotzdem mit dem Phantombild."

Wieder stand er auf und erneut hielt sie ihn zurück.

„Warte! Wir wollten uns doch die Villa der Grubers ansehen."

„Richtig. Morgen Vormittag?"

„Gut. Ich hole dich ab. Du fliegst am Nachmittag?"

„Ja. Am Nachmittag", sagte er mit belegter Stimme. Er beugte sich zu ihr und gab ihr einen Kuss aufs Haar, doch sie umfasste seinen Hals, zog ihn zu sich und küsste ihn leidenschaftlich.

„Ich liebe dich, deutscher Kommissar."

Er nickte unglücklich. „Also, bis dann."

„Auf jeden Fall in Paris?", fragte sie.

„Höchstwahrscheinlich. Aber dort ist die Pariser Polizei zuständig."

„Ich lasse mir den Fall nicht mehr aus der Hand nehmen. Schließlich liegt der Ausgangspunkt der Morde in Antibes. Ich bekomme das schon hin."

Huntinger nickte ihr noch einmal zu und ging über die Place d'Horloge zu dem unterirdischen Parkhaus vor dem Papstpalast. Lange Zeit spürte er Françoises Blicke in seinem Rücken.

Als er Stunden später im *Carlton* die Suite betrat, erhob sich Esther aus dem Sessel vor dem offenen Fenster.

„Die Aussicht ist hier wirklich unbezahlbar. Schön, dass du Wort gehalten hast und dich von deiner Kommissarin losreißen konntest."

„Der Minotaurus wird weitermorden", sagte er düster.

„Und nun?"

„Ich muss schnellstens nach Berlin zurück. In Dresden ist ein Sammler, der einige Picassobilder aus der Minotaurusserie haben soll. Wenn dort auch eine Frau im Spiel ist, könnte er da zuschlagen. Andernfalls ist Paris wahrscheinlicher. Ich will sehen, dass ich morgen Nachmittag einen Flieger bekomme."

„Oh nein! Erst besuchen wir noch Arles. Ich möchte unbedingt die van-Gogh-Stadt wiedersehen. Wenn ich Avignon schon nicht gesehen habe, so will ich mir wenigstens den berühmten Kreuzgang in Arles anschauen und natürlich die Alyscamps."

„Na gut. Krassel wird ohnehin sauer sein. Fliegen wir also erst übermorgen."

„Schön", strahlte sie. „Und jetzt machen wir eine Bootsfahrt."

„Bootsfahrt?", fragte er verblüfft. „Gestern hast du noch Fieber gehabt."

„Mir geht es besser. Die frische Seeluft wird mir guttun. Keine Bange, es ist kein schaukelnder Segler, sondern ein Motorboot. Ich habe es gemietet. Der Concierge war mir dabei behilflich."

„Das ist so ohne Weiteres möglich?", staunte Huntinger.

„Mit Geld ist in Cannes fast alles möglich, mein Guter! Nun komm. Ich habe uns ein Lunchpaket von der Küche machen lassen. Komm, keine Müdigkeit vortäuschen!" Sie deutete auf eine Tasche mit der Aufschrift *Carlton* und griff nach seiner Hand.

Das Boot entpuppte sich als eine luxuriöse Motoryacht. Roberto, der Eigentümer, Kapitän und Steuermann in einer Person, erklärte ihnen wortreich in gebrochenem Englisch, wie viele hundert Pferdestärken das Schiff habe und wie viele Knoten es fahren könne. Zudem versicherte er, dass es absolut sturmfest sei.

„Das wollen wir erst gar nicht ausprobieren", knurrte Huntinger.

Sie setzten sich ans Heck auf die lange ledergepolsterte Sitzbank. Esther hatte sich ein Kopftuch umgebunden, und ihre Augen strahlten. Um den Hals trug sie ein Fernglas.

„Wo hast du das denn her?", staunte Huntinger.

„Habe ich mir ausgeliehen. Jean, der Concierge, hat es mir besorgt. Er ist sehr nett."

„Kann ich mir denken. Zu einer berühmten Schauspielerin sind sie sicher alle sehr nett", knurrte Huntinger.

„Ach, hör auf!", mahnte sie. „Ich finde das Personal sehr hilfsbereit."

„Mir kamen sie alle ein wenig hochnäsig vor. Nehmen sich wichtiger als ihre Gäste."

„Das bildest du dir nur ein."

Das Schiff fuhr aus dem Hafen. Als sie im freien Wasser waren, ließ Roberto die Motoren aufheulen, und sie jagten durch die glitzernde See.

„Will der ein Wettrennen veranstalten? Wohin fahren wir überhaupt?", murrte Huntinger.

„An der Küste entlang bis nach Nizza. Dort können wir einen Kaffee trinken und dann fahren wir wieder zurück. Brumm jetzt nicht, sondern genieße lieber die Schönheit der Küste."

Die Möwen lärmten um das Boot herum. Roberto am Steuerrad schrie ihnen etwas zu, aber seine Worte gingen im Lärm der Motoren unter. Esther ging vorsichtig balancierend nach vorn. Immer wieder musste sie sich festhalten, da das Boot heftig schlingerte. Sie sprach mit dem Schiffsführer und kam wieder zurück.

„Ich habe ihm gesagt, dass er näher ans Land heranfahren soll, damit wir mehr von der Küstenlandschaft mitbekommen. Sie ist einzigartig in Europa."

Huntinger nickte und sah zu den Möwen hoch, die das Schiff kreischend umflatterten. Er dachte über den Fall nach. Ein weiterer Mord war geschehen, und sie wussten nicht viel mehr als vor der Reise. Gut, sie waren ihm auf der Spur. Aber es gab keinen einzigen handfesten Beweis, ob es einer der Pelzinger- oder Gruber-Söhne war. Es waren alles nur Spekulationen. Das Gekreisch der Möwen über ihm kam ihm wie Gelächter vor.

Das Boot glitt näher ans Ufer heran und sie sahen auf eine kleine Bucht mit einem schneeweißen Strand. Roberto schrie wieder etwas.

„Hinter der Bucht liegt Juan-les-Pins", übersetzte Esther. Huntinger dachte an den Pinienwald und zog scharf die Luft ein. Esther nahm das Fernglas an die Augen.

„Ach, wie hübsch. Da jagt sich ein Pärchen. So jung und unbeschwert müsste man sein." Sie gab ihm das Fernglas. „Schau einmal durch. Ein bemerkenswert hübsches Paar."

Huntinger nahm das Zeissglas und schraubte am Okular. Das erste verschwommene Bild wurde nun klar. Ein Mädchen lief winkend vor einem jungen Mann davon, schlug einen Haken und lief weiter. Der Mann verfolgte sie, holte sie schließlich ein und warf sie zu Boden. Huntinger stutzte. Das Paar war tatsächlich bemerkenswert.

„Kann Roberto noch näher ans Ufer fahren? Dann soll er stoppen", rief Huntinger Esther zu.

Sie ging wieder nach vorn, und Roberto nickte erstaunt und lenkte das Boot an den Strand heran. Das Pärchen hatte sich nun erhoben. Tatsächlich. Er hatte sich nicht getäuscht. Der junge Mann war Hermann Pelzinger. Auch das Mädchen war ihm keine Unbekannte.

„Sieh da, trotz des Familienstreits amüsiert sich der junge Pelzinger mit Sybille Gruber. Eine *Romeo und Julia*-Geschichte."

„So was soll vorkommen!", kommentierte Esther trocken.

Es gab keinen Zweifel. Sie waren ein Paar. Sie küssten sich. Dieser so fröhlich wirkende und scheinbar verliebte Mann sollte der Minotaurus sein? Dr. Jekyll and Mr. Hyde? Waren sie auf einer ganz falschen Fährte? Er beschloss der Sache auf den Grund zu gehen.

„Kann Roberto mich an den Strand schippern?"

„Klar doch. Er hat ein Schlauchboot im Schlepptau. Ich werde ihn fragen. Du hältst mich ganz schön auf Trab, mein Lieber."

Wieder hangelte sie sich zum Steuerrad hinüber und winkte Huntinger nach einer Weile zu. Es war eine nicht ganz ungefährliche Angelegenheit das Schlauchboot zu besteigen. Beinahe wäre Huntinger ins Wasser gefallen, doch Roberto bewahrte ihn lachend vor einem ungewollten Bad. Er schien Übung mit Landratten zu haben. Esther blieb auf dem Boot zurück. Auf seine Frage, ob sie mitkommen wolle, hatte sie energisch mit dem Kopf geschüttelt.

„Der Pelzinger braucht nicht zu wissen, dass wir ein Paar sind. Wir Filmleute sind ein verquatschtes Volk."

Roberto ließ den Motor an und steuerte die Bucht an. Das Pärchen dort sah ihnen misstrauisch entgegen. Roberto blieb im Schlauchboot. Fast trockenen Fußes betrat Huntinger den Strand.

„Sie kenne ich doch", sagte der junge Pelzinger stirnrunzelnd.

„Klar doch", stimmte das Mädchen bei. „Das ist der Bull... Hauptkommissar Huntinger aus Berlin. Wir haben ihn am Heimatabend kennengelernt, erinnerst du dich?"

„Sie haben ein gutes Gedächtnis", lobte Huntinger.

Das Mädchen strahlte. Sie sah in ihrem Bikini so frisch, unschuldig und lockend aus wie einst die junge Bardot. Sie hatte das blonde Haar zu einem lustigen Pferdeschwanz zusammengebunden.

„Was machen Sie an der Côte?", fragte Hermann.

„Ich untersuche hier zwei Morde, die so ähnlich sind wie die in Berlin und Dachau."

„Dann treibt der Mörder auch hier sein Unwesen?", fragte das Mädchen mit großen Augen.

„Sieht ganz danach aus."

„Wollen Sie etwas von uns?", fragte Hermann und zog mit seinem nackten Fuß Linien in den Sand.

„Ach, nichts Bestimmtes. Ich habe Sie nur durch das Fernglas entdeckt. Wir sind auf dem Weg nach Nizza. Eine schöne Bucht haben Sie sich hier ausgesucht. Seit wann sind Sie in Südfrankreich?"

„Seit drei Tagen. Bitte verraten Sie uns nicht. Niemand weiß, dass wir uns lieben. Wir brauchen Zeit", bat Hermann und legte dem Mädchen den Arm um die Taille.

„Wir warten nur den richtigen Moment ab, um es unseren Eltern zu sagen. Im nächsten Jahr ist Gemeindewahl. Wenn mein Vater gewinnt, ist er sicher zugänglicher, dass ich einen Pelzinger liebe", ergänzte das Mädchen.

„Wenn es jetzt herauskommt, kriegt sie eine Menge Schwierigkeiten", bekräftigte Hermann.

„Ich habe keinen Grund, Ihr kleines Geheimnis zu verraten. Wo wohnen Sie?", tat Huntinger harmlos.

„Ich wohne in Beaulieu. Wir haben zwar dort eine große Villa, aber ich wohne im *Metropole*. Das ist bequemer. Sybille wohnt am Cap d'Antibes."

„Ja. Wir haben dort ein schönes Anwesen, das wir viel zu selten nutzen. Meine Eltern fahren schon seit Jahren nicht mehr an die Côte d'Azur. Sie ziehen Sylt vor", ergänzte sie kichernd.

„Ach so? Sind Ihre Brüder auch da?"

„Ja. Sowohl Oliver als auch Torsten."

„Wissen die von Ihrem Verhältnis?"

„Nein. Natürlich nicht", erwiderte das Mädchen schnell.

„Und Sie machen hier Urlaub?", wandte sich Huntinger an den jungen Mann.

„Aber nein. Ich recherchiere für eine neue Filmserie. Ich suche entsprechende Locations."

„Er verbindet die Arbeit mit dem … na ja, Sie wissen schon", kicherte das Mädchen.

Huntinger fand sie ein wenig albern.

„Nicht, dass Sie mich falsch verstehen. Es ist eine ernsthafte Sache. Wir lieben uns wirklich", beteuerte Hermann.

„Sehr. Wir sind ein ernsthaftes Liebespaar", bekräftigte das Mädchen. „Wenn wir heiraten, hat die ewige Familienfehde ein Ende."

„Wo waren Sie gestern Abend, so um dreiundzwanzig Uhr?", wandte sich Huntinger wieder an den jungen Mann.

„Was soll die Frage?" Hermann Pelzinger war sichtlich verärgert.

„Antworten Sie einfach."

„Verdächtigen Sie mich etwa?"

„Sie brauchen nur zu antworten."

„Ja, also … Wir waren in Antibes und haben dort zu Abend gegessen. So um zwölf Uhr waren wir im Spielcasino. Danach waren wir in einer kleinen Bar bis drei Uhr."

„Gibt es dafür Zeugen?"

„Sie verdächtigen mich also doch. Wessen beschuldigen Sie mich?"

„Ich beschuldige Sie nicht. Antworten Sie einfach."

„Wir waren zusammen", warf das Mädchen kichernd ein.

„Und wer kann das noch bezeugen?"

„Keine Ahnung. Die Kellner vielleicht? Die Croupiers? Warten Sie. Ich habe in der Brieftasche noch die Rechnung." Er lief zu seinen Sachen und kam bald mit der Rechnung wedelnd zurück. Er reichte sie Huntinger.

„Ich sehe ein Datum, aber keine Uhrzeit."

„Na, dann können es vielleicht die Kellner bezeugen."

„Wie hieß das Restaurant?"

Pelzinger nannte den Namen und Huntinger musste ein Schmunzeln unterdrücken. Er hatte dort mit Françoise Austern gegessen. Der Restaurantbesitzer, der Spanier, hatte sie auf die Ausstellung in Avignon aufmerksam gemacht. Françoise würde sicher herausbekommen, ob das Pärchen dort gewesen war. Die beiden waren zu auffällig.

„Schön. Das wäre es schon."

„Sie verdächtigen mich also tatsächlich?", fragte Hermann ungläubig.

„Hätte ich denn Anlass dazu?", fragte Huntinger ironisch und tippte an die Schläfe. „Ich wünsche Ihnen noch schöne Urlaubstage. Und keine Angst, Ihr Geheimnis ist bei mir in guten Händen."

Er zwinkerte den beiden zu und stapfte durch den tiefen Sand zum Schlauchboot zurück.

Als sie wieder an Bord des Bootes waren, empfing ihn Esther mit fragendem Blick.

„Was ist? Du ziehst so ein finsteres Gesicht."

„Meine ganze schöne Theorie kommt ins Wanken. Der Junge macht mir nicht den Eindruck eines Verrückten. Er scheint zur Tatzeit wirklich in Antibes gewesen zu sein."

„Habe ich dir doch schon mehrmals gesagt! Der junge Pelzinger ist in Ordnung."

Roberto ließ den Motor aufbrüllen. Eine Stunde später waren sie in Nizza. In einem Café auf der Cours Saleya tranken sie eine halbe Flasche *Chablis*.

„Du wirst den Minotaurus schon noch kriegen", versuchte Esther ihn aufzumuntern. „Bei dem Toten im Kanzleramt hast du den Täter schließlich auch entlarvt."

„Es tritt immer mal ein Stillstand in den Ermittlungen ein, und das Puzzle verwirrt sich", stimmte Huntinger zu. Er nahm das Handy, stand auf und ging etwas abseits, um Françoise anzurufen.

„Schön, dich zu hören. Wo bist du?", fragte sie erfreut.

Er ging nicht darauf ein und erzählte ihr, was er gerade erfahren hatte. „Frag doch einmal den Spanier, ob er sich an die beiden erinnern kann."

„Mach ich. Wo bist du gerade?"

„In Nizza, auf der Cours Saleya", gestand er unglücklich.

„Ach ja." Eine Weile war es still. „Warte, ich geh ans Fenster. Ich kann von meiner Wohnung auf den Platz sehen."

Er hörte sie schwer atmen.

„Bitte, heb doch mal den Arm."

Er folgte ihrer Bitte.

„Ja. Nun sehe ich dich. Es tut weh. So nah bei mir und doch so … fern. Du bist mit der Schauspielerin dort, nicht wahr?"

„Ja. Sie hatte die Idee ein Motorboot zu mieten. Was machst du zu Hause?"

„Mir geht es nicht besonders gut. Ich habe mich krankgemeldet."

Er hörte den Vorwurf heraus und stöhnte. „Sehen wir uns morgen?"

„Ja. Ich bin eine Kämpferin. Morgen geht es mir bestimmt besser. Morgen sehen wir uns also noch einmal. Ich bin mir nicht sicher, ob du nach Paris kommst."

„Warum nicht?"

„Männer sind so feige."

Er schnaubte und verabschiedete sich mit einem „Bis bald."

Der Empfang von Esther verbesserte seine Laune auch nicht gerade. „Na, hast du deine kleine Kommissarin informiert?" Ihr Gesicht verriet ihm, dass sie litt. Im Moment hast du nicht gerade eine Glückssträhne, sagte er sich.

11.

Der Tod am Nachmittag … in Arles.

Die Häuser in dieser Gegend versteckten sich hinter hohen Mauern, und die Straßen waren eng, kurvenreich und menschenleer. Die Sonne ließ den Asphalt glänzen, als stünde Wasser auf ihm, als wären die Straßen Kanäle in einem verwunschenen Venedig. Und verwunschen war dieses Stück Frankreich, denn hier lebten Menschen, die ihr Leben in märchenhaftem Luxus für eine Selbstverständlichkeit hielten. Man konnte meinen, dass diese Küste Frankreichs auf einem anderen Planeten lag.

Françoise hatte ihn pünktlich abgeholt. An diesem Morgen fehlten ihrem Gesicht die gewohnte Lebendigkeit und der Enthusiasmus. Sie sprach anfangs nur wenig. Er erzählte ihr ausführlicher von der Begegnung mit dem Liebespaar.

„Der Pelzinger macht einen ganz vernünftigen Eindruck. Wenn er der Minotaurus ist, dann ist er ein großartiger Schauspieler. Er wirkte weder verwirrt noch verängstigt. Das Mädchen dagegen schien mir ein wenig durchgeknallt zu sein, lachte dauernd albern und gab sich keine Mühe seine Brüste zu bedecken."

„Sie ist jung. Die jetzige Generation hat keine verklemmten Schamgefühle", erwiderte sie kühl.

Er schwieg ratlos. Einerseits traurig darüber, dass die Fröhlichkeit, die Leichtigkeit zwischen ihnen verschwunden war, andererseits auch ein wenig erleichtert, dass sie mit ihm unzufrieden war. Vielleicht begann sie, so hoffte er, ihn nun in einem nüchternen Licht zu sehen.

Dann sagte das Navigationsgerät, dass sie ihr Ziel erreicht hatten. Françoise sprang aus dem Wagen und ging zur Sprechanlage an der meterhohen Mauer, die die Villa verbarg. Sie kam wieder zurück, und vor ihnen, wie von Geisterhand, öffnete sich das Tor. Sie fuhren in eine Pinienallee hinein. Die Bäume standen so dicht, dass man die Gebäude zur Rechten nur als Schemen wahrnehmen konnte.

„Was für ein großes Anwesen", staunte Huntinger. „Das hat selbst in den Fünfzigern bereits Millionen gekostet."

„Jetzt dürfte es mindestens das Zehnfache wert sein", erwiderte sie mit starrem Gesicht. Sie schien immer noch nicht verkraftet zu haben, dass er mit Esther in Nizza, in ihrer Stadt, gewesen war.

Françoise hielt vor einem kleinen Häuschen, und ein weißbärtiger Mann mit einem dunklen Gesicht trat heraus. Sie kurbelte die Fensterscheibe herunter und legitimierte sich.

„Der junge Herr empfängt Sie im Gästehaus. Fahren Sie hier gleich um die Ecke auf den Parkplatz", sagte er in hartem Französisch.

„Auch ein Algerier", klärte sie Huntinger auf.

Es war eine Villa im toskanischen Stil mit einer großen Freitreppe, auf der sie ein junger Mann erwartete. Nicht Oliver, wie Huntinger erwartet hatte, sondern der jüngere Bruder. Torsten Gruber begrüßte sie mit großer Freundlichkeit.

„Herzlich willkommen. Was für eine Überraschung, Herr Huntinger. Sie hier an der Côte d'Azur?"

Françoise gegenüber deutete er einen Handkuss an. „Ich kenne den Grund Ihres Besuches zwar nicht, aber jeder Landsmann ist mir herzlich willkommen. Gehen wir auf die Terrasse."

Diese war mit rotbraunen Platten gefliest und mit Statuen geschmückt, die römische oder griechische Göttinnen darstellten. Huntinger vermochte nicht zu beurteilen, ob es Originale oder gute Kopien waren. Sie nahmen an einem schmiedeeisernen Tisch Platz, woraufhin ein Diener mit einem kleinen Tablettwagen herbeieilte und ihnen sowohl alkoholische Getränke als auch Säfte offerierte.

„Unser Most ist ganz ausgezeichnet", sagte Torsten Gruber. „Wir haben in der Nähe von St. Rémy ein kleines Landgut, das uns nicht nur vorzügliche Weine, sondern auch frische Lebensmittel für die Villa liefert. Wir sind fast autark", fügte er etwas selbstgefällig hinzu.

Huntinger und Françoise entschieden sich für einen Orangensaft, der herrlich fruchtig und eisgekühlt war.

„Was kann ich nun für Sie tun?", fragte der junge Mann. Sein offenes, frisches Gesicht verriet seine Neugier.

„In Avignon ist gerade ein Mord passiert, der die gleiche Handschrift aufweist wie der Mord in Dachau", sagte Françoise.

„Wie schrecklich. Aber warum kommen Sie zu mir?"

„Seit wann sind Sie hier?", fragte Françoise geschäftsmäßig, ohne auf die Frage einzugehen.

„Oh. Erst seit Kurzem. Seit vorgestern."

„Allein?"

„Nein. Mein Bruder und meine Schwester sind auch hier."

„Sind die beiden anwesend?"

„Ich glaube nicht. Ich weiß es nicht. Wissen Sie, das hier ist nur das Gästehaus. Hinter uns geht es weiter. Es kommt das Haus für das Personal und dahinter dann das Haupthaus. Manchmal begegnen wir uns tagelang nicht. Darf ich Ihnen noch einen Espresso anbieten?"

Huntinger und auch Françoise lehnten ab.

„Doch nun sagen Sie mal, was Sie von mir wollen", fragte Torsten und beugte sich gespannt vor.

„In Dachau ist jemand bestialisch umgebracht worden, der die gleiche tödliche Wunde hatte wie hier zwei Frauen. Sie und Ihre Geschwister sind aus Dachau und jetzt sind sie hier. So einfach ist das. Wir wollen nur überprüfen, ob dies ein Zufall ist oder ob mehr dahintersteckt."

„Verstehe. Natürlich. Übrigens, wir Grubers sind nicht aus Dachau. Steinberg liegt fünfzehn Kilometer davon entfernt. Herr Huntinger wird Ihnen dies bestätigen. Aber ist schon klar, hier sind Morde passiert und in Dachau, und drei Personen von dort machen ausgerechnet hier Urlaub. Natürlich müssen Sie uns ein wenig unter die Lupe nehmen", schloss er lachend.

„Natürlich", stimmte Françoise mit unbewegtem Gesicht zu.

„Sie wollen sicher wissen, wo ich gestern Abend war? Nun, hier in unserem *Sanssouci, Villa Sorglos*. Entschuldigen Sie den Namen, den hat mein Vater erfunden. Mir war er immer peinlich. Aber wir haben uns daran gewöhnt."

„Nein. Nicht gestern", sagte Françoise kalt. „Wo waren Sie vorgestern Abend, so um elf Uhr?"

„Auch hier. Ich büffle Betriebswirtschaft." Er zog eine Grimasse.

„Sie interessieren sich eher für Kunst?", fragte Huntinger.

Torsten lachte und deutete auf die Statuen. „Sie meinen wegen der grässlichen Göttinnen da? Nee, die hat mein Bruder angeschleppt. Für Kunst ist er bei uns Grubers zuständig. Ich bin eher der nüchterne Typ."

„Gibt es Zeugen, dass Sie hier waren?", fragte Françoise und tippte ungeduldig mit ihrem Kugelschreiber auf ihr kleines Notizbuch.

„Da wird es schon schwieriger. Das Anwesen ist, wie Sie sehen, sehr groß, und wir Geschwister gehen uns in *Sanssouci* aus dem Wege. Jeder soll nach seiner Façon selig werden. Sie verstehen? Aber einer unserer Bediensteten müsste mich eigentlich gesehen haben. Um Ihre nächste Frage gleich vorwegzunehmen: Ich weiß nicht, ob meine Geschwister auch im Haus waren."

„Wie viel Personal haben Sie?"

„Warten Sie. Da ist der Gärtner mit seinen beiden Gehilfen, zwei Mädchen, der Hausmeister und seine Frau, die für uns auch die Köchin spielt, und Louis, der Hausdiener. Insgesamt also acht Personen. Louis, komm mal her!", rief Torsten nach hinten, zum Eingang des Gästehauses hin. Dieser erschien auch sofort mit diensteifriger Miene.

„Louis, hast du mich gestern, ach ja, vorgestern Abend hier in der Villa gesehen?"

„Vorgestern?" Der Diener legte seine Stirn in Falten. Auch er hatte eine sehr dunkle Hautfarbe und mochte aus Algerien stammen. „Ja. Natürlich. Sie sind doch noch abends im Pool geschwommen."

„Wieviel Uhr?", hakte Françoise nach.

„So um … einundzwanzig Uhr. Vielleicht war es auch etwas früher."

„Ich schwimme abends immer noch ein wenig, weil ich dann besser schlafen kann."

„Schön. Und Sie wissen also nicht, ob Ihre Geschwister auch hier waren?", brummte Huntinger, der sich darüber ärgerte, wie wenig ergiebig das Gespräch war.

„Nein. Keinen Schimmer. Wie gesagt, wir kümmern uns hier nicht groß umeinander. Es reicht uns, wenn wir in Deutschland traute Familie spielen müssen. Mein Bruder hat es da besser. Er kommt nur am Wochenende nach Steinberg. Er hat in München einen gut bezahlten Job bei einer Werbeagentur. Deswegen ist er auch hierher mitgekommen. Sie haben gerade den Sonnenbrillenetat von *Zeiss* gewonnen. Er fährt mit einem Scout die Gegend nach interessanten Hintergrundmotiven ab."

„Lieben Sie Kunst?", fragte Françoise.

„Ich habe doch schon gesagt, dass für Kunst …"

„Sie werden doch auch eine eigene Meinung über Kunst haben", unterbrach sie ihn unwillig.

„Ja, schon. Ich finde die Impressionisten gut. Monet, Cézanne und solche Sachen."

„Wie steht es mit Picasso?"

„Picasso? Keine Ahnung. Ach doch, das Bild mit dem Harlekin finde ich ganz gut. Aber mit den viereckigen Köpfen kann ich nicht viel anfangen. Ich gestehe, was Picasso betrifft, bin ich ein Banause", fügte er lachend hinzu und hob abwehrend die Hände.

„Kennen Sie die Minotaurusserie von ihm?", hakte Huntinger nach.

„Minotaurus? Nö, war das nicht so ein mythisches Tier auf Kreta? Keinen Schimmer."

„Wie ist es mit Ihrem Bruder?", fragte Françoise und fügte bissig hinzu: „Ist der auch so ein Kunstbanause?"

„Oliver ist in der Werbung tätig. Klar, der mag all das moderne Zeug. Der kann Ihnen sogar erklären, was die modernen Künstler sich bei ihrer Arbeit denken. Redet gern über ... Polke und Baselitz und wie die alle heißen."

„Mögen Sie Ihren Bruder nicht?", fragte Huntinger, der sich an eine Bemerkung von Mäusel erinnerte.

„Hm. Mögen ist nicht das richtige Wort. Wir sind einfach grundverschieden und liegen uns deswegen manchmal in den Haaren. Ich bin eher der ... lebensbejahende Typ. Mein Bruder nennt mich oberflächlich, weil ich Autos liebe, schöne Frauen und ... gern mit Kumpels auf der Wildbahn bin."

„Aber mit Ihrer Schwester verstehen Sie sich?"

„Natürlich. Wer hat nicht gern eine so schöne Schwester? Jeder hat sie gern."

„Lieben Sie Literatur?", fragte Françoise weiter. Es war ihr anzumerken, dass sie Torsten nicht sehr sympathisch fand.

„Kommt darauf an. Ich lese allerdings nicht sehr viel. Selbst den *Focus* kriege ich meistens nicht durch. Bücher? Na ja, Dan Brown und Ludlum lese ich im Urlaub."

„Und ihr Bruder?"

„Ja, der liest viel. Vor allem Krimis. Hat eine richtige Sammlung. Simenon, Chandler, Agatha Christie und solch Zeug. Meine Schwester dagegen liest überhaupt nicht. Die hat genug damit zu tun *Bunte*, *Gala* und *Vogue* durchzukriegen, um Ihrer nächsten Frage zuvorzukommen. Mit Malerei hat sie auch nichts am Hut. Doch wenn Sie Film als Kunst ansehen, dann haben Sie eine Expertin. Sie kennt jeden Scheiß."

„Wie gut kennen Sie eigentlich Hermann Pelzinger?", fragte Huntinger, beugte sich vor und stopfte seine Pfeife.

„Den schönen Hermann? Natürlich kenne ich den künftigen Starregisseur. Aber, im Vertrauen: Wir mögen uns nicht. Zum einen aus Familientradition, zum anderen wegen seiner Wichtigtuerei. Albern, ich weiß. Die Familien hassen sich wer weiß wie lange schon. Der Zank von zwei Hähnen auf dem gleichen Misthaufen."

„Was wissen Sie über Hermann?"

„Nicht viel. Wir sind zwar auf das gleiche Gymnasium gegangen, aber schon dort hatten wir Zoff miteinander. Er gab an mit seinem Wissen über Truffaut, Lelouch, Chabrol und dem ganzen Film-Noir-Scheiß. Aber warum fragen Sie? Warum interessiert Sie das alles?"

„Nun, unser Mörder hat ein geradezu zwanghaftes Interesse an Kunst, insbesondere an Picasso."

„Ist ja interessant", staunte der junge Gruber. „Und da haben Sie uns Steinberger in Verdacht? Nun ja, alle mögen wir doch irgendwie Kunst, der eine mehr, der andere weniger."

„Sie wohl eher weniger!", warf Françoise abschätzig ein.

„Eher weniger", bestätigte Torsten mit einem Achselzucken.

„Warum hat Ihr Vater Ihren Bruder nicht in die Geschäftsleitung geholt?"

„Bei dem hat Papachen auf Granit gebissen. Der will nicht. Redet geschwollen, dass er auf eigenen Beinen stehen und nicht von der Familie abhängig sein will. Schön dumm. Aber der eigentliche Grund ist, dass er so eine Künstlernatur hat und lieber rumspinnt. Bei den Werbefuzzis ist er genau richtig."

„Welche Autos haben Sie hier?", fragte Huntinger.

„Einen Geländewagen, einen Jaguar, einen Porsche sowie einen Golf."

„Was für einen Geländewagen? Einen Jeep?"

„Nö, einen Range Rover. Darf ich Ihnen noch etwas kommen lassen? Noch eine Limonade, ein kühles Bier oder einen Espresso?"

„Nein, danke. Wir sind fertig", erwiderte Huntinger und sah Françoise an, welche nickte.

Der junge Gruber begleitete die beiden bis zum Auto. Als sie das Anwesen verließen, winkte er ihnen hinterher.

„Das war wohl nichts", sagte Françoise. „Was für ein oberflächlicher Lümmel."

„Er ist noch nicht ganz ausgebacken. Aber wir können ihn wohl ausschließen. Dagegen hat er seinen Bruder ganz schön belastet. Oliver Gruber ist also kunstinteressiert. Was für eine verwirrende Parallele. Sowohl der Pelzinger als auch Oliver Gruber sind hier an der Côte d'Azur, um Vorbereitungen für ihre Arbeit zu treffen; der eine für ein Filmprojekt, der andere für eine Werbekampagne für Sonnenbrillen. Und … Oliver Gruber ist ein eifriger Krimileser."

„Wenn sich jeder Krimileser verdächtig macht, dann …"

„Na ja, ist nur ein Mosaiksteinchen."

„Ein sehr kleines. Dieser Torsten könnte auch in Avignon gewesen sein. Er hat kein Alibi."

„Ja. Wenn er um neun losgebraust wäre, könnte er es geschafft haben", stimmte Huntinger zu und biss auf seinem Pfeifenstiel herum. „Aber ich halte unseren Pelzinger immer noch für den Hauptverdächtigen. Hast du mit dem Restaurantbesitzer, diesem Spanier, gesprochen?"

„Ja. An dem bewussten Abend waren mehrere Paare da, auf die die Beschreibung zutreffen könnte. Keine sichere Bestätigung des Alibis."

„Wäre auch zu schön gewesen", brummte Huntinger. „Also bleibt Pelzinger auf der Liste."

„Woher wusstest du, dass die Brüder Gruber sich nicht mögen?"
Huntinger berichtete ihr von dem Heimatabend.

„Muss ein kluges Mädchen sein, deine Mäusel. Mir schien es, als wäre es dem Torsten gar nicht so unrecht, wenn wir seinen Bruder verdächtigen."

„Ja. Eine schreckliche Familie."

„Von seiner Schwester hält der Torsten wohl auch nicht viel."

„Aber er hat sie richtig geschildert. Ein oberflächliches, leichtfertiges Ding. Der Pelzinger wird mit der bestimmt nicht glücklich werden."

„Bist du bei dem Mädchen nicht ein bisschen voreingenommen?"

„Mag sein", gestand Huntinger.

„Du verstehst die heutige Jugend nicht. Die ist in ihrem Gefühlsleben wesentlich ehrlicher."

„Du meinst wohl hedonistischer?"

„Ach, Charles."

Sie fuhren nach Cannes hinein, und Françoise hielt vor dem *Carlton*. Sie sah ihn mit Tränen in den Augen an.

„War es das, Charles? Oder sehen wir uns in Paris wieder?"

„Natürlich. Ich bin mir ziemlich sicher, dass der Mörder in Paris zuschlagen wird. Und übrigens – ich habe dir nie verschwiegen, wie es mit mir und Esther steht. Es tut mir leid." Huntinger beugte sich zu ihr, küsste sie auf die Schläfe und stieg schnell aus, ehe sie ihn umarmen konnte.

Mit quietschenden Reifen jagte sie die Croisette hoch, kam dabei ins Schlingern und er bekam Angst um sie. Aber der Wagen fing sich wieder. Dann war sie fort, und er seufzte und ging gedankenschwer ins Hotel zurück. Gestehe ruhig, dass es dir gefällt, dass sich eine so schöne Frau in dich verknallt hat, dachte er mit schlechtem Gewissen.

Esther empfing ihn mit strahlendem Lächeln. „Schön, dass du pünktlich bist. Hat dich die Französin aus ihren Fängen gelassen?"

„Bitte, was soll das?"

„Sie ist ja wie ein Blitz die Croisette hinuntergedonnert!"

„Du hast uns beobachtet?"

„Ja. Ich habe, wie es sich für eine getreue Frau gehört, am Fenster auf dich gewartet. Sah so aus, als wenn du dich im Auto mit einem zärtlichen Kuss von ihr verabschiedet hast."

„War eine Höflichkeitsgeste. Die Franzosen küssen nun mal bei jeder Begrüßung und jedem Abschied."

„Ach, du pflegst die französischen Höflichkeitsgesten?", erwiderte sie ironisch.

„Können wir gehen?", fragte er ärgerlich.

„Ja. Auf nach Arles!", sagte sie mit gespielter Fröhlichkeit.

Doch während der Fahrt schwieg sie lange Zeit. Sie waren fast in Arles, als Esther fragte: „Hast du dich entschieden?"

„Was entschieden?", brummte er, obwohl er genau wusste, was sie meinte.

„Du weißt schon. In welchen Apfel willst du beißen?"

„Ich weiß, wo ich hingehöre", erwiderte er barsch. Sein Verstand sagte ihm, dass es so sein musste. Er hoffte, dass er Françoise nicht zu wehgetan hatte. Sie war eine teuflische Versuchung gewesen. Eine Amour fou. Na, wenigstens hatte er auf der Habenseite, dass sie nicht miteinander geschlafen hatten.

Dann waren sie in Arles. Die Stadt war voller Menschen. Auf der Hauptstraße, dem Boulevard des Lices, fand ein Jahrmarkt statt. Esther führte ihn dagegen sofort zur Kathedrale St. Trophime und durch den Bischofspalast daneben zu dem Kreuzgang, dessen Säulen reich verzierte Kapitele mit figürlichen Darstellungen aus dem Alten Testament und dem Leben Jesu aufwiesen. Sie waren allein in dem Kreuzgang, und sie nahm Huntingers Hand und flüsterte ergriffen: „Jedes Mal, wenn ich in Arles bin, muss ich diesen Kreuzgang besuchen. Ist er nicht wunderschön?"

„Ja. Hier ist die Zeit stehen geblieben. Man erwartet, gleich die Mönche aus dem Refektorium heraustreten zu sehen. Ich bin auch schon mal hier gewesen. Vor fast dreißig Jahren."

Er erinnerte sich gern daran. Aber damals hatte er anderes im Kopf gehabt und nicht die Schönheit und Stille dieses Ortes zu würdigen gewusst.

„Nun will ich dir eine verwunschene Straße zeigen, die Alyscamps", sagte Esther nach einer Weile. Huntinger nahm an, dass auch sie ihrer Jugend gedachte. Mit wem sie wohl hier gewesen war?, fragte er sich.

Die Alyscamps waren so verwunschen, wie Esther es vorausgesagt hatte. Eine Allee von Platanen und Pinien, an deren Seiten zersprungene Sarkophage standen, uralt und teilweise mit Moos bewachsen. Sie erzählten davon, dass die Toten bis ins Mittelalter über die Rhône in pechversiegelten Särgen hierher geschafft worden waren, um auf den Alyscamps begraben zu werden. Es war eine feierliche Stille auf der Straße der Sarkophage. Sie gingen Hand in Hand bis zur Kirche St. Honorat, einer kleinen, romanischen Kirche. Als sie das verfallene Gotteshaus betraten, kamen sie in eine große Halle, die man in dem kleinen Bau nicht vermutet hätte. Ihre Schritte hallten. Tauben flatterten erschrocken hoch.

„Sie ist verfallen und doch noch immer schön. Hier mündete die Antike im christlichen Zeitalter."

„Und dieses Zeitalter sieht heute so aus wie diese Kirche. Es verfällt auch langsam."

Sie sah ihn erstaunt an. „Du meinst, das Zeitalter des Christentums neigt sich dem Ende zu?"

„Sieht doch ganz danach aus, oder? Mir scheint, alle Werte sind am Kippen."

„Oh nein!", widersprach sie heftig. „Du müsstest einmal auf dem Petersplatz stehen, wenn der Papst eine Messe abhält. Wie viele gläubige, inbrünstige Gesichter du dann dort siehst. Den Glauben an Gott und seinen liebenden Sohn Jesus Christus werden sich die Menschen niemals nehmen lassen."

„Hoffen wir es. Seine Botschaft der Liebe ist wirklich das Schönste, was Menschen sich je ausgedacht haben."

Sie sah ihn erstaunt an. „Das hätte ich nicht von dir erwartet."

„Warum?", fragte er und setzte sich auf einen Stein. Er wollte sich eine Pfeife anzünden, unterließ es dann aber nach einem erschrockenen Blick auf seine Umgebung.

„Für mich bist du ein antiker Mensch, aus seiner Zeit gefallen."

„Na, hör mal", staunte er.

„Aber genau das liebe ich so an dir. Ich wusste immer, dass die Französin dich mir nicht wegnehmen kann."

Er sagte nichts dazu. Es hätte nur zu weiteren Diskussionen geführt.

„Du schweigst. Typisch Mann."

„Gehen wir?", fragte er stöhnend.

Sie folgte ihm.

Auf dem Boulevard des Lices war der Menschenauflauf mittlerweile noch dichter geworden.

„Hier muss irgendetwas los sein."

„Heute ist Sonntag. Vielleicht ist in der Arena ein Stierkampf."

Huntinger blieb vor einer Buchhandlung stehen, die geöffnet hatte. „Lass uns mal hineinschauen."

An dem Fenster war ein typisches Stierkampfplakat angeschlagen und wies auf die Corrida in Arles hin. Die Namen der Stierkämpfer sagten ihm nichts. Sie gingen in den Laden. Auf einem kleinen Ausstellungstisch nahm Huntinger ein Stierkampfbuch aus der reichhaltigen Auswahl und blätterte darin. Plötzlich stutzte er. Das Bild zeigte eine riesige Hornwunde, eine Cornada de Caballo. Er kannte diese Art von Verletzungen. Die Frau in Berlin hatte sie gehabt sowie die Frauen in Dachau, Antibes und Avignon. Damit also tötete der Minotaurus die Frauen. Er benutzte das Horn eines Stieres. Das brachte Huntinger in dem Fall nicht weiter, aber immerhin wusste er nun, womit die Frauen umgebracht wurden.

Huntinger ging an den Tresen, hob das Buch hoch und fragte nach einem Stierkampfbuch in Deutsch. Die Verkäuferin überlegte, strich mit dem

Finger übers Kinn. Plötzlich erhellte sich ihr Gesicht und sie sagte etwas, holte eine Leiter und suchte oben im Regal. Strahlend hielt sie ihm ein Buch entgegen. Es war ein kleines, unscheinbares Buch. *Der Stierkampf* von Acquaroni. Aber es erklärte gut und knapp den Ablauf einer Corrida, und Huntinger kaufte es.

„Was willst du denn damit?", fragte Esther erstaunt.

„Lass uns zum Stierkampf gehen."

„Was? Nein, so eine Tierquälerei sehe ich mir nicht an."

„Gut. Dann wartest du dort drüben am Place du Forum auf mich."

„Was kümmert dich ein solches Schauspiel? Dass du dich für den Stierkampf begeisterst, hätte ich nie und nimmer von dir gedacht."

„Der Minotaurus ist Mensch und Stier zugleich. Picasso liebte den Stierkampf. Wie mir Mäusel sagte, war der große Maler oft in Arles und Nîmes bei den Stierkämpfen."

„Ach, du willst dir aus beruflichem Interesse das blutige Schauspiel ansehen. Na gut, dann komme ich mit."

„Das musst du nicht."

„Ich war in den letzten Tagen oft genug allein. Ich werde es schon durchstehen!", schloss Esther kategorisch.

Sie gingen zu der Arena, die im 1. Jahrhundert nach Christi erbaut worden war und, obwohl etwas kleiner, dem Kolosseum in Rom ähnelte. Sie bekamen nur noch Sonnenplätze, aber dafür dicht an den Banderas. Sie drängelten sich durch die Reihen zu ihren Plätzen. Die Arena schien ausverkauft zu sein. Scheinbar hatten sie Glück gehabt, dass sie noch Karten bekommen hatten.

Eine Kapelle spielte. Kaum hatten sich Huntinger und Esther gesetzt, da ließ man junge Stiere in die Arena, deren Hornspitzen mit kleinen, aufgesetzten Kugeln die Gefährlichkeit genommen war. Junge Männer aus Arles sprangen über die Bande, liefen zu den Stieren und rissen ihnen unter dem Beifall und den anfeuernden Rufen der Menge Kokarden von der Stirn. Ein harmloses Spektakel.

Ein Hornsignal ertönte. Nun trat erwartungsvolle Stille ein. Ein Mann in einer altertümlichen schwarzen Tracht rief etwas zur Ehrentribüne hoch, und die Kapelle gab sich Mühe, möglichst viel Lärm zu erzeugen. Gravitätisch und stolz, als würden sie gleich einen Orden in Empfang nehmen, betraten die Matadoren die Arena und riefen etwas zur Präsidentenloge hoch. Wieder lärmte die Kapelle. Der Kampf konnte beginnen. Ein junger, gut aussehender Matador eröffnete den Kampf mit einigen Veronicas, jenen wunderschönen, eleganten Figuren, für die er viel Applaus erntete. Nach einem Trompetensignal kam der zweite Akt. Der Picador ritt auf seinem vermummten Pferd in die Arena. Esther stöhnte auf und hielt sich an Huntinger fest. Der Picador stieß die Lanze in den Nacken des Stieres und dieser versuchte das Pferd zu Fall zu bringen.

„Das ist ja furchtbar", keuchte Esther. „Der arme Stier."

Der Stier war jedoch nicht nur arm dran, sondern brachte das Pferd zu Fall, wodurch der Picador nun eingeklemmt unter seinem Reittier lag.

Die Peones, die Hilfskräfte, wieselten in die Arena und lockten den Stier vom Pferd fort. Mühsam rappelte sich das Pferd hoch, und der Picador wiederholte seine Übung. Nun nahm sich der Matador wieder den Stier vor und zeigte eine Menge Veronicas, Chicuelinas und Paroles. Er hielt den Mantel in der ganzen Breite hinter seinem Rücken, ließ den Stier an sich vorbeilaufen und schloss die Figur mit einer halben Drehung ab. Virtuos. Der Matador erhielt viel Beifall.

Nach einem weiteren Trompetensignal wurden die Banderillas gesetzt. Der Torero lief in einem Halbkreis auf den Stier zu, stieß ihm die kurzen Spieße in den Nacken und ließ sich dann seitwärts weggleiten. Der Stier schüttelte sich unwillig, und die Banderillas fielen zu Boden. Es kam zum letzten Akt. Der Matador übernahm wieder die Handlung, ließ sich eine Muleta, jenes herzförmige rote Tuch aus Flanell, geben und nahm den Degen in die rechte Hand. Mit einigen Worten zur Präsidentenloge widmete er den Stier den Menschen in Arles. Die Peones lockten das Tier nun an den Rand der Arena, dicht unter Huntingers Sitzplatz. Der Matador begann erneut die Arbeit mit der Muleta und stimmte den Stier mit einem Paso Natural auf den höchsten Augenblick ein. Die Zuschauer jubelten „Olé!", und die Kapelle zeigte einen Anfall von Ekstase.

Der Matador hob grüßend die Hand, senkte dann das Tuch, und der Kopf des Stieres folgte der Bewegung der Muleta. Der Torero beugte sich weit über den Kopf des Stieres und stieß ihm den Degen in den Nacken. Doch der Stier ging nicht in die Knie, und der Matador wirbelte stattdessen durch die Luft. Dann war der Stier über ihm und erwies sich als ausgesprochen rachsüchtig. Die Menge schrie auf, woraufhin die Gehilfen herbeieilten und versuchten den Stier wegzulocken. Alle waren aufgesprungen. Doch Huntinger stutzte. Seitlich, kaum einen Steinwurf entfernt, sah er ein erregtes Gesicht, das er kannte.

„Ich kann das nicht mit ansehen!", stöhnte Esther und hielt sich die Hand vor Augen.

Huntinger antwortete nicht, hatte auch keinen Blick mehr für das, was unten in der Arena geschah. So bekam er nicht mit, dass sich der Torero mühsam erhob, den Degen wieder aufnahm und den Stier ein weiteres Mal in Stellung brachte. Huntinger sah nur das rot angelaufene Gesicht, in dem sich Leidenschaft, wenn nicht Gier abzeichnete.

„Du siehst ja auch nicht mehr hin", sagte Esther. „Lass uns gehen. Mir reicht es."

Sie erhob sich und zerrte an ihm. Huntinger gab schließlich nach und folgte ihr, unter den unwilligen Blicken der Sitznachbarn. Als sie den Ausgang erreicht hatten, blieb Esther stehen und schloss einen Moment die Augen.

„Nie wieder", flüsterte sie.

Sie hörten nun die Zuschauer jubeln. Der Matador schien seinen Stier doch noch getötet zu haben. Wieder erklang Musik, und Huntinger schien es, als hörte er die Schreie aus einer anderen Zeit. Die Menge feierte die Gladiatoren, die Todgeweihten.

„Das ist das Widerlichste, was ich je gesehen habe. Das hat doch mit Sport nichts zu tun."

„Nein. Das wäre auch ein Missverständnis. Für die Spanier ist es ein Fest, eine Reminiszenz an heroische Zeiten, als man, nur mit einem Degen bewaffnet, dem urzeitlichen Tier entgegentrat."

„Die armen Stiere."

„Sie werden für diesen Augenblick gezüchtet. Hast du je an die armen Schweine, Lämmer und Rinder gedacht, wenn du dich an einen Festtisch gesetzt hast? Die Spanier haben große Achtung vor ihren Kampfstieren."

„Es ist grausam", beharrte Esther. „Und du verteidigst diesen Unfug auch noch. Was hat dir diese grausame Veranstaltung gebracht?"

„Sehr viel. Ich könnte den Minotaurus gesehen haben."

„Den Mörder?"

„Ja. Er saß vielleicht nur ein paar Plätze von uns entfernt. Ihm schien die Veranstaltung sehr zu gefallen."

„Und? Wer war es? Mach es doch nicht so spannend."

„Oliver Gruber."

„Dann los. Verhafte ihn doch."

„Erstens bin ich nicht befugt, ihn hier zu verhaften. Und zweitens fehlen die Beweise. Es ist nur eine Möglichkeit, die jetzt wahrscheinlicher ist als andere. Entweder der Pelzinger oder aber Oliver Gruber ist der Minotaurus."

„So neu ist das nicht."

„Richtig", brummte er unzufrieden.

„Armer Charles", sagte sie und nahm seine Hand. „Ich habe so das Gefühl, dass du auf der Stelle trittst."

„Ja. Seit geraumer Zeit. Aber wenigstens weiß ich jetzt, womit der Minotaurus tötet."

„Wohl mit den Hörnern, wie der arme Stier vorhin", sagte sie ironisch.

„Du sagst es. Er bringt ihnen eine Cornada de Caballo bei."

„Was ist denn das schon wieder?"

„Eine riesige Wunde, die der Stier sonst dem Pferd zufügt."

„Aber der Minotaurus ist doch kein Stier."

„Doch. Oh doch. Er bildet sich ein, ein Stierwesen zu sein. Ein Minotaurus, unangreifbar, stark und tödlich. Ein Übermensch."

„Lass uns nach Cannes, in die Zivilisation zurückfahren."

„Er ist ein Kind dieser Zivilisation. Er ist ein Mensch dieser Zeit, ohne Werte, ohne Empathie. Eiskalt."

„Du machst mir Angst."

„Es kann einem auch Angst werden. Wenn wir nicht bald Beweise haben, werden weitere Frauen sterben."

„An dieser Cornada dingsbums?"

„Richtig. An einer Cornada de Caballo", sagte er dumpf.

Auf der Rückfahrt sprachen sie wenig. Huntinger war in Gedanken beim Minotaurus. Wie macht er das?, fragte er sich. Wie hat er das Horn zu einer Waffe umfunktioniert? Alles blieb immer noch im Ungefähren. Spekulationen. Wenn er Krassel damit kam, würde dieser nur lachen, von Dremmler und Strenger ganz zu schweigen. Ich muss näher an ihn heran, sagte er sich. Der Minotaurus muss spüren, dass ich ihm im Nacken sitze. Vielleicht würde er dann den entscheidenden Fehler machen. Doch wie sollte er das bewerkstelligen? Es waren zu viele Fragen offen. Er gestand sich ein, dass er froh sein würde, wenn dieser Fall abgeschlossen war.

Als dann Cannes auftauchte, wurde seine Stimmung langsam besser. Hier gab es keine Stierkämpfe, das hier war die Zivilisation, und doch … hatte ein paar Kilometer weiter, in Antibes, der Minotaurus gemordet.

„Was bin ich froh, wenn ich wieder in München bin", sagte Esther. „Diesmal war die Côte d'Azur nicht zärtlich zu mir."

Dem war nichts hinzuzufügen, außer der Tatsache, dass der Minotaurus einem Land entstammte, das in der Vergangenheit nicht besonders zärtlich mit den Menschen umgegangen war.

12.

Der Minotaurus wird gestellt.

Es regnete in Berlin. Die Bäume standen nass und schwarz und verloren auf den Boulevards, wie Wartende auf einem Bahnsteig, die die Hoffnung aufgegeben hatten. Als Huntinger sein Büro betrat, empfing ihn die Kleinschmidt, als wäre er einen Monat lang fort gewesen.

„Na endlich, Chef! Wurde auch Zeit, dass sie sich mal wieder sehen lassen."

„Was gibt's Neues?", fragte er wie immer, setzte sich hinter den abgestoßenen Schreibtisch und zündete sich die Pfeife an.

„Nur das Übliche, Chef. Ein Mord in Friedrichshain, ein Beziehungsdrama mit Todesfolge in Dahlem. Pressel wird schon damit fertig. Sie sollen gleich zum Krassel kommen. Und seine Hoheit Dremmler hat auch um Ihren Besuch gebeten. Hier ändert sich nichts. Der Senat jammert, dass Berlin kein Geld hat, der Regierende erklärt, dass wir trotzdem sexy sind, Hertha hat wieder verloren und im Grunewald ist Holzauktion. Was hat es denn bei Ihnen gegeben? Sie haben ja nicht mal Farbe bekommen."

„Dafür war die Zeit zu knapp. Aber wir sind ein gutes Stück weitergekommen. Rufen Sie die Mannschaft zur kleinen Lage zusammen."

„Mach ich. Sagen Sie, ist es an der Côte d'Azur wirklich so schön, wie man sagt?"

„Wenn man genügend Geld hat", brummte Huntinger.

„Ich möchte einmal in meinem Leben so eine Champagnernacht in Cannes erleben. Einmal. Aber da muss ich wohl auf mein zweites Leben warten." In ihrem Joghurtbecher stochernd ging sie mit verträumten Augen hinaus.

Eine Viertelstunde später war seine Mannschaft in seinem Büro versammelt. Mäusel, Pressel, Belsen und die Kleinschmidt. Auch der junge Kriegel fehlte diesmal nicht, der von den Alten, von Pressel und Belsen, trotz seines Kommissartitels nicht für voll genommen wurde. Die beiden verdächtigten ihn als Zuträger für „die da oben".

Huntinger gab einen kurzen Lagebericht und schloss mit den Worten: „Wir treten trotz einiger neuer Erkenntnisse seit geraumer Zeit auf der

Stelle. Immer noch haben wir zwei Verdächtige, die für die Picassomorde in Frage kommen."

„Aber keinen einzigen gerichtsverwertbaren Beweis", erwiderte Belsen kopfschüttelnd.

„Richtig. Gehen wir doch noch einmal alle Verdachtsmomente durch. Ausgangspunkt ist Dachau. Sowohl Hermann Pelzinger als auch Oliver Gruber sind künstlerisch hochinteressiert. Beide tauchen zur gleichen Zeit aus beruflichen Gründen an der Côte d'Azur auf. Pelzinger ist auf Motivsuche für eine neue Fernsehserie. Außerdem will er einen Film drehen, in dem es um ein Ungeheuer geht. Gruber will dort Sonnenbrillen fotografieren. Von Pelzinger wissen wir, dass er in seiner Jugend ein wenig wild war und der Fahrerflucht verdächtigt wurde. Zur Tatzeit in Avignon hat Pelzinger kein Alibi. Einer von den beiden verhält sich wie Jekyll and Hyde. Wir haben keine anderen Verdächtigen."

„Wir sollten einen Psychologen heranziehen", warf Kriegel eifrig ein. „Es ist höchste Zeit, dass wir professionelle Methoden …"

„Einverstanden", unterbrach ihn Huntinger ungerührt. „Schildern Sie den Fall ruhig einem Psychologen. Vergessen Sie nicht zu bemerken, dass die Tatwaffe mit großer Wahrscheinlichkeit ein Stierhorn ist."

Huntinger ging an die Tafel, die Dremmler und Strenger als Beweis für Huntingers Rückständigkeit ansahen, unterstrich mit Kreide die dort notierten Namen und schrieb Stichworte dazu, die für die jeweiligen Verdächtigen als Täter sprachen.

„Wir gehen davon aus, dass es jemand aus Dachau oder der näheren Umgebung ist, weil sich das Opfer dort mit dem Minotaurusbild einquartiert hatte und … weil uns die Bardamen aus Angst den Namen ihres Peinigers nicht verraten."

„Ein bisschen dünn, nicht wahr?", warf Pressel ein.

„Ein bisschen", knurrte Huntinger. „Beim Pelzinger wissen wir, dass er zur Tatzeit des Mordes in der Nationalgalerie in Berlin war. Er ist jetzt an der Côte d'Azur und ist ein Cocteauverehrer, der wiederum mit Picasso eng befreundet war. Oliver ist Werber und liebt nach Aussage seines Bruders moderne Maler. Bei dem Torsten müssen wir noch herausbekommen, ob er in letzter Zeit in Berlin war. Mäusel, kümmern Sie sich darum. Die Herrschaften leben auf großem Fuß. Er dürfte in einer der Berliner Nobelherbergen abgestiegen sein, sodass sich die Zahl in Grenzen hält. *Adlon*, *Ritz-Carlton*, *Regent*, *Rome* und so weiter. Kinder, ich weiß. Ich bin selbst nicht zufrieden mit dem Ergebnis. Aber ich glaube, dass wir bei den beiden auf der richtigen Fährte sind."

„Juckt Sie die Nase, Chef?", fragte Mäusel feixend.

„Sie juckt", bestätigte Huntinger lachend und drohte mit dem Finger.

„Und wie geht es weiter?", wollte Belsen wissen.

„Maus und ich fahren heute noch nach Dresden. Es gibt da einen Sammler, der Bilder aus der Minotaurusserie besitzen soll."

„Was ist eigentlich mit dem anderen Bruder, diesem Torsten Gruber?", fragte Pressel.

„Tja, der gibt an, sich nicht viel aus Kunst zu machen. Ein hieb- und stichfestes Alibi für die Tatzeit in Avignon hat er allerdings nicht. Macht einen etwas oberflächlichen Eindruck. Er scheint mir einfach nicht der Typ zu sein, der sich in irgendwelche Fantasien verstrickt. Wir behalten ihn im Auge, aber bei den anderen haben wir wenigstens ein paar vielversprechende Indizien."

„Sowohl Oliver Gruber als auch Hermann Pelzinger sind beide noch in Frankreich, nicht wahr? Könnte es nicht sein, dass der Minotaurus als nächstes in Paris zuschlägt?", meldete sich noch einmal Mäusel zu Wort.

„Gut kombiniert. Als nächstes nehmen wir uns Paris vor. Die Kriminalbeamtin aus Antibes ist bereits in der französischen Hauptstadt."

„Warum Paris?", fragte der junge Kriegel. „Nur weil die beiden jetzt an der Côte d'Azur sind?"

„Weil Picasso lange Zeit in Paris gelebt hat. Weil dort das Museum mit seinem Namen ist. Weil dort vielleicht weibliches Personal ist. In Dresden hat er es mit einem Sammler zu tun. Das wird ihm keinen Spaß machen. Er braucht Frauen und die Bilder im Musée Picasso werden, wie die französische Kollegin herausgefunden hat, unter anderem von Frauen bewacht."

„War sie nett?", fragte die Mäusel spitzbübisch.

„Was tut das zur Sache?", brummte Huntinger genervt. Er merkte, dass er rot wurde und ärgerte sich darüber. Die Mäusel amüsierte sich über seine Verlegenheit.

Wenig später fand er sich im Allerheiligsten wieder.

„Mann, Huntinger! Das ist alles, was Sie herausbekommen haben?", donnerte Krassel und schlug mit der Faust auf den Tisch, nachdem er Huntingers Lagebericht gelesen hatte.

„Was haben Sie denn dort an der Côte d'Azur getrieben? Urlaub auf Kosten des Steuerzahlers?"

„Meine Vermutung, dass er dort zuschlagen könnte, war ja so falsch nicht. Es gab einen Mord in Avignon, und ein weiteres Bild ist verschwunden."

„Ja. Ja. Aber ob es nun der Pelzinger oder der Gruber war, wissen Sie immer noch nicht! Und kommen Sie mir jetzt nicht mit Ihrem Gefühl oder dass Ihnen die Nase juckt. Nicht einmal einen Psychologen haben Sie eingeschaltet, wie mir Dremmler berichtete."

„Darum kümmert sich Kriegel gerade."

„Na also. Warum nicht gleich so?"

„Weil es eigentlich nicht nötig ist. Wir kennen die Motive des Minotaurus."

„Sie haben Psychologie studiert?", fragte Krassel ironisch.

„Nein. Ich habe einen gesunden Menschenverstand. Den muss ich nicht, wie erfahrungslose Kommissare, erst noch einmal durch einen Psychologen absichern."

„Ach, Huntinger. Es ist immer dasselbe mit Ihnen. Sie fürchten moderne kriminalistische Methoden wie der Teufel das Weihwasser."

„Niemand hat sich bisher über meine Aufklärungsquote beklagen müssen."

„Nein", gab der Polizeipräsident widerwillig zu. „Nein, das nicht. Aber Sie könnten sich doch die Arbeit leichter machen und …"

„Wenn es notwendig ist, werde ich schon die Labors mit Arbeit vollstopfen und den Psychologen sein Geld verdienen lassen."

Krassel brummte etwas Unverständliches und damit war Huntinger entlassen. Dass er nach Paris wollte, unterschlug er einstweilen, um Krassels Blutdruck nicht zu sehr zu strapazieren.

Sie fuhren mit dem Auto nach Dresden. Die Mäusel hatte das Steuer übernommen, sodass Huntinger in Ruhe nachdenken konnte. Mäusel wusste, dass man den Chef nicht stören durfte, wenn er mit konzentrierter Miene auf seinem Pfeifenstiel herumkaute. Huntinger hatte zwischenzeitlich mit Françoise telefoniert und ihr mitgeteilt, dass er noch in dieser Woche nach Paris kommen würde. In Gedanken rekapitulierte er noch einmal das Gespräch.

„Ich vermisse dich", hatte Françoise gesagt.

„Ja. Mir hat es auch Spaß gemacht, mit dir zu arbeiten", war er ausgewichen.

„Du weißt, dass ich das nicht meine."

„Ja. Das weiß ich."

„Und?"

„Was und?"

„Du tust so, als wenn es zu Ende ist."

„Bist du schon in Paris?", hatte er versucht sie auf ein anderes Thema zu bringen.

„Ja. Es gibt zwei Frauen, die seinem Opferprofil entsprechen. Im mittleren Alter, gut proportioniert. Die pralle Weiblichkeit."

„Na also. Dann wird er es dort tun."

„Ja. Komm bald. Ich bin im *Pavillon de la Reine* am Place des Vosges abgestiegen, ganz in der Nähe des Picassomuseums. Es liegt im Stadtteil Marais."

„Ich komme am Wochenende rüber. Was berichten deine Leute aus Beaulieu? Du wolltest Pelzinger doch beschatten lassen."

„Ja. Aber er hat das Hotel *Le Metropole* verlassen."

„Er ist euch entkommen?"

„Ja. Wir wissen nicht, wo er ist."

„Gut."

„Gut?"

„Weil es ein Beweis dafür sein könnte, dass er etwas vorhat. Er wird in Paris sein."

„Denke ich auch. Komm schnell, Charles."

„In Ordnung. Freitagabend komme ich rüber. Ich werde dem Herrn Polizeipräsidenten die schlechten Botschaften dosiert verabreichen, sonst bekommt er noch einen Herzanfall."

Als sie wieder persönlich werden wollte, hatte Huntinger abgeblockt, indem er vorgab, einen wichtigen Termin zu haben.

Nachdenklich kaute Huntinger auf seinem Pfeifenstiel. Wenn er in Paris im gleichen Hotel abstieg, würde es zu Komplikationen kommen. Er war sich nicht sicher, ob Françoise ihn nicht doch, in einem schwachen Moment …

Dies dachte wohl auch Esther. Als er sie in München anrief und ihr mitteilte, dass er am Wochenende nach Paris müsse, hatte sie schwer ausgeatmet.

„Da triffst du sicher wieder deine Kollegin."

„Das wird sich kaum umgehen lassen."

„Ich komme auch nach Paris."

„Esther, ich brauche keinen Aufpasser."

„Mein erster Drehtag ist am Dienstag", hatte sie unbeirrt geantwortet. „Ich kann ohne Weiteres das Wochenende in Paris verbringen und am Montagabend zurückfliegen. Ich buche für uns ein Zimmer im *Meurice* in der Rue Rivoli. Wir sehen uns dort."

Ohne seinen Widerspruch abzuwarten, hatte sie aufgelegt.

Huntinger stöhnte und zündete die ausgegangene Pfeife an.

„So schwer in Gedanken, Chef?", fragte die Mäusel mitfühlend.

„Wir kommen einfach nicht von der Stelle. Übrigens, der Pelzinger ist nicht mehr in Beaulieu und die Polizei hat seine Spur verloren. Ich werde am Freitag nach Paris fliegen."

Die Mäusel verkniff sich die Frage, ob er dort die französische Kollegin treffen würde. Sie wusste genau, wann ihr Chef ihre Vorwitzigkeit amüsierte und wann sie ihn ärgerte.

„Und wenn wir total auf dem Holzweg sind?", fragte sie zaghaft.

„Wir werden ihn kriegen. Er wird Fehler machen!", erwiderte Huntinger bestimmt, obwohl er langsam selbst daran zu zweifeln begann, an sich zu zweifeln begann, was ihm noch nie passiert war. „Er wird weiter töten. Er kann gar nicht anders. Irgendwann wird ihm ein Fehler unterlaufen", machte er sich Mut.

„Ihr Wort in Gottes Gehörgang", erwiderte Mäusel.

Auch in Dresden regnete es. Sie fuhren zum Stadtteil Weißer Hirsch hoch, stellten dort den Wagen ab und gingen zu Fuß nach Loschwitz, von wo man trotz der tief hängenden Wolken einen schönen Blick auf die Elbe und Dresdens Altstadt hatte. Nicht unweit von dem Institut des Manfred von Ardenne befand sich der hochherrschaftliche Wohnsitz des Sammlers. Huntinger und Mäusel waren beide trotz des Regenschirms nass bis auf die Haut geworden, und Mäusel maulte, dass sie sich bestimmt eine Erkältung eingefangen hätte. Sie klingelte, und eine elegante Frau um die Vierzig öffnete. Sie hatte alle Attribute, die der Minotaurus liebte. Sie trug ein elegantes, eng anliegendes schwarzes Kostüm. Etwas von oben herab fragte sie nach ihren Wünschen.

„Wir hätten gern Herrn Steiner gesprochen."

„Oh ... da kommen Sie ein Jahr zu spät. Er ist verstorben."

„Das tut uns leid", stammelte Mäusel.

„Kann ich trotzdem etwas für Sie tun?"

Huntinger zeigte seinen Ausweis.

„Von der Polizei?", fragte sie erstaunt.

„Wir kommen wegen der Bilder des Herrn Steiner. Sie sind seine Witwe?"

„Ja. Was ist mit meinen Bildern? Kommen Sie doch rein. Nun kommen Sie!"

Sie wies hinter sich und führte die Ermittler in einen Salon, der mit kostbaren antiken Möbeln eingerichtet war. An den Wänden hingen wertvolle Bilder. Nolde, Kirchner, Slevogt, aber auch einige Picassos.

„Was interessiert die Polizei an der Sammlung meines Mannes?", fragte sie. Frau Steiner setzte sich auf das Sofa, schlug ihre schönen Beine übereinander und spielte gelassen mit ihrer Perlenkette.

Huntinger erzählte in groben Zügen den Tatbestand.

„Das ist ja entsetzlich! Die armen Frauen. Ein Verrückter also?"

„Ja. Ein Geistesgestörter. Haben Sie in letzter Zeit etwas Ungewöhnliches bemerkt? Haben Sie einen jungen Mann gesehen, der Ihr Haus beobachtet hat? Oder haben Sie in letzter Zeit gar einen jungen, sehr kultiviert wirkenden Mann kennengelernt?"

„Nein. Weder ist mir irgendetwas aufgefallen, noch schließe ich Bekanntschaften mit jungen Männern, seien sie noch so kultiviert", erwiderte sie ironisch lächelnd.

„Ihre Bildersammlung ist sehr wertvoll."

„Ja. Aber um die Picassobilder brauchen Sie sich keine Sorgen zu machen. Sie sagten, dass er auf die Minotaurusbilder aus ist."

„Ja. Sieht so aus."

„Sehen Sie doch selbst. Es handelt sich zwar auch um Radierungen, die auf die griechische Mythologie hinweisen, aber ein Minotaurus ist nicht dabei. Die habe ich nämlich vor ein paar Monaten verkauft. Im Obergeschoss habe ich noch einen Dix, Beckmann und Schlemmer hängen, aber keinen Picasso."

Mäusel, die die Selbstsicherheit und arrogante Art der Witwe ärgerte, sagte spitz: „Nun, wenn Sie diese erst vor so kurzer Zeit verkauft haben, wird unser Serienmörder das nicht unbedingt wissen. Sie sind trotzdem in großer Gefahr."

„Ich bin eine von Waldenburg, die fürchten sich nicht so leicht. Selbstverständlich hat dieses Haus eine exzellente Alarmanlage."

„Wer weiß alles von diesen Picassos? Von wem stammten die Picassos?"

„Halb Dresden, denke ich. Natürlich nur Leute mit Niveau. Sie wissen, was ich meine. Die Bilder hat mein Mann gekauft, ich weiß nicht von wem. Er hat sie noch zu DDR-Zeiten einmal mitgebracht, als er mit Ardenne in Paris war. Vielleicht bei diesem Kahnweiler. Ich weiß es wirklich nicht. Sie kennen doch Ardenne?"

„Jawohl. Wer kennt nicht Manfred von Ardenne, den hochdekorierten Leiter des Forschungsinstituts, den Erfinder der Sauerstoffmehrschritt-Therapie, ein Aushängeschild der einstigen DDR", erwiderte Mäusel etwas abschätzig.

Reinecke staunte wieder einmal über ihr breites Wissensspektrum.

„Oh ja. Mein Mann kannte keine Reisebeschränkungen", fuhr die Witwe unbeeindruckt fort. „Er war Volkskammerabgeordneter. Ardenne und er waren Freunde. Beide waren für den Staat unentbehrlich."

„Sie hatten wohl sogar einen Mercedes?", fragte Mäusel bissig.

„Was tut das zur Sache, junge Frau?", federte die Witwe Mäusels Angriff elegant ab und die Mäusel bekam einen roten Kopf.

„Wir werden auf jeden Fall mit den Kollegen hier in Dresden sprechen, damit Sie in nächster Zeit Personenschutz erhalten", mischte sich Huntinger wieder ein, der nur zu gut wusste, dass Mäusel auf die Honoratioren der untergegangenen DDR nicht besonders gut zu sprechen war.

„Um Gottes willen. Nein. Auf keinen Fall. Ich fliege ohnehin in zwei Tagen nach New York zu meiner Tochter und bleibe dort einige Wochen. Bis ich zurück bin, werden Sie doch wohl hoffentlich Ihren Mörder dingfest gemacht haben."

„Dann sind wir ja eine Sorge los!", kommentierte Mäusel ironisch.

„Wenn etwas Ungewöhnliches eintritt, sollten Sie uns informieren", sagte Huntinger und reichte Frau Steiner seine Karte. „Ihr Haus werden wir trotzdem unter Objektschutz stellen. Sicher ist sicher. Sie haben einfach zu viele wertvolle Bilder hier hängen."

„Tun Sie, was Sie nicht lassen können. Aber meine Alarmanlage ist vom Feinsten."

Als sie draußen waren, fluchte Mäusel. „Die dumme Kuh! ‚Ich bin eine von Waldenburg, die fürchten sich nicht'", ahmte sie den Tonfall der Witwe nach. „Wir machen uns Sorgen und die behandelt uns wie Stiefelputzer."

„Sie haben es doch gehört. Deutscher Adel."

„Die Deutschen hätten im Winter 1918 einen Danton gebraucht und sie alle ..."

„Mäusel, Sie sind ja heute recht blutrünstig", erwiderte Huntinger lachend.

„Ist doch wahr! Ich kann sie nicht leiden, die Gestopften und die Adelsclique. Lange Zeit hat man nichts mehr von ihnen gehört, und jetzt, nachdem die Scheiße, in die sie uns in zwei Weltkriegen geritten haben, langsam aus dem Gedächtnis verschwindet, wagen sie sich wieder aus der Deckung."

„Aber Maus, immerhin gab es einen Stauffenberg, und unter den Kreisauern waren auch viele Adelige. Moltke, York, von Tresckow nicht zu vergessen."

„Trotzdem! Worauf bilden die sich etwas ein? Auf die Raubritterburgen ihrer Ahnen? Und dann hat sie auch noch einen Kerl geheiratet, der sich mit den Betonkommunisten trefflich arrangiert hat. Wenn ich das schon höre: Mein Mann kannte keine Reisebeschränkungen. Dumme Kuh!"

„Schon gut, Maus! Wir können uns jetzt voll und ganz auf Paris konzentrieren."

„Kann ich mitkommen?"

„Nein. Wir können nicht alle ausfliegen. Außerdem werde ich privat nach Paris gehen. Wenn ich unserem Krassel jetzt damit komme, flippt der aus."

„Frankreich scheint neuerdings eine besondere Anziehungskraft auf Sie zu haben."

„Maus, manchmal sind Sie wirklich unerträglich."

„Pressel würde ‚ätzend' sagen."

„Meinetwegen auch das."

Sein Handy klingelte. Er sah auf das Display. Françoise.

„Überraschung!", jubelte sie. „Wir haben ihn. Es ist weder der Pelzinger noch der Gruber, sondern ein Student von der Sorbonne."

„Ein Franzose?"

„Ja. Pierre Brisac. Wir wollen ihn gerade verhören."

„Wie habt ihr ihn denn geschnappt?"

„Er hat das Zubringerkabel für den Strom gekappt, sodass die Alarmanlage ausfiel. Er konnte ungehindert einsteigen. Aber einer Polizeistreife im Marais fiel er auf. Sie haben ihn anhalten wollen, doch er türmte. Am Ausgang der Place de Vosges haben sie ihn schließlich gestellt. Er hatte ein Bild aus der Minotaurusserie bei sich."

„Klingt nicht sehr professionell. Hat er eine Frau …?"

„Nein. Das nicht. Zerstöre nicht meine Hoffnungen. Wir nehmen ihn uns jetzt jedenfalls vor. Wann kommst du?"

„Na gut. In Anbetracht der Situation setze ich mich schon morgen früh in den Flieger."

„Wunderbar. Komm gleich ins Kommissariat am Quai des Orfèvres."

Als Huntinger das Handy ausschaltete, dachte er, dass er Esther informieren musste.

„Gute Nachrichten?", fragte die Mäusel.

„Ja. Es sieht so aus, als hätten sie den Minotaurus." Er erzählte ihr, was er gerade erfahren hatte.

„Hört sich nicht nach unserem Minotaurus an", sagte Mäusel kopfschüttelnd.

Als sie im Kommissariat zurück waren, teilte ihnen die Kleinschmidt eine weitere Überraschung mit.

„Euer Schneckenberger hat vorhin angerufen. In Steinberg ist ein Mord passiert. Eine Helga Vetter ist ermordet aufgefunden worden. Hat in einer Bar dort gearbeitet."

„Was? Also doch. Wie ist sie umgekommen?", fragte Huntinger und sah Mäusel an.

„Details hat er mir nicht genannt. Sie sollen ihn gleich anrufen."

„Da haben wir es!", sagte Huntinger bestimmt.

Er erinnerte sich sehr gut an die beiden eingeschüchterten Bardamen. Scheinbar wollte sich der Peiniger doch nicht auf Helgas Verschwiegenheit verlassen. Vielleicht hatte sie ihn auch zu erpressen versucht? Er warf sich in den Sessel und rief Schneckenberger an. Dieser meldete sich vom Tatort.

„Es ist in einem kleinen Wäldchen zwischen Steinberg und Dachau passiert.“

„Eine Hornwunde?“

„Hornwunde? Verstehe ich nicht. Sie ist erschossen worden.“

„Nehmt euch die Kollegin, die Elvira, vor. Vielleicht redet sie jetzt.“

„Nö, Kollege, die haben wir uns schon vorgenommen. Sie ist zwar ungeheuer verängstigt, will aber immer noch nicht reden. Na, vielleicht weiß sie ja auch nichts.“

„Versprecht ihr doch, sie ins Zeugenschutzprogramm zu nehmen.“

„Haben wir ihr schon angeboten. Vergebens. Sie will nicht reden. Übrigens, der Pelzinger ist verhaftet worden.“

„Was? Welcher Pelzinger?“

„Der Bürgermeister. Tut mir leid, Sie enttäuschen zu müssen. Mit seinen Wurstwaren war etwas nicht in Ordnung. Er hat in die Würste wohl Gammelfleisch verarbeitet. Die ganze Stadt ist aus dem Häuschen.“

„Euer Steinberg entwickelt sich ja langsam zu einem Sündenpfuhl.“

„Ja. Im Moment ist hier allerhand los.“

Die Kleinschmidt lachte hell, als Huntinger ihr von dem Anruf erzählte.

„Die machen, was Kriminalität betrifft, langsam Berlin Konkurrenz. Na, Kleinstädte waren mir schon immer unheimlich.“

Es klopfte kurz an der Tür, und Dremmler rauschte herein. „Haben Sie einen Moment Zeit für mich, Herr Hauptkommissar?“, fragte er förmlich.

Huntinger wies auf sein Büro und ging voran. Dies war nicht besonders höflich. Aber wenn er einen Typ nicht mochte, dann war es dieser Untersuchungsrichter mit seinen gegelten Haaren und dem lauernden Lächeln. Arrogant um sich blickend, die Bügelfalte gerade ziehend, fragte Dremmler: „Sagen Sie, warum werde ich nicht informiert?“

„Worüber?“, tat Huntinger ahnungslos.

„Das wissen Sie genau. Ich meine über den Picassomörder. Krassel konnte mir nur sagen, dass Sie seit Tagen auf der Stelle treten.“

„Genau deswegen habe ich keinen neuen Bericht geschickt“, brummte Huntinger und nahm die Pfeife heraus. Er stopfte sie umständlich und paffte große Wolken. Dieser erneute Verstoß gegen die Vorschriften würde Dremmler noch mehr auf die Palme bringen.

„Es gibt gar nichts Neues?“

„Doch. Die Franzosen glauben, dass sie ihn gefasst haben."

„Ach nein? Die Franzosen haben ihn also. Nicht wir? Eine schöne Blamage. Nun, die nutzen auch moderne kriminalistische Methoden, denen sich einige Kommissare hier verweigern. Und nun können sich die Franzosen rühmen, den Serienmörder verhaftet zu haben. Warum haben Sie das noch nicht gemeldet?"

„Weil ich das eben gerade erfahren habe."

„Nun gut. Wie ist es in Frankreich abgelaufen? Wissen Sie schon Näheres?"

Huntinger erzählte ihm, was er gerade von Françoise erfahren hatte.

„Na schön. Dann werden wir wenigstens unseren Picasso wiederkriegen. Ich werde den Herrn Polizeipräsidenten gleich informieren und alles andere veranlassen."

Huntinger schmunzelte. Er wusste, dass es Dremmler jetzt darum ging, der Presse mitteilen zu können, dass man den Picassomörder, dieses Monster, verhaftet habe.

„Er ist es nicht", erwiderte Huntinger gelassen und scheinbar nur daran interessiert, in dem Pfeifenkopf herumzustochern. Als wäre dies nebensächlich, fügte er hinzu: „Leider können wir deswegen den Fall noch nicht zu den Akten legen."

„Was? Was soll das? Eben haben Sie doch …"

„Ich sagte Ihnen nur, was die in Paris glauben. Aber der Minotaurus ist viel zu intelligent, um einen Diebstahl so dilettantisch durchzuziehen."

„Sie glauben also, der Picassomörder läuft noch frei herum?", fragte Dremmler schnell.

„Das glaube ich in der Tat."

Dremmler lehnte sich zurück und kniff die Augen zu einem Spalt zusammen. „Ach, ich glaube, Sie sind nur auf die Pariser Kollegen neidisch, weil die tüchtiger waren. Wenn die sagen, dass er es ist, dann wird dies wohl auch stimmen."

„Ich fahre morgen nach Paris, dann weiß ich mehr."

„Gut. Fahren Sie. Ich bin einverstanden. Sollte es nicht der Picassomörder sein, dann möchte ich doch um ein bisschen mehr Kooperation bitten. Ach, da fällt mir ein. Nehmen Sie den jungen Kriegel mit, der wird Sie dort trefflich unterstützen."

„Ob das dem Herrn Polizeipräsidenten recht ist? Sie wissen doch, das Budget."

„Ich nehme das auf meine Kappe!", schmetterte Dremmler. „Also, nehmen Sie Kriegel mit. Sie können einen fähigen Beamten dort gut gebrauchen. Außerdem lernt er, wie die internationale Zusammenarbeit funktioniert. Wir haben noch viel mit dem talentierten jungen Mann vor." Er nickte noch einmal gewichtig und ging mit schnellen Schritten hinaus.

Huntinger griff zum Telefon und rief den talentierten jungen Mann zu sich.

„Sie haben die Ehre Paris besuchen zu dürfen", teilte er dem Kollegen mit.

„Was? Geil! Warum ich?"

Huntinger sagte es ihm und Kriegel lief rot an. „Das ist eine Auszeichnung. Danke. Ich freue mich."

„Sightseeingtouren sind nicht eingeplant, mein Lieber. Aber freuen Sie sich ruhig."

„Nein. Natürlich nicht", erwiderte Kriegel schnell und stürmte mit strahlendem Gesicht hinaus.

Kleinschmidt kam, in ihrem obligatorischen Joghurtbecher stochernd, zu Huntinger.

„Womit haben Sie denn unseren Jerry Cotton so glücklich gemacht? Kriegel strahlt wie ein Honigkuchenpferd."

„Buchen Sie für uns beide einen Flug nach Paris."

„Was? Auch für den kleinen Schisser?"

„Aber, Frau Kleinschmidt!", mahnte Huntinger.

„Ist doch wahr. Er wird Ihnen in Paris auf die Nerven gehen und alles nach oben melden."

„Ich werde schon mit ihm fertig werden."

„Chef, seien Sie mal ehrlich. Sie mögen den Kerl doch genauso wenig wie ich."

„Er kommt mit. Nun machen Sie schon."

„Wenn das mal gut geht", murmelte die Kleinschmidt und ging hinaus.

Das war auch wieder kein besonders erfolgreicher Tag, dachte Huntinger. Ich muss Esther nachher anrufen.

13.

Im Bauch von Paris.

Das Abendrot lag wie Feuer über der Stadt. Ein Tief von den Azoren mit Sturm und Regen hatte die Bäume an der Seine durchgeschüttelt und sie standen nun zerzaust, nass und verloren im letzten schönen Licht des Tages. Huntinger war gern in Paris. Schon als Jugendlicher hatte seine erste Auslandsreise dieser Stadt gegolten und danach war kein Jahr vergangen, in dem er nicht in Paris gewesen war. Er kannte vom Marais bis zum Trocadero jede Straße, ob nun auf der rechten oder linken Seineseite, zumindest war er davon überzeugt.

Er war mit Kriegel gleich ins Kommissariat am Quai des Orfèvres gefahren, wo Françoise ihn mit einem „Endlich!" stürmisch begrüßt und ihn heftig geküsst hatte. Kriegel hatte verdattert zugesehen, das Gesicht verzogen und deutlich sein Erstaunen erkennen lassen. Nun saßen die drei in einem kleinen Kabuff, von dem aus sie den Verdächtigen beobachten konnten, während dieser nichts anderes als einen großen Spiegel sah. Doch wenn er genug Kriminalfilme gesehen hatte, würde er schon wissen, dass man ihn beobachtete.

„Nun, wie weit seid ihr?", fragte Huntinger.

„Es läuft prima. Er gibt alles zu."

„Was?"

„Die Morde in Berlin und Dachau und Avignon."

Huntinger schüttelte den Kopf. „Wer ist der Kerl?"

„Er studiert Psychologie. Die Eltern finanzieren sein Studium. In letzter Zeit ist er aber höchst selten in den Hörsälen gesehen worden."

Es war ein schmaler jungen Mann mit einem schwarzen Haarschopf und einem melancholischen Gesicht. Er ähnelte ein wenig dem jungen Alain Delon.

„Womit will er die Frauen umgebracht haben?"

„Mit einem Hirschfänger."

„Ach ja? Frag ihn, was in Dachau auf dem Eingangstor steht."

„Du glaubst, dass er es nicht ist?"

„Frag ihn."

Françoise verließ das Kabuff, und sie sahen sie ins Nebenzimmer zu dem Kommissar treten, der das Verhör führte. Sie flüsterte ihm etwas ins Ohr.

„Glauben Sie nicht, dass er es ist?", wiederholte Kriegel die Frage der französischen Kollegin.

„Das werden wir gleich wissen", brummte Huntinger und zündete sich seine Pfeife an.

Sie hörten die Stimmen im Verhörraum über eine Lautsprecheranlage. Der Verdächtige antwortete zögernd. Françoise kam wieder herein.

„Du hast es gehört?"

„Ich habe ihn nicht verstanden."

„‚Konzentrationslager Dachau' steht am Eingangstor. Das war nicht schwer. Eine logische Antwort."

„So? Logisch mag das sein, aber es ist falsch. *Arbeit macht frei* steht auf dem Eingangstor. Also, er ist vielleicht schizophren und ein Dieb, aber er ist nicht unser Minotaurus. Die Verletzungen unserer Opfer deuten auch nicht auf einen Hirschfänger hin. Kein Messer verursacht solche Wunden. Wir sind also so schlau wie zuvor."

„Du meinst wirklich …?"

„Ja. Frag ihn, wie die Straße heißt, in der die Marmounia wohnte."

Françoise nickte betrübt und ging wieder hinaus. Nach wenigen Minuten kam sie wieder.

„Er weiß es nicht mehr."

„Das war es wohl", brummte Huntinger.

„Lass uns in die Kantine gehen und einen Kaffee trinken", erwiderte Françoise deprimiert.

„Dann stehen wir also immer noch ganz am Anfang!", stellte sie fest, als sie in der Kantine einen Kaffee tranken, der vom Geschmack her zu ihrer schlimmen Stimmung passte.

„Wir müssen abwarten. Ist von der Verhaftung dieses armen Teufels was in der Presse erschienen?"

„Ja. Sie haben es groß herausgebracht."

„Gut. Das wird ihn herausfordern. Er bildet sich auf seine Einzigartigkeit vielleicht etwas ein. Ihr solltet nicht veröffentlichen, dass der Student ein Trittbrettfahrer ist."

„Kein Problem", versicherte Françoise.

In der Kantine wurde es laut. Es wurde viel gelacht und, wie Huntinger aus den Mienen schloss, auch viel gefrotzelt. Es war eine wesentlich lockerere Stimmung als in den Polizeikantinen daheim.

„Wir haben ein wenig Zeit. Er wird sein übliches Spiel treiben und muss sich erst einmal an eine der Frauen heranmachen. Es sei denn, er hat auch hier das Feld vorbereitet."

„Willst du dir das Museum ansehen? Es hat jetzt natürlich geschlossen, aber du kannst dir ein Bild von der Umgebung machen. Außerdem kannst du gleich im Hotel, im *Pavillon de la Reine*, einchecken."

„Nein. Ich habe bereits ein Zimmer im *Meurice*. Kriegel kann im *La Reine* einchecken."

„Wie vornehm", stichelte Françoise. „Du bist also nicht …?"

„Nein", unterbrach er sie stirnrunzelnd.

Sie schwieg betroffen. Kriegel hatte mit roten Ohren zugehört und versuchte sich einen Reim daraus zu machen. Huntinger konnte sich vorstellen, dass auch bald Dremmler und Strenger bestens Bescheid wussten. Aber daran ließ sich nichts ändern.

Anschließend fuhren sie ins Marais in die Rue de Thorigny. Das Museum lag in einer stillen Seitenstraße. Selbst in der Dunkelheit war zu erkennen, dass es sich um ein hochherrschaftliches Palais handelte. Es ging bereits auf zweiundzwanzig Uhr zu, doch neben dem Eingang fiel Licht aus einem Fenster. Auch der Vorhof war hell erleuchtet.

„Sie halten die Sicherheitsvorschriften ein", murmelte Françoise.

Sie fuhren weiter zur Place des Vosges und setzten sich unter den Arkaden in ein Restaurant. Huntinger entschied sich für ein Hühnchen Marengo, Françoise und Kriegel für ein Steak mit Pommes frites.

„Wir sollten gleich morgen früh das Personal unter die Lupe nehmen", sagte er, während er genüsslich das Hähnchen verzehrte.

„Wie lange wirst du bleiben?"

„Wenn wir ihn nicht in den nächsten drei Tagen gestellt haben, muss ich zurück."

„Länger kann ich auch nicht bleiben", sagte sie missmutig, während sie lustlos in ihren Pommes frites stocherte. Ihr Handy klingelte, und sie holte es nach einem entschuldigenden Blick aus ihrem Mantel. Ihre Augen leuchteten auf. Sie antwortete im Stakkato und steckte das Handy anschließend mit triumphierendem Lachen weg.

„Das war der Kollege aus Beaulieu. Hermann Pelzinger ist nach Paris gefahren. Der Concierge hatte ein paar Tage Urlaub, sodass er ihn erst heute befragen konnte. Er musste ihm ein Zimmer ... und nun kommt's ... im *Meurice* besorgen. Du hast ihn also direkt vor der Nase."

„Er weiß, dass wir ihm auf der Fährte sind und fährt trotzdem nach Paris? Wir sollten die möglichen Opfer unter Polizeischutz stellen."

Françoise nickte eifrig, griff erneut zum Handy und rief im Quai des Orfèvres an. Danach sagte sie: „Das mit dem Polizeischutz wird in Ordnung gehen. Wir müssen nur sagen, wer ihn bekommen soll. Übrigens, der Student hat die Segel gestrichen. Er hat nichts mit den Morden zu tun. Er wird morgen in die Psychiatrie eingewiesen, zur Prüfung, ob er überhaupt straffähig ist. Unser Hauptverdächtiger bleibt also Hermann Pelzinger."

„Und was ist mit Oliver Gruber?", warf Kriegel ein.

Huntinger sah Françoise an. Diese telefonierte ein drittes Mal.

„Gruber ist am Flughafen von Nizza gesehen worden und hat einen Flieger nach München genommen. Das heißt, er ist aus dem Rennen, oder sehe ich das falsch?"

„Sieht so aus", stimmte Huntinger zu. „Erst einmal", fügte er hinzu und dachte an das erregte Gesicht Grubers in der Arena zu Arles.

„Halten Sie ihn trotzdem für verdächtig?", fragte Kriegel.

Huntinger zuckte mit den Achseln. „Konzentrieren wir uns auf Pelzinger."

„Wenn wir doch von den beiden Verdächtigen eine DNA hätten."

„Da werden wir uns noch etwas einfallen lassen. Doch gehen Sie ruhig zu Ihrem Hotel. Ich rufe Sie an, wenn ich Sie morgen brauche. Sie sollten also Ihr Handy anlassen."

„Mach ich, Chef", antwortete Kriegel und sah Françoise auffordernd an. „Kommen Sie nicht mit?"

„Nein. Ich habe noch etwas mit Charles zu besprechen."

Kriegels Gesicht rötete sich. Unsicher stand er auf und brummte: „Na dann ..." Zögernd sah er zum Kellner hinüber.

„Lassen Sie nur. Ich bezahle das", beruhigte ihn Huntinger. Missmutig zog Kriegel ab.

„Ich mag ihn nicht", sagte Françoise, als Kriegel fort war.

„Kann ich verstehen. Bei uns in der Abteilung ist er auch nicht sehr beliebt. Er will zu schnell zu hoch hinaus."

„Ach, so einer ist das."

„Er ist durchaus tüchtig, aber er ist unerfahren und unterschätzt dies."

„Deine Schauspielerin hat dich also nicht allein nach Paris gelassen? Sie weiß von meinen Gefühlen zu dir?"

„Sie weiß nichts, ahnt aber alles."

„Ich kann warten. Schauspielerinnen sind nicht sehr treu", beharrte Françoise. „Sie sind zu vielen Versuchungen ausgesetzt. Ich habe über die Clausen recherchiert. Sie hatte schon viele Männer."

„Ach? Dann weißt du mehr als ich", erwiderte er wahrheitsgemäß. Er hatte nie wissen wollen, mit welchen Männern Esther vor ihm zusammen gewesen war. Es überraschte ihn nicht, dass es viele gewesen sein sollten. Für ihn spielte es keine Rolle.

„Sehen wir uns dann morgen früh am Museum?", fragte Françoise. Sie nahm ihre Umhängetasche auf und blickte Huntinger sehnsuchtsvoll an. „Du weißt gar nicht, wie sehr ich dich liebe", setzte sie hinzu und ging mit erhobenem Haupt zum Hotel hinüber. Er seufzte und beglich die Rechnung.

Im *Meurice* erfuhr Huntinger, dass Esther bereits eingecheckt hatte. Das Hotel konnte es an Vornehmheit mit dem *Carlton* in Cannes aufnehmen, aber ihm schien, dass sich das Personal hier nicht wichtiger nahm als die Gäste. Man sprach sogar Deutsch. Ein Page begleitete ihn hoch zu der Suite, die Esther gebucht hatte. Sie hatte ihm die Geschichte vom *Meurice* erzählt. Während des Zweiten Weltkrieges war es das Hauptquartier des deutschen Stadtkommandanten gewesen. Vor den Fenstern hatten Hakenkreuzfahnen geflattert. Wenn die Wände hier erzählen könnten …, dachte er, während er dem Pagen, der es nicht zugelassen hatte, dass Huntinger seine Reisetasche selbst trug, folgte. Der Page deutete auf die Tür und verbeugte sich. Huntinger gab ihm ein Trinkgeld und klopfte. Esther öffnete ihm, sie strahlte.

„Da bist du ja endlich. Nun, ist der Fall gelöst?"

Er warf den Mantel aufs Bett und erzählte ihr vom Stand der Untersuchung.

„Dann konzentriert ihr euch wieder auf den armen Pelzinger?"

„Ja. Und das Kuriose ist, er soll hier im *Meurice* Quartier bezogen haben."

„Warte. Ich spreche mit dem Concierge. Er kennt mich von früheren Aufenthalten. Er wird mir sagen, ob Kollege Pelzinger schon eingetroffen ist. Aber ich glaube immer noch nicht, dass er was mit deinem Minotaurus zu tun hat."

Sie ging zum Telefon und sah Huntinger, während sie mit dem Concierge sprach, mit sorgenvoller Miene an.

„Du siehst müde aus. Nein, Pelzinger ist noch nicht eingetroffen", sagte sie, nachdem sie aufgelegt hatte, und kam zu ihm, küsste ihn erst weich und zärtlich, dann immer fordernder. Sie streifte ihm das Jackett ab und zog ihn zum Bett. Es wurde eine leidenschaftliche Nacht. Nie würde er sich von ihr trennen.

Am nächsten Morgen erfuhren sie beim Frühstück, dass Pelzinger in der Nacht eingetroffen war. Doch um diesen konnte sich Huntinger später kümmern. Esther wollte sich gegenüber dem Louvre in den Antiquitätengeschäften nach einem Spiegel für ihre Wohnung umsehen, während er sich mit seinen Kollegen traf.

Pünktlich fand er sich im Musée Picasso ein. Françoise und Kriegel warteten bereits an der Kasse auf ihn. Einst war das Palais Salé von dem Salzsteuereintreiber Aubert de Fontenay erbaut worden. Es hatte trotz der fehlenden Möbel noch immer den hochherrschaftlichen Anspruch seines Erbauers. An den Wänden hingen Bilder aus allen Schaffensperioden des großen Meisters. Die Kommissare wurden in ein kleines Büro gebeten und Françoise sprach leidenschaftlich auf den klein gewachsenen Museumsdirektor ein. Dieser antwortete mit verschreckter Miene und warf die Arme hoch, als stünde der Weltuntergang bevor.

„Nach dem Vorfall in Avignon macht er sich natürlich große Sorgen! Sie haben nur ein sehr kleines Bild aus der Minotaurusserie. Er wird uns die Radierung nachher zeigen. Ich habe ihn gebeten uns die beiden Frauen vorzustellen, von denen ich glaube, dass sie den Minotaurus interessieren könnten."

Huntinger gab Françoise recht. Die Frauen entsprachen beide dem Beuteschema des Minotaurus'. Sie waren vollbusig, im mittleren Alter und hatten gut geschnittene Gesichtszüge. Die eine war eine Farbige, die andere eine Bretonin. Die Erstere war unverheiratet, die Bretonin geschieden. Beide hatten minderjährige Kinder.

„Kläre sie auf, was sie erwartet!", bat Huntinger Françoise.

Der Museumsdirektor stand bleich daneben. Die beiden Frauen schienen die Gefahr, in der sie schwebten, nicht besonders hoch einzuschätzen. Die Bretonin antwortete ruhig und mit verschränkten Armen. Die Farbige entgegnete etwas und die beiden Frauen schüttelten sich vor Lachen.

„Sie sagt, dass sie schon lange keinen Kerl mehr gehabt habe und sich auf ihn freue, wenn er so hübsch sei, wie ich ihn geschildert habe", übersetzte Françoise.

„Mach ihnen klar, dass dies kein Spaß ist und er die Frauen bestialisch tötet", sagte Huntinger besorgt.

Dies brachte nicht viel. Personenschutz lehnten sie beide ab. Zwar machten sie pflichtschuldig ernste Gesichter auf Françoises Erklärungen, aber als sie draußen waren, hörten sie die beiden Frauen wieder lachen. Françoise zuckte bedauernd die Achseln.

„Warum wollen sie keinen Personenschutz?", fragte Huntinger.

„Vielleicht gehen sie noch einer anderen Tätigkeit nach?"

„Du meinst ..."

„Na, von dem bisschen Gehalt vom Museum können sie kaum ihre Kinder durchbringen. Wenigstens das Museum wird von nun an Tag und Nacht durch eine Extrastreife bewacht."

„Das läuft nicht gut", brummte Huntinger.

Der Museumsdirektor führte sie kurz darauf zum Minotaurusbild. Es zeigte ein Bacchanal mit dem Minotaurus. Sektkelch schwenkend lag er neben einer Frau und einem Pärchen. Ein Bild, das dem Minotaurus gefallen würde.

„Diese Radierung gibt vielleicht die Stimmung wieder, in der er sich bei den Morden fühlt", sagte Françoise nachdenklich.

Der Museumsdirektor warf die Arme hoch und redete mit leidendem Unterton auf die Kommissarin ein.

„Der Kustos ist ziemlich durcheinander und fragt, ob er das Bild nicht abhängen und ins Depot verfrachten sollte."

„Nein. Dieses Bild ist unser Lockvogel."

„Aber die beiden Frauen sind ohne Personenschutz."

„Ja. Lass sie trotzdem beschatten."

„Na gut. Ich rede mit dem Quai des Orfèvres, ob die mitspielen." Sie telefonierte und nickte ihm dann beruhigend zu.

„Geht in Ordnung. Aber erst ab übermorgen. Im Moment brauchen sie alle Leute für den Staatsbesuch des griechischen Ministerpräsideten. Sarkozy empfängt Papandreou."

„Wie treffend."

„Was meinst du?"

„Nun, die Minotaurusserie ist doch vom griechischen Mythos beeinflusst."

„Ach so. Möchtest du dir den Louvre ansehen, der hat jede Menge griechischer Kunst. Wir können jetzt ohnehin nichts anderes tun als abzuwarten."

„Oh ja", begeisterte sich Kriegel. „Ich wollte immer mal den Louvre besuchen."

„Nein. Ich muss ins *Meurice* zurück und mir den Pelzinger vornehmen. Zeig meinem jungen Kollegen ruhig den Louvre. Ich rufe dich sofort an, wenn sich etwas ergibt."

„Hm, wir haben abgesprochen, dass wir diesen Fall gemeinsam abwickeln", sagte sie verärgert.

„Sowie sich etwas abzeichnet, rufe ich dich an. Ganz bestimmt."

Huntinger ließ eine sehr unzufriedene Kollegin zurück.

Im Hotel erfuhr er von Esther, dass Pelzinger nicht allein, sondern mit einer ganzen Crew im *Meurice* eingecheckt hatte.

„Filmleute?"

„Nehme ich an. Ich habe sie aber nicht gesehen. Der Concierge hat mir das gesteckt", erwiderte Esther und lehnte ihren Kopf an seine Schulter. „Ich habe für heute Abend einen Tisch unten im Restaurant reserviert. Vielleicht sehen wir dort Pelzinger und seine Begleiter. Übrigens, das Essen im *Meurice* kann es durchaus mit dem *Tour d'Argent* aufnehmen."

Er nahm sich das Buch über Picasso, *Das Genie und die Weinende*, von Anne Baldassari vor und las am Fenster. Esther konzentrierte sich darauf, den Dialog für einen neuen Krimi auswendig zu lernen und schimpfte leise vor sich hin. Es störte Huntinger nicht. Er war in der Lage, wo auch immer, abzuschalten.

Als Künstler war Picasso sicher ein Jahrhundertgenie, dachte er. Trotzdem verfiel er nicht in uneingeschränkte Bewunderung. Ihm gefiel nicht, wie Picasso seine Frauen behandelt hatte. Anderenseits hatte er wunderschöne Bilder von ihnen gemalt …

Als es Zeit war zum Essen zu gehen, hatte Esther sich umgezogen. Sie trug ein rotes Kostüm und sah darin atemberaubend aus. Huntinger musste schlucken.

„Donnerwetter! Darf ich denn in meinem Allerweltsanzug die große Schauspielerin begleiten?"

„Bei dir achtet man nicht auf den Anzug, sondern auf deine bärbeißige Miene", erwiderte sie lachend. „Trotzdem, deine Anzugjacke habe ich vom Hausservice aufbügeln lassen."

Das Restaurant hätte auch ein Barockschloss geschmückt. Die Decke zeigte einen blauen Himmel, in dem dicke kleine Putten um eine triumphierende Juno herumpurzelten. Über dem Kamin hing ein goldgerahmtes Bild, das Ludwig XV., den Vielgeliebten, zeigte. Auf den Tischen flackerten die Kerzen in silbernen Leuchtern. Esther und Charles entschieden sich für Austern und ein Wildschweinragout mit Steinpilzen und Tagliatelle. Dazu tranken sie einen *Sancerre* und zum Fleisch einen *Pauillac*, einen *d'Armailhac*.

„Das Essen bezahle ich", knurrte Huntinger.

„Ach, mein armer Charles, das wird dein Gehalt aber kräftig zusammenschmelzen lassen."

„Wenn das Essen so gut ist, macht mir das nichts aus."

Sie waren gerade mit dem Hauptgang fertig geworden, als eine Gruppe von Männern mit einer Frau an der Spitze, deren Kleidung verriet, dass sie auf Mode nicht viel Wert legte, hereindrängte. Ein junges, frisches Gesicht mit Sommersprossen, ein Pferdeschwanz wippte lustig auf ihrem Rücken. Die Gruppe setzte sich und einer der Männer stutzte, sprang auf und kam zu ihnen herüber.

„Herr Huntinger, Sie auch hier? Ach, mein Gott, Esther", setzte Pelzinger überrascht hinzu.

„Setz dich einen Moment zu uns, Hermann", sagte die Clausen gelassen und winkte dem Ober zu, der sofort einen Stuhl an den Tisch schob.

„Ich komme gleich rüber!", rief Pelzinger seinen Leuten zu.

„Das ist doch die Clausen!", staunte das Mädchen mit dem Pferdeschwanz laut und winkte begeistert herüber. Esther winkte zurück.

„Was machst du denn hier?", fragte Pelzinger, immer noch beeindruckt.

„Ich begleite Herrn Huntinger", sagte sie schlicht.

„So? Und Sie, Herr Huntinger? Sind Sie immer noch hinter dem Picassomörder her?"

„Auch das!", bestätigte Huntinger.

„Und verdächtigen Sie mich immer noch?", fragte Hermann mutwillig grinsend.

„In der Tat sind Sie immer noch einer der Verdächtigen."

„Hör auf!", mischte Esther sich ein. „Was machst du in Paris, Hermann?"

„Du weißt doch, dass ich *La Belle et la Bête* verfilmen will. Wie es aussieht, haben wir das Geld für die Produktion zusammen. Wir wollen uns heute Nacht die neuen Hallen in Rungis ansehen. Wollen prüfen, ob wir dort einige Szenen drehen können, so Traumsequenzen, verstehst du?", fügte er hinzu, dabei unsicher Huntinger ansehend, nicht unsicher wegen des Verdachts, sondern immer noch erstaunt darüber, die berühmte Clausen zusammen mit diesem Klotz von Kommissar zu sehen.

„Ist ja interessant", sagte Esther. Huntinger wäre beinahe zusammengezuckt, als sie hinzufügte: „Wenn du eine gute Rolle darin hast, bin ich gern dabei."

„Sicher. Für *La Belle* haben wir bereits die Dassler, aber du könntest die Rolle der Schwiegermutter übernehmen."

„Ich liebe Schwiegermutterrollen", antwortete sie und verzog das Gesicht.

„Also, ich stelle mir das so vor, dass wir *La Belle* und das Untier in einem Versailles-ähnlichen Schloss zeigen, in einem Raum wie diesem, machen einen Schwenk und zeigen das Paar in den Hallen", sagte er enthusiastisch, wobei er vergessen zu haben schien, dass Esthers Begleiter ihn immerhin für einen Verdächtigen in einem Mordfall hielt.

„Das ist aber sehr experimentell", sagte die Clausen.

„Klar. Es hat doch keinen Sinn, das Gleiche zu machen wie Cocteau", erwiderte Pelzinger selbstbewusst.

„Und du hast die Geldgeber endlich zusammen?"

„Ja. Ich habe die *Bavaria* im Boot und da die Dassler *La Belle* spielt, ist ihr … Freund, dieser schwerreiche Industrielle, auch mit eingestiegen."

„Ach, so hast du das geschaukelt. Du bist ein Filou!", sagte Esther und prostete ihm anerkennend zu.

„Und ein Hauptverdächtiger dazu!", erwiderte Pelzinger lachend.

Er ist ganz gelassen, dachte Huntinger bewundernd. Wenn er der Minotaurus ist, hat er Nerven wie Stahlseile.

„Du hast da ein Haar auf der Schulter", sagte die Clausen und griff zu Pelzinger hinüber. „Halt still. Ich werde es wegwischen. Sag mal, kannst du uns nicht mitnehmen? Ich war noch nie in den Hallen. Übrigens, trink doch ein Glas mit. Charles hat einen wunderbaren Rotwein ausgewählt."

Sie winkte dem Ober zu, und dieser brachte auf ihre Bitte ein weiteres Glas. Pelzinger nickte anerkennend, nachdem er Huntinger ironisch zugeprostet und den Wein gekostet hatte.

„Kompliment! Der ist wirklich gut. Ein *Pauillac*, nicht wahr? Natürlich nehme ich dich gern mit. Aber wir werden heute Nacht um zwei losziehen. Um drei geht es dort bereits hoch her, sagt unser Locationscout."

„Darf ich mich anschließen?", fragte Huntinger.

„Natürlich. Gern. Wenn Sie mir versprechen, mich nicht vorher zu verhaften." Pelzinger hielt dies für einen guten Witz und kicherte und selbst Esther stimmte in sein Lachen ein.

„Gut. Dann treffen wir uns heute Nacht um zwei in der Lobby. Aber seid pünktlich."

„Natürlich, Hermännchen", sagte die Clausen.

Nach einem kurzen Nicken zu Huntinger ging Pelzinger zu seiner Mannschaft zurück.

„Habe ich das gut gemacht?", fragte Esther und legte in der für sie typischen Art den Kopf zur Seite.

„Sehr gut!", bestätigte Huntinger.

„Das ist zu wenig Anerkennung", tat sie schmollend. „Du wirst mich noch mehr loben, wenn ich dir dieses Haar zeige." Sie legte ihm das Haar von Pelzinger in die Handfläche. „Nun hast du seine DNA."

„Du bist ein gefährliches Weib."

„Das bin ich. Und wenn du sein Glas nimmst, hast du außerdem noch seinen Fingerabdruck, ohne dass er davon weiß."

„Ich möchte dich nicht zum Feind haben", übertrieb er lachend.

„Sag das den Frauen, die sich an dich heranmachen."

„Hör auf!"

„Ich habe dir geholfen, damit du ihn schnellstens aus der Liste der Verdächtigen streichen kannst. Hermännchen ist nicht der Minotaurus."

„Wir werden sehen."

In der Suite informierte Huntinger telefonisch Françoise über die neueste Entwicklung. „Was mich erstaunt, ist, wie gelassen er wirkt. Ich glaube, er spielt mit uns", schloss er.

„Ich kann mit ein paar Beamten auch dort sein", bot sie an.

„Das halte ich im Moment für übertrieben."

„Das hier ist mein Revier, mein Lieber. Er tut in Paris keinen Schritt mehr ohne Beobachtung", entgegnete sie bestimmt.

„Na, wenn du meinst. Ich werde Kriegel benachrichtigen, dass er sich an der Beschattung beteiligt. Der Junge muss beschäftigt werden."

„Und deine Esther geht auch mit in die Hallen?"

„Ja. Durch sie ist das überhaupt zustande gekommen. Übrigens, wir haben jetzt ein Haar von ihm und einen guten Fingerabdruck. Wir können nun die DNA mit den Spermaspuren vergleichen."

„Gut gemacht! Du bist ein Fuchs."

„Nein. Hat Esther bewerkstelligt."

„Ach so. Die Filmkommissarin ermittelt auch."

Er fühlte, dass sie wütend wurde, aber damit musste sie allein fertig werden.

„Wir sehen uns dann heute Nacht!", fauchte Françoise und legte auf, ehe er etwas dagegen einwenden konnte.

Die Clausen war während seines Telefonats hinausgegangen. „Ihr habt euch über mich unterhalten?", fragte sie, als sie wieder hereinkam. „Entschuldige, ich konnte hören, dass mein Name gefallen ist."

„Ich habe ihr erzählt, wie sehr du uns geholfen hast."

„Ach, und sie war begeistert?"

„Nein. War sie nicht."

„Ja. Auch eine Filmkommissarin ist nicht so ohne."

Als um halb zwei der Wecker klingelte, war Esther bereits im Bad. Huntinger sprang schnell aus dem Bett und lief zu ihr. Sie schminkte sich bereits.

„Wir haben genug Zeit", beruhigte sie ihn.

Trotzdem machte Huntinger nur eine Katzenwäsche und rasierte sich nicht. Schnell zog er sich an. Als er fertig war, stand sie bereits in einem grauen Kostüm im Salon.

„Du hättest dich ruhig rasieren können", sagte sie unzufrieden und fuhr ihm über die Wangen. „Ach, tu mir den Gefallen und rasiere dich noch schnell. Ich mag dich nicht mit diesem schmuddeligen Dreitagebart."

„Das ist kein Dreitagebart."

„Sieht aber so aus."

Er stürzte ins Badezimmer und rasierte sich so schnell, dass ihm die Haut wehtat. Er schnitt sich am Hals, fluchte und drückte Toilettenpapier auf die Wunde.

„Ach, mein Held ist schwer verletzt", spottete sie.

„Stimmt. Ich gab mein Blut für dich."

Sie fuhren in die Halle hinunter. Die Crew wartete dort bereits auf sie und Pelzinger machte sie miteinander bekannt.

„Frau Clausen brauche ich nicht vorzustellen. Der finster dreinblickende Begleiter neben ihr ist Hauptkommissar bei der Berliner Kripo und sucht den Picassomörder. Also benehmt euch anständig, sonst reiht er euch unter die Verdächtigen ein. Ich bin schon auf seiner Liste." Hermann fand dies wohl furchtbar lustig und lachte. Seine Crew fand es wohl ebenso irrsinnig komisch. Grinsend fuhr er in seiner Vorstellung fort: „Das hier ist Leon, unser Scout. Dietmar ist mein Kameramann. Wilfried arbeitet am Drehbuch. Ernst ist Bühnenbildner. Erika, unsere Stylistin. Sie sagte mir gerade, dass sie bereits einmal mit dir gearbeitet hat, Esther."

Dann drängten alle hinaus. Vor dem *Meurice* stand ein Kleinbus mit einem verschlafen blickenden Fahrer. Sie brauchten eine Stunde, ehe sie die neuen Hallen in Rungis erreichten. Diese hatten nichts vom Charme der alten Hallen, dem Bauch von Paris, den Zola so wunderbar beschrieben hatte. Es hätten auch Fabrikhallen sein können, wenn man davon absah, dass hier nachts überall Licht brannte und vor den offenen Toren Gemüse-, Fleisch- und Fischlieferwagen standen. Bereits zu dieser frühen Stunde herrschte ein eifriges Kommen und Gehen. Leon bugsierte sie durch eine Gemüsehalle und überall rief man ihm ein „Bonjour!" zu.

„Leon hat einen Lebensmittelladen, gleich in der Rue Saint-Denis, bei den alten Hallen", klärte Pelzinger sie auf. „Scout macht er nur so nebenher. Er ist der ideale Mann für die Hallen. Manche hier kennt er schon von Kindesbeinen an."

Sie kamen in die Fleischhalle, wo hunderte von Fleischhälften an den Haken hingen. Männer mit weißen Plastikschürzen schleppten sich mit Schweine- und Rinderhälften ab.

„Das ist es", schrie Ernst, der Bühnenbildner. „Hier machen wir es, Hermann. Inmitten der Fleischhälften. Wir ziehen Gazeschleier durch die Halle. *La Belle* und das Untier sind im Schloss und die Schleier wehen hoch, und dann gehen sie hier durch die Fleischreihen. Sie blickt erschrocken um sich, fängt an zu rennen, reißt einen Schleier weg und steht plötzlich dem Untier gegenüber. Wow, das ist es."

„Genial", lobte die Stylistin. „Das weiße Kleid der schönen Unschuld streift eine blutige Rinderhälfte und färbt es blutrot."

„Schnitt!", bestätigte Hermann. „Dietmar, wir nehmen sie erst von hinten auf, folgen ihr und dann, als sie den Schleier wegzieht, nehmen wir sie von vorn auf, aus der Perspektive des Ungeheuers."

„Wow!", sagte Dietmar.

„Ja. Und dann geht sie mit ihm weiter. Er nimmt sie an der Hand, und sie gehen durch eine endlose Reihe abgeschlagener Kuhköpfe, denen die Zunge aus dem Maul heraushängt. Unser Kommissar hat mich darauf gebracht."

„Worauf gebracht?", fragte Huntinger stirnrunzelnd.

„Nun, Sie haben mir doch erzählt, dass der Picassomörder sich für den Minotaurus hält. Unser Untier sieht zwar eher wie eine große, löwenartige Katze aus, aber so eine Reihe abgeschlagener Kuhköpfe verstärkt den gruseligen Eindruck. Kinder, erinnert ihr euch noch an den *Paten*, wo der Produzent den Kopf seiner teuren Stute im Bett findet?"

Alle waren beeindruckt und Pelzinger steigerte sich noch. „Dietmar, wir könnten doch auch eine Szene einbauen, wo *La Belle* in ihrem Bett einen abgeschlagenen Kuhkopf findet. Wie gefällt dir das?"

„Genial!", hauchte Dietmar, der scheinbar alles, was Hermann Pelzinger sagte, genial fand. Aber auch der Scout und die Stylistin waren schier aus dem Häuschen.

„Mann, das wird ganz schön unheimlich", staunte Erika.

Machte Pelzinger sich über ihn lustig, fragte sich Huntinger. Inszenierte er dies alles, um ihn zu verhöhnen? Er stößt mich geradezu drauf, dass sich mein Verdacht erhärtet. Oder waren Filmleute tatsächlich so verrückt?

„Meschugge", flüsterte er und Esther lachte.

Als sie aus der Halle gingen, sah Huntinger Françoise und Kriegel hinter einigen Gemüsekisten stehen. Sie taten so, als würden sie die Waren begutachten. Huntinger ließ sich zurückfallen, trat nahe an Françoise heran und flüsterte ihr zu: „Wir gehen in die Fischhalle."

Dort war es kalt, der Boden war feucht und glitschig, und es roch nach Meer und Algen. Pelzinger wies auf einige riesige Thunfische. „Die könnten wir doch auch irgendwie einbauen. Tote Fische haben immer etwas Unheimliches. Lass dir etwas einfallen, Wilfried."

„Ist das mit den Kuhköpfen nicht schon makaber genug? Wir sollten es gut sein lassen."

„Nö, wir nehmen die Thunfische mit rein. So richtig schön surrealistisch, wenn du verstehst, was ich meine."

„Heiliger Dali!", knurrte Wilfried erschüttert.

Sie gingen in ein Frühcafé gegenüber, ein Bistro, in dem die Fleischer in ihren blutbefleckten weißen Schürzen an der Theke standen und einen ersten kleinen Weißen zu sich nahmen. Sie sprachen wenig und starrten mit müden Augen Löcher in die Luft. Die Gruppe setzte sich ans Fenster und beobachtete die an- und abfahrenden Lastwagen. Der Wirt rief ihnen etwas zu.

„Wollt ihr frische Austern essen? Eben gerade hereingekommen", fragte Hermann. Alle außer Huntinger nickten begeistert.

„Warum magst du nicht, Charles?", fragte Esther und legte ihm besorgt die Hand auf den Arm.

„Mir ist das noch zu früh", wehrte er ab und fragte sich die ganze Zeit: Warum tut er das? Welches Spiel spielt er mit uns? Er muss sich doch selbst sagen, dass er alles getan hatte, um den Verdacht zu bestärken. Glaubte er wirklich, doch noch davonzukommen?

14.

Im Schatten des Eiffelturms.

Nun betraten Françoise und Kriegel das Bistro. Sie gingen an den langen Tresen und tranken dort einen Espresso. Françoise sah immer wieder zu Huntinger herüber. Sie sah traurig aus. Esther griff nach seiner Hand und sah herausfordernd zur Theke.

„Wann willst du mit dem Dreh anfangen?", fragte Leon.

Pelzinger zuckte mit den Achseln. „Es kann immer noch ein Problem auftauchen. Aber ich denke, im Februar. Wir drehen die Szenen in den Hallen am Anfang, obwohl sie zu den Schlussszenen gehören."

„Verstehe."

Sie fachsimpelten noch eine Weile und Huntinger nickte Esther zu, woraufhin sie sich verabschiedeten.

„Hat es Ihnen Spaß gemacht?", fragte Pelzinger.

„Es war sehr aufschlussreich."

„Wir sehen uns nächste Woche in München", sagte Esther zu ihm. „Du denkst an mich?"

„Den Drehplan hast du spätestens in vierzehn Tagen. Dann kannst du entsprechend disponieren."

„Gut. Ich verlasse mich auf dich."

„Kannst du. Es sei denn, dein Hauptkommissar verhaftet mich."

Alle lachten.

Huntinger tat so, als hätte ihn die Bemerkung auch amüsiert. Aber im Taxi war er dann sehr schweigsam. In der Morgendämmerung trafen sie im *Meurice* ein. Esther beschloss sich noch einmal hinzulegen. Huntinger dagegen ging in den Frühstücksraum und nahm ein englisches Frühstück mit Bratkartoffeln, Eiern, Bohnen und Würstchen zu sich. Er brauchte jetzt etwas Stärkendes. Das Handy bewegte sich in seiner Jackettasche, als er gerade nach oben fahren wollte. Belsen. ‚Feierabend' arbeitete tatsächlich schon.

„Schneckenberger hat mich gestern Abend über eine interessante Entwicklung informiert. Er hat den Gruber am Bahnhof getroffen. Der will sich in Paris mit einem amerikanischen Geschäftsmann treffen, um mit ihm über eine Kooperation zu verhandeln."

„Welcher Gruber?"

„Georg Gruber, der Vater."

„Ach so. Ich befürchtete schon, dass wir Oliver nun auch in Paris auf dem Hals haben."

„Nein. Oliver hat wieder seine Tätigkeit in der Werbeagentur aufgenommen. Der Jüngere und die Tochter sind auch wieder im Land. Ach ja, der Torsten begleitet seinen Vater. Soll wohl langsam an die Geschäfte herangeführt werden."

Huntinger glaubte zwar nicht, dass diese Information auf den Fall Einfluss hatte, informierte aber trotzdem Françoise.

„Wie geht es dir?", fragte er, da sie im Bistro so leidend ausgesehen hatte.

„Schlecht. Was denkst du denn? Euch Händchen haltend zu sehen, war nicht besonders erbauend."

Er antwortete nicht darauf. Stattdessen informierte er sie über Grubers Ankunft in Paris. „Ich glaube nicht, dass es für uns wichtig ist, aber kannst du herausbekommen, wo er in Paris eingecheckt hat. Ich nehme an, dass es eines der Luxushotels sein wird."

„Ich werde dich anrufen, wenn ich es weiß", sagte sie lapidar. „Sehe ich dich heute noch?"

„Eher nicht. Vielleicht sollten wir uns morgen zusammensetzen, um eine Bestandsaufnahme zu machen."

„Gut", erwiderte sie tonlos. „Dann bis morgen am Quai des Orfèvres." Ihm tat es weh, ihre Stimme so brüchig zu hören.

Huntinger ging nach oben und weckte Esther. „Ich stehe heute zu deiner Verfügung. Wollen wir ins Musée d'Orsay gehen und uns die Impressionisten ansehen?"

„Eine gute Idee", rief sie strahlend. „Habe ich einen Hunger."

„Trotz der Austern?", fragte er lachend.

„Ach, wenn es mir gut geht, esse ich wie ein Scheunendrescher."

Er rief den Zimmerservice und bestellte für sie ein reichhaltiges Frühstück. Man hatte ihnen eine deutsche Zeitung vor die Tür gelegt, und er beschäftigte sich mit den neuesten Nachrichten aus Berlin, während sich Esther im Bad fertig machte. Die Nachrichten waren deprimierend wie

190

immer. Die Regierung verharrte in ihrer Selbsthypnose. Eine bleierne Schwere lag über dem Land. Im Wirtschaftsteil fand er eine interessante Notiz. Der Landmaschinenhersteller Gruber befände sich in Schwierigkeiten und suche in den USA nach einem Investor. War das der Grund, warum Georg Gruber in Paris war?

Esther kam fertig geschminkt aus dem Bad. Sie hatte ihr graues Kostüm gegen ein schwarzes getauscht, das ihr besser stand, und sah unternehmungslustig aus. Es klingelte. Der Zimmerservice kam herein, und sie klatschte in die Hände.

„Wunderbar! Du hast an alles gedacht. Orangensaft, Croissants, Baguette, Schinken, Lachs, Rührei und viel Kaffee. Den brauche ich jetzt. Übrigens, auf dem Bett liegt eine Zeitschrift von letzter Woche. Wenn du willst …"

Er ging hinüber ins Schlafzimmer und setzte sich aufs Bett, blätterte in dem Blatt und wurde darüber ein wenig traurig. Früher schrieben brillante Journalisten geschliffene Artikel gegen „die da oben". Doch nun war sein Eindruck, dass man sich überall selbst gezähmt hatte. War früher wirklich alles niveauvoller gewesen oder wurde er langsam alt und trauerte der guten alten Zeit nach?

Als Huntinger auf einen Artikel über Wallraff stieß, fluchte er.

„Was ist?", rief Esther herüber.

„Wallraff empört sich darüber, wie schlecht *McDonald's* und *Starbucks* ihre Mitarbeiter bezahlen, wie unverschämt Callcenter arbeiten, wie schwer es Schwarze und Ausländer bei uns in der Bundesrepublik haben. Doch für die heutigen Blätter ist er ein altmodischer Journalist mit einer altmodischen Haltung. Sie machen sich über ihn lustig!"

Er warf die Zeitschrift aufs Bett und ging zu ihr. „Wir sind alle altmodisch. Empathie ist … lächerlich geworden. Es lebe die Skrupellosigkeit! Bekennen wir uns zu dem, was in uns ist: Gier und Geilheit. Der Stärkere hat immer recht."

„Hör auf dich zu ärgern! Du wirst es nicht ändern", erwiderte Esther gelassen und biss in ihr Baguette, das sie üppig mit Käse und Lachsschinken belegt hatte.

„Und diese hedonistische Bande hat jetzt die Schaltstellen der Bundesrepublik eingenommen", stöhnte Huntinger.

„Du erwartest zu viel von dieser Generation. Sie ist behütet und verwöhnt aufgewachsen. Ihre Leitschnur ist Erfolg und Geld."

„Ja. Von den Werten des Großbürgertums ist nichts übrig geblieben als *Bella Figura*. Die Tempel verfallen. Die Kirche hat keinen Einfluss mehr auf das Leben der Bürger. Sie sehen, wie die da oben sich ihre Pfründe absichern, also spielen alle mit im großen Monopoly. Ich habe Wallraff immer bewundert. Er ist so etwas wie ein Leuchtturm, ein Licht in der Dunkelheit, das daran erinnert, dass Willy Brand von uns ‚compassion' forderte."

„O tempora, o mores", erwiderte Esther lachend und nahm seine Hand. „Ja, wir sind alle nicht zeitgemäß, wir alle, die sich an die sechziger und siebziger Jahre, an die Aufbruchstimmung erinnern können. Tempi passati. Aber sie werden dich nicht ändern, uns nicht ändern. Wir wissen, dass sie zweitklassig sind und ihre teuren *Brioni*-Anzüge dies nicht verbergen können. Die Geschichte wird sie richten."

„Aber das nützt den kommenden Generationen nichts. Sie vergeuden deren Zukunft, indem sie auf Pump Steuergeschenke verteilen, um sich an der Macht zu halten. Nach uns die Sintflut."

Huntinger beruhigte sich erst wieder, als sie im Musée d'Orsay waren und die Bilder betrachteten, die er so liebte. Monet, van Gogh, Cézanne, Pissaro. Die Kathedrale von Rouen betrachtete er wie immer am längsten. Die Kathedrale, in mehreren Bildern zu verschiedenen Tageszeiten gemalt, gehörte zu seinen Lieblingsbildern. Das graublaue Licht und die Ruhe in den Bildern faszinierten ihn jedes Mal aufs Neue. Als sie vor den anmutigen Ballettbildern von Degas standen, bemerkte der Kommissar das Vibrieren seines Handys. Er ging etwas abseits und hörte Françoises aufgeregte Stimme.

„Hermann Pelzinger hat sich in die Reihen vor dem Eiffelturm eingereiht."

„Na und? Vielleicht plant er eine Szene oben auf der Aussichtsplattform."

„Mag ja sein. Aber in einer anderen Reihe steht die Bretonin. Hier warten hunderte von Menschen, die auf den Eiffelturm wollen."

„Mein Gott, fehlt im Museum ein Bild?"

„Das habe ich mich auch sofort gefragt. Nein, das Museum sagte mir eben, dass nichts fehlt."

„Vielleicht ist dieses Aufeinandertreffen ein Zufall."

„Mag sein. Aber wollen wir uns darauf verlassen?"

„Gut. Ich komme."

„Mach schnell. Ich warte an der rechten Hauptkasse auf dich."

Er erklärte Esther, warum er fort musste. Sie schüttelte energisch den Kopf. „Ich glaube nie und nimmer, dass der kleine Pelzinger der Minotaurus ist. Ein Künstler kann seine Gewaltfantasien künstlerisch ausleben. Er braucht deswegen nicht zu morden, und Hermann ist ein Künstler."

„Wir sehen uns heute Abend im Hotel", verabschiedete er sich schnell, ohne auf ihren Einwand einzugehen.

Die Taxifahrt dauerte kaum länger als zehn Minuten. Unterwegs rief Huntinger Kriegel an und befahl ihm sofort zum Eiffelturm zu kommen. Wie Françoise geschildert hatte, standen hunderte von Menschen an beiden Kassen. Er traf Françoise am abgesprochenen Ort.

„Na endlich", empfing sie ihn. „Er steht in der linken Reihe auf der anderen Seite. In der rechten Reihe vor ihm kannst du die Bretonin mit dem kleinen Jungen sehen. Hinter beiden halten sich unsere Leute bereit."

„So lange er nichts macht, können wir nichts unternehmen."

„Nein. Komm. Ich habe bereits die Tickets. Wir fahren auf die erste Plattform. Sollte er ganz nach oben fahren, müssen wir ihm eben hinterher. Aber keine Angst. Auf allen Plattformen habe ich unsere Leute postiert."

Huntinger folgte ihr. Françoise zeigte dem Personal ihren Ausweis, sodass sie nicht zu warten brauchten. Sie erreichten die Plattform mit dem Jules-Verne-Restaurant. Die Aussicht war atemberaubend. Hinten am Horizont stand die Kathedrale von Notre Dame hoheitsvoll gegen den Himmel, wie ein Schiff in der Brandung der Häuser. Zur Linken thronte Sacre Cœur, die mit ihrer Kuppel und dem Campanile einer arabischen Moschee ähnelte. Die Kirche wurde wegen ihres Zuckerbäckerstils oft verspottet, aber Huntinger fand sie schön. Nicht andächtig oder erhaben wie Notre Dame, aber ihre seltsame Architektur rührte ihn.

Sie mussten lange warten und Pelzinger stieg, wie Huntinger es befürchtet hatte, nicht aus, sondern fuhr zur zweiten Plattform hoch. Sie folgten ihm mit dem nächsten Aufzug. Auch hier auf der zweiten Plattform drängten sich die Menschen. Vergeblich suchten sie die Gesichter ab.

„Er muss zur letzten Plattform hochgefahren sein!", mutmaßte Françoise erschrocken.

„Also ihm nach!", erwiderte Huntinger lakonisch.

Auch ganz oben, auf 276 Meter Höhe, drängten sich hunderte von Personen. Françoise sah nach den Beamten in Zivil. Diese schüttelten den
Kopf.

„Aber er muss hier sein!", sagte Françoise.

„Es sind zu viele. Mindestens dreihundert Menschen", knurrte Huntinger unzufrieden. Sie lehnten sich an die Brüstung und suchten weiter nach
Pelzinger.

„Er kann sich doch nicht in Luft aufgelöst haben!", murmelte Françoise.

„Er ist vielleicht wieder runtergefahren."

„Warum sollte er?"

Plötzlich flog ein Schatten an ihnen vorbei. Ein Schrei folgte. Alles erstarrte. Jemand rief etwas. Nun schrie die Menge.

„Es ist jemand heruntergefallen", stellte Françoise überflüssigerweise
fest.

„Oder hinuntergestoßen worden!", ergänzte Huntinger. „Du bleibst
hier. Befrage deine Kollegen und die Besucher. Ich fahre hinunter."

Er stieg in den nächsten Fahrstuhl. Es dauerte unendlich lange, ehe er
unten war. Jedes Mal, wenn der Fahrstuhl auf einer Plattform hielt, glaubte er hinausspringen zu müssen, um zu Fuß über die Treppe die Bodensta-
tion zu erreichen. Endlich war Huntinger unten. Er sah sich um und erblickte einen Menschenpulk. Er drängelte sich durch die Zuschauer. Einige Polizeibeamte drängten die Schaulustigen zurück. Auch Kriegel war
unter ihnen.

„Es ist Pelzinger!", rief er, als er den Hauptkommissar erblickte.

„Eine schöne Bescherung", brummte Huntinger und beugte sich über
den grässlich zugerichteten Leichnam. Kein Zweifel. Es war ihr vermeint-
licher Minotaurus.

„Jetzt sind wir den Minotaurus los und können die Akte schließen",
rief Kriegel zufrieden.

„Nicht so schnell", brummte Huntinger gereizt. „Wir haben die Picas-
soradierungen noch nicht."

Françoise kam nun zu ihnen. In ihrem Schlepptau Leon, der Locationscout.

„Er ist hinuntergestoßen worden!", rief Françoise atemlos. „Leon Cassier hat es genau beobachtet."

„Wie das denn? Die Plattform hat doch eine hohe Brüstung."

„Ja. Pelzinger ist auf das Gitter gestiegen und hat sich mit seiner Kamera weit über das Geländer gebeugt, um den Bildausschnitt für die spätere Filmaufnahme festzulegen. Plötzlich gab es ein Geschubse und Gedränge um ihn herum. Ein Mann hat sich gegen Pelzinger fallen lassen, ihn am Hinterteil gepackt und über die Brüstung gestoßen. Cassier hat es gesehen. Der Mann ist dann in der Menge verschwunden."

„Hat ihn jemand beschreiben können?"

„Bisher haben wir noch nichts Brauchbares. Einige sprechen von einem jungen Mann, andere von einem kräftigen im mittleren Alter. Wir werden aber alle Besucher von der obersten Plattform noch einmal genau befragen. Ich habe bereits einen Bus angefordert, der sie zum Quai des Orfèvres befördert. Was nun, Charles?"

„Unser Hauptverdächtiger ist tot. Solange wir die Bilder nicht haben, wissen wir auch nicht, ob er tatsächlich der Minotaurus war. Es könnte auch sein, dass er völlig unschuldig ist und vom Minotaurus hinuntergestoßen wurde."

„Dann war unser ganzer Aufwand umsonst?"

„Könnte sein. Wirst du Ärger bekommen?"

„Klar. Du kennst die Pariser nicht. Für die sind alle aus der Provinz Deppen und dazu bin ich noch eine Frau. Was Inkompetenteres gibt es für die nicht."

„Wo ist die Bretonin?"

„*Mon dieu*, die habe ich in dem Trubel ganz vergessen."

Sie lief zu der anderen Schlange hinüber und sprach mit den dortigen Beamten. Aufgeregt kam sie wieder zurück. „Die Idioten haben die Beschattung aufgegeben. Die Bretonin ist nicht hochgefahren. Ihr Junge hat plötzlich gequengelt und über Bauchweh geklagt und sie hat die Warterei abgebrochen. Ich befürchte, dass sie wieder nach Hause gefahren ist."

„Hoffentlich. Gehen wir davon aus, dass sie dort in Sicherheit ist. Es steht noch immer ein Wagen vor ihrem Haus?"

„Natürlich. Aber hältst du das jetzt noch für nötig?"

„Wir wollen kein Risiko eingehen. Die Lösungen finden wir jetzt nur noch … in Steinberg. Vielleicht finde ich bei Pelzinger in der Wohnung die Radierungen. Ich werde morgen früh nach Deutschland fliegen und eine Hausdurchsuchung beantragen. Wir bleiben weiterhin in Kontakt."

Françoise nahm seine Hand und zog ihn beiseite. Sie hatte Tränen in den Augen. „Und nun? Was wird aus uns?"

„Du wusstest, dass ich mit Esther zusammen bin."

„Du bist auch nur … ein Picasso!" Sie drehte sich jäh um und ging zum Leichnam. Er sah sie telefonieren und sie kam zu ihm zurück.

„Ich habe eben das Labor dran gehabt. Die haben das Glas und sein Haar untersucht. Seine DNA stimmt nicht mit dem Sperma überein. Er ist nicht der Minotaurus."

„Also doch nicht", murmelte Huntinger finster. „Dann hat Esther recht gehabt. Sie hat mich immer beschworen, ihn nicht für den Minotaurus zu halten. Um so wichtiger ist es, dass die Überwachung der Bretonin aufrecht erhalten wird. Die Hausdurchsuchung werde ich trotzdem vornehmen lassen. Sicherheitshalber."

„Die bringt doch nichts", machte sich Kriegel wichtig. „Wenn er nicht der Minotaurus ist, was soll dabei herauskommen?"

„Wer hat Pelzinger ermordet? Der Minotaurus? Oder wer? Wir haben einen weiteren Fall."

„Stimmt schon", gab Kriegel zerknirscht zu.

„Der Minotaurus?", griff Françoise Huntingers Bemerkung auf.

„Das ist nicht seine Handschrift. Aber unmöglich ist es natürlich nicht. Übrigens, die Grubers sind im *Ritz* abgestiegen."

„Was für ein Fiasko!", jammerte Kriegel. „Da sind wir die ganze Zeit dem Falschen hinterhergelaufen. Der Herr Polizeipräsident wird uns gehörig den Marsch blasen. Außer Spesen nichts gewesen."

„Sie sind ein Blödmann!", sagte Françoise, drehte sich um und ließ Kriegel stehen, der ihr mit offenem Mund nachstarrte.

„Was erlaubt sich diese Zicke?", prustete er mit hochrotem Kopf.

Huntinger antwortete nicht. Françoises Bemerkung ‚Du bist auch nur ein Picasso' ging ihm nicht aus dem Kopf. Hatte sie nicht recht? Er hätte sich von Anfang an energischer gegen ihre Liebe wehren müssen. Gut, die Initiative ging von ihr aus, aber es hatte ihm gefallen, von einer so schönen Frau angehimmelt zu werden. Du verdammter eitler Narr, schimpfte er sich aus.

„Wir fahren ins *Ritz*", sagte er gedankenverloren.

„Was wollen wir denn in dem piekfeinen Schuppen?", fragte Kriegel. Er hatte sich immer noch nicht beruhigt. „Wir haben hier riesige Kosten verursacht, um nun festzustellen, dass Pelzinger nicht der Minotaurus ist. Sie waren doch heute Morgen noch der festen Überzeugung, dass …"

„Ja, war ich. Dafür übernehme ich auch die Verantwortung. Und nun halten Sie die Klappe!"

Es dauerte eine Weile, ehe Kriegel sich davon erholt hatte.

Sie erwischten am Trocadero ein Taxi. Auf der Place Vendôme stiegen sie aus. Huntinger bewunderte die Säule, die der des Hadrian in Rom nachgebildet und aus den erbeuteten Kanonen der Schlacht von Austerlitz gegossen war. Auf der Spitze zeigte sie Napoleon in römischer Tracht. Der Platz war mit seinen palastähnlichen Häusern aus dem 18. Jahrhundert sicher einer der schönsten der Welt. Sie betraten das *Ritz*, von dem Huntinger im *Baedecker* gelesen hatte, dass dort einst Hemingway und F. Scott Fitzgerald an der *Ritzbar* so manchen Nachmittag alkoholselig an der Theke gehangen hatten. Er wollte zur Rezeption gehen, als er nebenan in der Tagesbar Georg Gruber mit seinem Sohn Torsten gewahrte. Er blieb stehen. Georg Gruber sah hoch, erhob sich erstaunt und kam auf ihn zu.

„Sie hier in Paris, Herr Hauptkommissar?"

Huntinger fiel ein, dass ihn mit genau den gleichen Worten Pelzinger am Vortag begrüßt hatte.

„Ja. Wir haben eben Pelzingers Tod feststellen müssen."

„Was? Der Gauner ist doch wegen seines Gammelfleischskandals im Gefängnis?"

„Nein. Ich meine Hermann Pelzinger, den Sohn."

„Na, man soll über Tote nichts Schlechtes sagen. Aber von dem habe ich auch nicht viel gehalten. Kommen Sie doch zu uns."

Georg Gruber bugsierte Huntinger und Kriegel durch die Tagesbar zu seinem Tisch, während sein Torsten eifrig zwei Stühle herbeiholte und für alle eine Runde Bier bestellte. Als Huntinger vom Tod des jungen Mannes erzählte, zeigte Torstens Gesicht große Bestürzung.

„Das ist ja furchtbar. Wir waren zwar keine Freunde, aber so ein Ende hat er wirklich nicht verdient. Ich weiß noch, dass er schon immer zum Film wollte und er hat es dann ja auch geschafft. Wenn unsere Familien nicht so verfeindet wären, hätte sich sicher eine Freundschaft entwickeln können. Er war schon etwas Besonderes."

„Ach was, verfeindet", grollte Georg Gruber. „Zwischen unseren Familien besteht eine ganz natürliche Rivalität. Ich wusste immer, dass der alte Pelzinger ein faules Ei ist. Aber das mit dem Sohn hätte ich ihm wirklich nicht gewünscht. Wirklich nicht. – Er wurde hinuntergestoßen, sagten Sie?"

So hatte es Huntinger nicht gesagt. Aber er korrigierte dies nicht. Er hatte nur erzählt, dass Pelzinger vom Eiffelturm gestürzt war.

„Davon gehen wir aus."

„Aber wieso waren Sie mit Ihrem Kollegen sofort zur Stelle?"

„Wir glaubten, dass er in die Picassomorde verstrickt ist", mischte sich Kriegel ein, und Huntinger räusperte sich. Mäusel hätte gewusst, dass Huntinger gerade eine scharfe Zurechtweisung herunterschluckte.

„Ah ja? Nun, etwas ungebärdig war er schon immer. Ich weiß nicht, ob Sie das wissen: Er stand einmal in Verdacht Fahrerflucht begangen zu haben."

„Wissen wir!", erwiderte Huntinger schmallippig.

„Und warum hatten Sie ihn in Verdacht?"

„Er wollte einen Film drehen, ein Remake nach Cocteaus *La Belle et la Bête*. Dies und anderes machte ihn verdächtig", fuhr Kriegel schwungvoll fort. „In dem Film geht es um eine Schöne, die sich in ein Untier verliebt."

„Was für ein Blödsinn", grollte der alte Gruber. „Die Filmleute sind doch heute nicht ganz bei Trost. Früher wurden noch gute Filme gedreht. Mit Curd Jürgens, O.W. Fischer, Rühmann und Albers."

„Vater, hör auf. Das war eine andere Zeit", mahnte der junge Gruber.

„Was machen Sie hier in Paris?", fragte Huntinger und trank von dem guten *Guinness*, das Torsten Gruber ihnen bestellt hatte.

„Ach, wir werden heute mit den Amerikanern ein Geschäft abschließen", erwiderte Gruber missmutig.

„Wir holen uns frisches Kapital für Investitionen in Südamerika", erläuterte Torsten.

„Sie wollen Anteile abgeben?"

„Leider. Der europäische Markt ist längst ausgereizt. Auch die USA bringen nicht mehr viel. Wir wollen in Mexiko ein neues Werk bauen und von dort den südamerikanischen Markt erschließen. Brasilien ist schwer im Kommen. Aber natürlich werden wir die Majorität nicht aus der Hand geben. Mein neunmalkluger Sohn ist natürlich gegen das Geschäft."

„Sie wollen sechsundzwanzig Prozent. Damit sind wir im eigenen Laden nicht mehr Herr im Haus. Wir können das gleiche Geld auch von unseren Landmaschinenhändlern einsammeln. Das hätte obendrein den Vorteil, dass wir diese an uns binden würden. Wenn Oliver hier ist, wird er dir das Gleiche bestätigen."

„Ach, Junge, das ist doch graue Theorie. Nie bekommst du die Händler dafür zusammen. Zumindest dauert es viel zu lange", wehrte Gruber ab.

„Ach, Ihr Bruder ist auch hier?", fragte Huntinger erstaunt.

„Ja. Ich habe ihm gemailt, dass er mir hilft Vater zu überzeugen."

„Oliver versteht noch weniger vom Geschäft als du", grollte der alte Gruber. „Da sehen Sie es, Herr Hauptkommissar. Die Küken wollen schlauer sein als die Henne."

„Was stellen Sie eigentlich für Landmaschinen her?", fragte Kriegel eifrig.

„Dreschmaschinen und kleine Traktoren."

„Die Amis sind an unserem Know-how bei den Dreschmaschinen interessiert", erklärte Torsten. „Sie würden ihr Programm nach unten abrunden. Wenn sie erst einmal die Finger bei uns drin haben, dann werden sie unser Know-how bei ihren großen Maschinen nutzen."

„Aber dafür werden sie zahlen müssen", warf der Vater ein.

„Was bei ihnen dann nur linke Tasche, rechte Tasche ist, und wenn sie unsere Technik haben, stoßen sie ihre Anteile ganz schnell ab, und wer weiß, in welche Hände die dann geraten."

„Ich werde schon aufpassen."

„Du bist der Boss."

„So ist es. Wissen Sie, mein Sohn muss noch viel lernen. Vor allem den Instinkt entwickeln, wem er vertrauen kann. Mein Gott, wenn ich bedenke, dass wir früher Geschäfte mit Handschlag abgeschlossen haben …"

„Vater, das war früher. Viel früher", stöhnte Torsten.

„Und wie geht es nun mit Ihren Ermittlungen weiter?", wandte sich Georg Gruber an den Hauptkommissar. „Nun, da Ihnen der Pelzinger abhanden gekommen ist?"

„Er war nur einer der Verdächtigen. Wir werden weiter recherchieren. Wir werden die Wahrheit über den Minotaurus schon noch herausbekommen."

„Minotaurus?", fragte Georg Gruber stirnrunzelnd.

„So nennen wir den Mann, der unschuldige Frauen umbringt", erklärte Kriegel wichtigtuerisch und hätte die Fälle sicher in allen Einzelheiten erläutert, wenn Huntinger nicht eingeschritten wäre.

„Er vergewaltigt also die Frauen, die einen Picasso besitzen?", staunte Torsten.

„Ja. Deswegen sind wir auch nicht sicher, ob der Mord an Pelzinger nicht doch in einem ganz anderen Zusammenhang steht", brummte Huntinger.

„Fürchterlich sich vorzustellen, dass dieser Picassomörder immer noch sein Unwesen treiben kann", sagte der junge Gruber kopfschüttelnd.

„Wir werden ihn bekommen", erwiderte Huntinger lapidar.

„Haben Sie denn immer den Mörder bekommen?", fragte Torsten.

„Fast immer. Es sei denn, er hat sich vorher selbst gerichtet."

„Und warum sind Sie sich sicher, dass der Pelzinger nicht der Picassomörder ist?"

„Die DNA stimmt nicht mit anderen Indizien überein."

„Sie haben also doch noch andere Indizien?", fragte Georg Gruber stirnrunzelnd.

„Oh ja. Sie müssen sich das wie ein Puzzle vorstellen. Im Moment passt noch nicht alles recht zusammen. Aber wir werden mit Geduld und Sorgfalt weiterarbeiten und eines Tages wird alles passen."

„Dann wünschen wir Ihnen viel Glück", sagte Georg Gruber.

„Ja. Das wünschen wir Ihnen", setzte Torsten hinzu. „Schließlich ist Pelzinger einer von uns."

„Sie erwarten also Ihren Bruder?", fragte Huntinger und stopfte seine Pfeife.

„Ja. Er ist zwar mit Leib und Seele Werber, aber er kann mir vielleicht helfen, dass Vater höchstens zwanzig Prozent aus der Hand gibt. Doof ist Oliver ja nicht. Immerhin floriert seine Agentur."

„Er wird mich nicht in meiner Verhandlungsführung beeinflussen!", widersprach der alte Gruber heftig. „Und du siehst ja, was ihm wichtig ist. Oliver treibt sich sicher im Louvre oder im Centre Pompidou herum."

„Ach, er ist schon in Paris?", fragte Huntinger.

„Ja. Er hat im Hotel eingecheckt. Aber statt sich bei uns zu melden, ist er gleich wieder verschwunden. So sieht es aus. Kleine Kinder, kleine Sorgen. Große Kinder, große Sorgen. Da rackert man sich sein Lebtag ab und die Kinder können in ein blühendes Unternehmen eintreten, aber was haben sie im Kopf? Kinkerlitzchen!"

„Ach, Vater, nun hör doch auf!"

„Es ist alles nicht mehr so wie früher."

„Ja, ja, Vater. Das ist nun einmal der Lauf der Dinge."

„Gut, dann wollen wir mal", sagte Huntinger, schlug sich auf die Knie und sah sich nach dem Kellner um.

„Lassen Sie nur. Das übernehmen wir natürlich. Was wollten Sie eigentlich im *Ritz*?", fragte der alte Gruber.

Kriegel wollte antworten, aber Huntinger legte ihm die Hand auf den Arm und erwiderte: „Ach, wir wollten uns nur erkundigen, ob Pelzinger hier Quartier genommen hatte."

„Und? Hatte er?", fragte Torsten neugierig. „Wir haben ihn jedenfalls nicht gesehen."

„Nein. Er muss woanders untergekommen sein. Aber das kriegen wir schon noch heraus."

Als sie dann draußen waren, sagte Kriegel: „Ist schon eine beeindruckende Persönlichkeit, dieser Georg Gruber. Ein Pionier von echtem Schrot und Korn. Der Torsten wird es schwer haben, in seine Fußstapfen zu treten."

„Ist das alles, was Ihnen aufgefallen ist?"

„Ja. Nö. Der junge Gruber hat nicht viel zu sagen."

„Noch wichtiger erscheint mir, dass Oliver, den wir in München wähnten, nun auch in Paris ist", erwiderte Huntinger und wünschte sich, er hätte Mäusel an seiner Seite.

„Wissen Sie, Chef, ich glaube, wir sind auf dem Holzweg. Der Picassomörder ist sicher ein durchgeknallter Sammler. Wir sollten uns auf die Picassosammler dieser Welt konzentrieren."

„Eine gute Idee!", stimmte Huntinger zu. „Recherchieren Sie mal diesen Sammlern nach. Das ist eine sehr wichtige Aufgabe." Er musste ein Schmunzeln unterdrücken. Wie viele Picassosammler mochte es geben? Hunderte, wenn nicht tausende? Der Kriegel würde ihn in nächster Zeit nicht stören.

Als sie im Taxi die Place Vendôme verließen, warf Huntinger einen wehmutsvollen Blick zurück. Dann fielen ihm Françoises Worte ein: Du bist auch nur ein Picasso. Nein, diesmal erschien ihm Paris nicht so schön wie beim ersten Mal.

15.

Der Minotaurus amüsiert sich.

Der Minotaurus saß in einem Bistro am Place des Vosges und lachte vor sich hin. Er hatte die große Frau im Museum angesprochen und mit ihr gescherzt. Nun wusste er bereits, dass sie Lisette hieß und aus Quimper stammte, einen Sohn hatte, sieben Jahre alt, der Louis hieß. Einen festen Kerl schien sie nicht zu haben. Er würde nachher so tun, als hätten sie sich zufällig getroffen und dann würde alles nur noch ein Spiel sein. Sie würde sich in ihn verlieben, wie sich alle in ihn verliebt hatten, weil er ein Spiegelbild ihrer Träume war. Alles gelang ihm. Auch am Eiffelturm war alles so einfach gewesen. Noch einmal ging er die Ereignisse durch, ließ sie wie einen Spielfilm vor seinen Augen ablaufen. Oh ja, er war ein Meister gewesen.

Er hatte in der Reihe vor dem Eiffelturm gewartet, der zweifellos ein Zeichen großer Ingenieurskunst war, wenn sie auch einem vergangenen Jahrhundert entstammte. Es beeindruckte ihn nicht, genauso wenig wie ihn das Internet beeindruckte oder *Google* oder *Apple* oder Mister Bill Gates. Er glaubte nicht daran, dass der technische Fortschritt die Welt voranbrachte, glaubte nicht, dass sich irgendetwas verändert hatte, seit der Affenmensch in *Odyssee 2001* den Knochen in die Luft warf. Nichts war besser geworden seit den Tagen, als die Achaier vor Troja standen und Odysseus sich die Sache mit dem Pferd ausdachte. Und der Meister, Picasso, wusste dies auch und hatte die Wahrheit auf Papier gebannt. Es ging immer nur darum, ob man der Stärkere war. Nietzsche hatte es gewusst. Oh ja, obwohl halb blind, mit schwacher Gesundheit, kam er der Wahrheit auf die Spur, als er sich im Engadin durch die Berge tastete und seinen Zarathustra ersann, der den Menschen seine Botschaft brachte.

Die Reihe vor ihm war nur langsam vorgerückt. Es hatte ihm nichts ausgemacht. Er hatte Zeit, und er hatte gelacht, ohne dass sich sein Gesicht verriet. Oh ja, er hatte gelacht, weil die vor und hinter ihm nicht wussten, wer er war.

Nun wartete wieder ein Opfer auf ihn. Oh ja, sie würde sich ihm ergeben, würde darauf warten, dass er sie fickte und dann würde sie … Er schluckte vor Erregung und dachte an die anderen Frauen, die er gehabt und getötet hatte, die in Antibes, die dumme Pute, die ihn mit einem falschen Bild kaufen wollte, an die in Dachau, Berlin und Avignon, die folgsam gewesen waren und ihm das gegeben hatten, wonach er verlangte.

Dann fiel ihm wieder ein, wie er vor dem Eiffelturm gestanden und diesen Kommissar entdeckt hatte. Er hatte sich nicht erschrocken. Er hatte sich nicht einmal gewundert, als sich dieser zum Eingang drängelte. Der Kerl war ihm gleichgültig. Nie und nimmer würde er herausbekommen, wer der Minotaurus war. Niemand wusste es, abgesehen von ihr, die er liebte. Aber sie wusste nichts Genaues, ahnte es vielleicht. Dann hatte er die Beamten in Zivil bemerkt. Oh ja, sie verrieten sich durch ihre strengen Mienen, durch ihre Wichtigtuerei. Irgendetwas ging hier vor. Es hatte seine Erregung, seine Lust gesteigert. Sie wussten nicht, wer hinter ihnen stand, wussten nicht, dass man keinen Stierkopf tragen musste, um der Minotaurus zu sein.

Dann entdeckte er Pelzinger, der sich einbildete, was Besseres zu sein, der geniale Regisseur von *La Belle et la Bête*. Er sollte, musste sterben. Seit er ihn in der Bucht gesehen hatte, seit er ihn wie ein Hase auf ihr rammeln sah, wusste er, dass er ihn zu vernichten hatte. Niemand nahm dem Minotaurus etwas weg. Ihr vermochte er nicht lange böse zu sein. Sie war triebhaft, war Circe und die ewige Hure. Nein, sie würde er nicht abstrafen, aber den, der sie vor Lust hatte schreien lassen. Das war nun wichtiger. Die Frau aus dem Museum würde ihm schon nicht entkommen.

Dann war er im Fahrstuhl gewesen, einen Korb später als Pelzinger hochgefahren. Gut, dass ihn so viele Besucherrücken verdeckten, sodass ihn der große Regisseur nicht sehen konnte. Es war alles ein Spiel gewesen – ein tödliches Spiel. Pelzinger war auf die Brüstung gestiegen, hatte sich weit über das Eisengatter gebeugt und er hatte sich gegen die Leute fallen lassen, war zurückgestoßen worden, hatte sich erneut durchgedrängelt und dann den fetten Arsch über die Brüstung gestoßen, hatte den Schrei als Belohnung gehört. Oh, war das gut gewesen. Was Pelzinger wohl gedacht haben mochte, als er fiel und fiel? Hatte er an die Bucht gedacht, an ihren weißen, geschmeidigen Leib, an ihren Lustschrei?

Er war mit dem nächsten Fahrstuhl hinuntergefahren. Hatte sich nicht die Leiche angesehen. Die Sache war für ihn erledigt. Es war eigentlich nur schade, dass der Kerl beim Fallen nicht gewusst hatte, wer ihn vom Turm gestoßen hatte. Er war zum Trocadero hochgestiegen. Hier hatte auch er einst gestanden, der Führer des Großdeutschen Reiches. Er hatte gewusst, was zählte. Der Starke beherrscht die Welt. Er hatte die Kraft gehabt Millionen umzubringen. Einfach so. Weil er es so wollte. Und die Deutschen mit ihrem Kadavergehorsam hatten ihm dabei geholfen, für ihn gekämpft, bis er die Tür der Weltgeschichte mit einem lauten Knall zugeschlagen hatte. Ja, das war ein Kerl gewesen.

Anschließend hatte er ein Taxi genommen und, während er durch die Rue Rivoli fuhr, daran gedacht, wie es damals gewesen sein mochte, als in den Straßen von Paris die Hakenkreuzfahnen geweht hatten. Er wusste bereits, dass Lisette im Marais wohnte, kannte die Straße aber nicht. Am Place des Vosges war er ausgestiegen und zum Musée Picasso gegangen. Doch Lisette war nicht da gewesen, hatte die Frühschicht gehabt. Er hatte sich wieder das Bild angesehen, das er in seine Sammlung einreihen wollte. Oh ja, es war gut, sehr gut. Er hatte den Wagen vor dem Museum bemerkt und ein Lachen nicht unterdrücken können. So töricht wie dieser junge Mann, der dort eingebrochen war, würde er nicht sein. Was hatte sich dieser Kerl angemaßt?

Und nun saß er in dem Bistro neben der Wohnung des Victor Hugo. Er mochte den Dichter nicht. Er hatte vor Jahren, noch auf dem Gymnasium, *Les Misérables* lesen müssen, sentimentaler Unsinn für blutarme Jungfern. Gegen so etwas gab es ein Gegengift! *Du gehst deinen Weg der Größe. Nun ist deine letzte Zuflucht geworden, was bisher deine letzte Gefahr hieß!* Nietzsche. Der Wille zur Macht. Er bestellte einen leichten Rosé und sah zu, wie das Licht langsam hinter den Wolken versickerte. Er wollte gerade das Warten aufgeben und zahlen, als er sie mit einer Einkaufstasche herankommen sah. Er stand auf und winkte ihr zu. Sie stutzte und kam zu ihm. Sein Französisch war, wie man ihm oft bestätigte, für einen Ausländer von erstaunlicher Eleganz.

„Schön, Sie wiederzusehen. Was für ein Wunder."

Sie lächelte und neigte den Kopf. „Sie sind noch hier?"

„Ja. Ich komme gerade aus dem Museum. Aber es fehlte etwas."

„Was?", fragte sie erstaunt.

„Sie fehlten."

„Ja. Ich habe Frühdienst gehabt."

„Dann werde ich morgen früh wieder da sein. Und ich werde die Bilder nicht sehen, sondern nur Sie."

„Sie sind ein Schmeichler."

„Nein. Ist es Ihnen noch nie passiert, dass Sie jemanden sehen und sich sofort zu ihm hingezogen fühlen?"

„Nein", erwiderte sie schlicht und errötete.

„Ich hoffe, Sie nehmen mir meine ... Empfindungen nicht übel."

„Nein. Das nicht. Aber Sie ... verwirren mich."

„Ich weiß, dass ich vielleicht aufdringlich erscheine. Wenn es Sie stört, werde ich morgen nicht kommen."

„Das nicht. Nein, kommen Sie nur. Doch was wollen Sie von mir?"

„Vielleicht ein Lächeln? Sie haben ein Lächeln wie von Leonardo da Vinci gemalt."

Sie schüttelte den Kopf. „Sagen Sie so etwas nicht."

„Darf ich Sie zu einem Glas Wein einladen?"

„Ich kenne Sie doch gar nicht. Man hat uns gewarnt, uns mit Fremden einzulassen. Man fürchtet den ‚Picassomörder'."

„Oh je, sehe ich aus wie ein ... Mörder?", fragte er und legte die Hand mit treuherzigem Blick auf die Brust.

„Nein. Natürlich nicht."

Sie errötete. Er wies auf den Tisch, woraufhin sie ihm folgte, sich setzte und die Einkaufstasche abstellte.

„Aber nur ein Glas", fügte sie hinzu.

Er rief die Bestellung dem Kellner zu und setzte sich ebenfalls.

„Sind Sie Tourist?", fragte sie.

„Nein. Geschäftsmann. Ich habe vor hier in Paris eine Filiale zu eröffnen."

„Was für Geschäfte betreiben Sie?"

„Ich bin Optiker. Wir haben eine Optikerkette in Deutschland und den Niederlanden und wollen nun in Frankreich expandieren."

„Wie viele Geschäfte haben Sie denn?", fragte sie neugierig.

„Zweihundertfünfzig. In Frankreich werden wir aber klein anfangen. Drei in Paris, zwei in Lyon und eines in Cannes."

Sie bekam große Augen. „Dann werden Sie viel zu tun haben!", sagte sie beeindruckt.

„Ja. In nächster Zeit werde ich mich auf Frankreich konzentrieren. Ich werde mir hier am Place des Vosges eine Wohnung kaufen."

„Hier? Am Place des Vosges? Das ist sündhaft teuer."

„Die Aussicht hier ist jeden Euro wert."

Es ließ sich gut an, stellte er für sich fest. Ihr anfängliches Misstrauen war verschwunden. Aber er musste vorsichtig vorgehen, durfte nichts überstürzen. Sie war groß, hatte ein makelloses ovales Gesicht. Das blonde Haar hatte sie hinten zu einem dicken Zopf zusammengebunden. Er war sich sicher, dass ihre Schüchternheit nur gespielt war. Sie war ein Luder, ganz sicher. Vor allem ihre Brüste, die die weiße Bluse wölbten, würden ihm Spaß machen. Aber erst musste er sie dazu bringen, ihm zu vertrauen. Geh vorsichtig vor, ermahnte er sich noch einmal.

„Werden Sie schon bald hierherziehen? Woher kommen Sie?"

Bei ihm gingen die Warnlampen an. Vielleicht hatte man sie vor einem Deutschen gewarnt.

„Ich bin Holländer. Aus Amsterdam. Aber wir haben Filialen in Deutschland, Holland und Belgien."

„Also fast ein Deutscher", sagte sie stirnrunzelnd.

„Oh nein! Wir Holländer mögen die Deutschen nicht besonders. Ich will schnellstens hierherziehen. Im Augenblick wohne ich im … Hotel *Lutetia*. Ich bin Junggeselle und werde mir für die Wohnung eine Haushälterin suchen müssen. Ich bin schrecklich unbegabt, was den Haushalt betrifft. Vielleicht wissen Sie eine vertrauenswürdige Person?"

„Nein. Ich weiß niemanden", erwiderte sie zögernd. Sie sah ihn mit ihren großen blauen Augen nachdenklich an. „Was würden Sie der Haushälterin denn zahlen?"

„Keine Ahnung. Würden zweitausend Euro reichen?"

„Ich könnte doch auch … nach meinem Dienst im Museum? Wenn Sie jemanden wie mich nehmen", fügte sie schüchtern hinzu.

„Warum nicht? Eine glänzende Idee. Einverstanden."

„Und Sie würden wirklich …?"

„Ja. Oder sind zweitausend Euro nicht genug?"

Sie legte die Hand auf ihr Herz und drückte den Stoff herunter, sodass sich ihre Brustwarzen abzeichneten. „Oh doch", hauchte sie, und er merkte, dass sie rechnete. Zusammen mit dem Gehalt von dem Museum würde sie mehr verdienen, als sie sich je hatte vorstellen können.

„Es wird auch nicht so viel Arbeit sein. Ich muss mich ja auch um meine Geschäfte zu Hause kümmern und würde deswegen nur sporadisch in Paris sein."

Nun war sie gern mit einem zweiten Glas Wein einverstanden. Er hatte sie am Haken. Jetzt musste er den Fisch ganz vorsichtig an Land ziehen. Er griff zur Brieftasche, blätterte zweitausend Euro hin und schob ihr das Geld zu.

„Für den ersten Monat. Sozusagen als Handgeld", sagte er lachend.

„Aber ich habe doch noch gar nichts für Sie getan."

„So gehört es sich aber. Sie sind eingestellt. Ich habe mir schon einige Wohnungen angesehen. Spätestens in einer Woche werde ich den Kaufvertrag unter Dach und Fach haben und dann gibt es viel Arbeit für Sie. Sie werden mir helfen alles einzukaufen, was so ein Haushalt braucht."

„Ja. Gern", sagte Lisette, sammelte die Scheine ein und steckte sie in ein großes, speckiges Portemonnaie. „Sie sind sehr großzügig und sehr vertrauensvoll."

„Ich habe absolutes Vertrauen zu Ihnen!"

„Warum?", fragte sie und legte ihre Hand wieder auf den Busen.

„Sie haben ehrliche Augen. Wunderschöne, ehrliche Augen."

Ihre Augenlider flatterten. Ihr Blick wurde misstrauisch. Er war zu schnell vorgegangen. Idiot, schalt er sich.

„Jemandem, der für das Musée Picasso arbeitet, kann man getrost vertrauen", schob er schnell nach. Es war die richtige Antwort gewesen. Sie entspannte sich wieder.

„Ja. Die Bilder sind sehr wertvoll. Manche sollen Millionen wert sein, habe ich gehört."

„Eben. Sie sehen, dass ich Ihnen nicht nur Ihrer schönen Augen wegen vertraue", fügte er lachend hinzu. „Aber als Geschäftsmann hat man einen Blick für die Menschen."

Sie sah auf die Uhr. „Ich muss leider gehen. Mein Sohn wartet auf mich. Er muss sein Abendbrot bekommen."

„Verstehe. Natürlich dürfen Sie den Jungen nicht warten lassen."

Er winkte den Kellner heran, zahlte und gab ein hohes Trinkgeld, sodass sich dieser mit einem tiefen Bückling bedankte.

„Darf ich Sie ein Stück begleiten?", fragte er und nahm ihr die Einkaufstasche aus der Hand.

Sie nickte. „Das ist nett. Sie sind ein Gentleman, wie die Engländer sagen."

Gemeinsam gingen sie in die Rue des Francs-Bourgeois hinein. Schmale alte Häuser, in denen sich Boutiquen, Antiquitätenläden, kleine Hotels und Restaurants eingenistet hatten.

„Wir sind schon da", sagte Lisette und deutete auf die zweite Etage über einem Antiquitätengeschäft. „Die Wohnung ist zwar klein, aber ich habe es nicht weit bis zum Musée Picasso."

„Wenn ich die Wohnung am Place des Vosges bekomme, haben Sie es auch nicht weit zu mir."

„Das wäre zu schön", erwiderte sie und gab ihm die Hand. Sie erschrak dann. „Wie erfahre ich denn, dass und wo Sie eingezogen sind."

„Haben Sie ein Handy?"

„Nein. Nicht einmal ein Telefon."

„Na gut, dann lege ich Ihnen einen Zettel mit meiner neuen Adresse in den Briefkasten, wenn die Verträge unterschrieben sind."

„Haben Sie keine, wie sagt man … Visitenkarte, dass ich bei Ihnen mal nachfragen kann?", fragte sie, nun wieder misstrauisch geworden.

Er nickte und kramte in seinen Taschen. „Oh je, typisch. Nein, ich habe leider keine Karte bei mir. Wir machen es so, wie ich es gesagt habe. Sie brauchen keine Angst zu haben. Ich werde mich bei Ihnen melden. Schließlich habe ich Ihnen bereits einen Monat bezahlt. Die nächste Monatszahlung erfolgt dann offiziell auf Ihr Konto, damit alles mit der Sozialversicherung seine Ordnung hat. Selbstverständlich bekommen Sie einen richtigen Vertrag mit einer vierteljährlichen Kündigungsfrist. Wir sehen uns ja morgen ohnehin im Museum."

„Na gut", sagte sie zögernd und wandte sich dem Eingang zu.

An der Tür drehte sich noch einmal um und warf ihm einen Blick zu, den sie vielleicht für verführerisch hielt. Sie ist bestimmt ein Früchtchen, dachte er zufrieden. Er winkte ihr zu und lief zur Place des Vosges zurück.

Sie würde eine schöne Belohnung sein, wenn er das Bild hatte, dachte der Minotaurus, als er über den Square am Denkmal von Ludwig XIII. vorbeiging. Demnächst würde er ihr die Wohnung zeigen. Er würde sie mit ihr besichtigen. Eine vertrauensbildende Maßnahme, dachte er amüsiert. Alles andere würde sich dann nach einem Abend im *Fouquet's* ergeben. Er würde sie schon auf den Gedanken bringen, sich den Goldfisch nicht entgehen zu lassen. Oh ja, sie war bestimmt ein Luder. Er dachte daran, wie sich ihre Brüste unter der weißen Bluse abgezeichnet hatten. Es lief alles gut.

Als er am Hotel *Pavillon de la Reine* vorbeiging, sah er vor dem Eingang eine Frau stehen, die eine Zigarette rauchte und nachdenklich vor sich hinstarrte. Er hatte sie schon einmal gesehen. Ihm kam ein verwegener Gedanke. Oh ja, soviel Chuzpe hatte nur der Minotaurus. Er würde nachher an die Rezeption gehen und nach ihrem Zimmer fragen. Er konnte ja als Grund angeben, dass er seiner Bekannten noch den Schlüssel für den Wagen geben müsse. Was für ein Spaß! Er würde an ihre Zimmertür klopfen, sie würde aufmachen, und er würde sich auf sie stürzen. Es wäre ein Triumph, des Minotaurus' würdig. Aber er schlug sich den Gedanken aus dem Kopf. Es war zu gefährlich. Für ein bisschen Spaß, der ihm keinen Picasso einbrachte, viel zu risikoreich. Doch der Gedanke kam ihm immer wieder … Nein, es war zu gefährlich.

Er piff *My way* von Frank Sinatra. Das war auch so ein Kerl gewesen, der sich nicht um Recht und Gesetz gekümmert hatte. Er wäre gern ein Kumpel bei dem ‚Rat Pack' gewesen, das in Las Vegas die Sau rausgelassen hatte … Aber insgesamt war es ein erfreulicher Tag gewesen. Nur schade, dass er Pelzingers Gesicht nicht hatte sehen können, als er vom Eiffelturm fiel. Trotzdem war es gut gelaufen.

Er ging zum Musée Picasso. Das Polizeiauto stand immer noch gegenüber dem Eingang. Was für Idioten. Wieder sah er die Kommissarin vor seinen Augen. Wie würde es diesen verdammten Kommissar treffen, wenn er ihr den Minotaurus gab! Der Gedanke war zu verführerisch. Pfeifend schlug er den Weg zurück zum Hotel *Pavillon de la Reine* ein.

16.

Huntinger bekommt Schwierigkeiten.

„Sie haben nichts!", sagte Krassel schneidend und schob das Lineal auf dem Schreibtisch hin und her. „Da treiben Sie sich eine Woche lang in Frankreich herum und dann wird Ihr Hauptverdächtiger vom Eiffelturm gestoßen. Wenn es nicht so traurig wäre, müsste man lachen."

Seit einer halben Stunde war Huntinger nun im Büro des Allgewaltigen und musste sich seine Tiraden anhören. Kaum hatte er sein Büro betreten – als hätte man sein Eintreten mit Überwachungskameras beobachtet – klingelte das Telefon, und Krassels Sekretärin flötete der Kleinschmidt den Befehl ins Ohr, dass Huntinger zum Chef kommen solle, und zwar ziemlich fix. Und Huntinger hatte die Hose runterlassen und gestehen müssen, dass es wirklich nicht gut lief, dass die ganze Mühe und Konzentration auf Pelzinger ein Schlag ins Wasser gewesen war, man nicht einmal sicher sein könne, dass der Sturz vom Eiffelturm etwas mit dem Fall zu tun hatte und obendrein, dass die DNA nun den Filmfritzen freisprach. Wenn das kein Waterloo war. Es gab nichts zu beschönigen und Huntinger kam sich nackt vor. Nicht, dass er nun Angstzustände bekam, nach St. Helena geschickt zu werden, sondern er war wütend auf sich selbst. Langsam zweifelte er an seinen Instinkten, denn als Verdächtiger war nur noch Oliver Gruber übrig geblieben, aber nach einer Trumpfkarte sah das auch nicht aus.

„Eine schöne Bescherung!", geiferte Krassel. „Die Presse trampelt auch schon auf uns herum. Das werden Sie der Meute erklären müssen. Ich kann nicht immer den Kopf für die Unfähigkeit einzelner Leute hinhalten."

Krassel, der es sonst immer eilig hatte, Erfolge persönlich unter die Presseleute zu bringen, bekräftigte seine Worte, indem er das Lineal mehrmals auf den Schreibtisch donnerte. Endlich hatte er einmal die Möglichkeit, diesen arroganten und seltsamerweise bei der Presse durchaus beliebten Kommissar auf die richtige Größe zurechtzustutzen. Sollte ihn die Presse ruhig in die Mangel nehmen, schließlich hatten sie ihn doch zu einem zweiten Philip Marlowe hochgejubelt. So war es doch immer. Erst wurde jemand in den Himmel gehoben und er war dann ‚Titan' oder

‚Gigant' oder ‚Master of the Universe' und schon bald darauf ein Arsch-loch.

„Und wie stellen Sie sich vor, wie es weitergehen soll?"

Huntinger holte die Pfeife aus der Jackentasche und Krassel sah ihn lauernd an, wartete darauf ihn zurechtweisen zu können. Aber Huntinger strich nur zärtlich über den glänzenden braungelben Kolben, stopfte ihn mit Tabak aus einem Lederbeutel, steckte die Pfeife aber nicht an.

„Ich bitte doch. Unterlassen Sie das da!", fauchte Krassel und wies auf die Pfeife, die Huntinger nun kalt zwischen die Zähne nahm.

„Tja, wir müssen wieder an den Anfang zurück", gab Huntinger unbe-eindruckt zu. „Nach Steinberg. Dort geschah der Mord, der uns auf Pel-zinger brachte und es bleibt ja die Frage offen, warum die Besitzerin des Antiquitätengeschäftes sich ausgerechnet in Steinberg einquartierte. Ich werde mich also noch einmal dorthin begeben und weiter recherchieren."

„Wissen Sie, was ich sage, ist jetzt noch inoffiziell, und ich will den Gerüchten im Moment gar nicht weiter nachgehen", sagte Krassel sehr ernst, und das Lineal schwang bedeutsam hin und her. „Sie haben die Sache auf die leichte Schulter genommen, sich ein paar schöne Tage in Frankreich gemacht. Wie ich hörte, wohnten Sie in Luxushotels, in denen Sie mit einer bekannten Schauspielerin logierten. Damit nicht genug, Sie scheinen sich mit der französischen Kollegin mehr als ausgezeichnet verstanden zu haben. Mehr will ich mich dazu nicht äußern! Huntinger, das sind doch sehr merkwürdige Gerüchte, die Ihre Recherchen in Frank-reich umwabern."

„Dabei stimmt alles", sagte Huntinger und blinzelte vergnügt. „Die Luxushotels kosteten den Staat keinen Cent und das gute Verhältnis zu Mademoiselle Halbeisen war ein Glücksfall, da sie uns mit allen Kräften unterstützt hat. Also, was wollen Sie mir vorwerfen?"

„Das Ergebnis, Huntinger. Das Ergebnis", rief Krassel und wieder knallte das Lineal auf die Schreibtischplatte. „Sie haben sich vielleicht zu sehr ablenken lassen. Und nun stehen wir vor einem Scherbenhaufen. Jawohl, Scherbenhaufen."

„Sieht im Moment danach aus", gab Huntinger zu.

„Im Moment? Sie haben doch keinen Ansatz, wo Sie weitermachen können."

„Ich sagte doch schon, in Steinberg könnte der Schlüssel liegen."

„Könnte!", höhnte Krassel. „Ich kann den Namen dieses Kaffs nicht mehr hören."

„Es gibt bei solchen Serientätern immer mal einen Stillstand in den Ermittlungen. Der Minotaurus fühlt sich zu sicher. Er wird Fehler machen. Ich werde den Fall in spätestens einer Woche gelöst haben", erklärte Huntinger gelassen.

Krassel bekam den Mund nicht zu. Es war verwegen, was Huntinger versprach, genau genommen, nach dem Stand der Ermittlungen, eine Frechheit. Krassel beäugte seinen Kommissar misstrauisch, ob der ihn nicht verscheißerte. Doch Huntinger hatte den Mund so voll genommen, weil ihm selbst langsam die Geduld ausging und er sich damit unter Druck setzen wollte. Er glaubte daran, dass dort im tiefen Bayern der Schlüssel darauf wartete, gefunden zu werden.

„Damit haben Sie sich aber ganz schön aus dem Fenster gelehnt!", stotterte Krassel.

„Eine Woche. Von dem Tag an, wenn ich in Steinberg bin", wiederholte Huntinger und amüsierte sich insgeheim über Krassels Fassungslosigkeit.

„Sie bluffen. Wollen nur Zeit gewinnen. Wissen Sie, Dremmler und ich sind der Meinung, dass Sie den Fall von Anfang an falsch angepackt haben. Vielleicht sollten wir dem jungen Kriegel den Fall übertragen. Er hat frische Ideen, setzt auf moderne wissenschaftliche Methoden und ist energisch. Er hat mir ein Profil des Mörders hereingegeben, das er von einem Profiler hat erstellen lassen. Sehr professionell!"

Krassel griff in die Akte und warf Huntinger ein Dossier zu. Dieser blätterte mit rotem Kopf in den Papieren, wütend nicht über das, was dort stand, sondern wütend darüber, dass Kriegel an ihm vorbei den Polizeipräsidenten informiert hatte. Was der Profiler feststellte, stimmte durchaus mit seinen Überlegungen überein. Er schilderte den Täter als jemanden, der in einer Welt der Gewalt aufgewachsen war und nun die Wut, die sich in ihm angesammelt hatte, an wehrlosen Frauen ausließ, sich in Allmachtsfantasien hineinsteigerte und diese in den Picassobildern bestätigt sah.

„Na schön. All das wissen wir bereits. Es enthält nichts Neues", sagte Huntinger und schlug das Dossier zu. „Wenn Sie nichts dagegen haben, mache ich in Steinberg weiter."

„Eine Woche haben Sie gesagt!", nagelte Krassel Huntinger fest. „Wenn Sie keine Ergebnisse haben, übernimmt Kriegel."

„Sie waren deutlich genug", erwiderte Huntinger und stand auf. Während er das Büro verließ, zündete er sich seine Pfeife an. Er hörte, wie Krassel heftig die Luft einzog.

„War es schlimm?", fragte die Kleinschmidt, als sie ihm die Tasse *Earl Grey* auf den Schreibtisch stellte.

„Wie immer. Wir haben noch eine Woche, sonst werden sie mich wohl versetzen und Kriegel wird der neue Star des Mordkommissariats."

„Chef, das kann nicht wahr sein!", entsetzte sich die Kleinschmidt.

„Tja, mit einem frischen, neuen Gesicht hofft Krassel dann die Presse zu beruhigen. Doch noch haben wir eine Woche Zeit. Und nun rufen Sie mal die Mannschaft in mein Büro. Ist Kriegel im Hause?"

„Nein. Er hat sich zu einem Gespräch mit Dremmler abgemeldet."

„Tja, sie verlieren keine Zeit, und das sollten wir auch nicht tun."

Seine Kommissare drängten sich bald darauf in Huntingers kleinem Arbeitszimmer. Die Mäusel begrüßte ihn mit „Sie sehen beschissen aus, Chef!" und setzte sich auf das Fensterbrett. Huntinger erläuterte noch einmal den Stand der Dinge.

„Krassel hat ja recht. Wir haben nichts in den Händen, nicht einmal einen Faden, an dem wir zupfen können. Frankreich brachte zwar einige Erkenntnisse, aber nicht die Lösung."

„Nicht einmal eine gesunde Gesichtsfarbe hat es Ihnen eingebracht", sagte die Mäusel mit unschuldigen Augen.

Alle lachten. Huntinger drohte ihr mit dem Finger und erzählte von den angedrohten Konsequenzen.

„Schwidiwatzki noch einmal!", rief Pressel entsetzt. „Das können die doch nicht machen! Wir haben bisher eine sehr gute Aufklärungsquote und nun wollen sie einen Anfänger an die Spitze setzen."

„Sehen Sie sich doch nur die neue Regierung an. Immer mehr Minister bringen als Eignungsvoraussetzung Jugend, eloquentes Auftreten und eine medienwirksame Erscheinung mit. Erfahrung, Wissen ist nicht notwendig. Wie nennt man es noch einmal?"

„Learning by doing", warf die Kleinschmidt ein.

„Richtig. Man versucht sich durchzuwursteln, und der Bundesgerichtshof kassiert wegen handwerklicher Mängel ein Gesetz nach dem anderen."

„Also, wenn der Kriegel der neue Chef wird, dann lasse ich mich versetzen", sagte die Mäusel kategorisch.

„Mit mir können die dann auch nicht mehr rechnen. Ich hatte vor Kurzem ein Angebot aus Potsdam", setzte Pressel hinzu.

„Und was mache ich dann? Ich kann aus Berlin nicht weg", stöhnte Belsen.

„Du willst nur nicht von Hertha weg!", höhnte Mäusel.

„Kinder, lasst das. Noch ist es nicht soweit."

„Aber was machen wir denn nun?", jammerte Belsen.

„Pressel, kommst du noch eine Weile allein zurecht?"

„Ja. Wenn es nur noch eine Woche ist, geht das schon. Ich habe zur Zeit zwei Morde und einen Totschlag auf dem Tisch, aber in allen Fällen bin ich in der Täterfrage ziemlich weit."

„Gut. Belsen, du gehst noch einmal die Liste der Sexualstraftäter durch. Kriegel hat ein Profil erstellen lassen, das zwar nichts Neues enthält, aber schau es dir trotzdem an und such nach Übereinstimmungen. Der Minotaurus, dabei bleibe ich, ist jung und hat auf irgendeine Art eine Beziehung zur Kunst. Konzentriere dich zuerst auf Bayern und Berlin. Wahrscheinlich kennt er sich an der Côte d'Azur auch aus."

„Warum nehmt ihr denn an, dass der Täter jung ist?", fragte Pressel.

Huntinger kaute auf seinem Pfeifenstiel herum und nickte. „Gute Frage. Weil er es augenscheinlich sehr leicht bei Frauen hat, und dann gibt es noch … die Aussage der Barmädchen in Steinberg. Außerdem wurde doch sowohl von den Nachbarn der Galeriebesitzerin als auch in Antibes bestätigt, dass die Opfer Kontakt zu einem jungen Mann hatten."

„Also, wenn ich mir die *Bunte* oder *Gala* anschaue, scheinen auch die älteren Männer bei jungen Damen hoch im Kurs zu stehen, wenn sie nur berühmt genug sind oder genug Geld haben", warf die Mäusel grinsend ein.

„Hm. Dann müssten wir den Georg Gruber in unsere Überlegungen einschließen. Ich weiß nicht. Er ist ein erfolgreicher Geschäftsmann, warum sollte er …? Er wirkt souverän und so … deutsch und normal. Gut. Nehmen wir ihn auch ins Visier."

Huntinger ging an die Tafel und nahm die Kreide auf, er strich Pelzinger durch und schrieb den Namen des Fabrikanten an die Tafel.

„Und wie geht es nun weiter?", fragte die Mäusel.

„Wir beide fahren nach Steinberg und nisten uns dort ein."

„Na, da wird sich Schnecki aber freuen", warf Belsen ein. „Ich hatte den Eindruck, dass wir dem langsam ganz schön auf den Wecker gehen. Ist ja auch verständlich. Wir hätten doch auch etwas dagegen, wenn Schneckenberger bei uns herumkarriolen würde."

„Ich regle das mit seiner vorgesetzten Dienststelle", brummte Huntinger.

Kriegel kam mit einer bewusst leutseligen Miene herein. Die Gesichter der Anwesenden verfinsterten sich.

„Großer Kriegsrat? Gibt es etwas Neues?", fragte er und lächelte überlegen.

„Wir gehen nach Steinberg", sagte die Mäusel kalt.

„Es geht in den Endspurt!", trumpfte Belsen auf.

„Endspurt? Und ich? Was mache ich?", fragte Kriegel erschrocken.

„Sie werden Belsen helfen. Wie weit sind Sie denn mit den Sammlern?"

„Es sind Zigtausende. Das hat gar keinen Sinn."

„So? Sie haben doch Krassel so ein wunderbares Profil zugespielt. Nun können Sie mit diesem einmal alle Sexualdelikte der letzten Jahre durchgehen, ob Sie Gemeinsamkeiten zu unserem Picassomörder finden. Das wär's! Mäusel, wir fahren morgen früh."

„Gut, Chef. Soll ich einen Wagen besorgen?"

„Ja. Wir sollten dort mobil sein."

Die Kommissare drängten hinaus.

„Ach, Kriegel, bleiben Sie doch noch einen Moment."

Die Kleinschmidt schob die anderen Kommissare schnell weiter und schloss die Tür.

„Setzen Sie sich", forderte Huntinger den jungen Mann auf. „Wenn Sie noch einmal Unterlagen dem Polizeipräsidenten oder anderen Dienststellen an mir vorbei zuspielen, bekommen Sie einen Eintrag in die Personalakte von mir. Wie würde es Ihnen gefallen, wenn dort steht: Kriegel ist intelligent, fleißig, bemüht, jedoch auch illoyal, nicht teamfähig, neigt zur Intrige und stört die Ermittlungen?"

216

Kriegel erbleichte. „Ich würde dagegen Einspruch einlegen."

„Ja. Höchstwahrscheinlich, bei Ihren guten Verbindungen, würde die Eintragung gelöscht werden. Aber es bleibt immer etwas hängen, selbst wenn Sie eine Etage aufrücken. Sowie Ihnen ein Fehler passiert, wird man sich daran erinnern. Wie gesagt, das ist eine Warnung, nehmen Sie sie ernst."

Kriegel schluckte und sprang auf. „Ich weiß, dass hier alle gegen mich sind. Es ist ein verknöcherter Laden. Dremmler und Strenger sind auch dieser Meinung, und Sie mag ich auch nicht!", fügte er hinzu.

„Schön, dass Sie sich so offenherzig zeigen. Dann sollten Sie sich möglichst schnell um eine andere Aufgabe bemühen. Ich werde Sie auch anderen Dienststellen andienen. Aber ich befürchte, meine Kollegen in den anderen Ressorts werden bei jemandem vorsichtig sein, der so exzellente Beziehungen nach oben hat."

„Sie überschätzen sich", entgegnete Kriegel hämisch grinsend. „Sie wissen es vielleicht noch nicht. Aber Ihre Tage sind gezählt, wenn Sie nicht bald den Picassomörder kriegen. Und mit Ihren Methoden werden Sie ihn nie kriegen. Ihre Frankreichtour hat Ihren Ruf ramponiert. Nicht ich, sondern Sie werden sich bald um eine neue Stelle bemühen müssen."

„Schön, dass wir so ein offenes Gespräch hatten", erwiderte Huntinger ungerührt und nahm die Pfeife vom Schreibtisch.

„Und außerdem werde ich melden, dass Sie meine Gesundheit schädigen, indem Sie hier in den Amtsräumen trotz Verbot Pfeife rauchen!"

„Tun Sie, was Sie nicht lassen können. Und nun raus mit Ihnen. Sie haben viel Arbeit vor sich."

Kriegel schoss aus dem Zimmer und verschwand bald darauf aus dem Kommissariat.

Die Kleinschmidt kam herein, dabei genüsslich den Joghurtlöffel leckend. „Na, Chef, haben Sie ihm kräftig den Kopf gewaschen? Hoffentlich können Sie uns vor dem Kerl bewahren. Es ist ja unerträglich, dass wir in unserer Abteilung jedes Wort auf die Waagschale legen müssen. Er wird sich nun beim Dremmler ausweinen."

„Na, das wird nur Dremmlers Meinung über mich bestätigen."

„Die sind gefährlich, Chef."

„Wir werden den Fall in einer Woche gelöst haben, und dann nützt ihnen die ganze Munition nichts mehr."

„Warum sind Sie so sicher?"

„Weil ich den Fall bis dahin lösen muss. Fragen Sie bei Wurmser nach, ob er heute Abend Zeit für mich hat."

Es klingelte. Die Kleinschmidt nahm den Hörer ab, lächelte und gab ihn an Huntinger weiter.

„Für Sie. Privat", fügte sie hinzu und ging hinaus.

Es war Esther.

„Ich fühle mich heute gar nicht gut", klagte sie. „Ohne dich aufzuwachen, deprimiert mich. Wie schön waren doch die Tage in Cannes und Paris. Du warst zwar dauernd fort, aber ich wusste, dass du abends wieder bei mir bist und ich am nächsten Tag mit dir aufwache."

„Ja. Ich vermisse dich auch."

„Hast du Ärger? Deine Stimme klingt so tief."

„Kann man sagen. Man sägt an meinem Stuhl."

„Dann lass dich doch einfach nach München versetzen."

„So einfach geht das nicht. Polizei ist Ländersache und jedes Land kocht sein eigenes Süppchen. Es war damals schwierig genug von Bochum nach Berlin versetzt zu werden."

„Na schön. Dann muss ich wohl doch zu dir ziehen."

„Du willst zu mir …?"

Einerseits freute er sich darüber, denn er wusste, dass ihre Beziehung auf die Dauer keinen Bestand haben würde, wenn sie nicht zusammenwohnten. Aber andererseits hatte er so lange schon allein gelebt. Es würde nicht leicht werden sich umzustellen.

„Ja. Mir ist das in Frankreich klar geworden. Für meine Karriere ist München zwar wichtig, weil ich hier alle kenne, aber andererseits verlagert sich das Filmschaffen ohnehin mehr nach Berlin. Schau dich einmal nach einer neuen Wohnung oder einem Haus um. Am liebsten wäre mir Potsdam. Dort sind die Babelsberger Studios ganz nah, und Berlin ist auch nicht weit. Du könntest jeden Morgen mit der S-Bahn ins Kommissariat fahren. Das geht doch?"

„Ja. Es geht", stimmte er zu. Er wusste, wie sehr sie ihren Beruf liebte und dass sie ihm mit der Entscheidung, ihren Wohnsitz nach Berlin zu verlegen, ein großes Opfer brachte. Es war ihm warm ums Herz geworden. Sie liebt dich wirklich, dachte er. „Schön. Jetzt geht es mir schon besser."

„Mir auch", gestand sie glücklich lachend.

Er erzählte ihr, dass er am nächsten Tag nach Steinberg fahren würde.

„Dann übernachtest du bei mir?", freute sie sich.

„Nein. Wir werden vor Ort bleiben müssen. Wenn ich den Fall nicht in den nächsten sieben Tagen löse, bin ich hier ohnehin weg vom Fenster."

„Das wirst du schaffen."

„Schaun mer mal, wie ihr Bayern sagt."

Nachdem Esther aufgelegt hatte, lehnte Huntinger sich zurück. Ihr Gespräch auf dem Flughafen Orly fiel ihm nun wieder ein.

„Stell dir vor, deine französische Kollegin hat mich angerufen", hatte sie maliziös lächelnd gesagt.

„Françoise?"

„Ja. Deine Françoise."

„Sie ist nicht meine Françoise. Und?"

„Sie hat mir gesagt, dass sie sich in dich verliebt hat, und sie wüsste genau, dass du auch etwas für sie empfindest. Nicht so sehr wie sie, aber immerhin. Und ob ich dich wirklich lieben würde, denn du hättest Skrupel mich zu verlassen. Vielleicht würde es sogar stimmen, dass du mich auch liebst, aber das wäre ihr egal. Männer können das eben. Aber sie würde weiter um dich kämpfen. Du musst dir mal die peinliche Situation vorstellen! Aber Mut hat sie, das muss man ihr lassen."

„Und, was hast du ihr gesagt?", hatte er beklommen gefragt.

„Was wohl? Dass ich dich liebe, sie dich nicht bekommen würde und ihre Anstrengungen hoffnungslos wären. Und dass mich selbst ein Seitensprung von dir nicht an unserer Liebe zweifeln ließe. Sie hat dann gesagt, dass sie nicht an den Bestand unserer Liebe glaube. Man wisse doch, welchen Versuchungen Schauspielerinnen ausgesetzt seien. Ja, deine Elsässerin hat es ganz schön erwischt und Courage hat sie wirklich. Aber die Zeit wird sie zur Einsicht bringen. Sie wird schon mit der Enttäuschung fertig werden."

„Es tut mir leid. Sie ist ein wertvoller Mensch, und ich habe sie gern. Aber ich liebe dich."

„Tja, wie sie schon sagte: Männer können das. Aber wer weiß, ob es nicht auch etwas Gutes hatte. Wir wissen beide, dass wir etwas tun müssen, nicht wahr?"

Er hatte genickt.

Huntinger ging ans Fenster und öffnete es und atmete tief die frische Luft ein. Ja, vielleicht war daraus für ihn etwas Gutes entstanden. Esther würde zu ihm ziehen.

Er ging aus seinem Zimmer und trat an den Schreibtisch von der Kleinschmidt, räusperte sich.

„Lassen Sie sich von allen Maklern in Potsdam Angebote geben. Ich suche eine schöne kleine Villa oder eine Etagenwohnung in einem Altbau."

„Sie wollen umziehen, Chef?", fragte die Kleinschmidt und zwinkerte ihm zu.

„Es ist so eine Idee", sagte er verlegen.

Dabei weißt du nicht einmal, ob du in einer Woche noch das Kommissariat leitest, sagte er sich grimmig.

Als er abends bei Wurmser klingelte, nicht ohne vorher andächtig das nächtliche Bild vom Gendarmenmarkt in sich aufgenommen zu haben, empfing ihn der Freund mit ausgebreiteten Armen.

„Ich habe mich wahnsinnig gefreut, als die Kleinschmidt mir sagte, dass du kommen willst. Wie ist es dir ergangen?"

Huntinger zog seinen Mantel aus, trat in das schön möblierte Zimmer mit dem herrlichen Blick auf das Schauspielhaus und es entfaltete sich das übliche Ritual. Wurmser ging an den Schrank, holte eine Flasche *Martell* heraus und die beiden Männer setzten sich an den kleinen Marmortisch, wo bereits das Schachspiel stand. Während sie spielten, erzählte Huntinger, von vielen Pausen unterbrochen, was er in Frankreich erlebt und wie sich das Ergebnis in Berlin ausgewirkt hatte. Seine Amour fou erwähnte er nicht.

„Dann will man dir also an den Kragen."

„Ja. Sie glauben endlich einen Grund gefunden zu haben mich abzuservieren."

„Und du hast keinen neuen Anhaltspunkt?"

„Nein. Nur vage Vermutungen."

Sie hatten die zweite Partie gerade beendet, als sie von der Terrasse her Frank Sinatras *Strangers in the night* hörten.

„Veronika", sagte Wurmser. „Sie wird gleich hier sein."

Und tatsächlich, wenig später klingelte es, und Wurmser lächelte Huntinger triumphierend zu. Er stand auf und öffnete die Tür. Die Kastanienrote stürmte herein und warf sich neben Huntinger in den Sessel.

„Nun, habt ihr euch ordentlich bekriegt?"

„Eins hat er gewonnen, eins ich", sagte Wurmser und wollte zum Schrank gehen, um ihr einen Martini zu mixen.

„Nein. Jetzt nehme ich mal was Stärkeres. *Martell* ist schon recht. Der Kerl eben war etwas schleimig, hat mir die Ohren vollgejammert, wie viele Millionen er an der Börse verloren hat. Als wenn das schlimm wäre. Er hat immer noch Millionen genug. Wie steht der Fall, Kommissarchen?"

Huntinger wiederholte, was er bereits Wurmser erzählt hatte.

„Wir stehen also mit leeren Händen da", schloss er.

„Mir ist der Fall auch nicht aus dem Kopf gegangen. Ich habe mir sämtliche Bücher über Picasso geholt. Neben Bildbänden auch das Buch von der Gilot und von seiner Enkelin und das schöne Buch über Dora Maar. Picasso war, was Frauen anbetrifft, wirklich ein Ungeheuer. Kommt mit in meine Wohnung, da türmt sich ein ganzer Berg von Picassobüchern."

„Trink erst einmal den *Martell* aus", mahnte Wurmser.

Ihre Wohnung hatte Huntinger noch nie gesehen. Sie war ganz anders, als er es erwartet hatte. Schnörkellose weiße Möbel in einem betont sachlichen Stil, vom Bauhaus inspiriert. Huntinger fand sie etwas kühl. An den Wänden hingen Bilder, die er sich nicht aufgehängt hätte. Drucke. Immendorff, Polke, Klee und Kirchner. Eine erstaunliche Mischung. Sie deutete auf einen Glastisch, auf dem sie die Bücher über Picasso gestapelt hatte. Sie schlug das Buch über die Berliner Picassoausstellung auf, blätterte darin und wies triumphierend auf ein Bild.

„Das hier fand ich hochinteressant. Ihr erinnert euch an unsere letzte Unterhaltung? Das hier ist der Beweis. Auch Picasso hielt sich für den Minotaurus. Er hat die dunklen Kräfte in sich gespürt. Er brauchte natürlich nicht zu morden, sondern konnte das Dunkle in sich in seinen Bildern sublimieren. Und genauso wie Picasso auf diesem Foto sieht sich euer Picassomörder."

Das mochte stimmen. Huntinger dachte an das Gespräch mit dem Friseur des Malers. Das Bild zeigte den Künstler mit nacktem Oberkörper und einer Stiermaske vor dem Gesicht. Er hatte einen Weidenkorb in ein Kunstwerk verwandelt.

„Ein interessantes Bild, nicht wahr? Es muss in Picassos *Villa Californie* in Cannes aufgenommen worden sein."

Neben Picasso stand ein Objekt, das einen Menschen darstellen sollte, der etwas verwundert in die Welt starrte. Dahinter, auf dem Heizkörper, stand eine kleine tönerne Eule.

„Was hat die Eule zu bedeuten?", fragte Huntinger.

„Keine Ahnung. Nichts, denke ich. Picasso war eine Eule zugeflogen und da er alles um sich in Kunst verwandelte – denk nur an den alten Fahrradsattel, den er zu einem Ziegenkopf umfunktionierte –, hat er sich auch mit der Eule beschäftigt. Zweifellos war er ein Genie. Um auf unser letztes Gespräch zurückzukommen: Euer Picassomörder hat sich das Dunkle in dem Künstler übergestülpt wie Picasso diese Korbmaske."

„Es erhärtet unsere These. Nur leider gibt es keinen Hinweis darauf, wer der Minotaurus ist."

„Ihr müsstet nur bei einem der Verdächtigen etwas finden, das die Identifikation mit Picasso beweist. So sehe ich das."

Die Kastanienrote lehnte sich in dem würfelförmigen, recht unbequemen Sessel zurück und sah Huntinger herausfordernd an.

„Dazu müsste ich einen Durchsuchungsbefehl bekommen. Der einzig wirkliche Verdächtige, der uns noch verbleibt, ist Oliver Gruber. Von seinem Vater wissen wir zu wenig. Ich hatte nicht den Eindruck, dass sich Georg Gruber sehr mit Kunst beschäftigt. Im Gegenteil."

„War der Georg Gruber mal in irgendeinen Skandal verwickelt?"

„Nein. Keine Ahnung. In diese Richtung haben wir noch nicht recherchiert."

„Dann haben Sie ja aufregende Tage vor sich. Warten Sie, wir sollten uns mit einer Flasche Champagner aufmuntern. Mir ist danach." Sie sprang auf, lief in die Küche und kam mit einer Flasche *Taittinger* zurück. Als Wurmser ihr die Flasche abnehmen wollte, schüttelte sie den Kopf, öffnete sie routiniert und goss die Gläser voll.

„Auf die Entlarvung des Minotaurus'!", sagte Veronika.

„Sieben Tage?", fragte Wurmser besorgt.

„Sieben Tage", bestätigte Huntinger.

17.

Huntingers schlimmste Nacht.

Bevor sie am nächsten Tag losfuhren, besprach Huntinger im Kommissariat mit Pressel alle anstehenden Fälle und wie dieser in seiner Abwesenheit vorgehen sollte. Als er die Besprechung beendet hatte, stürmte seine Sekretärin zu ihm rein und reichte ihm triumphierend eine Fernkopie, die eine schöne weiße Villa an der Havel zeigte. Ein Haus aus der Gründerzeit mit Erkern in einem kleinen, verwilderten Park. Als der Kommissar die Monatsmiete las, wurde ihm jedoch klar, dass er zu dem Teil der Bevölkerung gehörte, dem solch angenehme Behausung auf ewig versperrt blieb. Zu den Joops und Jauchs würde er selbst dann nicht gehören, wenn man ihn zum Kriminalrat oder gar Polizeipräsidenten ernannt hätte. Seufzend gab er die Fernkopie zurück.

„Ist doch ein tolles Haus", sagte die Kleinschmidt.

„Der Preis ist aber auch toll."

„Ja. Ein bisschen teuer ist es schon", gab sie zu.

Kriegel kam herein, schwenkte ein Papier und schmiss es lässig auf den Schreibtisch. „Ich habe ihn!"

„Wen?", brummte Huntinger und nahm das Papier hoch.

„Ja. Hier haben Sie das Monster, den Minotaurus. Er heißt Pablo Ordoñez. Ein Spanier, lebt aber seit vielen Jahren in Deutschland, ist Kurator an der Pinakothek der Moderne in München. Ich habe mich bereits über ihn kundig gemacht. Er gilt als Sachverständiger in Sachen Picasso. Und … er ist aktenkundig. War einmal in eine unappetitliche Geschichte verwickelt. Er war der letzte Kunde einer ermordeten Prostituierten. Aber es erfolgte nie eine Anklage. Und noch etwas: Er verlebt jedes Jahr seinen Urlaub an der Côte d'Azur, hat in der Nähe von Vence ein kleines Landhaus. Ist unverheiratet und gilt als Eigenbrötler."

„Wie haben Sie den denn aufgetan?"

„Eigentlich hat ihn Belsen entdeckt. Aber ich habe die Schlüsse gezogen und weiter recherchiert."

„Willst dich wohl mit fremden Federn schmücken?", sagte die Kleinschmidt und rührte dabei böse lächelnd in ihrem Joghurtbecher.

„Belsen war einverstanden, dass ich mich darum kümmere."

„Kann ich mir denken. Gestern Abend spielte Hertha."

„Na gut. Wir werden uns den Herrn Kurator mal vornehmen."

Die Mäusel kam nun mit einem Koffer herein. Sie stöhnte und wischte sich den Schweiß von der Stirn.

„Entschuldigung, Chef. Aber ich hatte einen kleinen Verkehrsunfall auf der Friedrichstraße und …"

„Ist Ihnen etwas passiert?", fragte Huntinger besorgt.

„Nein. Überhaupt nicht. Mein Wagen hat ein paar Schrammen abbekommen. Nichts Schlimmes. Aber das gegnerische Fahrzeug sah gar nicht gut aus."

„Hauptsache, dir ist nichts passiert", sagte die Kleinschmidt. „Ich bringe dir gleichen einen Kaffee. Hast du schon mit der Versicherung telefoniert?"

„Nein", gestand die Mäusel kleinlaut. „Ich war so durcheinander, dass ich …"

„Na, dann mach das jetzt. Du hast dir hoffentlich die Versicherungsnummer geben lassen und …"

„Schon gut. Ich bin doch nicht von gestern. Ich habe sogar ein Schuldanerkenntnis. Chef, ich bin gleich soweit."

„Kann ich nicht nach München mitkommen?", fragte Kriegel eifrig. „Schließlich habe ich …"

„Hast du nicht!", fuhr die Kleinschmidt dazwischen. „Belsen hat ihn doch entdeckt."

„Ich habe dann aber die ganzen weiteren Recherchen gemacht."

„Du hast nach den Federn gegrapscht", erwiderte die Kleinschmidt erbarmungslos. Seitdem ihr Huntinger von Kriegels Illoyalität erzählt hatte, war dieser endgültig für sie erledigt.

„Kinder, hört auf!", mahnte Huntinger. „Sie machen hier weiter, Kriegel. Ich glaube nicht, dass wir mit dem Kurator richtig liegen. Wie ich sehe, ist er bereits über Vierzig."

„Alles andere spricht dafür, dass er …"

„Ja. Wir nehmen ihn uns auch vor. Aber Sie helfen Belsen weiter. Sollten Sie mit dem Kurator ins Schwarze getroffen haben, melden wir uns sofort. Es reicht, dass Mäusel mitkommt."

„Ja. Die Damenwelt hat es bei Ihnen leichter. Verstehe!", fauchte Kriegel.

Huntinger sah den jungen Mann einen Augenblick mit zusammengekniffenen Augen an, sodass dieser bleich wurde und sich entschuldigte.

„Tut mir leid. Es war unhöflich."

„Nicht nur das. Es war eine Dummheit", erwiderte Huntinger kalt.

Am späten Nachmittag waren Mäusel und Huntinger in München und
fuhren gleich zur Pinakothek der Moderne in der Barerstraße. Sie fragten
nach dem Kurator und wurden von einem ältlichen Fräulein in ein kleines,
verstaubtes Büro geführt. Der Schreibtisch war mit Papieren vollgemüllt.
Ordoñez erhob sich mit fragendem Gesicht.

„Was kann ich für Sie tun?"

Huntinger und Mäusel zeigten ihre Polizeiausweise.

„Na und? Was wollen Sie?", fragte Ordoñez erstaunt und wies mit der
Linken auf die beiden wackligen Stühle vor dem Schreibtisch.

„Sie sind Sachverständiger in Sachen Picasso?"

„Hauptsächlich bin ich Kurator, Sachverständiger für Moderne Kunst
ist eine Nebentätigkeit. Wie Sie sicher wissen, hat die Pinakothek der
Moderne eine der besten Sammlungen moderner Kunst."

„Sie haben ein Haus in der Provence", warf Mäusel ein.

„Ja. Woher …? Nun sagen Sie mir doch endlich, was Sie von mir wollen."

Das hagere, dunkle Gesicht, das scharf ausrasiert war, aber dennoch
einen starken Bartwuchs verriet, zeigte ehrliche Empörung. Ein Adonis,
ein Frauenbetörer ist dieser Mann mit der Halbglatze sicher nicht, dachte
Huntinger, der Mäusel die Befragung überließ.

„Waren Sie in letzter Zeit in Ihrem Haus in Vence?"

„Auch das wissen Sie?"

„Wir wissen sogar, dass Sie vor Jahren in eine unappetitliche Mordge-
schichte mit einer Prostituierten verwickelt waren!"

„Es ist nie Anklage erhoben worden. Ich war unschuldig. Ich war nur
ihr letzter Kunde, aber ihr Mörder war ich nicht."

„Na gut. Wann waren Sie das letzte Mal in der Provence?", fuhr Mäusel erbarmungslos fort.

„Letzte Woche."

„Ach", entfuhr es Mäusel. Mit funkelnden Augen fragte sie: „Waren
Sie auch in Avignon?"

„Natürlich. Ich habe mir dort die Picassoausstellung angesehen. So etwas lasse ich mir doch nicht entgehen. Aber wollen Sie mir nicht endlich sagen, was das Ganze soll?"

Die Mäusel kramte in ihrer Aktentasche, holte eine Fotokopie heraus und schob sie ihm zu. „Kennen Sie das Bild?"

„Natürlich. Picasso hat es 1939 für den Händler Ambroise Vollard gemalt. Es wurde in der Berliner Ausstellung gestohlen."

„Es geht um den Picassomörder. Haben Sie von ihm gehört?"

Ordoñez nickte eifrig.

„Waren Sie in Berlin?"

„Ja. Ich bin mit dem dortigen Kurator der Neuen Nationalgalerie befreundet."

„Wann?"

„Da muss ich in meinem Terminkalender nachsehen." Er nahm vom Tisch einen kleinen schwarzen Taschenkalender und blätterte darin.

„Ja. Am 29. Juli."

Mäusel sah Huntinger triumphierend an. Es war der Tag vor der Ermordung der stellvertretenden Direktorin.

„Sind Sie am gleichen Tag nach München zurückgefahren?"

„Nein. Erst am nächsten Morgen. Von der schlimmen Geschichte erfuhr ich erst abends im Fernsehen."

„Und wann genau waren Sie in Avignon?"

Wieder blätterte Ordoñez. Huntinger bemerkte, dass seine Hände zitterten. „Hier steht es. Am 8. August."

„Bis wann?"

„Bis zum 22. August."

Die Mäusel konnte ihre Freude nicht verbergen. Auch zu der Zeit, als die Marmounia starb, war Ordoñez in der Nähe gewesen.

„Was sollen all diese Fragen?"

„Routine!", mischte sich nun Huntinger ein. „Wir recherchieren bei allen Personen, die sich mit Picasso beschäftigen."

„Dann haben Sie viel Arbeit vor sich", erwiderte Ordoñez und lehnte sich entspannt zurück. „Es sind Hunderttausende. Außerdem sollten Sie sich nicht auf die Leute konzentrieren, die sich professionell mit Picasso beschäftigen. Der Dieb und Mörder muss ein durchgeknallter Sammler sein. Ein Irrer. Denn verkaufen kann man einen gestohlenen Picasso nicht. Kein Händler würde sich mit so heißer Ware befassen. Bleibt also nur jemand, der sich im stillen Kämmerlein an den Radierungen erfreuen will, oder jemand, der dies für einen Sammler tut."

Je länger er sprach, desto selbstsicherer wurde Ordoñez.

„Waren Sie auch in Antibes?"

„Ich bin jedes Jahr in Antibes. Natürlich kenne ich die Ausstellung im Grimaldischloss. Auch mit dem dortigen Kustos bin ich befreundet. Wissen Sie, wir Picassokenner sind eine einzige große Familie. Wir kennen uns alle."

„Dann kennen Sie auch den Direktor des Picassomuseums in Paris?"

„Aber natürlich."

„Wann waren Sie zum letzten Mal in Paris?"

„Lassen Sie mich nachschauen. Ja. Hier ist es. Im März dieses Jahres."

„Seitdem nicht wieder?", fragte die Mäusel enttäuscht.

„Nein."

„Gut. Das war es", sagte Huntinger und stand auf. Die Mäusel folgte ihm nur widerwillig.

„Halten Sie sich zu unserer Verfügung", sagte sie drohend.

„Ich muss nächste Woche nach New York. Ich will dort über einige Ausstellungsobjekte verhandeln. Wir planen …"

„Bis dahin dürften wir den Fall geklärt haben", beruhigte ihn Huntinger.

„Sind Sie verheiratet oder leben Sie mit einer Frau zusammen?", ließ die Mäusel nicht locker.

„Weder noch", erwiderte Ordoñez mit schmalen Lippen. „Verdächtigen Sie mich etwa?"

„Wir beschäftigen uns mit allen, die eine gewisse … Leidenschaft für Picasso an den Tag legen", erwiderte Huntinger.

„Nun, ein leidenschaftlicher Picassoverehrer bin ich wirklich, aber deswegen bin ich …"

„Schon gut. Wie wir schon sagten, solche Befragungen gehören zur Routine."

Als sie draußen waren, sagte die Mäusel unzufrieden: „Warum haben Sie ihn von der Leine gelassen? Er könnte es sein. Kriegel hat vielleicht einen Volltreffer gelandet."

„Wer sagt, dass ich ihn von der Leine lasse? Aber ich glaube nicht, dass er es ist."

„Er ist Spanier. Wie Picasso. Ein leidenschaftlicher Verehrer des Malers. Er war am Tag des Mordes in Berlin. Er war in Antibes. Er war in Avignon. Das Haus in Vence. Da kommt doch eine Menge zusammen!"

„Sie haben ihn doch gesehen. Glauben Sie, dass dieser Hagestolz die Frauen dazu bringen kann, Picassos zu stehlen oder ihm dabei zu helfen?"

„Die Geschmäcker sind halt verschieden", sagte die Mäusel verstimmt.

„Haben Sie nicht gesehen, wie seine Hände zitterten?"

„Wir halten uns den Mann in Reserve. Step by step. Wir konzentrieren uns erst einmal auf den Gruber."

Da die Mäusel fuhr, konnte sich Huntinger ungestört den eigenen Gedanken hingeben. Er war davon überzeugt, dass Ordoñez nicht als Täter infrage kam. Dies lag nicht nur am Alter und der Erscheinung. Die zitternden Hände hatten ihn zu einem ganz anderen Schluss gebracht. Dieser Mann hatte keine starken Nerven. Der Minotaurus dagegen war ein eiskalter Killer. Nein, der Gruber war die wahrscheinlichere Option.

„Wir müssen mehr über den Oliver wissen. Fahren wir doch zu seiner Werbeagentur."

Die Mäusel telefonierte kurz mit Belsen, der ihr maulend die Anschrift heraussuchte und dabei seine Überlastung beklagte.

In der Werbeagentur wurden sie von einer Blondine im Minirock empfangen, den man auch als besseren Gürtel hätte bezeichnen können. Sie war mit ihren endlos langen Beinen genau die Sorte von Mädchen, die man in einer Werbeagentur erwartete. Auf Huntingers Frage, ob Herr Gruber da sei, bekam er einen treuherzigen Augenaufschlag, und sie schüttelte bedauernd den Kopf.

„Mein Name ist Markwort. Nein. Ich erwarte ihn erst heute Abend wieder zurück. Aber vielleicht kann ich Ihnen helfen? Ich bin seine Assistentin."

Huntinger zeigte ihr seinen Ausweis und bat darum, den Geschäftspartner sprechen zu können.

„Tut mir leid. Er ist bei einem Kunden in Düsseldorf. Um was geht es denn?"

„Reine Routine. Wir haben ein paar Fragen an Herrn Gruber."

„Ach ja. Kommen Sie doch ins Besprechungszimmer. Möchten Sie ein Käffchen?"

Sie stöckelte ihnen voran in das Besprechungszimmer, wies einladend auf die Stahlrohrsessel und beugte sich über den Tisch zur Sprechanlage, wodurch sie ihnen, während sie drei Espresso bestellte, einen beträchtlichen Teil ihres schönen Hinterteils zeigte. Als sie sich setzte, schlug sie ihre beachtlichen Beine übereinander und sah den Kommissar an, als sei sie bereit, ihm alle, aber wirklich alle Wünsche zu erfüllen.

Die Laune der Mäusel hatte sich erheblich verschlechtert.

„Geht es Ihrer Agentur gut?", fragte sie mit einem Unterton, der verriet, dass sie sich genau das Gegenteil erhoffte.

„Sehr gut. Seit Herr Gruber zu uns gestoßen ist, hat sich der Umsatz verdreifacht und die Mitarbeiterzahl verdoppelt. Wir sind jetzt fast fünfzig Leute und betreuen die besten Unternehmen Deutschlands. Marken wie *Zeiss*, *Mercedes*, *BMW*, *Porsche Design* und *Freudenberg*. Herr Gruber ist nicht nur ein hervorragender Kreativer, sondern auch ein guter Verkäufer mit tollen Kontakten."

„Na so was!", sagte Mäusel trocken. „Was ist er für ein Mensch?"

„Na ja, ein Kreativer eben. Ich möchte mich über meinen Chef eigentlich nicht äußern. Nur soviel …, ich verehre ihn."

„Es bleibt vertraulich. Sie würden Ihrem Chef sogar sehr helfen", erwiderte Huntinger.

„Wo ist er denn nun, Ihr verehrter Chef?", fragte die Mäusel mit anzüglichem Lächeln.

Eine weitere Blondine kam herein, die die Zwillingsschwester der Assistentin hätte sein können. Der gleiche blonde Typ mit einem knapp den Po bedeckenden Mini und schönen, langen Beinen. Sie brachte die Espresso, warf Huntinger einen schmachtenden Blick zu und ging nach einem angedeuteten Knicks zur Tür.

„Wenn Sie noch etwas wünschen, rufen Sie mich. Wir haben einen sehr guten Apfelstrudel mit Vanillesoße."

„Nein, danke", erwiderte die Mäusel kalt.

„Herr Gruber war in Paris, ist aber nach Frankfurt geflogen, um dort mit einer Agentur zu verhandeln, die wir kaufen wollen."

„Dann muss es der Agentur wirklich gut gehen", bestätigte Huntinger.

„Absolut", sagte die Markwort.

„Und?", drängte Mäusel. „Was ist er nun für ein Mensch?"

„Ein traumhafter Chef. Natürlich kriegt er auch manchmal seine Launen. Unsere Geschäfte sind ja meist sehr stressig. Dann kommt es schon einmal vor, dass er die Vorschläge der Art Directors an die Wand wirft."

„Und sonst noch etwas?"

„Nun, Sie werden es ja sicher doch erfahren. Es ist in der ganzen Branche bekannt. Manchmal fuchtelt er mit seinem Colt herum."

„Was? Wenn er sauer ist, hält er den Mitarbeitern einen Revolver unter die Nase?", fragte die Mäusel konsterniert.

„Aber nein! Nur wenn er guter Laune ist, geht er mit umgeschnalltem Revolver durch die Agentur und spielt Wilder Westen und ruft: ‚Zieh. So zieh doch!' *High noon*. Ist natürlich alles Spaß. Er geht regelmäßig auf den Schießstand. Ich war einmal dabei. Er ist ein fantastischer Schütze. Aber wie gesagt. Es ist alles Spaß. Natürlich etwas ungewöhnlich. Er ist ein Kreativer."

„Das erklärt alles, was? Hat er eine Freundin?", hakte die Mäusel nach.

„Hm. Nicht dass ich wüsste", antwortete die Markwort und wurde rot. „Jedenfalls keine feste. Er kennt viele Frauen. In der Agenturszene wird viel getratscht. Und die Girlies sind für einen so erfolgreichen Agenturmann natürlich nicht unempfänglich."

„Er liebt die Kunst, nicht wahr?", fragte Huntinger.

„Oh ja. Sie sehen doch die vielen Bilder an den Wänden. Fast alles Originale."

Mäusel drehte sich um, betrachtete die Bilder und rümpfte die Nase. „Sehr modern!"

„Ja. Sehr modern", gab die Assistentin kichernd zu. „Ich verstehe auch nicht viel davon. Ich bin hier die einzige Normale. Die Kreativen sind alle ein bisschen verrückt."

„Liebt Herr Gruber auch Picasso?"

„Picasso? Nicht dass ich wüsste. Er steht mehr auf die Leipziger Schule. Doch warten Sie mal. Ich glaube, das ist ein Picasso."

Sie ging ihnen voran und öffnete die Tür zum Chefbüro. Auch dieses Büro war mit wenigen ultramodernen, hellen Möbeln eingerichtet. Auch hier wurde dem Minimalismus gefrönt. Die Sessel sahen sehr unbequem aus. Die Schönheit der Schreibtischplatte wurde nicht durch störende Papiere beeinträchtigt.

„Das ist es!", sagte die Markwort und wies auf ein Bild hinter dem Schreibtisch, eine Rötelzeichnung, die drei rundliche Frauen am Brunnen zeigte. Es war ein Picasso.

„Als würde sich Lysistrata mit ihren Kolleginnen darüber unterhalten, dass man sich den Männern verweigern sollte, wenn sie die Absicht haben, wieder in den Krieg zu ziehen", sagte die Mäusel grinsend.

„Haben Sie eine Alarmanlage? Das Bild ist doch sicher Hunderttausende wert, wenn nicht …", warf Huntinger ein.

„Nein. Es ist eine Kopie. Herr Gruber hat sie vor einem halben Jahr anfertigen lassen."

Sie gingen ins Besprechungszimmer zurück. Die Zwillingsblondine kam herein und brachte heißen Apfelstrudel mit Vanillesoße. „Den müssen Sie probieren. Alle unsere Kunden sind davon begeistert", hauchte sie und schwebte wieder hinaus. Mäusel warf ihr einen wütenden Blick nach.

„Gaby hat recht. Sie müssen ihn probieren!", forderte sie die Assistentin auf.

„Haben Sie das Gefühl, dass er von Picasso besessen ist? Ihr Chef?", fragte die Mäusel verbiestert.

„Besessen? Nein, auf keinen Fall. Er hat zwar eine ganze Sammlung von Büchern über Kunst, aber nur wenige über Picasso, sondern mehr über Warhol und Beuys. Doch nun sagen Sie mir mal, worum es geht."

„Ach. Es ist nur Routine. Jemand aus seinem Ort ist in Paris ermordet worden."

„Das ist ja schrecklich."

„Ja. Furchtbar", bestätigte die Mäusel trocken. „Wenn Herr Gruber zurück ist, soll er sich bei uns melden."

Als sie wieder im Auto saßen, sagte die Mäusel: „Alles Weibchen. Ich kann diese Püppchen nicht ausstehen!"

„Ja. Alles interessante Delinquenten für die Scheiterhaufen von Alice", antwortete Huntinger lachend.

„Ist doch wahr!", fauchte Mäusel. „Aber Sie haben recht, Chef! Oliver könnte es sein. Er muss ein ganz schönes Arschloch sein, wenn er mit dem Revolver in der Agentur herumläuft. Und vieles andere passt auch."

„Also doch nicht unser Spanier?", fragte Huntinger schmunzelnd.

„Ich weiß, wir stochern ganz schön im Nebel herum."

„Ja. Bei dem Pelzinger haben wir uns auch geirrt. Bei ihm passten auch viele Indizien."

Huntinger griff zum Handy und rief Schneckenberger an.

„Das mit dem Unglück des Hermann Pelzinger ist ja schrecklich!", sagte der Bayer unglücklich. „Die Wohnung haben wir auf Wunsch Ihres Belsen durchsucht. Keine Picassos. Hunderte von Filmbüchern, aber kaum Bilder. Auf den alten Pelzinger kommt zur Zeit eine Menge zu. Übrigens hat man ihn gegen Kaution wieder freigelassen. Aber sein Laden steckt in ganz schönen Schwierigkeiten. Er hat schon einige Leute entlassen. Herr Belsen rief mich an, dass Sie zu uns unterwegs sind."

„Ja. Wir wollen uns noch einmal die Grubers vornehmen. Können Sie uns einen Durchsuchungsbefehl besorgen?"

„Mein Gott. Sie wissen gar nicht, mit wem Sie sich da einlassen. Da spielt der Untersuchungsrichter nicht mit. Er ist übrigens mit dem Georg Gruber befreundet. Die Grubers sind nun, wo Pelzinger sich selbst desavouiert hat, die alleinigen Herren in Steinberg. Die Hälfte der Bevölkerung ist bei ihm beschäftigt. Nein, wenn Sie nicht bombenfeste Beweise haben, kriegen Sie keinen Durchsuchungsbescheid."

„Habe ich mir schon gedacht", brummte Huntinger. „Dann muss es eben ohne gehen."

„Da werden Sie sich eine Menge Ärger einhandeln."

„Möglich. Aber mehr Ärger als jetzt geht wohl kaum."

„Ihre Vorgesetzten machen Druck?"

„Sie haben mir noch eine Woche gegeben."

„Heide sakra! Möchte nicht in Ihrer Haut stecken."

„Ich komme morgen bei Ihnen vorbei und dann besprechen wir das weitere Vorgehen."

„Ehrlich, Huntinger. Ich verstehe Sie ja. Aber bei dem Durchsuchungsbefehl kann ich nicht mitspielen. Ich wohne hier."

„Verstehe. Vielleicht brauchen wir den ja auch nicht."

Nach einem „Bis bald" drückte Huntinger den Gesprächspartner weg.

„Er macht nicht mit, was?", fragte die Mäusel. Sie fuhren gerade durch Dachau.

„Ich kann ihn verstehen, Maus! Er will sich keine Laus in den Pelz setzen. Er muss hier mit den Leuten auskommen."

Sie checkten in Steinberg in dem Hotel neben dem Rathaus ein, in dem die tote Galeriebesitzerin einst genächtigt hatte. Huntinger bekam ein schönes Zimmer mit einem großen Himmelbett mit rotweiß karierten Bezügen. Als er sich gerade zur Ruhe begeben wollte, klingelte sein Handy. Er sah auf die Uhr. Es war nach zehn. Er hatte Pressel am Apparat.

„Noch so spät im Büro?", fragte Huntinger.

„Ja. Ich habe eben einen Anruf vom Quai des Orfèvres bekommen."

„Ja? Hat der Minotaurus wieder zugeschlagen? Fehlt ein Picasso?"

„Davon sagten sie nichts. Die Kommissarin, diese Mademoiselle Halbeisen, ist im Hotel tot aufgefunden worden."

„Mein Gott!", keuchte Huntinger. „Ist das … gewiss?" Der Schmerz schnürte ihm die Kehle zu. Er konnte kaum sprechen.

„Ja, Chef. Tut mir leid." Pressel spürte, wie Huntinger litt. Er erinnerte sich nun an das Gerücht, dass zwischen Huntinger und der französischen Kollegin mehr als ein kollegiales Verhältnis gewesen wäre.

„Wie ist es passiert?"

„Sie ist in ihrem Zimmer tot aufgefunden worden. Sie hat genau so eine schreckliche Wunde wie die Opfer des Minotaurus. Die Tür wurde nicht aufgebrochen. Sie muss ihm geöffnet haben."

„Eine Cornada de Caballo", stammelte Huntinger.

Ihm schlug das Herz bis zum Hals, und er dachte an diesen unwiederbringlichen Augenblick im Pinienwald, als sie zusammen auf den Strand hinuntersahen und sich ganz nah gewesen waren. Sie hatte ihn geliebt, und er hatte ihr nicht einmal die Hoffnung gegeben, dass sich diese Liebe erfüllen könnte. Er merkte, dass seine Hände zitterten.

„Sie sollen den Chef des Quai des Orfèvres anrufen. Ich gebe Ihnen die Nummer. Sie können ihn bis elf Uhr erreichen."

Huntinger notierte die Nummer, drückte das Gespräch weg und stand auf. Er merkte, dass ihm die Knie zitterten. Er brauchte frische Luft. Er warf sich den Mantel über, ging hinunter und durch die verlassen vor ihm liegende Dorfstraße zur Kirche hoch. Gewissensbisse peinigten ihn. Françoise war tot. Seine ‚Amour fou‘, und doch war ihre Liebe rein gewesen und ehrlich, voller Hingabe. Françoise hatte so etwas Unbedingtes gehabt, als könne sie alles erzwingen, dachte er traurig. Er stopfte sich seine Pfeife und dachte an die Trauer in ihrer Stimme, als sie sich verabschiedet hatten. Gab es so etwas wie Todesahnungen? Die Pfeife schmeckte ihm nicht. Françoise war mit ihrer Liebe zu ihm gekommen, doch er hatte sie nicht angenommen und sie war ... ermordet worden. Aber warum hatte der Unhold Françoise getötet? Sie musste ihm ganz nah gekommen sein. Also war auch er ihm ganz nah gewesen. Er erinnerte sich an das *Ritz* und das Gespräch mit den Grubers. Oliver war nicht aufgetaucht. Sie hätten ihn beschatten müssen. Irgendwie war der Minotaurus auf sie gestoßen, und sie war im Hotel *Pavillon de la Reine* gestorben, nur ein paar Steinwürfe vom Musée Picasso entfernt.

Huntinger sah auf die Uhr. Er ging nach oben und wählte die Nummer, die ihm Pressel gegeben hatte. Es meldete sich ein Monsieur Foche. Françoise hatte ihm seinerzeit erzählt, dass er ein hohes Tier bei der Pariser Kripo war, vergleichbar mit einem stellvertretenden Polizeidirektor. Erstaunlicherweise sprach er leidlich Deutsch.

„Sie haben mit ihr, wie sagt man, die Ermittlungen geführt, nicht wahr?", fragte Foche.

„Ja. Wir haben sehr gut zusammengearbeitet. Wie ist der Picassomörder nur auf sie gestoßen?"

„*Quel malheur.* Das wissen wir nicht. Das Hotelpersonal hat angegeben, dass ein junger Mann an der Rezeption aufgetaucht sei, der angab, ihr den Wagenschlüssel zurückgeben zu wollen ... und sie haben ihm die Zimmernummer genannt. Niemand konnte uns sagen, wann er das Hotel wieder verlassen hat. Gestern Mittag hat das Zimmermädchen dann das Unglück entdeckt. Sie war nicht gleich tot. Sie hat etwas in die Blutlache geschrieben: ‚Cha... mon am...'."

„Das ist alles?"

„Ja. Wissen Sie, was Sie schreiben wollte?"

„Ich glaube ja."

„Ist es das, was ich denke?"

„Ja. Sie liebte mich."

„Tut mir leid, Kollege. Sehr traurig. Was für eine Chose. Sie war eine wunderbare Frau. Wenn eine so wunderbare Frau einen so liebt, dass sie noch im Todeskampf ... Es muss fürchterlich für Sie sein."

„Das ist ... es", stammelte Huntinger.

„Sind Sie in dem Fall weitergekommen?"

„Nein. Aber ich weiß, dass wir ihm ganz nah auf den Fersen sein müssen, sonst hätte er sie nicht ..."

„Ja. Machen Sie den Kerl fertig!", sagte Foche rau.

„Ich werde ihn kriegen! Das verspreche ich Ihnen. Das bin ich Françoise schuldig."

„Und sorgen Sie dafür, dass ihn kein Psychogequatsche davonkommen lässt."

„Er wird nicht davonkommen!"

Foche räusperte sich. „Wir sind vom alten Schlag, nicht wahr?"

„Das sind wir. Ich habe verstanden."

Nach dem Gespräch legte sich Huntinger aufs Bett und weinte um die Liebe, die er nicht angenommen hatte. Er hatte seit seiner Kindheit nicht mehr geweint. Er konnte die ganze Nacht nicht schlafen und dachte an das, was sich nicht erfüllt hatte.

Als er am nächsten Morgen zum Frühstückstisch kam, sagte die Mäusel entsetzt: „Mein Gott, Chef, was ist passiert? Sie sehen aus wie …"

Sie registrierte betroffen die roten Augen und schwieg. Es muss ihm etwas Fürchterliches zugestoßen sein, dachte sie. Was mache ich nur mit ihm? Er braucht dringend Hilfe.

Huntinger räusperte sich und bestellte einen Cognac. Die Mäusel sah es mit Sorge.

„Was auch passiert ist … Mit dem Zeug da …"

„Ich weiß", sagte Huntinger mit rauer Stimme. „Der Minotaurus hat Mademoiselle Halbeisen ermordet."

„Was? Mein Gott!"

„Ja. Wir müssen ihm zu nah gekommen sein. Es ging diesmal nicht um ein Bild. Er hat den Fehler gemacht, den er nicht machen durfte. Nun ist es nicht nur etwas Dienstliches. Ich werde ihn bekommen. Und wenn ich ihn mein halbes Leben lang jagen muss!"

„Chef, beruhigen Sie sich."

„Ja. Noch einen Kaffee bitte", wandte er sich an die Kellnerin.

So ist es gut, dachte Mäusel. Er trinkt nicht weiter. Kriegel hatte wohl ausnahmsweise recht gehabt. Es war etwas zwischen ihm und der französischen Kollegin gewesen. Armer Chef. Armer, alter Chef, dachte sie mitleidig. Wenn ich ihm doch nur helfen könnte.

„Haben Sie irgendeinen Wisch bei sich, der sehr amtlich aussieht und auf den ersten Blick als Hausdurchsuchungsbescheid durchgeht?", fragte Huntinger.

Die Mäusel überlegte, griff zur Aktentasche und wühlte in ihren Papieren. „Ich habe hier noch einen alten Hausdurchsuchungsbefehl für den Türken, der seine Schwester umbrachte. Sie erinnern sich an den Fall? Wir brauchten den dann doch nicht, weil er sich selbst richtete."

„Gut. Wedeln Sie mit dem kräftig herum, wenn wir nachher in der Villa Gruber auftauchen. Wir müssen sehr bestimmt auftreten. Aber geben Sie ihn nicht aus der Hand."

Huntinger hatte ein schlechtes Gewissen, dass er Mäusel in diese ungesetzliche Handlung einbezog, doch sie merkte es und lächelte.

„Machen Sie sich um mich keine Sorgen. Wenn man Sie versetzt, lasse ich mich auch dorthin versetzen. Ich glaube nicht, dass ich mit Kriegel und Konsorten gut auskommen werde. Sie werden mich nicht los."

„Ich werde Sie da raushalten, so gut es geht", versprach er mit einem Kloß im Hals. Mäusels Solidarität tröstete ihn ein wenig. Es gab noch mehr solcher wunderbaren Menschen wie Françoise.

Als sie an der Villa um Einlass baten, wurden sie von einem Hausmädchen in den Salon geführt, der mit seinen schweren Eichenmöbeln und den roten Seidentapeten aussah wie in einer Operndekoration. Die Tochter des Hauses erschien. Sie hatte verweinte Augen. Huntinger erinnerte sich, wie kindlich und glücklich sie zusammen mit dem jungen Pelzinger in der Bucht herumgetobt hatte.

„Sie wieder", stieß das Mädchen feindselig aus. „Was wollen Sie?"

„Durchsuchungsbeschluss!", sagte die Mäusel, hielt ihr das Dokument kurz vor die Nase und steckte es gelassen wieder ein.

„Was? Warum denn?"

„Das dürfen wir Ihnen leider noch nicht sagen", erwiderte Mäusel mit strenger Miene. „Rufen Sie das Personal zusammen. Sie sollen sich alle hier im Salon aufhalten. Auch Sie!"

„Wo sind die Zimmer Ihrer Brüder?", wollte Huntinger wissen.

„Eine Treppe höher."

„Gut. Wo sind Ihr Vater und Ihre Brüder?"

„Vater, Oliver und Torsten sind noch in Paris. Sie kommen heute im Laufe des Tages zurück."

„Sind Sie sich bei Oliver ganz sicher?"

„Was weiß ich! Meine Brüder melden sich bei mir nicht an oder ab."

Schlurfende Schritte. Ein alter Mann betrat den Salon. Ein scharfes, faltiges Gesicht und drohend blickende Augen. Sein weißes Haar war streng nach hinten gekämmt. Die von Leberflecken übersäten Hände umklammerten einen Krückstock mit silbernem Knauf. Er trug einen langen schwarzen Hausmantel.

„Was geht hier vor?", fragte er und zeigte dabei ein braun geflecktes Gebiss.

„Hausdurchsuchung!", sagte die Mäusel mit fester Stimme. „Und wer sind Sie?"

„Mein Großvater", stellte das Mädchen den Alten vor.

„Haben sie dir einen Durchsuchungsbeschluss gezeigt?", fragte der Alte.

„Ja. Haben sie."

„Was zum Teufel wollen Sie von uns?"

„Das werden Sie schon noch erfahren", erwiderte Huntinger. „Dann wollen wir uns mal die Zimmer der Jungen vornehmen."

„Das werden Sie nicht!", kreischte der Alte und drohte mit seinem Krückstock.

„Oh doch. Das werden wir", erwiderte Huntinger gelassen. „Und Sie bleiben auch hier in diesem Zimmer."

Der Alte murmelte etwas vor sich hin, setzte sich jedoch zögernd. „Wo ist das Zimmer Ihres Großvaters?", fragte die Mäusel.

„Gleich nebenan", erwiderte das Mädchen. „Das Treppensteigen fällt Großvater zunehmend schwerer."

Huntinger öffnete die Tür zum Nebenzimmer. Auch hier schwere alte Möbel. Die Bilder verrieten die Vergangenheit des alten Mannes. Ein Bild zeigte Adolf Hitler, wie er nachdenklich auf den Hohen Göll sah. Das andere Bild zeigte zwei Offiziere in schwarzen Uniformen. Der alte Mann stand auf und humpelte zu Huntinger.

„Ja. Sehen Sie sich ihn nur an! Der größte Deutsche aller Zeiten. Ich schäme mich nicht, ihm einmal die Hand geschüttelt zu haben. Ja, diese Hand hat der Führer ergriffen", setzte er hinzu und sah auf seine fleckige Hand, die durch die Gicht verkrümmt war und wie eine Klaue aussah.

„Sicher hat er sich die Hände seitdem nicht mehr gewaschen!", konnte sich Mäusel, an Huntinger gewandt, nicht verkneifen.

„Unverschämtes Ding!", schrie der Alte und fuhr herum. Einen Augenblick lang sah es so aus, als wolle er mit dem Krückstock auf die

Kommissarin losgehen. „Was wissen Sie denn von der großen Zeit?",
fuhr er fort. „Er war uns wie Karl der Große."

„Und diese beiden Offiziere? Wer sind die?", fragte Huntinger, um den
Alten zu beruhigen.

„Das bin ich mit SS-Gruppenführer Hermann Fegelein. Ein feiner Bur-
sche und Kamerad. Habe unter ihm als Hauptsturmführer gedient. Jawohl,
ein prächtiger Kerl."

„Hat Hitler den nicht erschießen lassen?", fragte die Mäusel.

Der Alte sah sie wütend an und machte dann eine verächtliche Hand-
bewegung. „Was wissen Sie schon, Sie Küken, Sie! Der Schwager des
Führers wurde durch eine Intrige Bormanns hereingelegt. Damals ging
alles drunter und drüber. Und diese Historiker, alles Speichellecker der
Alliierten, haben die Lüge in die Welt gesetzt, dass der Reichsführer SS
Hitler verraten wollte und Fegelein davon wusste. Niemals hätte der
Reichsführer, der Treueste der Treuen, den Führer verraten. Alles Lügen!
Ich lasse mir mein Deutschsein nicht kaputt machen. Jawohl, ich gehörte
der SS an. Ja, ich bin und war Nationalsozialist. Ich stehe zu meiner Ver-
gangenheit."

„Wegen Ihrer Vergangenheit sind wir auch nicht hier. Leider", erwiderte Huntinger grimmig.

„Ach, was wissen Sie denn, wie das damals war, als es so aussah, als
könnten wir die ganze Welt erobern", greinte der Alte, während Huntinger die einzelnen Schubladen des Sekretärs aufzog, wobei er die Prozess-
akten des Alten fand und durchblätterte. Akten aus dem Jahr 1948. Die
Akten wiesen aus, dass der Alte mangels Beweisen freigesprochen wurde.
Die ganze Zeit hörte die alte, müde Stimme nicht auf zu erzählen, wie es
damals gewesen war, als er die schwarze Uniform trug.

18.

Eine unheimliche Begegnung mit der Vergangenheit.

Und die Stimme verstummte nicht. Ohne Unterbrechung floss sie weiter, geifernd und ätzend und hämisch. Während er, Huntinger, sich daran machte, die Räume des Alten zu durchsuchen, und während Mäusel bereits im ersten Stock rumorte, humpelte der Alte hinter ihm her und gestand, was er in Russland angerichtet hatte, gestand es mit einem Furor, als müsse es sich wie ein Lavastrom aus ihm Bahn brechen, und überschwemmte Huntinger. Manchmal zuckte dieser zusammen, und er hatte Mühe dem Alten nicht den Hals zuzudrücken, die Stimme auszulöschen, diesen Lavastrom an Verbrechen.

„Jawohl, wir haben sie in den Sümpfen gejagt. Fünfzehntausend haben wir dem Reichsführer SS gemeldet. Wir haben sie sich ausziehen lassen und dann über ihre Köpfe geschossen. Und sie sind vorwärts gestolpert, eine weiße Wand nackter Leiber, und wenn sie sich weigerten, wenn sie zurückkamen oder nicht weiterliefen, dann machten unsere Maschinengewehre tack-tack-tack und sie liefen in die Sümpfe hinein und kamen dort um."

Beim Tack-Tack-Tack machte er den Stock zum Maschinengewehr und lachte dabei, hustete und seine Augen, die nun schon fast hundert Jahre die Welt gesehen hatten, funkelten, glitzerten wie die eines Vogels. Der Alte ähnelte mit seinem faltigen, langen Hals, dem fleischlosen, grauen Gesicht und der schnabelartigen Nase einem Geier, einem Aasfresser, böse, kalt und gierig.

„Das war schon ganz schön. Aber Babij Jar war noch besser. Schon mal von Babij Jar gehört? He, Kommissar, schon mal davon gehört, dass wir in zwei Tagen, oder waren es drei – so genau weiß ich das nicht mehr –, dreißigtausend Menschen abgefertigt haben? Das macht uns keiner so schnell nach. Dreißigtausend – und dann war Kiew judenrein. Oh ja, ich kenne die Anklagen der Siegerjustiz. Na und? Wir waren erbarmungslos. Stimmt. Wir taten unsere Pflicht, wie es der Führer befohlen hatte. Klar war es ein Führerbefehl. Ohne ihn hätte es ‚die Endlösung' nicht gegeben. Haben Sie *Mein Kampf* gelesen? Sicher nicht. Das Buch ist noch immer verboten. In *Mein Kampf* hat er es angekündigt, und ich will Ihnen etwas sagen, Herr Hauptkommissar. Wenn das Buch zu kaufen wäre, innerhalb von ein paar Tagen wäre es ein Bestseller. Jawohl, wie eine Rakete würden die Verkaufszahlen abgehen. Ich kenne doch die Geilheit der Menschen. Natürlich würde man es verurteilen, ein Bah-Bah-Buch nennen, aber kaufen würden sie es alle und die Medien hätten ein paar Wochen lang ihr Spektakel. Und wissen Sie, wo es für mich angefangen hat? In Dachau hat es begonnen. Ich brachte es bis zum Hauptsturmführer, bekam das Ritterkreuz und war der Held von Steinberg. Ich stand in Auschwitz an der Rampe und entschied über Tod und Leben. Links schickte ich sie zum Malochen, rechts in die Gaskammer. Links, rechts, links, rechts – ein Jahr lang. Dreimal haben sie mich deswegen vor Gericht gezerrt. Aber die Herren in den Roben hielten sich damals noch zurück. Sie wussten ja, dass wir darüber auspacken konnten, wie sie damals mitgemacht hatten. Sie haben alle mitgemacht, in irgendeiner Form. In den Fünfzigern waren immer noch genug der Unsrigen an den Schaltstellen, in den Sechzigern wurde es brenzlig, aber schon damals, in den Siebzigern, hatten sie nicht genug Beweise. So war das. Wir waren Kameraden. *Unsere Ehre heißt Treue* stand auf dem Koppelschloss, und wenn das auch einige vergaßen, die Mehrzahl stand bis zuletzt zum Führer.

Hören Sie, Kommissar, ich habe noch für den Führer gekämpft, als überall bereits die Waffen schwiegen. Wir hatten uns im Schauspielhaus am Gendarmenmarkt verbarrikadiert und gekämpft wie einst die Nibelungen in Etzels Burg. Sie werden sich fragen, wie ich davongekommen bin. Ganz einfach, ich hatte mich tot gestellt und unter einigen Leichen versteckt, um mich nachts davonzumachen.

Es dauerte Wochen, ehe ich wieder in Steinberg war, dann haben wir jedoch in die Hände gespuckt und Steinberg kuschte, weil ich den Menschen hier Arbeit gab. Ich habe meinen Sohn in der alten deutschen Art erzogen. Zucht, Strenge und Liebe. Da hat der Knüppel nicht gefehlt und auch der Zuspruch nicht, und aus ihm ist was geworden. Ich habe das Unternehmen an einen guten Sohn weitergegeben und auch er handelt nach altdeutscher Maxime. Zucht, Ordnung und eine strenge Hand. Er hat genau wie ich die neunschwänzige Katze zur Aufzucht benutzt. Kinder müssen gezüchtigt werden, damit sie zu einem graden Halm wachsen. Umso mehr, als die heutige Zeit sie verweichlicht. Oh ja, auch Georg hat seine Söhne gut erzogen, und sie werden eines Tages ihre Kinder genauso erziehen. Werden das Blut rein halten und sich nicht mit Negerweibern oder Welschen vermischen. Auf das Blut kommt es an und auf die rechte Erziehung. Schlechtes Blut kann selbst durch die beste Zucht nicht verbessert werden. Aber wenn beides gut ist, dann bringt es eine herrliche Rasse hervor. Ist nicht anders als bei Pferden. Jawohl, wenn man eine schlechte Stute mit einem Champion deckt, wird dies trotzdem keinen Champion bringen. Aber wenn die Stute von gutem Blut ist, genau so wie der Hengst, und der Nachwuchs in die Hände eines strengen Trainers kommt, dann springt ein Sieger dabei heraus. Die alten Pharaonen wussten dies und vermählten sich mit ihren Schwestern. Inzest ist doch nur so eine bürgerliche Moralvorstellung. He, Kommissar, Sie sagen ja gar nichts. Warum ich Ihnen das alles so freimütig gestehe? Einem fast Hundertjährigen tut man nichts mehr."

Er lachte höhnisch und bekam einen Hustenanfall.

Huntinger, der gerade dabei war einen Schrank zu öffnen, drehte sich zu dem Alten um. „Ich sage nichts, weil ich an mich halten muss, Ihnen nicht Ihr Gebiss in den Rachen zu stoßen, Sie gemeiner, verdorbener Kerl!"

„Habe ich Sie geschockt? Sehen Sie nur im Schrank hinten nach. Da finden Sie was Schönes."

Huntinger wühlte in den Kleider und zog eine schwarze Uniform heraus.

„Ja. Das ist sie. Meine SS-Uniform. Ich trug sie, als mir der Führer das Ritterkreuz um den Hals legte. Fegelein hatte dafür gesorgt, war damals bereits Verbindungsoffizier im Führerhauptquartier. Himmlers Ohr am Mund des Führers. Später hat er sich dann die Schwester von Eva Braun gekrallt. Selbst Eva war in Fegelein verknallt. Er konnte alle Weiber haben."

„Sie sind einfach nur mies! Ein mieser Mörder! Wie kann man mit dieser Schuld so alt werden?"

„Sie glauben, ich hätte Gewissensbisse? Hat ein Kammerjäger Gewissensbisse? Nicht doch. Ich kenne keinen, der daran zerbrochen ist. Schon bei den Pimpfen hat man uns das Mitleid ausgetrieben und die Naturgesetze eingebläut. Der Löwe reißt die Antilope, der Adler die Taube, die Katze die Maus, der Stärkere den Schwächeren. Wenn wir gesiegt hätten, wären wir die Helden unseres Volkes gewesen. Was sagte noch der Reichsführer SS in Posen? ‚Es ist das größte Ruhmesblatt in der Geschichte unseres Volkes', oder so ähnlich. Wir alle haben gesehen, wenn hunderte dalagen, tausende und …!"

„Und wenn Sie jetzt nicht die Schnauze halten, vergesse ich mich tatsächlich noch!", brüllte Huntinger und warf die SS-Uniform in die Ecke. Er verließ die Räume des Alten und stieg die Treppe zum ersten Stock hoch, doch der Alte folgte ihm humpelnd, hechelte hinter ihm her und konnte nicht damit aufhören, seine Vergangenheit auszubreiten.

„He, Hauptkommissar, nun warten Sie doch. Nein, ich bin kein Unmensch. Mit den Franzosen bin ich bestens ausgekommen. Haben uns ja auch geholfen, Paris von den Juden zu befreien. Oradour haben wir nur dem Erdboden gleichgemacht, weil sich dort Gangster versteckt hatten. Da mussten wir natürlich schonungslos vorgehen und ein Exempel statuieren."

Huntinger winkte verächtlich ab und betrat ein Zimmer, in dem Mäusel gerade die Schreibtischschubladen durchsuchte.

„Was gefunden?"

„Nein. Nichts. Mit den anderen Räumen bin ich schon fertig. Auch nichts."

Huntingers Blick fiel auf einen Gegenstand auf der Fensterbank. Er erstarrte. „Mein Gott, wir haben ihn", flüsterte er.

„Haben Sie den rauchenden Colt entdeckt?", amüsierte sich Mäusel.

„Wem gehört das Zimmer? Oliver?", fragte Huntinger den Alten.

Dieser beantwortete höhnisch lachend die Frage und setzte hinzu: „Sie werden nichts Ehrenrühriges finden."

Huntinger atmete schwer und schloss die Augen. Nur weg von hier, weg aus diesem fürchterlichen Haus, weg von diesem entsetzlichen alten Verbrecher.

„Wir können gehen, Maus!"

„Was? Oben im zweiten Stock sind noch weitere Zimmer."

„Wir wissen nun, was wir wissen wollten."

Die Mäusel warf ihrem Chef einen erstaunten Blick zu. Sie sah, dass Schweiß auf seiner Stirn stand.

„Ja. Verschwinden Sie!", kreischte der Alte und wedelte mit dem Stock.

Sie gingen hinunter. In der Halle wartete das Mädchen auf sie. „Nun, haben Sie etwas gefunden?", fragte es kichernd, und doch hörte Huntinger auch Besorgnis heraus.

„Ich weiß, was ich wissen wollte", wiederholte Huntinger und dachte an die Worte des Alten über Blut und Aufzucht. Wie hatte das Mädchen es in diesem Haus ausgehalten? War auch sie verdorben worden?

„Was wissen Sie?", fragte sie, bleich werdend.

„Haben Sie auch Ihr Blut rein gehalten?"

Sie zuckte zurück, als hätte sie ein Schlag getroffen. „Was meinen Sie?"

„Ihr Großvater kann es Ihnen erklären."

Er nickte Mäusel zu und sie verließen grußlos das Haus.

„Fahren wir zu Schnecki", brummte Huntinger.

„Warum haben wir die Untersuchung abgebrochen? Wenn wir schon gegen alle Vorschriften verstoßen, dann sollten wir dies auch gründlich tun."

„Wir brauchen nur noch abzuwarten, dass die Grubers in ihr Nest zurückkehren. Der Fall ist gelöst. Nun gilt es nur noch, den Minotaurus zu stellen."

„Sie wissen, wer er ist? Nun erzählen Sie doch!"

„Ich glaube, es zu wissen. Aber ich habe mich schon einmal geirrt. Lassen Sie mir noch ein wenig Zeit. Ich muss alles noch einmal durchdenken."

Er griff zum Handy und rief Wurmser an. „Du hast doch ein so phänomenales Gedächtnis. Kannst du dich noch an Veronikas Buch und an das Bild erinnern, auf dem Picasso sich eine Minotaurusmaske aus Korbgeflecht vor das Gesicht hält? Zähl doch einmal auf, was du auf dem Bild gesehen hast. Jede Einzelheit, jede Kleinigkeit."

Wurmser tat es, und schließlich nickte Huntinger und schmunzelte. „Genau das wollte ich hören. Danke, so habe ich es auch in Erinnerung. Besorge das Buch von Veronika und gib es der Kleinschmidt. Die soll es Pressel mitgeben. Wir werden Veronika einen schönen Blumenstrauß kaufen."

Er legte auf und Mäusel starrte ihn Antwort heischend an, während sie den Wagen in den Hof der Polizeikommandantur steuerte.

„Nun reden Sie schon! Machen Sie es nicht so spannend, Chef. In dem Zimmer war doch nichts, was an Picasso erinnerte. Nicht eine einzige Radierung, geschweige denn ein Druck."

„Abwarten. Spätestens morgen haben wir den Minotaurus."

„Sie sind ein Frosch, Chef!", schmollte Mäusel.

Schneckenberger empfing sie sehr reserviert. Als der Hauptkommissar erzählte, dass sie gerade von der Hausdurchsuchung bei Grubers kamen, sprang Schneckenberger erregt aus dem Sessel.

„Sie haben was? Wer hat Ihnen den Durchsuchungsbefehl unterschrieben?"

„Keiner", antwortete die Mäusel grinsend.

„Keiner?", echote Schneckenberger fassungslos.

„Nein. Sie sagten doch, dass wir keinen bekommen würden."

„Eben. Dann sind Sie widerrechtlich …"

„Ja. Das werden wir auf unsere Kappe nehmen müssen. Doch etwas anderes. Ich brauche die Spezialeinheit. Wir werden morgen den Minotaurus festnehmen und demnach zu urteilen, wie er sich bisher aufgeführt hat, ist anzunehmen, dass er sich wehrt."

„Dann wissen Sie …?"

„Ja."

„Mann, so reden Sie doch!"

„Es ist definitiv einer der Grubers."

„Welcher Gruber? Oliver oder …? Nein, Georg ist es bestimmt nicht. Ganz sicher nicht."

„Das werden wir morgen herausbekommen. Morgen ist die feine Familie wieder zusammen, und dann werden wir das Nest ausheben. Der Minotaurus wird keine weiteren Frauen töten."

Er erzählte kurz, was in Paris geschehen war. „Ich habe die Kollegin sehr gemocht. Sie war eine bewundernswerte Frau, eine hervorragende Polizistin. Er wird in seinen Allmachtsfantasien immer wilder, wie ein hungriger Wolf."

„Wie ein hungriger Minotaurus", korrigierte Mäusel.

„Haben Sie den Beweis?"

„Nein. Aber einen Hinweis. Die Beweise wird er uns morgen liefern."

„Nein. Da mache ich nicht mit. Die Sache ist mir zu heiß. Ich will auf meine alten Tage nicht auch noch eine Dienstaufsichtsbeschwerde kriegen. Für die nicht legitimierte Durchsuchung wird man Sie ans Kreuz schlagen. Gruber hat gute Kontakte bis in die Staatskanzlei nach München."

„Wenn ich ihn morgen stelle, wird gar nichts passieren. Schließlich sind dann einige Morde geklärt und einige wertvolle Picassos wieder in den Museen."

„Sie haben sich beim Pelzinger schon einmal verrannt."

„Stimmt. Und das passiert mir nicht noch einmal. Deswegen behalte ich auch einstweilen noch für mich, was mich sicher sein lässt, wer der Minotaurus ist."

„Unter den Umständen will ich nichts damit zu tun haben. Was wird das für einen Skandal geben, dass Sie die einflussreichste Familie Steinbergs verdächtigen?"

„Auch wenn einer aus dieser Familie ein Ungeheuer ist? Aber Sie können recht haben. Die Stadt hat es ja auch hingenommen, dass der Alte, der SS-Mann, ein Ungeheuer war und den Tod vieler Menschen verursacht hat. Steinberg hat ihn als Helden gefeiert. Steinberg hat es hingenommen, dass dieser SS-Mann unbehelligt den großen Unternehmer spielen konnte, hat es hingenommen, dass man seine Vergangenheit vergaß und er ein alter Mann werden und sein eigen Fleisch und Blut verderben konnte."

„Ich werde Ihnen kein Spezialkommando besorgen. Ich will mit Ihrer Aktion nichts zu tun haben. Und im Übrigen: Sie sind hier gar nicht zuständig und dürfen ohne mich keine Maßnahmen ergreifen."

„Ich weiß", erwiderte Huntinger gelassen. „Aber es ist Gefahr in Verzug. Es wird auch ohne Sie gehen."

Er holte das Handy heraus und rief in Berlin an. „Ich bin es", sagte er zur Kleinschmidt. „Sagen Sie Pressel und Belsen Bescheid, dass sie sich sofort in den Flieger nach München setzen und hierher nach Steinberg kommen sollen. Ich brauche sie noch heute Abend hier."

„Es geht los, Chef?"

„Ja. Kann man so sagen."

„Und wer ist es? Oliver oder etwa Georg Gruber?"

„Morgen wissen wir es."

„Gut. Ich suche gleich die Flugverbindungen heraus. Pressel wird sich freuen, dass er wenigstens beim Schlussakt dabei ist."

Mäusel und Huntinger fuhren zum Hotel zurück. Die ganze Zeit quälte ihn die Mäusel mit Fragen. Huntinger schmunzelte dazu nur kopfschüttelnd, und sie gab schließlich schmollend auf.

„Ach, Chef, Sie sind so ein Frosch."

Sie holten sich die Zimmerschlüssel an der Rezeption ab und Huntinger sagte zu ihr: „Ruhen Sie sich ein wenig aus. Morgen wird ein aufregender Tag werden. Wir müssen beide gut in Form sein."

„Ich finde ja doch keine Ruhe. Wollen Sie mir nicht ..."

„Nein. Warten Sie den morgigen Tag ab. Er wird sich selbst verraten."

Huntinger ging auf sein Zimmer, legte sich aufs Bett und versuchte, nicht an den Minotaurus zu denken. Es gelang ihm nicht, weil ihm wieder Françoise einfiel und der Moment, als sie auf die Bucht hinuntersahen. Er hörte den Singsang ihres elsässischen Deutsch. Sein Handy klingelte. Er seufzte und sah aufs Display. Esther. Er drückte den Knopf und sie sagte: „Endlich! Warum meldest du dich nicht?"

„Weil ich viel um die Ohren habe. Morgen werde ich Françoises Mörder stellen." Im gleichen Augenblick fiel ihm ein, dass sie davon noch nichts wissen konnte.

„Was? Sie ist tot? Wie schrecklich. Was ist passiert? So rede doch."

Er erzählte ihr, was er von Foche erfahren hatte.

„Wie furchtbar. Wie tragisch. Ich weiß, dass sie dir sehr ... nahestand. Es tut mir so leid."

„Ja. Und dafür werde ich ihn morgen zur Rechenschaft ziehen."

„Sei vorsichtig, Charles! Sei um Gottes willen vorsichtig. Ich will dich nicht verlieren. Ich liebe dich, Charles."

„Ich dich auch. Schon deswegen werde ich aufpassen", sagte er automatisch. Aber er dachte daran, was Françoise in ihr Blut geschrieben hatte: ‚Cha... mon am...'. Er seufzte.

„Armes Mädchen. Sie hat dich sehr geliebt. Und nun ist sie ... Da sieht man, wie zerbrechlich alles ist, wie sich plötzlich die Welt verändern kann. Eben noch wähnt man sich im Glück und dann ... Ich werde so schnell wie möglich nach Berlin ziehen. Ich liebe dich, Charles."

Sie sagte dies mehrmals, als wolle sie damit die Trauer um die Französin aus seinen Gedanken drängen, als müsse sie ihn daran erinnern, dass er noch sie hatte ... und damit zufrieden sein sollte. Nachdem er ihr versprochen hatte, sofort morgen anzurufen, beendete er das Gespräch. Er wollte zur Ruhe kommen, aber es gelang ihm nicht.

Stöhnend erhob er sich vom Bett, zog das Jackett über und verließ das Zimmer. Er ging an der Rezeption vorbei auf die Straße. Ein schöner Spätsommertag neigte sich dem Ende zu. Was für eine verträumte kleine Stadt, dachte er. Niemand würde vermuten, dass in diesen romantischen alten Fachwerkhäusern mit den schönen Balkons und den Geranien das Böse wohnte, Menschen, die einen Mörder unter sich duldeten, mehr noch, einen Mörder als Helden gefeiert hatten. Huntinger blieb vor dem Fenster einer Buchhandlung stehen und ging hinein. Ein ältliches Fräulein, das das Haar hinten zu einem Dutt gesteckt hatte, sah hinter dem Ladentisch auf.

„Haben Sie irgendetwas über Picasso?"

Die Frau legte die Hand aufs Kinn, von dem kleine weiße Härchen abstanden, überlegte und schüttelte den Kopf.

„Nein. Ich glaube nicht. So was liest man bei uns nicht."

„Darf ich mich mal umsehen?"

„Gern. Aber Sie werden über Picasso nichts finden. Sie sind doch dieser Kommissar aus Berlin?", setzte sie zaghaft hinzu.

„Ja. Hier weiß wohl jeder alles."

„In einer Kleinstadt spricht sich alles schnell herum."

„Wie gut kennen Sie die Grubers?", fragte Huntinger, während er sich die Bücher auf den Tischen ansah.

Große Stapel von Dan Browns neuestem Thriller, aber auch Schätzings *Limit*. Wenigstens hatte sich hier ein Verleger nicht nur auf amerikanische und englische Bestseller verlassen. Ganz in der Ecke, in dem untersten Regal, fand Huntinger ein Buch von William Faulkner. *Die Freistatt*. Fast zärtlich strich er über den Bucheinband. Er hatte es in seiner Jugend gelesen. Die Seiten dieses Exemplars waren schon ein wenig angegilbt. Er blätterte andächtig in den gelblich verfärbten Seiten.

„Ach, das liegt schon seit Jahrzehnten hier herum", sagte die Verkäuferin, als Huntinger es auf den Ladentisch legte. „Das kann ich Ihnen für fünf Euro überlassen. Ja, ich bin übrigens sogar mit den Grubers über drei Ecken verwandt. Wir sind hier alle irgendwie verbandelt, so ist das nun einmal in einer Kleinstadt. Aber wir verkehren nicht miteinander. Die Grubers sind ja hier die Krösusse."

„Und wie schätzt man die Grubers ein?"

Die Frau klopfte mit ihrem Finger auf ihr Kinn. „Nun, ich will nichts Schlechtes über sie sagen. Das nicht. Aber sie sind sehr streng. Die kleinste Unregelmäßigkeit bei der Arbeit und man fliegt. Und zahlen tun sie auch nicht besonders gut. Aber was will man machen? *Gruber Landmaschinen* ist der einzige größere Arbeitgeber, wenn man vom Pelzinger absieht, der wegen des Gammelfleischskandals sicher kaputtgehen wird. Also, der Alfred, der ist ja mal in den alten Zeiten so etwas wie ein Held gewesen. Die ganze Stadt war stolz darauf, so erzählte mir meine Mutter, einen Ritterkreuzträger in Steinberg zu haben. Aber die Fabrik, so richtig hochgebracht hat die erst sein Sohn, der Georg. Tüchtig, arbeitsam und sehr streng. Die Kinder sind ganz in Ordnung, gegen die lässt sich nichts sagen. Waren nicht so wild wie der junge Pelzinger mit seiner Motorradbande. Soll ich Ihnen das Buch als Geschenk einpacken?"

„Nein. Lassen Sie nur", erwiderte Huntinger und steckte das Buch in die Manteltasche, tippte sich an die Schläfe und ging hinaus. Als er sich noch einmal umdrehte, sah er das ältliche Fräulein nachdenklich am Fenster stehen. Befürchtete sie, zu viel gesagt zu haben? Huntinger ging zum Hotel zurück.

„Können Sie mich informieren, wenn meine Kollegen eintreffen?", fragte er das Mädchen an der Rezeption.

„Selbstverständlich! Ihre Sekretärin hat vorhin angerufen und zwei Zimmer bestellt. Hat es etwas zu bedeuten, wenn so viele Kriminalbeamte aus Berlin bei uns erscheinen?"

„Hat es", knurrte Huntinger und ging die Treppe hoch zu seinem Zimmer.

In Mäusels Zimmer nebenan hörte er den Fernseher laufen. Er legte sich aufs Bett, schlug sein Buch auf und las: *Hinter dem Schirm von Buschwerk, der die Quelle umgab, beobachtete Froschauge, wie der Mann trank …*

Er las viele Stunden lang und als er zum Ende gekommen, als Froschauge gerichtet war, stand er auf und ging ans Fenster. Auch dieser Froschauge, dieser Popeye, war ein Verbrecher, ein Mensch, kalt und leblos mit seinen Knopfaugen, und doch lachte er, lebte er mit Sehnsüchten und Gefühlen. Hatte der Minotaurus menschliche Gefühle, erfreute er sich außer an den Picassobildern auch an alltäglichen Dingen, an den Herbstfarben der Bäume, hörte er die Vögel in den Hecken? Wie konnte er das Morden vor sich selbst rechtfertigen? Dachte er überhaupt an die Verzweiflung der Frauen? Wie viel Härte, wie viele Schläge hatte er bekommen, um so zu werden? Was war davon bereits in ihm angelegt? Die Gene des Alfred Grubers? War jemand dadurch zum Bösen verurteilt? Oder war es das Beispiel, die endlosen Triaden des alten SS-Mannes, die Verherrlichung des Massenmörders Hitler, die ihm die Gleichgültigkeit gegenüber dem Leben eingebläut hatten?

Das Zimmertelefon klingelte.

„Ihre Leute sind gerade eingetroffen", sagte der Wirt.

„Gut. Ich komme runter."

Er ging auf den Flur und klopfte an Mäusels Tür. „Maus, eben sind Pressel und Belsen eingetroffen."

Sie riss die Tür auf und nickte ihm zu. „Ich mache nur den Fernseher aus. Ich habe eben Nachrichten gehört. Wir haben die höchste Neuverschuldung seit Bestehen der Bundesrepublik. Und sie machen neue Schulden, nur um ihrer Klientel Steuererleichterungen bieten zu können. Wir haben eine verantwortungslose Bande an die Regierung gewählt", schimpfte die Mäusel und ging mit ihm hinunter in die Halle.

„Wir haben es mit einer Gesellschaft zu tun, die den Egoismus als Selbstverständlichkeit feiert."

Pressel und Belsen standen mit ihren Koffern an der Rezeption. Huntinger winkte ihnen mit dem Kopf zu, und gemeinsam gingen sie in das Restaurant und setzten sich in eine gemütliche Ecke an einen kreisrunden Tisch mit hohen Stühlen.

„Hast du das Picassobuch dabei?", fragte Huntinger. Pressel nickte und schlug auf seine Aktentasche.

Der Hauptkommissar referierte kurz über den Stand der Dinge.

„Wir bekommen keine Unterstützung durch die hiesige Polizei. Unsere Beweise reichen auch nicht, um einen Untersuchungsrichter einzuschalten."

„Und obendrein sind wir hier nicht zuständig", ergänzte Pressel grinsend. „Wir bewegen uns also ein wenig außerhalb der Legalität."

„Wenn das mal gut geht", jammerte Belsen.

„Sekt oder Selters", ergänzte die Mäusel.

„Wir müssen ihn dazu bringen sich zu verraten", schloss Huntinger ernst.

„Wer ist es denn nun?"

„Das werden wir morgen sehen."

„Aber Sie haben doch eine Vorstellung, wer es ist?", fragte Pressel unzufrieden.

„Hat er. Aber er will es nicht sagen!", entgegnete die Mäusel spitz.

„Warum denn nicht? Auf wen sollen wir uns denn nun konzentrieren?"

„Es ist jedenfalls ein Gruber. Wir gehen in das Haus, als würden wir eine Richtstätte betreten. Er wird sich verraten und alles weitere ergibt sich dann."

„Richtstätte?", fragte die Mäusel erstaunt. „Chef, Sie glauben, dass er sich wehren wird und wir …?"

„Möglich."

„Schwidiwatzki noch einmal, dann kommt da morgen einiges auf uns zu", stöhnte Pressel.

Ja. Morgen fällt die Entscheidung, dachte Huntinger. Er wird keine Freistatt vorfinden. Wenn Françoise doch dabei sein könnte …

19.

Die Richtstätte auf 1800 Meter Höhe.

Es war ein Morgen, der die Impressionisten mit der Staffelei aus dem Haus getrieben hätte. Strahlend zeigte sich die Sonne. Flirrend fiel das Licht in die Straßen.

Schon um acht Uhr saßen sie im Auto vor der Grubervilla. Pressel zeigte wie immer, wenn es darauf ankam, ein gleichgültiges Gesicht. Belsen wirkte noch hibbeliger als sonst und Mäusels finstere Miene hätte auch den verliebtesten Verehrer in die Flucht geschlagen. Huntinger machte ein stoisches Gesicht wie beim Schachspiel mit Wurmser. Schließlich nickte er: „Es ist an der Zeit, Kinder. Wir machen es auf die harte Tour. Die im Haus verstehen nur das Recht des Stärkeren."

Sie stiegen aus dem Auto, gingen zur Villa hinüber und klingelten. Das Hausmädchen öffnete und sah sie so hochmütig an, als wären sie die Sternsinger oder die Zeugen Jehovas. Huntinger drängte sie beiseite.

„Melden Sie uns der Familie."

Georg Gruber kam gleich aus dem Salon geschossen, und sein Gesicht verriet in schnellem Wechsel Unglauben, Zorn und Furcht. Hinter ihm humpelte der Alte heran und dann zeigte sich Sybille, die selbst an diesem frühen Morgen aussah, als wolle sie bei der nächsten Staffel *Germany's next Topmodel* mitmachen.

„Was hat das zu bedeuten?", donnerte Georg Gruber.

Huntinger zog das Buch mit dem Picassobild aus Pressels Aktentasche und schlug die Seiten auf, die helfen würden, den Fall zu lösen. Ein zweiseitiges Foto. Es zeigte den Meister mit der Stierkopfmaske aus Korbgeflecht.

„Kommt Ihnen dieses Foto vertraut vor?"

„Was? Warum? Was soll das?"

„Die Eule hier hat ihn verraten. Der, in dessen Zimmer diese tönerne Eule steht, ist der Minotaurus! Kommt sie Ihnen vertraut vor?", fragte Huntinger und wies auf den Vogel, der rechts von Picasso auf dem Heizkörper stand.

„Was haben wir mit der dussligen Eule zu schaffen? Sind Sie verrückt geworden?"

Gruber lief rot an und der Alte hinter ihm keifte: „Schöne Demokratie ist mir das, wenn man zu dieser frühen Stunde belästigt wird."

„Zeigen Sie mir einen Durchsuchungsbefehl oder meinetwegen einen Haftbefehl, irgendetwas, was Sie legitimiert, uns am frühen Morgen zu stören."

„Wo sind Ihre Söhne?", fragte Huntinger, ohne auf Georg Grubers Forderung einzugehen.

„Oben, auf ihren Zimmern", antwortete er verdutzt.

„Wir müssen sie sprechen."

„Hol die beiden runter", befahl Georg Gruber seiner Tochter.

„Schmeiß die Berliner doch raus!", hetzte der Alte. „Ich hole unsere Jagdgewehre."

„Bleib hier, Vater. Mach keinen Unfug."

„Wer von Ihren Söhnen besitzt eine tönerne Eule?", fragte Huntinger hart und unnachgiebig. Er steckte die Hand in die Innenseite seines Jacketts, so andeutend, dass er mit dem schlimmsten rechnete und bereit war, zur Waffe zu greifen. Seine Kommissare taten es ihm nach.

„Was soll das? Sie glauben doch nicht, dass wir …"

„So weit ist es gekommen, dass man uns wie Gangster behandelt", keifte der Alte weiter. „Das ist Notwehr. Ich hole unsere …"

„Nein, Vater! Das alles ist verrückt. Total verrückt. Was hat die Eule auf dem blöden Foto mit uns zu tun? Ich werde Schneckenberger anrufen und ihn fragen, was diese Vorstellung hier soll."

Mit schnellen Schritten trat er an das altmodische Telefon in der Halle, wählte die Nummer Schneckenbergers und machte ein enttäuschtes Gesicht. „Er hat sich heute frei genommen."

Wütend warf er den Hörer auf die Gabel, besann sich dann, nahm den Hörer wieder auf und wählte eine neue Nummer. Mit sich überschlagender Stimme erzählte er dem Teilnehmer am anderen Ende der Leitung, dass er hier von Berliner Polizeibeamten belästigt würde und reichte den Hörer an Huntinger weiter.

„Polizeipräsident Westermann in München. Und wer sind Sie?", bellte es in Huntingers Ohr.

Er erklärte es dem anderen kurz und dieser schrie wütend. „Sie haben doch gar keine Handlungsbefugnis in Steinberg. Wenn Sie gegen Herrn Gruber, den ich seit Jahrzehnten kenne, etwas vorzubringen haben, so schalten Sie das dortige Kommissariat in Dachau, den Schneckenberger, ein. Ich verlange, dass Sie sofort das Haus verlassen und den Dienstweg einhalten!"

„Tut mir leid. Schneckenberger ist nicht erreichbar. Es ist Gefahr im Verzug. Und im Übrigen können Sie mich, na, Sie wissen schon", erwiderte Huntinger und legte auf.

Draußen heulte ein Motor auf, und die Mäusel lief zum Fenster. „Da haut einer der Grubers mit der Sybille ab."

Quietschende Reifen unterstrichen ihre Worte.

„Na also. Hinterher!", rief Huntinger.

Sie liefen aus dem Haus zu ihrem Auto, Pressel stieß Mäusel weg und übernahm selbst das Steuer.

„Macho!", schrie Mäusel wütend und begnügte sich damit, das Blaulicht aufs Dach zu stecken. Huntinger und Belsen nahmen im Fond Platz. Pressel tat es dem Flüchtigen nach. Mit quietschenden Reifen schlingerte der Wagen durch die engen Straßen der Stadt. Der Fluchtwagen hatte bereits einen Vorsprung und war nicht zu sehen.

„Fahr in Richtung Dachau!", schlug Mäusel, ihrer Intuition folgend vor.

Richtig. Vor ihnen tauchte bald der schwarze Mercedes auf.

„Mäusel, haben Sie den Fahrer erkennen können?", fragte Huntinger.

„Ich habe ihn nur von hinten gesehen. Aber es könnte Oliver gewesen sein."

Huntinger runzelte die Stirn. „Hm, fahrt nicht zu dicht an ihn heran!"

Es ging an Dachau vorbei auf die Autobahn.

„Er will nach München."

„Vielleicht will er aus seiner Agentur Geld holen, um dann abzuhauen", mutmaßte Mäusel.

Huntinger zuckte mit den Achseln.

„Die Kleine, die Schwester, wird ihm von der Eule erzählt haben. Damit wusste er, dass das Versteckspiel vorbei ist", sagte Huntinger nachdenklich.

„Was sollte denn das mit der Eule?", fragte Belsen.

„Das war der rauchende Colt", erwiderte Huntinger.

„Oh, Chef, Sie mit Ihrer Geheimnistuerei. Nun können Sie doch sagen ..."

„Später", beschied Huntinger kurz.

Vor München bog das Fluchtfahrzeug auf die Autobahn nach Salzburg.

„Er will nach Österreich", staunte Pressel.

„Wenn wir einen Haftbefehl hätten, könnten wir jetzt eine Großfahndung auslösen und die Grenzstationen benachrichtigen", klagte Belsen.

„Wenn das Wörtchen ‚Wenn' nicht wär' …", erwiderte die Mäusel.

„Ist doch wahr!", maulte Belsen.

„Warum türmt er Hals über Kopf?", fragte Pressel. „Ist doch ein klares Schuldbekenntnis."

„Der rauchende Colt", warf Mäusel vorwurfsvoll ein. „Nur weiß ich leider nicht, in welchem Zimmer der Chef den rauchenden Colt gesehen hat. In Olivers Zimmer war kein einziges Picassobild."

„Abwarten, Kinder", beruhigte Huntinger seine Leute.

Sie fuhren an Rosenheim vorbei und Belsen sagte: „Ach, hier ist das?"

„Was ist hier?", fragte Pressel.

„Na, die Rosenheim-Cops. Ich versäume keine Sendung. Es sei denn, ich muss mal wieder Überstunden schieben", klagte Belsen, nach einem unwilligen Blick zum Chef.

„Das ist doch Heimatfilm. Wie kann man sich so etwas ansehen", stöhnte Mäusel.

„Ich find's gut. Echt gut", trotzte Belsen.

„Also, mein liebster Fernsehkommissar ist der aus Münster, mit dem Antiquariat", bekannte Pressel.

„Ist doch kein Kommissar, sondern ein Detektiv", widersprach Belsen.

„Also wenn schon Krimis, dann die Folkerts oder die Clausen", bekannte Mäusel.

„Folkerts? Seit wann stehst du auf …?", staunte Pressel.

„Sag es nicht. Sprich es nicht aus, sonst kannst du was erleben!", fauchte Mäusel.

Sie stritten noch eine Weile. Auf einmal schrie die Kommissarin auf: „Mensch, Pressel! Pass doch auf. Jetzt biegt er nach Reichenhall ab."

Aber der Mercedes hielt nicht in Reichenhall, sondern jagte weiter.

„Wo will er hin?", rätselte Pressel. „Berchtesgaden? Was will er dort?"

„Das Blut der Väter bis ins dritte und vierte Glied", murmelte Huntinger.

„Was meinen Sie, Chef?", fragte Belsen.

„Im Zimmer des alten Gruber hing ein Hitlerbild. Gegenüber Berchtesgaden liegt Hitlers Berghof, seine Sommerresidenz. War damals so etwas wie sein zweiter Regierungssitz."

„Sie glauben, da will er hin?", staunte Belsen.

„So reim ich's mir zusammen", knurrte Huntinger.

„Wir haben uns in diesem Fall schon mal ganz schön verrannt", erwiderte die Mäusel spitz, mit vorsichtigem Blick auf ihren Chef. Dieser schmunzelte.

„Das haben wir in der Tat. Und wenn der da vorn nicht unser Minotaurus ist, müssen wir uns auf schlimme Tage gefasst machen."

„Und wenn der da vorn nur von seinem Vater oder seinem Bruder ablenken wollte, indem er uns von dem Gruberhaus fortlockte, damit der Minotaurus fliehen kann?", fragte die Mäusel.

Huntinger nickte anerkennend. „Auch das ist eine Möglichkeit. Kompliment! Der Gedanke ist mir noch gar nicht gekommen. Hoffen wir, dass Ihre Vermutung nicht zutrifft."

„Ich hoffe, dass er es ist, dass wir ihn endlich haben. Er hat schon zu vielen Frauen Schlimmes angetan, diese verdammte Bestie", erwiderte Mäusel.

„Er wird uns nicht davonkommen!", sagte Huntinger und dachte an das, was Françoise in ihr Blut geschrieben hatte: Cha… mon am…

„Wie konnte er zum Minotaurus werden?", fragte Pressel.

„Es war diese mitleidlose Nazierziehung, die Schläge in der Kindheit, die ihn dazu brachten, sich in einen Übermenschen, in einen Tiermenschen hineinzuträumen", erwiderte Huntinger.

„Vielleicht kommt dann noch Nietzsche dazu. Ich habe in der Bibliothek unten eine alte Gesamtausgabe gesehen", fügte Mäusel hinzu.

„Die kann auch dem alten Nazi gehören", widersprach Pressel. „In dem Haus leben drei Generationen miteinander. Ich habe gar nicht die Frau des Gruber gesehen?"

„Ja. Die habe ich schon bei unserer Hausdurchsuchung vermisst. Vielleicht hat man sie wieder mal zur Kur geschickt. Schneckenberger erzählte mir, dass sie sich viel auf Schönheitsfarmen aufhält. Die Frauen haben bei den Grubers nicht viel zu sagen. Die Söhne werden ohne mütterliche Liebe aufgezogen. Stattdessen mit solchem Unsinn wie dem ‚Willen zur Macht'", stimmte Huntinger zu.

„Und wird dadurch zu Picassos Minotaurus, zum Frauenhasser und Mörder?", fragte Pressel skeptisch.

„Bei ihm wird wohl einiges zusammengekommen sein", brummte Huntinger und dachte voller Zorn an das Hotel am Place des Vosges. Der Mord an Françoise sollte ihn treffen, er war sich dessen ganz sicher.

„Er fährt nicht nach Berchtesgaden rein, sondern biegt links ab!", rief Mäusel erregt.

„Dachte ich es mir doch. Er fährt zum Berghof."

„Klingt idyllisch", kommentierte Pressel und bog links ein.

„Zeitweilig war hier die Schaltstelle Europas. Hitler war im Grunde faul, hat sich hier dem Nichtstun hingegeben und seine finsteren Pläne ausgeheckt. Auch während des Krieges hat er sich zeitweilig auf dem Berghof verkrochen."

„Steht das Haus noch, Chef?"

„Nein. Im April Fünfundvierzig wurde es bombardiert. Die Ruine hat man später gesprengt."

„Was will der Gruber dann hier?"

„Das werden wir gleich erfahren. Geben Sie Gas, Pressel! Fahren Sie dicht an ihn heran. Mäusel, stellen Sie Blaulicht und Sirene an! Wir zeigen ihm jetzt, dass er nicht entkommen kann."

Der Mercedes vor ihnen beschleunigte. In den Serpentinen kam er einige Male ins Schleudern. Doch es gelang dem Fahrer jedes Mal, den Wagen wieder in seine Gewalt zu bekommen. Nun waren die Ermittler ganz dicht hinter dem Fluchtfahrzeug.

„Mir ist ganz übel von der Kurverei", klagte Belsen.

„Reiß dich zusammen!", fauchte Mäusel. „Eigentlich ist es schön hier. Was für eine romantische Landschaft."

„Eine Landschaft für größenwahnsinnige Träume. Die ganze Parteiprominenz zog hierher, in die Nähe des Führers", klärte Huntinger sie auf. „Göring, Hess und Speer hatten hier ihre Häuser. Die alten Besitzer hat man vertrieben. Bormann nannte man den König von Berchtesgaden. Sie waren nichts anderes als Gangster, Spießgesellen vom Schlage eines Al Capone", schloss Huntinger.

Pressel kam ins Schleudern und musste abbremsen. Mit quietschenden Reifen rutschte der Wagen auf den Abhang zu. Kurz davor kam das Fahrzeug zum Stehen. Schwer atmend lehnte sich Pressel zurück.

„Schwidiwatzki! Das war knapp!", keuchte er.

„Fahr weiter", befahl Huntinger ruhig.

Der Mercedes war nun aus ihrem Blickfeld.

„Keine Sorge. Wir kriegen ihn", besänftigte Huntinger den fluchenden Pressel.

Sie kamen zu einem riesigen Parkplatz, wo an einem Schalterhäuschen eine Menschenschlange wartete. Der Mercedes stand dort mit offenen Türen. Pressel hielt mit quietschenden Reifen neben dem Wagen. Sie sprangen aus dem Auto. Der Fluchtwagen war leer.

„Wo ist er hin?", fragte Pressel ratlos und steckte die Pistole weg.

„Er wird zum Kehlsteinhaus hochgefahren sein", mutmaßte Huntinger.

„Wo ist das denn?", fragte Mäusel.

„Tausendachthundert Meter über uns. Bormann ließ dort oben auf dem Berg für den Führer ein Refugium bauen. Ein Geburtstagsgeschenk. ‚Eagle's nest‘ tauften es die Amerikaner."

„‚Eagle's nest‘?", fragte die Mäusel verdutzt.

„Ja. Sie vermuteten dort das Hauptquartier der sogenannten Alpenfestung. Seht euch nur die Menschenschlange an. So mancher von ihnen ist nicht nur wegen der schönen Aussicht hier, sondern wegen des Kitzels, das Haus des größten Menschenschlächters der Weltgeschichte zu sehen. Manche von ihnen mögen auch unverbesserliche Nazis sein."

„Der Ort passt zum Minotaurus", erklärte Mäusel.

Sie liefen an der Menschenschlange vorbei und fragten an der Absperrung, ob sich ein junger Mann mit einem Mädchen durchgedrängt habe. Ein kahlköpfiger Mann schnaubte entrüstet: „Und ob! Er ist hier ohne Karte rein und hat mit einer Pistole rumgefuchtelt. Zusammen mit einer Blondine ist er in den Fahrstuhl gestiegen."

„Dann wollen wir auch mal hoch. Sie lassen keinen mehr hochfahren!", befahl Huntinger und zeigte seinen Dienstausweis. Der Kahlköpfige winkte sie erschrocken durch und sie stiegen in den kupferbeschlagenen Fahrstuhl. Oben angekommen hörten sie bereits Schreie.

„Polizei!", rief Pressel, als sie aus dem Fahrstuhl stürzten.

„Hier ist eben ein Verrückter durch und hat alle Gäste aus dem Kehlsteinhaus getrieben!", rief ein Kellner mit weißer Schürze.

Es war ein kleines Haus aus urwüchsigem Granitstein, das sich gut dem Berg anpasste. Um die fünfzig Menschen standen vor dem bogenförmigen Tor und redeten wild durcheinander.

„Er hat alle Angestellten und Besucher aus dem Restaurant gejagt", wiederholte der Kellner eifrig. „Als wir nicht gleich folgten, hat er in die Luft geschossen. Der ist doch nicht ganz richtig im Kopf."

„Belsen, drängen Sie die Leute ganz nach hinten, bis zum Rand des Plateaus, damit sie aus der Schusslinie kommen."

„Was machen wir?", fragte Mäusel.

„Erst mal die Leute aus der Gefahrenzone bringen."

Als die Menge genug Abstand zu dem Haus hatte, zogen sie die Pistolen und gingen in das Restaurant. Das Kehlsteinhaus, das irrtümlicherweise auch Teehaus genannt wurde, beherbergte ein Restaurant. Sie befanden sich nun in einer großen Halle und Huntinger erinnerte sich an das Bild von der Hochzeitsfeier des Fegelein mit Eva Brauns Schwester. Er hatte dies in einem Film über die Freunde des Führers gesehen. Obergruppenführer Fegelein, der Tausende von Juden in den Pribjet-Sümpfen ermordet hatte, war hier zum Schwager Hitlers geworden – was beide damals noch nicht wussten, denn Hitler hatte Eva Braun erst kurz vor seinem Selbstmord im April 1945 geheiratet. Aber auch die Verschwägerung hatte Hitler nicht daran gehindert, Fegelein erschießen zu lassen, als er vom Verrat Himmlers erfuhr.

Die Halle mit dem großen Kamin war jetzt leer. Ihre Schritte hallten auf dem Fußboden.

„Wo ist er hin?", fragte Pressel nervös.

„Gruber, kommen Sie hervor! Das Spiel ist aus", schrie Belsen.

„Es ist aus, Minotaurus! Sie sind am Ende! Ergeben Sie sich!", unterstützte ihn Mäusel.

Huntinger ging weiter und betrat einen Balkon. Ein Schuss peitschte und riss neben ihm kleine Steinsplitter aus der Wand. Schnell trat Huntinger in den Schatten des Eingangs zurück und drückte sich an die Wand. Der Minotaurus war nur wenige Schritte von ihm entfernt. Er hörte ihn keuchen. Vorsichtig beugte er sich vor. Nun sah er ihn am Ende des Balkons mit dem Mädchen vor sich. Er hielt ihr eine Pistole an die Schläfe.

„Verpiss dich!", kreischte der Minotaurus. Mäusel trat an Huntingers Seite.

„Das kann nicht wahr sein, das ist doch …"

Huntinger schob sie sanft zurück. „Vorsichtig. Er ist zu allem fähig."

„Tun Sie, was er sagt", kreischte Sybille Gruber.

„Hat sie wirklich Angst oder spielt sie nur mit?", flüsterte Mäusel.

„Er meint es ernst."

„Machen Sie es nicht noch schlimmer. Lassen Sie Ihre Schwester frei!",
rief Huntinger.

„Nein. Ariadne bekommt keiner", brüllte der Minotaurus. „Sie gehört
zu mir."

„Sie kommen hier nicht weg", schrie Huntinger. „Geben Sie das Mädchen frei."

„Wer will denn hier weg?", brüllte der Minotaurus und hielt das Mädchen wie einen Schutzschild vor sich.

„Wollen Sie den Helden Ihres Großvaters nahe sein? Ich denke, Picas-
so ist Ihr Held? Leider haben Sie gar nichts von dem, sondern sind nur ein
Mörder, wie die Nazibande und Ihr Großvater. Geben Sie auf! Wenn Sie
Ihre Schwester lieben, dann lassen Sie sie frei."

„Ich meine es ernst. Ich knalle sie ab. Sie gehört zu mir. So oder so. Ich
verlange freien Abzug und …"

„Wollen Sie nicht wissen, wie ich auf Sie gekommen bin? Was für ein
armseliger Wicht sind Sie doch, der sich nur an wehrlosen Frauen ver-
greift!"

„Ich weiß. Die verdammte Eule hat mich verraten. Als mir Sybille erzählte, dass Sie unten von der Eule faselten, wusste ich Bescheid. Aber
Sie werden mich nicht kriegen, verdammter Schnüffler! Ihre Kollegin,
diese französische Kommissarin, hat ganz schöne Kuhaugen gemacht, als
ich ihr das Horn in den Leib stieß."

„Hier, von Hitlers Berg, kommen Sie nicht mehr herunter!"

„Und ob ich hier herunterkomme. Oder wollen Sie den Tod von Sybille verantworten? Ich werde nach Argentinien gehen, wie mir Großvater
geraten hat."

„Du bist jetzt total durchgeknallt! Lass mich los!", kreischte das Mädchen. „Jetzt verrätst du auch noch, wo du hin willst. So blöd kann doch
nur ein Verrückter sein."

„Du bleibst bei mir!", kreischte Gruber. „Du gehörst zu mir", wiederholte er.

Das Mädchen versuchte sich loszureißen und rang mit ihm. Ein Schuss
löste sich. Sybille sank zusammen. Er ließ sie fallen und beugte sich über
sie.

„Ariadne, das wollte ich nicht."

Nun stand er ohne Schutz in der Ecke des Balkons und Huntinger hob die Pistole, dachte an das „Cha... mon am...“ und drückte ab. Torsten Gruber fiel nach hinten, taumelte gegen die Brüstung und stürzte von dem Berg, den die Nazis ihrem Führer geschenkt hatten. Foche wird mit mir zufrieden sein, dachte Huntinger grimmig, als er die Walther wegsteckte. Er hatte noch nie einen Menschen getötet. Aber er fühlte weder Reue, noch Genugtuung. Er fühlte sich nur leer.

„Gut gemacht, Chef!“, lobte die Mäusel und eilte zu dem Mädchen.

„Sie lebt. Die Kugel steckt oben in ihrem Brustkorb.“

Pressel telefonierte bereits mit der Polizei in Berchtesgaden. Huntinger ging zu Sybille und beugte sich über sie. Ihre Augen waren offen.

„Hat er es Ihnen gesagt?“, fragte er.

„Ich hab etwas geahnt“, flüsterte das Mädchen. „Aber erst jetzt, auf der Fahrt, hat er mir gestanden, dass er der Minotaurus ist. Die Radierungen sind alle in unserer Villa bei Cap Ferrat. Er war krank. Ich habe ihn geliebt.“

„Ruhig. Der Krankenwagen kommt gleich. Wir bringen Sie gleich vom Berg.“

Sie schloss die Augen und die Mäusel sah mitleidig auf das Mädchen. „Und ich dachte immer, sie liebt den Pelzinger.“

„Ist doch natürlich, dass sie den Bruder liebt“, brummte Belsen achselzuckend.

„Ach, Belsen!“, stöhnte Mäusel. „Du bist ...“

„Wir wollen es um des Mädchens Willen dabei belassen“, stellte Huntinger klar. „Sie liebte, wie jede kleine Schwester, ihren Bruder. Punktum. Was gehen uns die Irrungen des Herzens an?“

Der Minotaurus war tot. Das allein zählte, dachte Huntinger.

Eine Stunde später standen sie unten vor Torsten Grubers Leiche. Sein Gesicht war unversehrt. Ein schönes, ebenmäßiges Gesicht, ein zu schönes Gesicht. Ein verdorbener Engel.

„Den Minotaurus habe ich mir ganz anders vorgestellt“, brummte Pressel kopfschüttelnd.

„Er sieht aus wie ein Cherub. Ein schwarzer Engel“, sagte Mäusel.

„Nun hört euch das an!“, rief Pressel. „Mäusel, so kenne ich dich gar nicht. Verlieb dich nicht in das Scheusal.“

„Vielleicht war er ganz froh, dass er es hinter sich hat. Es muss ihn viel Kraft gekostet haben, den Minotaurus zu spielen", sagte Huntinger und zündete sich seine Pfeife an. „Vielleicht war er es leid, den Übermenschen zu spielen."

„Und wie sind Sie nun auf ihn gekommen?", fragte Mäusel.

„Als ich die Eule gesehen habe, wusste ich es. Aber wir hatten keine anderen Beweise. Deswegen habe ich euch heute morgen nichts gesagt. Er musste sich verraten. Gott sei Dank hat er die Nerven verloren und sich durch die Flucht enttarnt. Ich wusste seit Paris, dass wir ihm dicht auf den Fersen sind und er wusste es auch. Deswegen hat er auch Françoise Halbeisen ermordet."

„Was hat diesen so engelhaft aussehenden Menschen nur zum Minotaurus gemacht?", fragte die Mäusel, immer noch kopfschüttelnd.

„Er wollte sein wie Picasso. Ein Übermensch. Picasso wusste von dem Bösen und hat das Triebhafte, das vielleicht in uns allen schlummert, in Kunst verwandelt. Er malte den Minotaurus, der über die Frauen herfällt. Er malte aber auch den blinden Minotaurus, der von einem Mädchen geführt wird. Torsten Gruber hat anderes verdorben, die Gewalt in der Jugend, die brutale Erziehung, dann das falsche Vorbild des Alten und zu viel falsch verstandener Nietzsche. So ergab er sich seinen Trieben und erträumte sich als unbesiegbaren Minotaurus. Die Schale ist dünn zwischen den Trieben und dem, was uns zu zivilisierten Menschen macht."

„Eine Menge Psychologie", sagte Mäusel.

„Wer kann schon in die menschliche Seele blicken, Mäusel."

Der Tag war immer noch schön. Der Hohe Göll lag in goldenem Dunst vor ihnen. Aber Huntinger sah es nicht. Er fühlte sich leer, müde und alt. Er dachte an Esther und die weiße Villa an der Havel. Es tat gut, daran zu denken. Esther hatte er nicht verloren. Er musste sie festhalten.

Die Träger kamen und legten den, der sich als Minotaurus gefühlt hatte, auf die Bahre. Sie stiegen in den Wagen und fuhren vom Berg des Führers hinunter. Huntinger war sich sicher, dass er nie wieder hierher fahren würde.

„Wir haben ihn letztendlich doch noch bekommen", freute sich Mäusel.

Huntinger antwortete nicht und zündete sich die ausgegangene Pfeife an. Du hast ihn getötet, wie du es Foche versprochen hast, dachte er. Damit würde er fertig werden. Im Moment spürte er keine Gewissensbisse. Aber sie würden kommen. Du hättest auch auf ihn zulaufen und ihn überwältigen können. Aber das wäre ein Risiko gewesen – und dann war noch das, was Françoise in ihr Blut geschrieben hatte.

In der nächsten Zeit würde er Picassoausstellungen meiden. Nachher würde er Esther anrufen. Es gab immer noch etwas, auf das er sich freuen konnte.

Der Autor

Heinz-Joachim Simon lebt in Weil der Stadt in der Nähe von Stuttgart. Seine Kindheit jedoch verlebte er in oder in der Nähe von Berlin, was sich in seinen Werken niederschlägt.

In einem bisher einzigartigen Versuch ging er in spannenden, in sich abgeschlossenen Romanen der Frage nach, warum die Geschichte der Deutschen immer wieder auf Abwege geriet. Wie konnte ein Kulturvolk Auschwitz verschulden? Der Bogen seines sechsbändigen Zyklus' umspannt 150 Jahre deutscher Geschichte und gipfelt in den Romanen *Die Blumen der Wilhelmstraße* und *Letztes Requiem in Berlin*. Nun legt Simon mit *Der Picassomörder* einen Kriminalroman vor, der sich vordergründig mit Picasso und seinem genialen Werk beschäftigt, aber vor allem dem Geheimnis des Bösen auf der Spur ist.

www.heinz-joachim-simon.de

WEITERE KRIMIS AUS DEM ACABUS|VERLAG

Andreas Behm
Hamburg - Deine Morde. Der Lippennäher
Harald Hansens 2. Fall

ISBN: 978-3-86282-041-2
304 Seiten
EUR 13,90
ACABUS Verlag September 2011

Harald Jacobsen
**Mörderische Nähe. Sophie Martens –
Von Fall zu Fall**
MordNordost. Krimis aus Eckernförde

ISBN: 978-3-86282-062-7
144 Seiten
EUR 11,90
ACABUS Verlag April 2012

Michael Hetzner
Prager Requiem

ISBN: 978-3-86282-094-8
264 Seiten
EUR 13,90
ACABUS Verlag März 2012